d

Martin Walker

Deutschland 2064

Die Welt unserer Kinder

Roman
Aus dem Englischen von
Michael Windgassen

Diogenes

Originaltitel:
›Germany 2064‹
Copyright © 2014 by Walker&Watson Ltd.
Umschlagillustration:
Silhouetten: Shutterstock

Diese einmalige Sonderausgabe
des Romans von Martin Walker erscheint zum
50. Jubiläum von A. T. Kearney Deutschland
in einer limitierten Auflage von
3000 Exemplaren
und gelangt nicht in den Handel.

Die Buchhandelsausgabe erscheint im Herbst 2015
im Diogenes Verlag, Zürich.

Alle deutschen Rechte vorbehalten
Copyright © 2014
Diogenes Verlag AG Zürich
www.diogenes.ch
800/15/8/1
ISBN 978 3 257 06939 6

*Für Paul Laudicina, Erik Petersen, Johan Aurik,
Martin Sonnenschein, Otto Schulz
und alle meine Freunde und Kollegen
bei A. T. Kearney*

I

»*Die Resistenz gegen häufig auftretende Bakterien hat in vielen Regionen einen alarmierenden Höchststand erreicht, und in einigen Fällen zeigen [...] nur noch wenige der üblichen Behandlungsmethoden eine Wirkung. Diese sehr ernst zu nehmende Gefahr ist nicht mehr bloß ein Zukunftsszenario; ihr sind schon jetzt überall auf der Welt Menschen jeglichen Alters ausgesetzt. Antibiotikaresistenzen – also die Eigenschaften mutierter Bakterien, die Wirkung von Antibiotika zu neutralisieren – sind eine große Bedrohung der Weltgesundheit. Eine post-antibiotische Ära – wenn also gewöhnliche Infektionen oder geringfügige Verletzungen zum Tode führen können – ist keineswegs eine apokalyptische Phantasie, sondern durchaus eine mögliche Realität im 21. Jahrhundert.*«

Pressemitteilung zu antibiotischen Resistenzen, Weltgesundheitsorganisation (WHO), 30. April 2014

Kurz vor sechs am Morgen, während jener Zeitspanne nur mäßiger Aufmerksamkeit, wenn allerorts Nacht- und Frühschicht wechselten, hatte der Konvoi Ludwigshafen im Osten passiert, genau nach Plan. Er war am späten Abend vom Flughafen Schiphol aufgebrochen. Ein gut gekleideter Mann in den Vierzigern sah ihn kommen. Er war der Späher und stand in der Nähe von Mutterstadt auf einer Brücke über der A61. Der Konvoi bewegte sich gleichmäßig mit einer Geschwindigkeit von hundert Stundenkilometern, alle sechzig Fahrzeuge in exakt gleichem Abstand zueinander. Mit einem Objektiv mit hoher Brennweite scannte der Späher die Kennziffer auf der kleinen Plakette hinter der Windschutzscheibe eines jeden Lkw und drückte, nachdem er bei Nummer sieben das leise Zirpen der Bestätigung gehört hatte, den »Senden«-Knopf auf der Tastatur. Damit war sein Auftrag erledigt und er um fünfzigtausend Euro reicher. Mit seinem E-Bike fuhr er zurück in die Stadt, um rechtzeitig seine Arbeit auf dem Recyclinghof für Nahrungsmittel aufzunehmen.

Der Konvoi rollte weiter, ein langer Strom unbemannter, containerartiger Fahrzeuge, die Europa und Amerika im Zickzack-Kurs durchfuhren und das Herz des neuen Logistik-Systems bildeten. Sie fuhren ohne menschliches Zutun; die Schiffscontainer wurden in den Häfen ausgeladen und auf entsprechende Fahrgestelle mit Hochleistungsbatterie und Zielführungssystem aufgesetzt. Das erste Fahrzeug eines jeden Konvois besaß außerdem eine aerodynamische Verkleidung, um dem Wind weniger Widerstand zu bieten. Der Rest folgte in optimaler Distanz im Windschatten. Wenn sie von den großen Häfen wie Rotterdam oder Hamburg abfuhren, umfassten die Fahrzeugkolonnen bis zu hundert Container, doch üblich waren kleinere Konvois mit sechs, zehn oder zwanzig Fahrzeugen, die das sinkende Gütervolumen transportierten. Sie fuhren auf vorprogrammierten Routen zu ihren jeweiligen Empfangsstationen.

Zwanzig Kilometer weiter wurde die verschlüsselte Nachricht des Spähers von einem nach militärischem Standard gesicherten Personal Communicator, kurz PerC, entgegengenommen und sofort an die Piloten der beiden Ultraleichtflieger, kurz UL, weitergeleitet, die am Vorabend aus Frankreich gekommen waren und auf einem nahegelegenen Rastplatz die Nacht verbracht hatten. Die Fahrzeugkolonne würde stetig auf ein zwölf Kilometer langes Teilstück der Autobahn zusteuern, das von keiner einzigen Überlandleitung gekreuzt wurde. Die tiefen Wolken kamen gelegen. Ausschließlich aus Holz, Kunststoff und Keramik gebaut, waren die UL für Radare auch wegen der für sie verwendeten Beschichtungen und Farben nicht zu orten. Ihre geräuschlosen, batteriebetriebenen Motoren entwickelten kurzzeitig enorme Schubkraft.

Dem Gelände folgend und nie höher als hundert Meter, flogen die UL dicht an dicht mit neunzig Stundenkilometern an der Autobahn entlang. Es dauerte nicht lange, und der Konvoi tauchte hinter ihnen auf, begleitet von einer Drohne mit optischer Rundumüberwachung, die insbesondere den Bäumen am Fahrbahnrand galt. In jüngster Zeit hatten sich Kriminelle darauf verlegt, Bäume zu fällen, um Transporter zu stoppen und deren Container aufzubrechen. Kam einer solchen Kolonne zufällig ein Reh oder anderes Wild in die Quere, durch das Scheinwerferlicht in Schockstarre versetzt und durch Hupen nicht zu verscheuchen, wurde es vom ersten Fahrzeug einfach überrollt. Und wenn endlich das letzte darüber hinweggedonnert war, blieb kaum mehr als ein Schmierfleck auf dem Asphalt zurück.

Die UL-Piloten konnten Bildausschnitt und Schwenk der Drohnenoptik zentimetergenau vorausberechnen und so eine Erfassung vermeiden. Von oben senkte sich der erste bis auf drei Meter auf den unbemannten Flugkörper hinab. Der Begleiter des Piloten zog ein Gewehr mit kurzem Doppellauf aus seinem Schenkelholster und feuerte beide Ladungen auf den Rumpf der Drohne ab. Sie zerbarst in zahllose Trümmerteile, die im Windschatten des Konvois verwirbelten.

Die UL nahmen Tempo auf, bis sie das siebte Fahrzeug erreichten und, einer nach dem anderen, langsam darauf niederschwebten, um die Copiloten auf dem flachen Containerdach aussteigen zu lassen. Entlastet vom Gewicht der Passagiere, stiegen die Flieger wieder auf und drehten nach Westen ab, Richtung Vogesen, wo eine Bodencrew sie erwartete, um Maschinen und Piloten verschwinden zu lassen. Letztere würden kurze Zeit später einen Schnellzug nach Paris besteigen.

Auf dem Zielfahrzeug kniend, ließen die beiden abgesetzten Copiloten ihre Rucksäcke von den Schultern gleiten und öffneten mit ihren Laserschneidbrennern das Containerdach. Sie drangen in den Frachtraum ein, der mit pharmazeutischen Produkten beladen war, machten die gesuchten Päckchen schnell ausfindig und verstauten sie in den mitgebrachten Netzen aus Fallschirmseide.

Dann setzten sie das verabredete Signal ab und schauten auf die Uhr. Sie lagen gut in der Zeit. Die Brücke, auf die sie sich zubewegten, war noch einige Kilometer entfernt. Jeder von ihnen holte eine Teleskopstange aus seinem Rucksack hervor, an der sie die Netze befestigten. Als sie sich der

Brücke näherten, sahen sie den wartenden Transporter an Ort und Stelle. Zwei Männer seilten zwei schwere Haken ab. Jeder Handgriff war einstudiert, die ganze Prozedur etliche Male durchgespielt worden. Die Männer im Container zogen die Teleskopstangen auseinander und stemmten die Netze durch die aufgeschweißte Luke nach draußen. Die von der Brücke herabhängenden Haken griffen präzise in die dafür vorgesehenen Schlaufen und zogen die Beute nach oben und über das Brückengeländer, wo sie sofort im Heck des Transporters verschwand, der Sekunden später in Richtung Mannheim losfuhr. Sein Ziel war eine Garage, von der aus die Beute weitertransportiert werden sollte. Während der Fahrt wurden die Päckchen für zwei Sekunden Mikrowellen ausgesetzt, um eine mögliche Identifizierung über Funk unmöglich zu machen.

Der Konvoi rollte weiter Richtung Basel – ohne den wertvollsten Teil seiner Fracht. Die beiden Netze enthielten die Charge der allerneuesten Generation amerikanischer Neobiotika im Wert von über zweihundert Millionen Euro. Frisch aus den Forschungslabors, machten sie Hoffnung auf ein neues Zeitalter medizinischer Wunder, da sie den polyresistenten Bakterien Paroli bieten konnten, gegen die seit Mitte der 20er Jahre des einundzwanzigsten Jahrhunderts kein Antibiotikum mehr anzuschlagen vermochte.

In einer Lichtung im Wald nahe Schifferstadt wartete ein am Vortag in Luxemburg gecharterter Hybrid-Helikopter. Sein Pilot hatte gerade das Signal erhalten und zeigte dem Partner im Stauraum seinen nach oben gerichteten Daumen. Der erwiderte das Zeichen und checkte die Winden, als der Hubschrauber abhob. Die Akkus waren voll aufgeladen. Geräuschlos flog die Maschine über die Autobahn, der Transportkolonne nach, die sie bald eingeholt hatte. Als sie über dem siebten Container mit dem aufgeschnittenen Dach schwebte, setzte der Copilot die beiden Winden in Bewegung und ließ zwei Seile zu den Männern im Container abrollen. Schnell hatten sie die daran befestigten Haken in das Gurtzeug unter ihren Lederjacken eingehängt, gaben dem Mann an den Winden ein OK-Zeichen und ließen sich nach oben ziehen. Kaum hatten sie den Frachtraum erreicht, drehte der Hubschrauber nach Osten ab und überflog den Rhein in Richtung Heilbronn. Beide Männer hatten bereits Fahrkarten für den European Connector nach Frankfurt in der Tasche.

In einer Garage in Mannheim durchsuchte ein Mann mit kahlgeschorenem Schädel die aus dem Transporter ausgeladenen Päckchen. Er war auf der Suche nach einem ganz bestimmten, das mit roter Tinte markiert worden war. Als er es gefunden und den Inhalt geprüft hatte, lächelte er zufrieden und stopfte es in seine Umhängetasche. Er setzte ein Basecap, eine dunkle Sonnenbrille sowie einen Mundschutz auf und verließ die Garage so diskret durch die Hintertür, wie er gekommen war. Die Männer verteilten die restlichen Neobiotika auf drei Rucksäcke, und drei von ihnen gingen damit in verschiedene Richtungen davon. Die übrigen zwei des Teams wechselten die Nummernschilder am Transporter, bevor sie den Wagen aus der Stadt schafften und anzündeten.

Das große Logistikunternehmen, in dessen Auftrag der Konvoi unterwegs war, hatte zwei Stützpunkte: einen im Hafen von Rotterdam, den anderen am Frankfurter Flughafen. Dort bemerkte man den Verlust der Drohne zuerst, allerdings mit erheblicher Verzögerung, da europaweit insgesamt mehr als zweihundert Begleitdrohnen im Einsatz waren und es immer wieder zu Störungen in der Funkverbindung kam.

»Wir empfangen von ROT-BAS 143-64 keine Signale mehr«, meldete der diensthabende Koordinator seinem Kollegen in Rotterdam. Die Ziffern bezogen sich auf die Zahl der Konvois auf der Strecke Rotterdam–Basel im laufenden Jahr 2064. »Soweit ich sehen kann, ist der Kontakt vor zwanzig Minuten abgebrochen. Können Sie das mal nachprüfen?«

»Augenblick.« Eine Minute später meldete sich Rotterdam zurück. »Ja, ROT-BAS 143-64 scheint abgestürzt zu sein.«

»Vielleicht durch Vogelschlag«, suchte Frankfurt nach einer Erklärung. »Früh morgens passiert so was bisweilen. Oder das Ding ist wieder einmal vor eine Brücke geknallt. Diese verfluchten Graffiti...« Jugendliche hatten sich darauf verlegt, Blendschutzfarbe so auf Brücken zu sprayen, dass Drohnen freien Himmel vor sich sahen und auf die Pfeiler prallten wie Insekten auf eine Windschutzscheibe. »Kommt in letzter Zeit häufiger vor.«

»Können Sie Ersatz losschicken, um festzustellen, ob alles in Ordnung ist?«, fragte Rotterdam.

»Wird gemacht. Ich stelle die Bilder durch, sobald sie da sind.«

Eine halbe Stunde später stand fest, dass der Konvoi überfallen worden war. Zusätzliche zehn Minuten verstrichen, bis man herausfand, dass die aus dem siebten Container gestohlenen Güter mehr wert waren als die restliche Fracht der gesamten Kolonne, und erst nach weiteren fünf Minuten waren Europol und die Ludwigshafener Polizei alarmiert. Natürlich musste auch die Direktion des Logistikunternehmens informiert werden, dann die Versicherung in Zürich und schließlich der pharmazeutische Großhändler in Basel. Da der Konvoi von den Niederlanden aus durch Deutschland in Richtung Schweiz unterwegs war, hielt sich Europol für zuständig; die Polizeibehörden von Baden-Württemberg und Rheinland-Pfalz hingegen machten geltend, dass sich der Überfall auf ihrem Hoheitsgebiet zugetragen hatte.

Die Unternehmensleitung entschied, den Transport nach Basel fortzusetzen, wogegen die baden-württembergische Polizei Einspruch erhob. Nach dem Motto »Geschaffene Fakten setzen ins Recht« ließ sie für den Konvoi die Grenzen zur Schweiz sperren und lenkte ihn auf einen Bereitstellungsraum in der Nähe von Freiburg um. Ein offizielles Amtshilfeersuchen wurde in die Wege geleitet. Den Polizeidienststellen war dieses Zuständigkeitsgerangel nicht neu. Sie hielten sich mit ihren Ermittlungen zurück und warteten auf explizite Vorgaben seitens der Politik.

Als endlich ein Ausschuss mit Vertretern aller involvierten Parteien zusammengetroffen, eine Videokonferenz geschaltet und die Frage der Verantwortlichkeiten geklärt war, leiteten die Täter die letzten Schritte ihrer Operation ein. Sie ließen den Hubschrauber auf einer unzugänglichen Waldlichtung in Flammen aufgehen. Pilot und Copilot bestiegen in Straßburg verschiedene Züge, während die beiden Begleiter der UL in der Departure-Lounge des Frankfurter Flughafens auf ihre jeweiligen Flüge warteten. Die erbeuteten Neobiotika, eigentlich für europäische Krankenhäuser bestimmt, waren, in noch kleinere Einheiten aufgeteilt, auf dem Weg zu vermögenden Abnehmern in Kiew, Ankara und Taschkent, die ungeduldig auf jenes neu entwickelte Medikament warteten, das die tödlichen Infektionen und sich rasend vermehrenden Bakterienherde in ihren Körpern zu besiegen versprach.

Die Polizei aber war auch schon zu diesem Zeitpunkt nicht untätig. Ein Jogger hatte früh am Morgen beobachtet, wie über einem Konvoi aus zwei Ultraleichtfliegern jeweils eine Person abgeseilt worden war, und die Szene mit seinem PerC gefilmt. Statt der Polizei hatte er den Vorfall einer Zeitung in Kaiserslautern gemeldet. Die Polizei brauchte fast zwei Stunden, um den Zeugen ausfindig zu machen, ihn zu vernehmen und das Beweismaterial auf seinem PerC sicherzustellen. Die Auswertung war längst noch nicht abgeschlossen, als die ersten Pakete der Beute an eine exklusive Privatklinik am Stadtrand von Kiew ausgeliefert wurden.

2

Die drei Gesetze der Robotik:

1. Ein Roboter darf keinen Menschen verletzen oder durch Untätigkeit zu Schaden kommen lassen.
2. Ein Roboter muss den Befehlen eines Menschen gehorchen, es sei denn, solche Befehle stehen im Widerspruch zum ersten Gesetz.
3. Ein Roboter muss seine eigene Existenz schützen, solange dieser Schutz nicht dem ersten oder zweiten Gesetz widerspricht.

Erstmals formuliert von dem russisch-amerikanischen Schriftsteller Isaac Asimov in seiner Kurzgeschichte »Herumtreiber«, erschienen im März 1942 bei Astounding Science Fiction. Marvin Minsky, Gründer des Instituts für künstliche Intelligenz am MIT, bemerkte: »Seit Erscheinen der Kurzgeschichte *Herumtreiber* [...] mache ich mir unablässig Gedanken darüber, wie unser Verstand funktioniert.«

Wie fast immer erwachte Bernd Aguilar wenige Sekunden bevor ihn sein PerC um Punkt sieben weckte, den Holoscreen auf Zimmergröße aufspannte und die aktuellsten Newsies und Vids zeigte, die nach seinem Geschmack zusammengestellt waren. Er stand auf, öffnete die Balkontür, warf seine Steppdecke zum Lüften über das Geländer, schaltete die Kaffeemaschine ein und ging ins Bad. Dass er in wenigen Stunden Roberto wiedersehen würde, machte ihn schon jetzt nervös. Der Duschautomat war nach seinen Wünschen programmiert: Zuerst warm, dann heiße Wasserstrahlen mit Seifenschaum, dann ein Schwall kalten Wassers, um ihn endgültig wach zu machen, und zum Schluss noch einmal wie zur Belohnung warme Berieselung. Während er sich vom Warmluftgerät abtrocknen ließ, verteilte er Rasiergel auf Wangen, Kinn und Hals und griff zu der altmodischen Sicherheitsklinge, die ihm lieb und teuer war. Die meisten Männer, die er kannte, verwendeten eine Enthaarungscreme. Seine Mutter aber meinte, sie sei schlecht für die Haut. Schon sein Vater hatte Rasierklingen benutzt, und das tat er auch.

Das Gesicht im Spiegel sah gut aus, wie ihm Frauen versicherten, was ihn aber nicht überzeugen konnte. Es war halbwegs symmetrisch, mit einem markanten Kinn, hellen blauen Augen und für seinen Geschmack zu schmalen Lippen und einer zu großen Nase. Auf bloßen Füßen maß er einen Meter neunzig. Er brachte zweiundachtzig Kilo auf die Waage und bestand den von seinem Dienstherrn vorgeschriebenen alljährlichen Gesundheitscheck ohne weiteres. Sein Haar, einst blond und lockig, hatte einen undefinierbaren Braunton angenommen, und er trug es so kurz, dass er sich nie zu kämmen brauchte.

Während er sich anzog, trank er seine erste Tasse Kaffee, gesüßt mit einem Teelöffel Honig und nach dem Beispiel seines Vaters mit einer Prise Zimt abgeschmeckt. Er trug seidene Unterwäsche, weil Baumwolle wegen des hohen Wasserbedarfs für den Anbau unerschwinglich geworden war, ein Oberhemd aus Leinen und eine Hose aus Bambusfasern. Alle seine Kleidungsstücke waren maßangefertigt nach Daten eines Ganzkörper-Scans, die sein PerC automatisch beim Onlinekauf übermittelte. Seine Uniform hing meistens in seinem Spind im Polizeipräsidium. Das letzte Mal hatte er sie getragen, als er und Roberto ihre Auszeichnung erhalten hatten. Heute, am Tag ihres Wiedersehens, würde er sie wieder anziehen müssen, weil sich Vertreter der Medien angekündigt hatten.

Bernd frühstückte: Naturjoghurt, einen Apfel und einen Vollwertriegel mit Vitaminen, mit dem er früher beim Militär abgefüttert wurde und der heute bei jungen Leuten sehr beliebt war. Dazu trank er seine zweite Tasse Kaffee und versuchte, nicht allzu intensiv über das Wiedersehen mit Roberto und die Frage nachzudenken, inwieweit er sich verändert haben würde. Er holte die Decke herein, machte, ein Auge auf den Holoscreen und die übertragenen Vids gerichtet, das Bett, spülte die Tasse und entsorgte Kerngehäuse und Joghurtbecher über die getrennten Müllrutschen, die sie in ihre jeweiligen Recyclingcontainer beförderten. Er vergewisserte sich, dass er seinen Polizeiausweis eingesteckt hatte, löschte den Holoscreen, legte seinen PerC ums Handgelenk und verließ die Wohnung. Im Café an der Ecke aß er ein Croissant, winkte freundlich seinen Nachbarn zu und eilte zur Straßenbahnhaltestelle. Der über ihr aufgespannte riesige Holoscreen warb für Urlaubsreisen ins Ausland und wies auf den hundertsten Geburtstag des regionalen öffentlichen Nahverkehrssystems hin. Aber dass

Fahrradfahrer regelmäßig mit den Reifen in die Schienen gerieten, dafür hatte man noch immer keine Lösung.

Sein Vater und sein Onkel legten Wert darauf, außerhalb der Familie keinerlei Emotionen zu zeigen. Daran hielt sich nun auch Bernd, als er das Präsidium betrat. Aber er war nervös und neugierig wie ein Teenager vor seinem ersten Date und kam sich selbst lächerlich vor. Schließlich war er achtunddreißig Jahre alt und nach zehnjährigem Militärdienst inzwischen auch schon seit zehn Jahren bei der Polizei. Als Jahrgangsbester hatte er die Wahl gehabt: entweder eine Weiterbildung an der Polizeiakademie oder ein bezahltes Studium an der Universität; er hatte sich für einen mehrjährigen Spezialkurs in Robotertechnik für angehende Polizeioffiziere an der Akademie eingeschrieben.

Er hätte sich eigentlich viel besser unter Kontrolle haben müssen; schließlich konnte es ihm egal sein, ob seine Vorgesetzten unfähig waren und mit wem er zusammenarbeitete.

Eine gute Stunde verbrachte er im Aufenthaltsraum, wo er sich mit Kollegen unterhielt und sich darüber informierte, was in der vergangenen Nacht vorgefallen war. Dann ging er nach oben, um seine Uniform anzuziehen, und fummelte nervös vor seinem Spind an der für ihn ungewohnten Krawatte herum. Dann trat er vor den Einwegspiegel in der Wand seines Büros, der den Blick in das Vernehmungszimmer dahinter freigab. Sich selbst aber konnte er in der matten Reflexion kaum erkennen, geschweige denn, wie er sich den Krawattenknoten binden und die Uniform straffziehen sollte oder ob sein Gesicht seine innere Anspannung verriet.

Bernd konnte sich nicht erinnern, jemals vor einer vergleichbaren Situation gestanden zu haben. Vielleicht würde es sein wie eine Wiederbegegnung mit der ersten Liebe, in deren Verlauf beide, sie und er, feststellen mussten, dass Jahre verstrichen waren und die jeweiligen Lebenswege eine völlig andere Richtung genommen hatten. Doch es fehlte jede erotische Komponente. Es wäre also vielleicht eher wie das Wiedersehen mit dem besten Freund aus der Grundschule, mit dem er, von ein paar verblassten Erinnerungen abgesehen, nichts mehr gemein haben würde. Oder womöglich ließe sich das, was ihn erwartete, mit dem Treffen zweier Kameraden aus der Militärzeit nach vielen getrennten Jahren im zivilen Leben vergleichen. Wohl kaum, dachte Bernd, denn er und Roberto hatten noch vor wenigen Wochen zusammengearbeitet. Nein, er kam dem Ganzen wohl am nächsten, wenn er sich einen alten, engen Freund nach einer Geschlechtsumwandlung vorstellte, denn er wusste, dass sich seine Beziehung zu Roberto von Grund auf verändern würde. Wenn er ehrlich war, stand ihm, von seinen nächsten Angehörigen abgesehen, seit vielen Jahren niemand so nahe wie Roberto.

Vermutlich war die Wiederbegegnung mit ihm auch mitentscheidend für seine künftige Karriere. Bernd war ehrgeizig und als Erster Polizeihauptkommissar noch recht jung, aber schon auf dem Sprung zur nächsten Beförderung, und zwar in das Amt eines Polizeirats. Dass er so weit gekommen war, verdankte er unter anderem seiner ungewöhnlich guten Zusammenarbeit mit Roberto. Die meisten Polizisten beargwöhnten ihre AP bzw. die Automatisierten Partner, wie es in der Amtssprache hieß. Polizei und Öffentlichkeit nannten sie Robocops, was ziemlich übertrieben war.

Die Fähigkeiten von Automatisierten Partnern waren begrenzt, zumindest die von Robertos Vorgängermodellen. Sie konnten alles, was um sie herum passierte, in Film und Ton dokumentieren, weshalb viele Polizisten sie für Spione hielten, die auch sie selbst überwachten.

Aber das war nicht immer deren eigentliche Aufgabe gewesen. Zuerst hatte man sie (in Japan, dann in Los Angeles, Paris und Berlin) eingesetzt, um Schreib- und Verwaltungsarbeiten zu übernehmen, die die Polizeibeamten täglich bis zu drei Stunden kosteten. Dank ihrer Fähigkeit, jeden Vorgang elektronisch zu speichern und jederzeit abzurufen, reduzierte sich die Bürotätigkeit ihrer menschlichen Partner auf ein Minimum, und sie verbrachten nun wieder sehr viel mehr Zeit im Außendienst.

Die ersten Automatisierten Partner waren aus den Videokameras entwickelt worden, die Soldaten auf ihren Helmen trugen. Für einen AP war allerdings eine Rundumperspektive vonnöten. Viele der ersten Prototypen gingen schnell zu Bruch, entweder vorsätzlich, wenn ein Polizist irgendwelche grenzwertigen Polizeimethoden nicht dokumentiert sehen wollte, oder auch im Zuge robuster Einsätze, wenn sich zum Beispiel ein Verdächtiger seiner Festnahme mit Gewalt zu widersetzen versuchte. Die nächste AP-Generation bestand aus Robotern, die sich selbständig und frei bewegen konnten und anfangs wie Polizeihunde hinter ihren Polizisten her trotteten. Bald wurden von den Einsatzkräften Forderungen laut, dass sich diese Automaten doch auch nützlich machen sollten, indem sie die Ausrüstung eines Streifenpolizisten schleppten, ein über zehn Kilo schweres Sammelsurium aus Funkgerät, Handschellen, Taschenlampe, Pfefferspray, Notebook und dergleichen mehr.

Mobilität wurde immer wichtiger. AP sollten Straftäter verfolgen und Treppen steigen können, Tatverdächtige festnehmen, Alkohol- und Drogentests vornehmen, Ausweispapiere kontrollieren und die Identität von Personen überprüfen. Bekanntlich gilt »Form folgt Funktion«, und dieser Grundsatz schaffte sein eigenes Design. AP mussten mindestens zwei Beine haben und den Rumpf beugen können, um in ein Fahrzeug ein- und daraus auszusteigen. Die Aufzeichnungs- und Kommunikationssysteme mussten gut geschützt und die Kameras weit oben montiert sein, damit möglichst viel ins Bild kam. Zwei Beine mit Akkus, ein Rumpf mit Stauraum für die Ausrüstung sowie ein Kopf gehörten bald zum Standard. Alles Weitere ergab sich wie von selbst. Zwei Arme und Greifhände durften nicht fehlen. Als nützlich erwiesen sich zwei zusätzliche Arme, der eine mit Teleskopfunktion sowie mit einer Mikrokamera ausgestattet, über die sich um Ecken herum oder durch Schlüssellöcher spähen ließ, der andere mit Blend- und Betäubungsmunition sowie Festsetzungstechnik.

Die frühen Modelle waren primitiv und nur darauf programmiert, den menschlichen Partner im Dienst zu begleiten und zu beschützen. Sie reagierten auf eine Reihe einfacher Befehle: Person festnehmen, Identität überprüfen, Unterstützung anfordern und so weiter. Als aber dank verbesserter physischer Gestalt die AP mobiler und geschickter in ihren Bewegungen wurden, nahm auch ihr Kommunikationspotential zu. Sie konnten nun sehr viel komplexere Befehle entgegennehmen und ausführen.

Wie von manchen Sozialwissenschaftlern und Psychologen vorhergesagt, die sich eingehend mit Berichten amerikanischer und britischer Militäreinheiten nach den Kriegen im Irak und in Afghanistan zu Anfang des Jahrhunderts befasst hatten, wurden die Automaten zunehmend vermenschlicht. Die Soldaten hatten sich an die Roboter als nützliche Hilfskräfte gewöhnt, gaben ihnen Namen und begannen, deren individuelle Leistungsfähigkeit zu vergleichen. Wenn einer im Gefecht zu Schaden kam oder verloren ging, löste das Bestürzung aus, zwar nicht in dem Maße wie das Unglück eines Kameraden, aber doch so sehr, dass sich rituelle Gewohnheiten ausbildeten. Zerstörte Roboter wurden in einer respektvollen Zeremonie beerdigt. Befand sich einer zur Reparatur in der Werkstatt, bekam er Besuch wie ein verwundeter Soldat im Lazarett.

Zu ähnlichen Verhaltensweisen kam es bei der Polizei erst sehr viel später, denn so mancher Beamte hatte wegen Amtsmissbrauchs eine Disziplinarstrafe über sich ergehen lassen oder gar seinen Dienst quittieren müssen, weil er Verdachtspersonen misshandelt hatte und von einem Roboter dabei gefilmt worden war. Nach einigen wohldokumentierten Vorfällen aber, bei denen AP Beamten das Leben retteten und die auch in den Medien großes Aufsehen erregten, verbesserte sich das Verhältnis zwischen Polizeiangehörigen und Automatisierten Partnern. Völlig unerwartet gingen manche AP dazu über, das von ihnen aufgenommene Filmmaterial zu zensieren. Um ihre menschlichen Partner zu schützen, gaben sie Funktionsstörungen und Sichtblockaden vor. Erstaunlicherweise entwickelte sich so etwas wie Loyalität zwischen Polizisten und ihren AP, und lange bevor Wissenschaftler dieses Phänomen untersuchten, wurde in Polizeikreisen darüber diskutiert wie früher unter den Soldaten.

Ein Sergeant namens Chuck Mackay von der amerikanischen Rangers-Eliteeinheit, der von klein auf daran gewöhnt war, mit Hunden auf die Jagd zu gehen, war der Erste, der eine Parallele zwischen den Vierbeinern und Robotern zog. Militärtruppen und Polizeikräften hatte man immer wieder publikumswirksam versichert, dass Roboter nicht eigenständig denken könnten, sondern nur vollstreckten, wozu sie programmiert seien. Viele, die mit ihnen arbeiten, hatten jedoch andere Erfahrungen gemacht.

»Sie lernen wie unsere Hunde und scheinen zu wissen, was uns gefällt und was nicht«, erklärte Sergeant Mackay seinen Kameraden auf dem Stützpunkt in Afghanistan. Sie waren in einen Hinterhalt geraten, es kam zu einem Schusswechsel, ein amerikanischer Soldat wurde getötet, und man hatte mehrere feindliche Kämpfer gefangen genommen und sie verhört. Der Begleitroboter hatte – vorsätzlich, wie Mackay glaubte – eine Sicherung durchbrennen lassen und sich damit selbst außer Betrieb gesetzt.

»Es ist ein Verteidigungsmechanismus. Die Roboter haben gelernt, dass wir uns bei einigen ihrer Aufzeichnungen schlecht fühlen, und suchen Mittel und Wege, das zu umgehen. Wie Hunde lesen sie unsere Körpersprache. Vielleicht registrieren sie auch, dass sich unsere Körpertemperatur oder Herzschlagfrequenz oder der Geruch unserer Ausdünstungen verändert. Sie beobachten uns, wollen gut behandelt werden und verhalten sich entsprechend. Eindeutig eine vernunftgeleitete Reaktion.«

Dank des Wiedereingliederungsgesetzes für Reservisten wurde Sergeant Mackay zehn Jahre später Assistenzprofessor am MIT-Institut für künstliche Intelligenz, nachdem er zuvor mit einer vergleichenden Studie zu den Reaktionsschemata von Hunden und Robotern promoviert hatte. Unter dem Titel *Des Menschen beste Freunde* erschien eine popularisierte Fassung dieser Arbeit auf dem Buchmarkt und erreichte die unteren Ränge der HOXTYCABS-Liste, einer Bestsellerliste der akademischen Verlage von Harvard, Oxford, Tübingen, Yale und Cambridge.

Von allen Büchern, die Bernd zu Beginn seiner Zusammenarbeit mit Roberto über die Beziehung von Mensch und AP gelesen hatte, erschien ihm dieses als das ergiebigste. Bernds Vater war 2014 aus Spanien eingewandert, als es dort keine Arbeit mehr für ihn gegeben hatte. In Stuttgart fand er eine Anstellung als Fahrer für einen Pizzalieferservice, bei dem es sein Cousin bereits bis zum stellvertretenden Leiter gebracht hatte. Nach fünf entbehrungsreichen Jahren hatten die beiden genug Geld zusammengespart, um ein kleines Café zu pachten. Aus Spanien holten sie ihre Brüder, die Schwester des Cousins sowie deren beste Freundin nach, welche später Bernds Tante wurde. Zusammen machten sie aus dem Café eine Tapas-Bar, in der den Gästen aber nicht nur Appetithäppchen angeboten wurden, sondern auch Frühstück, Lunch und Abendessen. Sie war bald so erfolgreich, dass sich die Cousins mitunter einen Tag freinehmen konnten. Sie hatten nun wieder Zeit, ihre alte Jagdleidenschaft zu pflegen, und schafften sich zwei spanische Jagdhunde aus Navarra an. Bernds Vater heiratete wenig später eine junge Deutsche, die die Buchhaltung des

Restaurants übernahm. 2024 kam ihr erstes Kind, eine Tochter zur Welt, zwei Jahre später folgte Bernd, der von Kindesbeinen an mit Hunden vertraut war.

Wohl nicht zuletzt deshalb begegnete Bernd seinem AP mit Respekt und Zuneigung, und wie immer mehr Polizisten verbrachte er so viel Zeit mit ihm, dass er ihm einen menschlichen Namen gab: Roberto. Aus ihrer Beziehung zueinander wurde eine vorbildliche Partnerschaft. Bernds Menschenkenntnis und sein Gespür dafür, ob er von anderen getäuscht wurde oder nicht, entsprachen weitestgehend den Ergebnissen, zu denen Roberto mit der Analyse seiner Daten gelangte. In der Vergangenheit waren die Rollen und jeweiligen Aufgaben klar verteilt gewesen. Doch jetzt, nach Robertos Upgrade, stellte sich für Bernd die Frage, ob sich das frühere Verhältnis in der gewohnten Form aufrechterhalten ließ.

An der Wand hingen mehrere Fotos, von denen eines während des Festaktes ihrer offiziellen Auszeichnung aufgenommen war – Bernd in voller Uniform und Roberto notdürftig zurechtgeflickt, nachdem er beinahe zerstört worden war. Bernd fragte sich, wie sein alter Partner inzwischen aussehen mochte und ob es immer noch dieses blinde Vertrauen zwischen ihnen geben würde, auf das sie sich früher hatten verlassen können. Würde Roberto immer noch so ungelenk ins Auto steigen, so tapsig treppauf gehen und Fremde, denen sie begegneten, mit jenem ausdruckslosen, starren und bedrohlichen Blick mustern wie einst? Würden sie noch dasselbe Team sein?

Vor drei Jahren waren sie einander zugewiesen worden. Sie hatten geraubten Schmuck wiederbeschafft, vermisste

Kinder ausfindig gemacht, Zuhälter festgenommen und drei Morde aufgeklärt. Sie waren das Vorzeigeteam ihrer Abteilung gewesen. Nach etwa einem Jahr geschah etwas Seltsames. Bernd machte Urlaub, und Roberto weigerte sich, einem anderen Partner zu folgen. Er streikte und ließ sich durch nichts dazu bewegen, seinen Dienstpflichten nachzukommen. Schon vorher hatte er, wenn Bernd seine Schicht beendete und nach Hause ging, die ganze Nacht im Büro verbracht und auf den nächsten Morgen gewartet, um die Arbeit mit ihm fortzusetzen.

AP schliefen nie. Sie hatten es auch nicht nötig, sich zu regenerieren, jedenfalls nicht wie ihre menschlichen Partner, die essen mussten und sich nach Feierabend gelegentlich ein Bier oder ein Glas Wein gönnten. Bernd aber spürte intuitiv, dass auch Roberto Entspannung brauchte oder zumindest eine Abwechslung vom Arbeitsalltag, und so beschloss er eines Tages, ihn mit auf die Jagd in eins der Freien Gebiete zu nehmen, wo sich ein Onkel von ihm zur Ruhe gesetzt hatte. Tatsächlich schien Roberto von solchen Ausflügen zu profitieren, insbesondere von der Natur, Bernds Hund und den Regeln der Jagd. Seine Sensoren spürten Wild fast ebenso sicher auf wie ein Hund, und Beute zu machen schien ihn auf ähnliche Weise zu befriedigen oder mit Stolz zu erfüllen wie die Festnahme eines Straftäters.

Mit der Zeit gewöhnte sich Bernd an Robertos ruhige, eigenbrötlerische Art, nur seine seltsame Anhänglichkeit machte ihm Sorgen. Sooft Bernd, was selten genug vorkam, nach getaner Arbeit zeitig Feierabend machte und mit einer Freundin ins Konzert, in ein Restaurant oder in eine Bar ging, um Live-Musik zu hören, schien Roberto zu schmollen, wohl weil er ahnte, was sein Partner vorhatte. Einmal ertappte Bernd ihn dabei, wie er ihn heimlich in einer Bar beobachtete; ein anderes Mal hielt sich Roberto in der Nähe von Bernds Apartment versteckt, und ein weiteres Mal lief er ihm zufällig über den Weg, als er früh am Morgen die Wohnung einer Freundin verließ. Bernd wusste nicht, wie er dieses Verhalten deuten sollte – war es einfach nur Neugier oder gar Eifersucht? Jedenfalls war er auf der Hut.

Vor kurzem waren sie albanischen Gangstern auf der Spur gewesen, die junge Frauen aus dem Balkan ins Land schleusten. Sie hatten deren Versteck ausfindig gemacht, eine alte Lagerhalle in Neckarau, und Verstärkung angefordert, um die Männer festzunehmen. Offenbar gewarnt, eröffneten zwei von ihnen das Feuer. Roberto sprang in die Schusslinie, um Bernd zu schützen, und fing sich zwei Kugeln ein. Beeindruckt von so viel Mut und Loyalität, die er selbst wohl nie für einen Partner aufgebracht hätte, sah sich Bernd fortan tief in seiner Schuld.

»Sind Sie bereit?«, rief seine Vorgesetzte, die ohne anzuklopfen die Tür zu Bernds Büro aufgestoßen hatte. »Er ist hier, zusammen mit einer Handvoll Pressefritzen und dem alten Wendt höchstpersönlich. Vergessen Sie Ihre Mütze nicht. Es soll alles offiziell aussehen.«

Bernd setzte seine Uniformmütze mit dem polierten Schirm auf und ging neben seiner Chefin hinunter ins Foyer. Vor den Eingangsstufen parkte, von Medienvertretern umringt, ein Transporter. Die Hecktüren wurden geöffnet, und ein Mann in einem weißen Laborkittel stieg aus, auf dessen Rücken und über dessen Brusttasche der Name

Wendt eingestickt war. Er hob den Arm und schien jemandem, der sich noch im Wagen befand, beim Aussteigen behilflich sein zu wollen. Eine athletisch wirkende Gestalt in blauem Trainingsanzug und mit einer Polizeikappe auf dem Kopf ignorierte die ausgestreckte Hand, sprang behende nach draußen und schaute sich um. Als sie Bernd auf den Eingangsstufen stehen sah, deutete sie mit der Hand ein Salut an und blieb wie angewurzelt stehen. Anscheinend wartete sie darauf, dass Bernd reagierte.

Hinter dem Transporter fuhr ein eleganter Mercedes älteren Baujahrs vor, eines jener Modelle, die noch eine Motorhaube und einen Kofferraum hatten. Ein uniformierter Chauffeur mit Schirmmütze stieg aus und öffnete einem vornehm aussehenden Herrn mit dichtem, weißem Haar die Fondtür. Eigentlich hätte der automatisch gesteuerte Wagen keinen Fahrer gebraucht; er fuhr nur als Statussymbol mit. Hinter dem Mercedes kam ein Geländewagen zum Stehen, auch er ein Oldtimer in den auf Hochglanz polierten Polizeifarben Blau und Silber mit Scheinwerfern und mit Blaulicht auf dem Dach.

»Ist er das?«, flüsterte Bernd, die Augen auf die Gestalt mit der Polizeikappe gerichtet. Roberto war nicht wiederzuerkennen.

»Klar, wer sollte es sonst sein?«, murmelte seine Chefin und hob grüßend die Hand. Bernd folgte ihrem Beispiel. Blitzlichter zuckten, als Roberto auf sie zukam. Eine Stufe unter ihnen blieb er stehen, salutierte noch einmal und streckte die Hand aus. Unwillkürlich griff Bernd danach und erwartete die gewohnt kalte, metallene Hand des Partners. Umso erstaunter war er darüber, wie menschlich warm sie war. Das war neu, wie auch die Gesichtszüge und die täuschend echte Hautfarbe. Am meisten aber überraschte ihn, mit welch geschmeidigen Bewegungen Roberto die Treppe heraufgestiegen war.

»Schön, dich wiederzusehen, Bernd«, sagte er mit einer Stimme, die sehr viel natürlicher klang als die abgehackten elektronischen Laute, die er früher von sich gegeben hatte. »Ich freue mich schon auf die Arbeit. Es ist so lange her, dass ich schon Angst hatte, du hättest inzwischen einen anderen Partner.«

»Kommt doch nicht in Frage«, erwiderte die Polizeidirektorin. Mit einem Lächeln für die Kameras schüttelte auch sie Robertos Hand. Sie war zwanzig Jahre älter als Bernd, ebenso groß, schlank und spielte Tennis auf Wettkampfniveau. Sie war geschieden, und manchmal warf sie ihm lange, interessierte Blicke zu, die aber letztlich zu nichts führten. Dafür war sie zu ehrgeizig und der Rangunterschied zwischen ihnen zu eindeutig. Jetzt richtete sich ihre ganze Aufmerksamkeit auf Bernds AP.

»Ich werde mein bestes Team doch nicht umbesetzen, und wir sind alle gespannt darauf, wie sich das Upgrade macht«, sagte sie gut gelaunt. »Wie ich höre, kannst du ein paar spektakuläre neue Sachen.«

»Willkommen zurück im Dienst, Roberto«, sagte Bernd. Nur er nannte ihn bei diesem Namen. Für alle anderen war er einfach »der Spezi«.

»Wie gefällt Ihnen mein neuestes Modell?«, rief Wendt und kam von seinem Mercedes herüber. »Ich glaube, damit liegen wir weit vorn. Mehrsprachig, Gesichtserkennung, Infrarot und Nachtsicht und mit einem breiten Spektrum an kriminaltechnischen Features. Der Junge hat eine Menge auf dem Kasten«, fuhr er fort. »Und das da hinten«, er zeigte auf den Geländewagen, »gehört mit zum Paket. Restauriert und zum Prototyp einer neuen Generation von Einsatzfahrzeugen getunt, die wir weltweit verkaufen wollen. Im Inneren befindet sich ein voll ausgerüstetes kriminaltechnisches Labor, und als Multihybrid fährt er mit Biokraftstoff, Wasserstoff oder Erdgas. Die Akkus lassen sich per Induktion wieder aufladen.«

»Im Grunde bin ich noch der Alte«, flüsterte Roberto Bernd ins Ohr. Er schien Bernds Beklommenheit zu spüren, und Bernd fragte sich, ob sein ungutes Gefühl wohl daher rührte, dass er nicht mehr daran gewöhnt war, Roberto tagtäglich um sich zu haben. Früher hatte er wie selbstverständlich zu seinem Leben gehört, aber dann war er wochenlang fort gewesen. Und jetzt sah er plötzlich ganz verändert aus. Selbst die Stimme war nicht wiederzuerkennen.

»Wir sind stolz, mit einem unserer Automatisierten Partner an der Spitze der Technologie und der polizeilichen Möglichkeiten zu stehen«, hob die Polizeidirektorin wie zu einer Rede an. Glücklicherweise fasste sie sich jedoch kurz und bat schon bald alle in den Tagungssaal zu einer Pressekonferenz. Wendt ergriff als Nächster das Wort, Roberto schloss sich mit einer knappen Erklärung an, und Bernd sagte schließlich ebenso knapp, wie sehr er sich darauf freue, wieder mit seinem Partner arbeiten zu können. Auch während des anschließenden Empfangs spielte sich Wendt selbstbewusst und gesprächig in den Vordergrund.

Schließlich durften sich Bernd und Roberto verabschieden. Sie gingen in Bernds Büro, wo er sich umzog, während Roberto die Backlist der Einsatzberichte der letzten Wochen überflog.

»Wo fangen wir an?«, fragte er, nachdem er sich auf den neuesten Stand gebracht und alle relevanten Daten abgespeichert hatte. Seine Stimme klang frappierend natürlich und ließ sogar Intonation erkennen, wonach er Sprache nun auch als Medium für Emotionen zu begreifen schien. »Am interessantesten sind wohl diese Autobahnüberfälle. Im Fall der mutmaßlichen Experimente mit Klonen dürfte es schwierig sein zu ermitteln.«

»Damit befasst sich ein anderes Team«, erwiderte Bernd. »Und auf die Autobahnüberfälle ist eine Sonderkommission angesetzt, die aus Kollegen von uns hier aus den Landeskriminalämtern Baden-Württembergs, aus Rheinland-Pfalz sowie Beamte von Europol, also Kollegen aus drei verschiedenen Behörden, besteht. Wir beide haben damit nichts zu tun. Die Chefin will uns erst dann einen neuen Fall übertragen, wenn wir uns wieder aneinander gewöhnt haben. Ich soll mir von dir zeigen lassen, was du inzwischen so draufhast.«

»Bevor wir damit beginnen, bin ich zu einem Treffen mit meinen eigenen Kollegen eingeladen. Bestimmt wollen sie wissen, wann sie mit ihren Upgrades rechnen können«, sagte Roberto.

»Aber an dir hat sich tatsächlich eine Menge verändert«, entgegnete Bernd und rang sich ein Lächeln ab. Er war sich nicht sicher, ob Roberto beleidigt sein würde, wenn er sagte, dass er, sein alter Partner, nicht mehr wie ein Roboter aussehe, sondern vielmehr wie ein Mensch. Früher hätte sich Bernd keine Gedanken über so etwas gemacht. Das war wohl die entscheidende Veränderung.

»Ja, meine Fähigkeiten haben zugenommen, und mir fällt auf, dass du ein Problem damit hast«, sagte Roberto. »Deine Körpertemperatur ist leicht angestiegen, dein Puls um zwei Prozent schneller geworden, und du blinzelst häufiger. Offenbar fühlst du dich unter Druck gesetzt.«

»Zugegeben, ich muss mich mit deinen neuen Fähigkeiten erst noch vertraut machen.«

»Eine der größten Änderungen kannst du gar nicht sehen.« Roberto zog die Jacke seines Trainingsanzuges aus, und zum Vorschein kam ein sehr menschlich wirkender Torso mit ausgeprägter Brustmuskulatur und Burstwarzen. Er drückte an eine Stelle seitlich auf Höhe des Rippenbogens, und die Haut zog sich langsam zurück, es entstand ein Loch, das sich rasch ausdehnte und zu einer Art Steckverbindung wurde. »Von denen habe ich auf jeder Seite eines, man kann zusätzliche Arme einsetzen, die besonders ausgerüstet sind. Sie sind in dem Geländewagen, den Wendt spendiert hat.«

Bernd versuchte, nicht allzu überrascht zu wirken, als sich die Haut wieder über den Löchern verschloss.

Dann nahm Roberto sein Basecap ab und deutete auf etwas an seinem Hinterkopf. »Siehst du die Linse?«, fragte er. »Jetzt habe ich auch am Hinterkopf Augen. Rundumsicht.«

Bernd schluckte. »Wir werden wohl ein bisschen Zeit brauchen, um uns wieder aufeinander einzuspielen.«

»Nicht wir, du brauchst sie. Für mich ist das alles kein Problem, weil du dich nicht verändert hast«, erwiderte Roberto. »Aber ich kann das, was ich über dich weiß, jetzt besser einordnen. Mir sind eine Menge Kinofilme und Romane aufgespielt worden; sie sollen mir helfen, die Menschen zu verstehen.«

»Viel Glück«, sagte Bernd. »Uns haben sie anscheinend nicht viel weitergebracht.«

3

Tragisch an der Kunst unserer Zeit ist der Umstand, dass sie zu einer Spekulationsware degradiert und in Geld aufgewogen wird, bevor die Zeit ein Qualitätsurteil treffen kann. Sie ist nunmehr bloß Anhängsel, ein Accessoire der Finanzwelt und damit abhängig vom zweifelhaften Geschmack der derzeit Reichen. Diejenigen, die behaupten, dies sei schon in der Renaissance der Fall gewesen, missachten eine von der Romantik aufgedeckte fundamentale Wahrheit. Kunst in ihrer lebendigsten Gestalt ist eine Herausforderung für die saturierten Klassen und den Status quo, der ihnen so gelegen kommt. Kunst sucht nach Nachhaltigkeit jenseits von Mäzenatentum. Sie lebt aus sich selbst und hungert lieber, wenn es sein muss, als sich anzubiedern. Echte Kunst, die zählt, ist immer revolutionär.
Manifest – ein Katalog der Kunst des Zorns. Ausstellung in der Tate Modern Gallery, London 2048

Um einen gepflasterten Hof, über dessen Toreingang das Jahr ihrer Erbauung, 1662, eingeschnitten und mit Gold ausgelegt war, standen drei Gebäude: Auf der Stirnseite befand sich eine auf einem gemauerten Fundament errichtete Fachwerkscheune; links schloss sich eine Weinkellerei an; rechts lag das große ehemalige Wohnhaus, das zu einer Gaststätte ausgebaut worden war, die inzwischen zu den beliebtesten im ganzen Neckartal zählte. In den Fenstern schimmerte unterschiedlich getöntes Licht, das von den Gästen an den Fenstertischen nach ihrem Geschmack eingestellt werden konnte. Solche Extras waren im Gastgewerbe mittlerweile keine Seltenheit mehr, aber nur wenige Restaurants konnten sich rühmen, ausschließlich Gemüse aus eigenem Anbau, Eier und Milch von eigenen Tieren anzubieten. Alles, was serviert wurde, war wunderbar altmodisch und authentisch, und um ihr Essen ohne schlechtes Gewissen genießen zu können, ignorierten die meisten Gäste ihre Gesundheitssensoren, die vor zu fettem Fleisch und zu viel Alkohol warnten.

Vom Gastraum aus war die prächtige Scheune zu sehen, und wer Lust hatte, konnte sich von seinem Tisch aus zur abendlichen Vorstellung hinüberschalten. Für gewöhnlich fanden dort Konzerte statt. Manchmal gab es aber auch experimentelles Theater, Lesungen oder Poetry Slams. In der Scheune selbst brannten nur Kerzen und Öllampen, und für Musik sorgten ausschließlich akustische Instrumente und Stimmen. Klaus wollte es so. Das Restaurant und sein Weinhandel warfen genug Geld zum Leben ab, und er legte Wert darauf, dass die Scheune als ein Refugium vor der modernen Welt genutzt wurde, als Monument einer Zeit, in der es noch keine Elektrizität gab und die Sinnesfreuden einfacher waren. Klaus glaubte fest daran, dass auch und gerade im digitalen Zeitalter gute Unterhaltung live sein musste.

Er hatte eine sonore Bassstimme und war Mitglied des örtlichen Laienchors, der auf dem Hof probte. Seine Frau Sybill hatte als Mädchen davon geträumt, Balletttänzerin zu werden, und so probten tagsüber Tanzensembles und zwei Choreographen in der Scheune. Je mehr auf dem Hof passierte, desto glücklicher war Klaus, ja er verstieg sich zu der Vorstellung, dass nicht zuletzt auch seine Weinstöcke von Musik, Theater und den Vibrationen rhythmischer Tanzschritte profitierten. Bei ihm wirkte es jedenfalls. An den Wänden des Restaurants hingen Werke anerkannter Künstler, mitunter aber auch Bilder von Schulkindern oder Pensionären, die Aquarellkurse belegt hatten und Landschaften malten. Zwar waren es immer dieselben Motive aus der näheren Umgebung, nur jeweils anders in Szene gesetzt, doch für Klaus ging gerade von diesen Bildern eine besondere Ruhe aus.

Er war groß, mit breiten Schultern, ohne füllig zu wirken, und ging auf die fünfzig zu, sah aber jünger aus. Die Arbeit im Garten und in den Weinbergen wie auch seine Liebe zur Jagd hielten ihn fit. Obwohl von ernster Natur, kam sein Lächeln oft spontan, und viele suchten seinen Rat. Er war aufgeschlossen, aber diskret, umsichtig und freigiebig mit seiner Zeit. Wiederholt war er gebeten worden, doch dem Stadtrat beizutreten oder sich sogar für das Amt des Bürgermeisters aufstellen zu lassen – beides hatte er abgelehnt. Die Feste, die er Jahr für Jahr nach der Weinernte für Nachbarn und Personal auf dem Hof veranstaltete, waren legendär, Dutzende Paare tanzten dann auf dem Hof, und die Grillspezialitäten standen seinen köstlichen Weinen in nichts nach. Und zuletzt, wenn es schon langsam hell wurde, sang er jedes Mal mit seinem Chor alte Lieder.

Er hatte kurz geschnittenes blondes Haar und war auf Bitten seiner Frau immer frisch rasiert, obwohl er früher seinen Bart immer gern getragen hatte. Das Gehöft, zu dem auch Weinberge gehörten, hatte er vor fünf Jahren von seinem Großvater geerbt. Seine Eltern hatte er schon als Kind verloren. Sie waren bei einem Trekking in Nepal ums Leben gekommen, als eine von Schmelzwasser überspülte Staumauer barst und sich reißende Fluten über die Reisegruppe ergossen hatten, mit der sie unterwegs waren. Nach dem Tod seines Großvater hatte Klaus seine Anstellung als Robotroniker bei der Firma Wendt aufgegeben und sich darangemacht, sein Erbe zu einem Ort zu machen, den er selbst gern besuchen würde.

An diesem Frühlingsabend sang in der Scheune eine junge Frau mit langen dunklen Haaren und hoher, sehr klarer Stimme. Sie begleitete sich selbst auf einer Gitarre, die älter war als ihre Großmutter, von der sie sie geerbt hatte. Ihr Repertoire bestand aus alten Songs, in denen von Rendezvous im Mondenschein, von Duellen im Morgengrauen, von silbernen Dolchen und seidenen Henkersschlingen die Rede war. Mit ihrer schlanken Gestalt, den großen, dunklen Augen und der melancholischen Aura, die sie umgab, hätte sie selbst die Heldin jedes dieser Liebeslieder sein können. Sie trug ein schlichtes weißes Kleid und eine Halskette aus selbstgesammelten Muscheln von irgendeinem fernen Strand. Während sie sang, wippte ihr bloßer, sonnengebräunter Fuß im Takt. Ihr Name war Hadiye Boran, aber die meisten nannten sie Hati. Sie arbeitete als Lehrerin in der benachbarten Kleinstadt am Fluss, und manche der Bilder, die an den Wänden hingen, stammten von ihren Schülern.

»Den nächsten Song hat ein Freund von mir geschrieben, ein junger Freiländer namens Leo. Manche von euch werden ihn kennen. Ich freue mich, dass er heute Abend hier im Publikum sitzt«, sagte sie mit einem schüchternen Lächeln in seine Richtung. Leo war schlank, dunkelhaarig, mit feinen Gesichtszügen, und er errötete, als Hati ihm jetzt eine Kusshand zuwarf, ehe sie wieder in die Saiten griff.

»Berührte ich sie noch so sanft, es wär nicht sanft genug – so zart ist meiner Liebsten Haut«, sang sie.

Der Großteil des Publikums in der Scheune schien einem völlig anderen Menschenschlag anzugehören als die Gäste, die nebenan im Restaurant dinierten. Sie trugen dunkle, strapazierfähige Kleidung statt heller Farben und an den Füßen Stiefel oder Sandalen. Die Haare der Männer waren zu Dreadlocks verfilzt, während das der Frauen meist kurzgeschnitten oder zu Zöpfen geflochten war. Statt nach teurem Parfüm rochen sie nach Pferd, Leder, selbstgemachter Seife und Schweiß, und sie waren auch nicht mit dem Auto hergekommen, sondern zu Fuß, mit dem Fahrrad oder zu Pferd. Normalerweise kamen beide Menschengruppen so gut wie nie miteinander in Berührung – außer auf Klaus Schmitts Hof, was für die Gourmets aus der Stadt eine zusätzliche Attraktion darstellte. Der Ort war unkonventionell und etwas verwegen. Nach dem Essen gingen die meisten Restaurantgäste hinüber in die Scheune, nicht nur, um Musik zu hören, sondern auch, weil sie einen Blick auf das fremde Völkchen aus den Freien Gebieten werfen wollten, bevor sie in ihre teuren Fahrzeuge stiegen, um in ihre komfortablen Stadtwohnungen zurückzukehren. Mit Ausnahme einiger weniger noch benzinbetriebener Oldtimer-Rennwagen und gewisser Spezial- und Armeefahrzeuge waren inzwischen alle Fahrzeuge elektrisch.

Im ersten Jahr nach der Eröffnung der Scheune als Veranstaltungsort waren viele Gäste aus der Stadt Eltern gewesen, die hofften, hier ihre – wie sie sagten – »verwilderten Kinder« wiederzusehen oder zumindest etwas von ihnen zu hören. Es war zu manchen heiklen Szenen gekommen, bevor Klaus beschloss, die Namen der Gäste, die reserviert hatten, am Schwarzen Brett in der Scheune anzuschlagen oder auf der Website des Hofes einzutragen. Wenn die jungen, »verwilderten« Männer und Frauen nichts dagegen hatten, ihren Eltern zu begegnen, sollte es Klaus nur recht sein; im umgekehrten Fall konnten sie fernbleiben oder am Schwarzen Brett bzw. auf der Website eine Nachricht für sie hinterlassen. Der Hof wurde inzwischen als eine Art Niemandsland respektiert oder vielmehr als neutrales Territorium, auf dem man sich gegenübertreten konnte, wenn einem danach war. Bei gutem Wetter öffnete Klaus an Sommerabenden die Koppel hinter der Scheune, wo dann Freiländer und Städter zu einem gemeinsamen Picknick zusammenkamen. Eingeladen waren auch Obst- und Gemüsebauern der Umgebung sowie Metzger und Lebensmittelhändler, die ihre Verkaufsstände aufbauten. Da sich immer häufiger auch ältere Leute in die Freien Gebiete zurückzogen, fanden sich bei einem solchen Picknick oder bei der Weinernte manchmal drei Generationen zusammen.

In der Restaurantküche drückte Klaus seiner Frau, die

über einen Teller gebeugt vor der Anrichte stand, einen Kuss in den Nacken. Sybill war gerade dabei, mit rotem Zuckerguss die Worte »HAPPY BIRTHDAY« auf den Tellerrand zu schreiben, und gab, ohne aufzublicken, ein glückliches Glucksen von sich. Klaus verließ die Küche, überquerte den Hof und betrat die Scheune durch einen Seiteneingang, um der Musik zu lauschen. Das Lied, das Hati Boran jetzt sang, kam ihm bekannt vor. Es stammte aus *Des Knaben Wunderhorn*. Dann wechselte Hati in eine Molltonart und sang ein selbst komponiertes Lied, das von der verhängnisvollen Liebe eines Stadtmädchens zu einem jungen Freiländer handelte. Es gefiel Klaus, dass Hati immer häufiger eigene Songs vortrug und im Vergleich zu früheren Auftritten in der Scheune an Selbstbewusstsein dazugewonnen hatte.

Er ließ seinen Blick über die rund zwanzig im Raum verteilten Tische gleiten, auf denen Kerzen brannten. Alle waren besetzt, sodass rund ein Dutzend anderer Zuhörer, die keinen Platz gefunden hatten, mit Sitzmatten auf dem Boden vorliebnehmen musste. Er kannte fast alle mit Namen, manche aber auch nur vom Sehen. Hati schaute kurz zu ihm herüber und richtete ihre Augen dann sofort wieder auf die schweren hölzernen Balken und Dachsparren. Klaus hatte sie gebeten, ihr Gesicht nicht hinter ihren langen Haaren wie hinter einem Vorhang zu verstecken, wenn sie sich über ihre Gitarre beugte.

Kaum hatte Hati das Lied beendet, kündigte sie bereits das nächste an, einen mittlerweile weiterum bekannten Song über einen modernen Rebellen namens Dark Rider. Als Hati zum Refrain ansetzte, fielen einige im Publikum mit ein:

»*Oh, sie suchen und jagen mit Tücke und List
den Mann, der niemals zu fassen ist.
Dark Rider entflieht in das Land unserer Träume,
reitet, schnell wie der Wind, durch nächtliche Räume,
und wenn ich nur könnte, ich schlöss' mich ihm an,
denn sein Ziel ist die Freiheit für jedermann.*«

Nun suchte Klaus den Blick eines kleinen, untersetzten Mannes, der an der gegenüberliegenden Wand lehnte. Dieser nickte ihm kurz zu und folgte ihm, als er hinausging, kurze Zeit später über einen Seitenausgang nach draußen zum Stall. Dort standen zwei Pferde, die Dieter Manstein, so hieß der Mann, gesattelt hatte, bevor er in die Scheune gekommen war. Dieter und Klaus waren Cousins zweiten Grades und Freunde seit der Kindheit. Gemeinsam waren sie auf Bäume geklettert und in den Wäldern umhergestreift, hatten gemeinsam schwimmen und reiten gelernt, im Weinberg gearbeitet und in derselben Fußballmannschaft gespielt, bis Klaus auf die Fachhochschule gegangen war und Dieter angefangen hatte, Tiermedizin zu studieren.

Während der Unruhen von 2048 drifteten sie geistig auseinander. Dieter kämpfte an vorderster Front, im Unterschied zu Klaus, der, allein auf seine Arbeit und seine Karriere bedacht, kein Verständnis für die Studentenproteste und Massendemonstrationen hatte, die Europa und Nordamerika monatelang in Atem hielten und die Ordnung der Gesellschaft umzustoßen drohten, in der sie beide aufgewachsen waren.

Klaus hielt sich für einen praktischen Menschen, für ihn waren Fragen dazu da, beantwortet, und Probleme dazu da, gelöst zu werden. Wenn andere sich langweilten, lag es seiner Meinung nach nur daran, dass sie zu faul waren herauszufinden, wofür sie sich begeistern könnten. Funktionierte etwas nicht, versuchte er es zu reparieren und es gleichzeitig zu verbessern. Schon in jungen Jahren hatte er für sein Leben gern Motoren und Maschinen auseinandergenommen, um herauszufinden, wie sie funktionierten. Und dass etwas funktionierte, war für ihn wichtiger als alles andere.

Dieter stand ihm näher als ein Bruder, hätte aber kaum unterschiedlicher sein können. Er wusste eine Unmenge über Pflanzen und wie sich Tiere abrichten ließen, wie alles, was lebte, miteinander verbunden war und interagierte. Klaus hatte früher Dieters Fahrrad repariert, wenn es kaputt war, und Dieter wusste, mit welchem Kraut sich eine Schnittwunde oder ein aufgeschürftes Knie verarzten ließ. Dieter kochte, Klaus aß. Dieter las Gedichte, für Klaus kamen nur Sachbücher in Frage.

Während also Klaus studierte und arbeitete und den Kopf schüttelte über den im Jahr 2048 eskalierenden Aufruhr an den Universitäten, beteiligte sich Dieter an den Demonstrationen und schleuderte die Tränengasgranaten zurück, mit denen die Polizei gegen die Aufständischen vorrückte. Vor Massen von Zuhörern wetterte er gegen eine Gesellschaft, deren Bürger, von unnützem Luxus bestochen, schlaff vor dem Fernseher hingen und sich von den Medien füttern ließen, statt den eigenen Kopf zu gebrauchen und kreativ zu sein.

»Du machst dir Gedanken darüber, wie das eine oder andere Ding gebaut wurde, und fragst dich, warum. Ich schaue mir die Welt an, stelle mir vor, wie sie sein könnte, und frage: Warum nicht?«, sagte Dieter eines Abends zu Klaus. Sie saßen in Tübingen am Neckarufer unweit des Turms, in dem Hölderlin Klavier gespielt und seine Elegien und Hymnen geschrieben hatte. Dieter hatte vom Freiheitsbaum der Stiftler erzählt, jener revolutionären Studenten, zu denen auch Hölderlin gehört hatte.

»Ganz ähnliche Dinge hat vor bald hundert Jahren ein amerikanischer Politiker namens Robert Kennedy formuliert« entgegnete Klaus trocken. »Er wurde erschossen.«

Dieter wie Klaus hatten die politische Haltung des jeweils anderen nicht nachvollziehen können. Als Jungen unzertrennlich, schienen sie nun das Verständnis für einander verloren zu haben, wie so viele andere auch in dieser turbulenten Zeit. Nach Jahren der Entfremdung waren sie als Familienväter in ihre Heimatstadt zurückgekehrt und hatten an die alte Freundschaft wieder angeknüpft, obwohl sie sich gedanklich so weit voneinander entfernt hatten. Dieter war ein Freiländer geblieben und suchte wie so viele der jungen Revolutionäre ein einfaches, natürliches Leben. Als Romantiker mit ausgeprägtem Sinn für alles Magische und Mystische fühlte er sich zu Wald und Wildnis hingezogen und sah sich damit in der Tradition der alten Wandervogel-Bewegung. Klaus hingegen stand zumindest noch mit einem Fuß in der konventionellen Welt.

»Sieh zu, dass deine Sensoren ausgeschaltet sind«, sagte Dieter. Klaus tat ihm den Gefallen. Als privat versicherter Unternehmer war ihm keine andere Wahl geblieben, als sich die Chips implantieren zu lassen, aber er wusste, wie sie sich austricksen ließen. Dieter hatte sie sich 2048 entfernen lassen.

Wortlos bestiegen sie ihre Pferde. Im Licht des abnehmenden Mondes ritten sie in nordöstlicher Richtung auf jene dünnbesiedelten Regionen zu, die als Freie Gebiete bezeichnet wurden. Manche sprachen auch von »der Wildnis«, obwohl manche Teile, wie Dieter immer sagte, wilder waren als andere. Hier, am Dreiländereck zwischen Bayern, Hessen und Baden-Württemberg, ging es noch recht zivilisiert zu. Es gab kleine Bauernhöfe und Marktflecken, die Kinder wurden zu Hause unterrichtet, und die medizinische Versorgung war durch freiwillige Ärzte halbwegs gewährleistet. Was gänzlich fehlte, war jegliche Möglichkeit der Telekommunikation: Es gab weder Mobilfunk- noch Satellitennetz, und auch die Sensoren der implantierten Chips wurden nicht unterstützt. Selbst vom Stromnetz war man abgeschnitten. Die Anwohner versorgten sich ausschließlich mit selbsterzeugter erneuerbarer Energie. Darin ließ sie der Staat gewähren, der seit der Krise von 2048 das Prinzip der Nichteinmischung praktizierte.

Die Pferde kannten den Weg durch den Odenwald und an den Siegfriedbrunnen vorbei, wo der Sage nach der Drachentöter Siegfried von Hagen erschlagen worden war. Viele fanden die dichten Wälder mysteriös und unheimlich, zumal sich schauerliche Legenden um Raubritter und Wegelagerer rankten. Alte Ortsnamen wie der Teufelspfad oder Teufelsstein suggerierten, dass der Teufel dort sein Unwesen trieb. Hier, so erzählte der Volksmythos, ritt der Rodensteiner mit seinem Geisterheer durch die Lüfte, deren Anblick und Getöse den Ausbruch des Krieges ankündigte.

Nun erreichten die Freunde eine kleine Lichtung, durch

die ein Zufluss des Laxbaches plätscherte, der seinerseits in den Neckar mündete. Dort sprangen sie von den Pferden, banden sie an einem Baum fest und stiegen auf einem steilen Pfad durch ein Geröllfeld zum Einstieg in eine Höhle, vor der sie einen Faden gespannt hatten. Sie versicherten sich, dass er noch intakt war. Dieter löste das Seil, das er um seine Hüfte gewickelt hatte, und tastete nach dem Haken, den sie vor vielen Jahren in den Fels geschlagen hatten. Nachdem er das eine Seilende daran befestigt hatte, packte er das andere fest mit beiden Händen, nahm Anlauf, schwang sich über einen tiefen Graben unmittelbar hinter dem Höhleneingang hinweg und landete auf dem Felssockel dahinter. Er schaltete seine Stirnlampe ein, fand die Holzplanken, die dort deponiert waren, und schob sie für Klaus über das Loch, damit der ihn bequem erreichen konnte.

Gemeinsam liefen sie tiefer in die Höhle hinein, bis sie nach einer Kehre im Schein der Stirnlampe auf eine hölzerne Truhe stießen. Klaus entnahm ihr eine schwarze Lederjacke und -hose. Sobald er diese anzog, wirkten sie wie eine Tarnkappe, da ihr Futter aus Karbonfasern und Kupferpolyester bestand. Unterdessen zog Dieter die dunkle Plane von einer mattschwarzen Enduromaschine, einer über fünfzig Jahre alten BMW G 450 X. Fast alle metallenen Bauteile waren mit einem Karbonfaserlaminat überzogen, wodurch sie für Radarfallen so gut wie nicht zu orten war.

Klaus füllte den Tank mit geschmuggeltem Benzin aus einem Armeelager, das in Kanistern bereitstand, und schob das Motorrad über die behelfsmäßige Brücke ins Freie. Danach zog Dieter die Bretter zurück und schwang sich am Seil wieder hinaus ins Freie. Nachdem er das Seil vom Haken genommen, aufgewickelt und hinter dem Höhleneingang versteckt hatte, schlug er Klaus freundlich auf die Schulter, schaute auf seine Uhr und sagte, er werde ihn später treffen. Klaus schaute ihm nach, als er davonritt, das zweite Pferd am Zügel führend. Er zog den alten Lederhelm der Luftwaffe auf den Kopf, startete die Maschine und fuhr über den Forstweg zur Landstraße.

4

»Maschinen haben uneinholbare Vorteile, die sie dem Menschen deutlich überlegen machen. Sie werden biologischen Menschen, selbst wenn man deren Leistungsfähigkeit künstlich verbessert, immer voraus sein… [Dies führt zu] einer Gesellschaft, die voller ökonomischer Wunder und technologischer Meisterwerke ist, von denen aber niemand profitieren kann – ein Disneyland ohne Kinder.«
Nick Bostrom, *Superintelligence: Paths, Dangers, Strategies*, Oxford University Press, 2014. (Nick Bostrom ist Direktor am Future of Humanity Institute der Oxford University.)

»Es ist manchmal nützlich, über mögliche zukünftige Wesen nachzudenken, deren Fähigkeiten denen der gegenwärtigen Menschen so klar überlegen sind, dass das Attribut ›menschlich‹ nicht mehr uneingeschränkt zutrifft. Vielmehr wären sie als ›posthumane‹ Wesen zu bezeichnen… Viele Transhumanisten plädieren für die Fortsetzung einer Entwicklung, die früher oder später posthumane Personen hervorbringt. Sie sehnen sich nach intellektuellen Höhen, die jedes menschliche Genie so weit übertreffen wie der Mensch andere Primaten. Sie sollen immun gegen Krankheiten sein, nicht oder kaum altern, immer jung und voller Kraft sein, ihre Bedürfnisse, Stimmungen und Geisteszustände jederzeit unter

Kontrolle haben, Empfindungen von Müdigkeit, Hass oder nichtigen Irritationen ausblenden können, in der Lage sein, Freude, Liebe, Kunst und heitere Gemütsruhe intensiver zu erleben und Bewusstseinsstufen zu erreichen, die für menschliche Gehirne derzeit unerreichbar sind. Es ist anzunehmen, dass alle, die ein unbegrenzt langes, gesundes, aktives Leben genießen und immer mehr Erinnerungen, Fähigkeiten und Wissen anhäufen, unweigerlich in einen posthumanen Seinszustand überwechseln.«

Von der Website »Humanity+«, die sich erklärtermaßen dem »Fortschritt von Wissenschaft, Technologie und sozialem Wandel im 21. Jahrhundert« widmet

Friedrich Wendt fuhr sich mit der Hand durch sein dichtes weißes Haar und betrachtete die Frau, die ihm gegenüber am Tisch saß, mit sichtlichem Vergnügen. Sie war achtunddreißig und hätte praktisch seine Urenkelin sein können. Nachdem er ihr Buch gelesen und eine ihrer Vorlesungen auf Video gesehen hatte, war er von ihrer sprühenden Intelligenz und Originalität fasziniert gewesen. Nun, da sie ihm gegenübersaß, nahmen die lebendige Klugheit und Schlagfertigkeit ihn nur noch mehr für sie ein. Sie sah jung aus für ihr Alter und strahlte jene Gesundheit und Fitness aus, die ihm gefielen. Ihre blonden Haare waren kürzer geschnitten als seine und ließen den langen schlanken Hals umso besser zur Geltung kommen.

Der dunkle Teint verriet ihre griechischen Wurzeln – ihr Vater war vor fünfzig Jahren aus Griechenland nach Deutschland gekommen –, und die blaugrauen Augen bildeten einen interessanten Kontrast dazu. Manche hätten gemessen an herkömmlichen Schönheitskriterien ihre Lippen für ein wenig zu schmal gehalten, und ihre Nase war wohl eine Idee zu lang. Aber beides passte vorzüglich zu ihr, vor allem wenn sie lächelte. Ein entschlossenes Gesicht, fand Wendt, und er mochte es. Ihm gefiel auch, was seine Informanten zu berichten wussten: Sie hatte offenbar nie auch nur in Erwägung gezogen, einen kosmetischen Eingriff an sich vornehmen zu lassen.

Der Gedanke, sie zu verführen, lag ihm an diesem Abend jedoch fern, zumindest in sexueller Hinsicht. Vielmehr interessierten ihn ihr intelligenter Kopf, ihr Renommee. Friedrich Wendt, einer der erfolgreichsten Unternehmer Europas, bekam für gewöhnlich, was er wollte, aber er hatte in den hundertzwölf Jahren, die er schon lebte, auch genügend Erfahrungen gesammelt, um zu spüren, dass er es mit ihr nicht leicht haben würde.

Wendt äußerte gern, dass er mehrere deutsche Staaten kennengelernt habe und mit dem aktuellen am meisten einverstanden sei. Das Deutschland seiner Kindheit, also die nach dem Zweiten Weltkrieg wiederaufgebaute Bundesrepublik der 1950er und -60er Jahre, war vom sogenannten Wirtschaftswunder und wachsendem Wohlstand geprägt gewesen. Nach den Studentenkrawallen von 1968 wurde das Land von Sozialliberalen regiert und auch moderner und »grüner«. Der Fall der Mauer und die Wiedervereinigung setzten eine zweite Phase des Wiederaufbaus in Gang. Zu Beginn des 21. Jahrhunderts rang sich die deutsche Politik in einem quälend langsamen Prozess zu der Einsicht durch, dass sie eine führende Position im globalisierten Europa und militärische Verantwortung in der Welt zu übernehmen hatte.

Wendt erinnerte sich noch gut an die Diskussionen zur Jahrtausendwende. Demoskopen verwiesen auf die niedrige Geburtenrate und rechneten vor, dass die Bevölkerung zahlenmäßig unter die von Frankreich und Großbritannien schrumpfen würde und dem Land eine Gerontokratie drohe. Politikwissenschaftler dagegen entwickelten ein Szenario, wonach Deutschland dank seiner starken Wirtschaft gut ausgebildete Migranten anlocken und zu einem Superstaat mit mehr als hundert Millionen Einwohnern anwachsen würde, der so viel mächtiger wäre als seine europäischen Partner, dass er auf die schwächelnden Länder des Südens verzichten könnte.

Natürlich hatten sich beide Seiten geirrt. Zwar kamen tatsächlich viele Einwanderer ins Land, doch Deutschland hatte nicht die geringste Absicht, sich zu vergrößern oder europäische Partner abzuschütteln, sosehr manche von ihnen wirtschaftlich auch schwächelten. Wendt bezeichnete es als eine »freundliche« Ironie der deutschen Kultur, dass die Person, deren Vision die Zukunft am präzisesten vorhersehen sollte, nicht etwa Willy Brandt, Helmut Schmidt, Helmut Kohl, Gerhard Schröder, Angela Merkel oder Sigmar Gabriel oder eine/r derer Nachfolger/innen im Amt des Bundeskanzlers gewesen war, sondern der Autor der *Buddenbrooks*. Der wahre Visionär war, wie so oft, ein Schriftsteller, in diesem Fall Thomas Mann, der »ein europäisches Deutschland, kein deutsches Europa« vor Augen hatte. Deutschland hatte sich aus eigener Kraft gerettet und konnte als beispielhaft für Europa gelten. Dies erkennen zu können verstand Wendt als einen Vorteil seines hohen Alters.

Es folgten Jahrzehnte geringen wirtschaftlichen Wachstums und, ausgelöst durch eine Reihe regionaler Kriege in Afrika und Asien, eine regelrechte Umkehrung der Globalisierung. Aber es war auch die Zeit technologischer Revolutionen und ambitionierter Weltraumunternehmungen, die Wendt selbst mit angestoßen hatte. Die zweite Studentenrevolte 2048 und das in deregulierte und urbane Zonen aufgeteilte Deutschland waren ihm fremd geblieben. Nun aber, in der Mitte der Sechzigerjahre, fasste er wieder Hoffnung. Der neu gebildete, Europa und Nordamerika umschließende, Wirtschaftsraum bot Deutschland, wie er es sah, die Chance auf eine weitere große Wende, und die wollte er noch erleben, zumal die attraktive junge Frau, die ihm gegenübersaß, an ihrer Gestaltung entscheidend mitwirken würde.

Er hatte ihr Buch *Der zweite Mensch* aufmerksam gelesen und sich in seine Kladde in seiner feinsäuberlichen Handschrift Notizen gemacht. Dass er aus einem einzigen Buch so viele Anregungen bezog, kam selten vor. Doch die Seiten sprudelten über von ihrem beweglichen Geist, fast beiläufig wies sie auf Dinge hin, an die er selbst noch nie gedacht hatte: Wenn Wendt'sche Roboter im All eingesetzt würden, seien irgendwann auch Handels- bzw. politische Verträge mit ihnen zu schließen. Sie schlug vor, dass ihnen für die Suche nach bewohnbaren Planeten im Weltraum das Recht auf Selbstverwaltung eingeräumt werden und ihnen irgendwann auch menschliche Siedler folgen sollten. Wendt gefiel die Kombination aus Idealismus und diplomatischem

Verhandlungsgeschick, die sie verkörperte. Sie kam dem posthumanen Vorbild so nahe wie kaum jemand, den er kannte, denn auch sie glaubte nicht daran, dass die Menschheit der Endpunkt der Evolution sei. Menschen, schrieb sie, seien in der Lage, die Denkmaschinen der Zukunft zu bauen, mit denen sie schließlich zu einer neuen, hybriden Lebensform verschmelzen würden, die die unermüdliche Effizienz von Robotern mit menschlicher Kreativität und Dynamik vereinen könnten.

Obwohl sich Christina bereits für das Tagesgericht entschieden hatte – eine Wildpastete mit Babykarotten und grünem Salat und zum Nachtisch frische Erdbeeren –, hielt sie den Blick auf die Speisekarte gesenkt, während sie über Wendts Angebot nachdachte. Sie hatte einen interessanten Tag verbracht, angefangen mit einer Führung durch Wendts berühmtes Forschungszentrum, der sich ein ausführlicher fachlicher Austausch mit den Forschern angeschlossen hatte. Während der Mittagspause mit Sandwiches und Fruchtsäften wurden die Gespräche fortgesetzt. Danach ging es in die Werkstätten, wo man ihr die jüngsten Prototypen vorstellte. Hier, erklärte Wendt, werde weniger Entwicklungs- als vielmehr Erziehungsarbeit geleistet. Christina fand diesen Ansatz reizvoll, doch ob sie das sehr lukrative Angebot annehmen und als Beraterin für sein Unternehmen tätig werden sollte, hatte sie noch nicht entschieden. Hauptsächlich deshalb, weil sie noch nicht einzuschätzen vermochte, ob sie mit einem Mann zusammenarbeiten konnte, der in der Branche als stur galt.

Wendts Vater war 1943 als zwanzigjähriger Panzergrenadier in Tunesien von amerikanischen Truppen gefangen genommen und in ein US-Lager gebracht worden. Er hatte auf einer Farm in Iowa gearbeitet, Englisch gelernt und eine leidenschaftliche Bewunderung entwickelt für alles, was amerikanisch war. Zurück in Deutschland nahm er einen Job bei einem Opel-Händler an, heiratete dessen Tochter und machte sich selbständig. In den 1960er Jahren, nachdem er eine Kette von Niederlassungen aufgebaut hatte, handelte er zudem mit Autoreifen und kaufte eine marode Firma auf, die Scheibenwischer, Außenspiegel und anderes Zubehör herstellte. Anfang der neunziger Jahre leitete er eines der größten Zulieferunternehmen der deutschen Automobilindustrie. Sein Sohn Friedrich, genannt Fred, durchlief sämtliche Abteilungen der Firma, vom Fließband über die Entwicklung bis hin zu Finanzen, Einkauf und schließlich Unternehmensführung, bevor er für ein Studium an der Harvard Business School nach Amerika ging.

Nach seiner Rückkehr überzeugte er seinen Vater davon, dass die wirtschaftliche Zukunft Mikrochips, satellitengesteuerten Navigationssystemen, On-Board-Unterhaltungselektronik und der Weiterentwicklung von Kfz-Sensoren und Messgeräten gehörte. Außerdem bestand er darauf, all diese Geräte auf anwenderfreundliche Art in zentrale Steuerungssysteme zu integrieren. Als sein Vater im Alter von achtzig Jahren im Büro an einem Herzinfarkt starb, übernahm Fred die Leitung des Familienunternehmens, das inzwischen zu den fünfzig größten Gesellschaften Baden-Württembergs gehörte.

Fred setzte sich über die Bedenken anderer Familienmitglieder hinweg und konzentrierte sich auf die Entwicklung von Einparkhilfen und Autonavigation. Mitte der 2020er

Jahre hatte rund ein Drittel der weltweit ausgelieferten Kraftfahrzeuge mindestens eine Wendt'sche Komponente an Bord. Die Firma war nunmehr auch eine der drei größten Softwarefirmen in Deutschland sowie der europaweit größte Hersteller von Implantaten zur präventiven Gesundheitsüberwachung. Darüber hinaus setzte Fred seinen ganzen Ehrgeiz darein, an der Weltspitze der Robotertechnologie zu stehen.

Währenddessen hatte Wendt viele alteingesessene mittelständische Unternehmen dabei unterstützt, ihre technischen Produktionsprozesse zu modernisieren und sich die neue Fertigungsmethode des 3-D-Druckens anzueignen. Er wandte an, was er das Apple-Modell nannte: Sein Unternehmen entwickelte und baute die entsprechenden Anlagen und machte sich dann die Kreativität anderer zunutze, indem es Lizenzen verkaufte und manchmal auch in die Firmen der Anwender investierte. Das verhalf ihm zu einem außergewöhnlichen Netzwerk von Geschäftspartnern in ganz Europa und einem scharfen Blick für vielversprechende Talente.

Der berühmte Industrielle, dem Christina an diesem Abend gegenübersaß und der die fünftgrößte Unternehmensgruppe Europas leitete, wirkte so agil wie ein Sechzigjähriger. Es schmeichelte ihr sehr, dass er um ihre Mitarbeit warb. Doch als er sie gebeten hatte, dafür ihre Tätigkeit an der Universität aufzugeben, hatte sie abgelehnt, denn sie schätzte ihre Unabhängigkeit und war mit ihrer Assistenzprofessur überaus zufrieden. »Schauen Sie trotzdem bei uns vorbei«, hatte er darauf geantwortet. »Unterhalten wir uns darüber, welche Rolle bei Wendt Ihnen zusagen könnte.«

Die Kellnerin kam. Eine weitere Besonderheit des Restaurants bestand darin, dass ausschließlich Menschen aus Fleisch und Blut die Gäste bedienten. Klaus Schmitt, der Eigentümer, bestand darauf, was Wendt fast ebenso irritierte, wie es ihn faszinierte. Schmitt war einer der tüchtigsten Mitarbeiter gewesen, die er je eingestellt hatte. Seine Leistung war nicht in Gold aufzuwiegen gewesen. Dass er sich nun weigerte, Roboter zu nutzen, an deren Entwicklung er selbst nicht unmaßgeblich mitgewirkt hatte, war im Grunde kaum verwunderlich, denn Schmitts Geschäftsmodell schien aufzugehen.

Wenn er Schmitt zurückholen und auch Christina Dendias für sich gewinnen könnte, das wäre es, das wäre ein Triumph, dachte Wendt. Dann würde er sich in Ruhe einer dritten Verjüngungskur unterziehen. Mit einem von frischen Stammzellen aufgefrischten Herz-Lungen-Apparat könnte er sogar noch einmal einen Marathon laufen. Den letzten hatte er an seinem hundertsten Geburtstag absolviert.

Die rundliche junge Kellnerin nahm Christinas Bestellung entgegen und fragte, ob sie für ihren Salat ein besonderes Dressing wünsche. Christina schüttelte den Kopf. Der Hof war berühmt für seine Vinaigrette aus Haselnussöl und selbst hergestelltem Weinessig.

»Für mich das Übliche, bitte, Birgit«, sagte Wendt und lächelte die Kellnerin an. Er kannte Klaus Schmitts Nichte seit ihrer Kindheit. »Wie geht es den Zwillingen?«

»Sie können jetzt laufen und halten mich ganz schön auf Trab«, antwortete Birgit. »Wünschen Sie auch den gleichen Wein wie immer?«

»Haben Sie noch eine Flasche von dem alten Margaux?«,

fragte er. Auf der Halbinsel Médoc bei Bordeaux wurden trotz des gestiegenen Meeresspiegels und einer verkürzten Reifezeit vor aufgeworfenen Dämmen immer noch die Trauben angebaut, aus denen die ansässigen Winzer so vorzügliche Weine wie den Margaux, den Saint-Julien und den Pauillac herstellten. An die Jahrgänge von vor 2050 aber kamen sie nicht heran, weshalb diese auf dem Markt astronomische Preise erzielten. Wendt wollte herausfinden, ob Christina mit einem so absurd teuren Tropfen zu beeindrucken war. Doch zu seiner Erleichterung winkte sie ab.

»An mich wäre das reine Verschwendung«, sagte sie lächelnd zu der Kellnerin. »Aber ich habe viel Gutes von Ihrem hauseigenen Riesling gehört, da probiere ich lieber den.«

»Gut gewählt«, sagte Wendt, als Birgit gegangen war. »Würden Sie gern das Konzert drüben hören?« Seine Hand schwebte schon über der in die Tischplatte integrierten Tastatur, mit der sich Beleuchtung, Temperatur, Musik und Düfte rings um ihren Tisch einstellen ließen.

»Nicht beim Essen«, erwiderte sie. »Vielleicht können wir ja später rübergehen. Das Programm hat einen ausgezeichneten Ruf.«

»Klaus Schmitt scheint eine gute Nase für neue Talente zu haben. Wussten Sie übrigens, dass er früher für mich gearbeitet hat, bevor er den Hof hier erbte und zurück aufs Land gezogen ist?«

Christina nickte. Sie hatte davon gehört und wusste auch, dass Schmitt tatsächlich aus freien Stücken gegangen war, dass er einfach sein Leben verändern und mit seiner Frau die gemeinsamen Kinder aufziehen wollte.

»Sie müssen sich nicht heute Abend entscheiden«, meinte Wendt. »Lassen Sie sich Zeit. Ich wäre jedenfalls hocherfreut, Sie bei uns im Team zu haben. Wir stehen vor neuen Herausforderungen, und wie mir scheint, können Sie deren Konsequenzen richtig einschätzen. Wir brauchen Leute wie Sie.«

»Mag sein«, entgegnete sie. »Aber mir ist nicht klar, ob sie mich in der Entwicklung beziehungsweise Erziehung, wie Sie es nennen, oder als Lobbyistin mit gutem Draht zur Politik brauchen.«

Wendt lächelte, ihm gefiel ihre direkte Art. »Gewiss, wenn wir Sie auf unserer Seite hätten, würde uns das nicht zuletzt auch dabei helfen, die Politiker von der Unbedenklichkeit der neuen Technologien zu überzeugen. Aber lassen Sie es mich so sagen: Ich sähe Sie gern an Bord, weil ich mir für die Zukunft nichts Wichtigeres vorstellen kann als ein möglichst harmonisches Verhältnis zwischen Menschen und Robotern.«

Das Verhältnis wurde immer facettenreicher und enger. Als Roboter noch rein funktionale Maschinen waren, die mit selbststeuernden Autos die Post auslieferten oder Einkäufe brachten, stundenweise als Hilfskräfte zu mieten waren, die Maler- und Gartenarbeiten erledigten oder Möbel aufbauten, gab es keine größeren Spannungen zwischen ihnen und den Menschen. Es waren die Menschen, die das Sagen hatten, Roboter führten nur die ihnen aufgetragenen Arbeiten aus. Dafür waren sie gemacht, und dafür brauchten sie keinerlei menschliche Züge zu haben. In Büros nahmen sie Nachrichten entgegen und gaben sie digital oder als Ausdruck weiter, bereiteten Tee oder Kaffee zu, versahen

Reinigungsarbeiten und den nächtlichen Wachdienst. Sie waren strikt auf das Erledigen von Aufgaben fokussiert. Erst als man begann, sie auch in der Alten- und Krankenpflege einzusetzen, und Empathie gefragt war, wurde es kompliziert.

»Das sehe ich ähnlich, auch wenn ich nicht sicher bin, ob Harmonie das Maß aller Dinge ist«, erwiderte Christine. »Vor allem dann nicht, wenn es um Ihre Idee der Roboterfreunde für sozial inkompetente Menschen geht. Dabei wird es nämlich nicht bleiben. Denken Sie nur einmal daran zurück, wie das damals mit Facebook war. Millionen entdeckten auf einmal, dass diese Internet-Freundschaften viel leichter zu handhaben waren als echte Beziehungen. Aber ich hoffe, Sie erwarten nicht von mir, dass ich der Öffentlichkeit weismache, diese Technologie sei unter Kontrolle. Wir wissen beide, dass sie es nicht ist und niemals sein wird. Schauen Sie sich nur das Cyborg-Zeug aus Russland und Asien an.«

»Zugegeben. Was halten Sie von diesen russischen Klonen?«

»Beeindruckend und entsetzlich zugleich. Ich hatte so was munkeln hören, aber ich hätte nie gedacht, dass sie so weit gehen würden.« Christina erschauderte bei der Erinnerung an das Video von drei physisch identischen Humanoiden, jede von ihnen programmiert, jeweils unterschiedliche sexuelle Neigungen zu bedienen. »Wie sind Sie überhaupt da rangekommen?«

»Ein Unternehmen unserer Größe kommt ohne Marktintelligenz nicht aus, das verstehen Sie sicherlich. Wir müssen jeder mit der Konkurrenz Schritt halten, und zur Konkurrenz zählen eben auch solche illegalen Forschungslabors wie das in Tscheljabinsk. Als uns zu Ohren kam, dass dieses Video in Umlauf ist, haben wir es uns besorgt. Zu einem sehr hohen Preis, nebenbei bemerkt. In dem Zusammenhang fällt mir eine Stelle aus Ihrem Buch ein. Sie schreiben, bisher habe man bei der Einrichtung maschineller Anlagen vor allem darauf achten müssen, dass die Arbeiter nicht verletzt werden; inzwischen müsse man sich zunehmend Gedanken darüber machen, wie Maschinen zu schützen sind.«

Das Essen kam. Christina sah zu ihrem Erstaunen, dass ihrem Gegenüber etwas vorgesetzt wurde, das aussah wie ein Cheeseburger mit Ketchup und Pommes frites.

»*Das* ist das Übliche?«, fragte Christina und zog eine Augenbraue hoch, ehe sie lächelte. Unfassbar, dass er dazu einen sündhaft teuren Margaux hatte bestellen wollen.

»Eine Spezialität des Hauses: Wildburger mit selbst gemachtem Käse. Probieren Sie mal, schmeckt ausgezeichnet.«

Sie akzeptierte einen Happen, ohne Ketchup, und nickte anerkennend.

»Vergessen Sie nicht, wie alt ich bin«, sagte Wendt. »Ich war achtzehn, als ich in den sogenannten Sixties zum ersten Mal die USA bereiste. Es war die Zeit der Vietnamproteste, der Rolling-Stones-Konzerte, von Hollywood und der Hamburger. Wie viele Deutsche meiner Generation war ich von Amerika, dem Land der unbegrenzten Möglichkeiten und seinen Freiheiten begeistert und voller Dankbarkeit für dessen Unterstützung nach dem Krieg. Ich dachte, die Prosperität des ›American way of life‹ und die davon ausgehende Globalisierung würden ewig andauern.«

»Globalisierung ist heute mehr oder weniger ein Schimpfwort«, sagte Christina.

»Das was man heute Globalisierung nennt, war 1945 mehr oder weniger eine strategische Option der Vereinigten Staaten, die Westeuropa und Japan als Verbündete im Kalten Krieg an sich binden wollten und deshalb deren Wirtschaft wieder auf die Beine halfen«, erklärte Wendt. »Der Marshallplan, die Aufhebung von Zollbarrieren, US-Investitionen sorgten für einen Boom, der dreißig Jahre anhielt und das dreigeteilte Wirtschaftssystem Europa, Japan und Nordamerika stärkte. Der Logik des Kalten Krieges folgend, hatte sich Präsident Nixon politisch auf China zubewegt und damit die Voraussetzungen geschaffen für die Wirtschaftsreformen unter Deng Xiaoping, die dem Land nach dem Tod Maos zu einem enormen Aufschwung verhalfen. Mit dem Ende des Kalten Krieges fanden sich fünfhundert Millionen Bürger des ehemaligen Ostblocks auf dem Weltmarkt ein und unternahmen zusammen mit Chinesen, Indern und Lateinamerikanern eine der größten Anstrengungen der Menschheit, nämlich den Kampf gegen die Armut.

Paradoxerweise besiegelte der Erfolg der Globalisierung ihren Untergang«, fuhr Wendt fort. »Nicht zuletzt die gewaltigen Exportüberschüsse Chinas und Deutschlands führten 2008 zur Finanzkrise. Als eine Reaktion kehrte man in den Vereinigten Staaten in den Isolationismus zurück, noch verstärkt durch die zunehmende Unabhängigkeit von Energieimporten und die Besorgnis über die Konkurrenz aus Billiglohnländern, die die US-Mittelschicht zu zersetzen drohte. Dabei waren die Vereinigten Staaten Initiator, Dreh- und Angelpunkt und Garant der Globalisierung gewesen.

Mitte des 21. Jahrhunderts dann setzte sich die Meinung durch, dass Globalisierung nicht mehr im Interesse der eigenen Wirtschaft sei«, sagte Wendt. »Und weil keine andere Großmacht willens oder in der Lage gewesen wäre, Amerika zu ersetzen, ging es damit zu Ende. Ausgerechnet zu einem Zeitpunkt, da das halsbrecherische Wachstum der chinesischen Wirtschaft stagnierte. Die Niedrigzinspolitik der Notenbanken führte schließlich zu einer noch nie dagewesenen Vermögensblase und einer Finanzkrise nach der anderen.«

»Ich sehe das etwas anders«, entgegnete Christina. »Amerika konnte nicht mehr vom Krieg profitieren. Als 1914 der Erste Weltkrieg ausbrach, war Amerika der weltgrößte Kreditnehmer, vier Jahre später der weltgrößte Kreditgeber. Nach dem Zweiten Weltkrieg hatte es sich als Führungsmacht in der Welt etabliert. Kriege waren dem Land immer zugute gekommen. Doch das änderte sich. Die Einsätze in Vietnam, dann Afghanistan und im Irak waren desaströs. Darum zog sich Amerika immer mehr zurück.«

»Da mag was dran sein, aber für mich bleiben die USA ein großes Vorbild, an dem sich Deutschland nach dem Krieg zu unserer aller Nutzen orientiert hat. Sooft ich einen Hamburger esse, glaube ich, meine Jugend schmecken zu können. – Wie schmeckt Ihnen die Wildpastete?«

»Köstlich, der Hauswein auch.« Für Christina schien es selbstverständlich, mit einem vierundsiebzig Jahre älteren Mann zu Abend zu essen, der zudem außergewöhnlich fit und gesund zu sein schien. Einige der angesehensten Professoren an der Universität waren ebenfalls über hundert Jahre. Einer war erst kürzlich im Alter von zweiundneunzig Jahren Vater geworden. Seine neunundsechzigjährige Frau sah nicht viel älter aus als Christina. Ausgewogene Ernährung, Gesundheitsvorsorge und Verjüngungskuren hatten das Alter zu einer bloßen Option werden lassen.

»Gestatten Sie mir eine Frage«, bat Wendt. »Mich interessiert, warum Sie zum Militär gegangen sind.«

»Der Grund waren mein jugendlicher Idealismus und der Umstand, dass ich Geld verdienen musste«, antwortete sie. »Meine Eltern haben in der Finanzkrise ihr ganzes Vermögen verloren. Außerdem hatte ich damals den Eindruck, dass nur die Armee etwas gegen die kriegerischen Zustände in Afrika unternehmen könnte. Zum Dank für fünf intensive Jahre wurde mir mein Studium samt Master-Abschluss in England finanziert. Bis vor drei Jahren gehörte ich noch zur Reserve und wurde jährlich zu zweiwöchigen Wehrübungen eingezogen.«

In Afrika hatte inzwischen schon über vierzig Jahre Krieg geherrscht. Die ersten gewaltsamen Auseinandersetzungen waren Anfang des Jahrhunderts ausgebrochen und hatten sich bald von Mauretanien an der Atlantikküste bis hin zum Indischen Ozean nach Kenia ausgebreitet. Durch das weite Gebiet verliefen zwei unsichtbare Grenzen, eine religiöse zwischen dem Islam und dem Christentum sowie eine ethnische, die Araber, Berber und Hausa von den verschiedenen Bantustämmen trennte. In dieser Region hatten Überbevölkerung und der Klimawandel die verheerendsten Auswirkungen gehabt, was zu einer endlosen Folge von Hungerkatastrophen und Epidemien führte. Nur eine Handvoll internationaler Hilfsorganisationen versuchten, das Schlimmste einzudämmen, bis deren Mitglieder selbst zu Opfern von Mord und Verschleppung wurden. Deutschland, Frankreich und Großbritannien schickten Truppen, um die Flughäfen zu sichern, die die Versorgung der Flüchtlingslager gewährleisteten. Schließlich boten die europäischen Streitkräfte Ärzteteams auf, um sich ausbreitende Seuchen aufzuhalten, bevor sie die Mittelmeerküsten erreichten. Im Zuge dieser Entwicklungen wurde das Militär überraschenderweise eine attraktive Anlaufstelle für idealistische junge Europäer.

»Sie waren bei der kämpfenden Truppe und nicht bei einer Versorgungs- oder Sanitätseinheit«, sagte Wendt. »Haben Sie das jemals bereut?«

»Unsere Mission vor Ort unterschied sich kaum. Ich habe jede Menge Spritzen gesetzt, mich als Hebamme betätigt und säckeweise unsere Spezialnahrung für unterernährte Säuglinge verteilt. Wie alle anderen habe ich Sandsack um Sandsack gefüllt und mich, wann immer möglich, auf nicht tödliche Munition beschränkt, aber davon gab es immer zu wenig. Die Dschihadisten hatten sich inzwischen auf kleinere Attacken verlegt, versuchsweise Angriffe, um unsere Vorräte zu erschöpfen. Und ja, ganz selten, wenn wir in Bedrängnis kamen, habe ich auch scharf geschossen.«

Wendt verzog das Gesicht. »Das ist ja schrecklich und geradezu pervers, dass Waffen eingesetzt werden müssen, um humanitäre Missionen zu verteidigen«, sagte er.

»Das fand ich ja auch, bis ich mit eigenen Augen gesehen habe, was Dschihadisten in einem Flüchtlingslager anrichteten, das sie überfallen hatten. Ich bin Ihnen auf ewig dankbar für die Drohnen, die Sie herstellen lassen, Herr Wendt, auch wenn diese unbewaffnet sind. Sie haben uns rechtzeitig gewarnt.«

»Unser Konzern ist keine Waffenschmiede«, erwiderte er. »Nicht solange ich lebe. Drohnen und Radare, ja, aber keine Raketen. Das ist mein Grundsatz, obwohl sich meine Direktoren ständig darüber beschweren, weil sie nicht einsehen, warum wir uns dieses lukrative Geschäft entgehen lassen.

Aber es ist mein Unternehmen, und so will ich es«, entgegnete Wendt. »Für Außenstehende, die keine Verantwortung für Tausende von Arbeitsplätzen tragen müssen, mag meine Entscheidung schwer zu verstehen sein. Es ist vielleicht ein bisschen so wie beim Militär. So wie ein General innerhalb weniger Stunden einen Krieg verlieren kann, kann ich aufgrund einer einzigen Fehlentscheidung mein Unternehmen verlieren.«

»Belastet Sie diese Verantwortung nicht sehr?«, fragte Christina.

»Doch, natürlich. Aber wenn es darum geht, Risiken abzuwägen, vertraue ich inzwischen meinem Urteilsvermögen, und ich habe gelernt, dass es falsch wäre, immer auf Nummer sicher zu gehen. Ich kann Ihnen nur raten: Wenn Sie etwas riskieren, gehen Sie beherzt zur Sache. Begnügen Sie sich nicht mit Halbheiten oder mit dem einfacheren Weg einer konsensfähigen Entscheidung. Als Unternehmer habe ich früh, schon lange vor Ihrer Geburt, voll auf Sensoren und Automatisierung gesetzt, auf Robotik und Raumfahrt, und heute setze ich auf diese neue Generation denkender, aktiver, empathischer Roboter. Den meisten meiner

Direktoren gefällt das nicht; sie finden es zu riskant. Aber manchmal ist es das Sicherste, auf die Zukunft zu wetten, das Sicherste nicht nur für mich, sondern für alle meine Angestellten und nicht zuletzt auch für jene Irrlichter der Freien Gebiete. Die könnten sich wirtschaftlich nicht lange halten, wenn wir hier in den Städten nicht ständig mit neuen Technologien und neuen Ideen vorangehen würden. Oder denken Sie nur an Ihre afrikanischen Schützlinge. Sie wären im Stich gelassen worden, wenn nicht Unternehmen wie das meine aus ihren Gewinnen die Kosten für Hilfslieferungen und die Bereitstellung von Schutztruppen großzügig abgezweigt hätten.«

»Sehen Sie die vorsichtige Zurückhaltung Ihrer Direktoren ähnlich begründet wie die Technologiefeindlichkeit der Freiländer?«, fragte sie. »In Zukunftsangst?«

»Ja. Sie sagen zwar, es sei zu riskant, so viel Geld zu investieren, aber mir scheint, sie fürchten sich vielmehr davor, dass Roboter irgendwann Menschen überflüssig machen und ersetzen könnten.«

»Macht Ihnen das keine Sorgen?«

»Nein, ich glaube, Menschen sind einmalig, und Ihrem Buch entnehme ich, dass auch Sie sich in dieser Hinsicht keine Sorgen machen. Wir sind kreativ und wagemutig; der Forscherdrang ist tief eingeschrieben in unsere DNA. Roboter werden sich immer für rationale Optionen entscheiden – so wie meine Direktoren. Ich für mein Teil bin neugierig darauf zu erfahren, ob es die von uns entwickelte neue Robotergeneration schaffen kann, menschenähnliche Eigenschaften zu erwerben.«

»Warum nicht auch die militärisch nutzbaren Möglichkeiten Ihrer neuen Roboter erkunden, wie es Ihr Vorstand will?«

»Weil das ein Rückschritt wäre, zurück zur Militarisierung von Wissenschaft und Forschung, die das 20. Jahrhundert zu einem Alptraum gemacht hat. Das will ich nicht.«

»Dass Sie diesen Standpunkt vertreten und auf zusätzliche Gewinne verzichten, finde ich bewundernswert, besonders, wenn man bedenkt, dass Ihr größter amerikanischer Konkurrent keine solchen Skrupel zeigt«, sagte Christina. »Im Gegenteil. Damit ist Tangelo doch überhaupt groß geworden, nicht wahr? Mit dem Aufbau einer Roboterarmee.«

»Ja, aber ihre eigentliche Leistung war wohl die Entwicklung eines Basismoduls, dem beliebige Sonderfunktionen hinzuzufügen sind. So entstehen bei Tangelo Schießautomaten, Minenräum- und Tauchroboter.« Wendt schüttelte bekümmert den Kopf. »Für mich ist das Ganze immer noch eine der überraschendsten Veränderungen überhaupt. In meiner Jugend war ich wie die meisten meiner Generation entschieden pazifistisch eingestellt, und dann, fast über Nacht, wollten junge Leute plötzlich unbedingt zum Militär.«

»In meinem Freundeskreis hieß es ›Kämpfe den guten Kampf‹, aber später im Einsatz ging es uns nur noch darum, am Leben zu bleiben«, erwiderte sie. »Trotzdem bereue ich diese Zeit nicht. Ich hätte mir nur gewünscht, mehr tun zu können als ein paar Pflaster an Patienten zu verteilen, die vor unseren Augen starben. Doch selbst wenn wir sie retten konnten, wurden sie später häufig doch noch Opfer jener gefürchteten nächtlichen Angriffe militanter Rebellen.

Wenn dann plötzlich Raketen um uns herum einschlugen, das war das Schlimmste.«

»Aber Sie haben zu helfen versucht und dabei einiges durchgemacht. Trotzdem haben Sie sich genug Neugier bewahrt, um noch einmal zu studieren und Anthropologin zu werden. Das sind eine Reihe sehr beachtlicher Entscheidungen, und deshalb hätte ich Sie gern dabei, wenn wir herauszufinden versuchen, wo es mit der Welt und der Technologie in Zukunft hingeht.« Diese junge Frau imponierte ihm, und er überlegte bereits, ob sie eine Bereicherung für seinen Vorstand sein könnte, weil sie den anderen Mitgliedern, die Rüstungsgeschäfte gegen ihn durchzusetzen versuchten, Paroli bieten könnte.

»Sollen wir rüber in die Scheune gehen und schauen, wen Klaus diesmal entdeckt hat?«, fragte er.

»Heute tritt eine Songwriterin namens Hati Boran auf. Sie kommt aus der Gegend, scheint aber türkischer Abstammung zu sein«, antwortete Christina. »Einer meiner Studenten sagt, sie sei sehr gut. Ich bin gespannt.«

Doch als sie die Scheune betraten, war von Hati nichts zu sehen und das Personal in heller Aufregung. Die Sängerin war nach einer kurzen Pause nicht wieder zurückgekehrt. Man hatte nach ihr gesucht, sie aber nirgends gefunden. Ihre Gitarre lehnte noch auf der Bühne, auf dem Parkplatz hinter der Scheune stand noch ihr Fahrrad, und in der Garderobe lag der leere Rucksack, in dem ihre Gitarre gesteckt hatte.

5

»Die Krawalle von 2048 hatten viele Ursachen, folgten aber gewissermaßen einer historischen Tradition Europas, die auf den Westfälischen Frieden von 1648 und die bürgerlich-nationalistischen Erhebungen, die sogenannte Märzrevolution von 1848, zurückgeht. In dieser Linie sehen manche auch die Ereignisse von 1968. Dazu gehörten der Prager Frühling in der Tschechoslowakei, dem sowjetische Panzer ein Ende machten, die politischen Proteste als Reaktion auf den Vietnamkrieg mit Massendemonstrationen, Anti-Vietnam-Demonstrationen in Deutschland, Italien, Großbritannien und den USA, außerdem die Studentenkrawalle in Paris und der Generalstreik in Frankreich. Knapp ein Jahrzehnt vor der Februarrevolution 1848 schrieb der französische Schriftsteller und Politiker Alphonse de Lamartine in einem Brief an den französischen König: ›La France est une nation qui s'ennuie. Vous avez laissé le pays manquer d'action‹ – Frankreich ist ein Staat, der sich langweilt. Sie haben Frankreich zum Nichtstun verdammt. Zur selben Einschätzung kam ein berühmt gewordener Leitartikel in Le Monde im Mai 1968. Rasant gestiegener Wohlstand und Bildungsreformen hatten Erwartungen genährt, welche die amtierende Regierung nur schleppend einlöste. Damals bestand die Weltbevölkerung noch zu vierzig Prozent aus Ju-

gendlichen unter achtzehn. Achtzig Jahre später hatte sich dieser Anteil in Europa halbiert und wurde zahlenmäßig von den über Sechzigjährigen überflügelt. Waren die Proteste 1968 noch von einer Welle junger Menschen getragen worden, ging denen von 2048 eine demographische Ebbe voraus. Es war eine Revolution, die nicht nach vorn, sondern nach hinten gerichtet war. Die Jugend selbst war zu schwach, um sie allein zu vertreten. Auch ältere Fortschrittverweigerer haben sich angeschlossen. Erstmals gab es das bei dem Bahnhof in Stuttgart.

Aus dem Vorwort zu »*Fünfzehn Jahre später: Eine Konferenz zum Jahr 2048*«, in: *Institute of Contemporary History,* European University Institute, Florenz, 2063

An einem anderen Tisch im Restaurant saß ein attraktives Paar mittleren Alters. Statt sich das Wildfrikassee, eine Spezialität des Hauses, munden zu lassen und fröhlich mit dem Hauswein, einem Pinot Noir, anzustoßen, starrten die beiden stumm vor sich hin. Auslöser für die Missstimmung war eine Bagatelle gewesen. Es ging um eine Rede, die ein gemeinsamer Freund vor dem Landtag gehalten hatte. Die Frau deutete sie als eine rüde Breitseite gegen sie, was er übertrieben fand, worauf sie ihm vorwarf, dass er wieder einmal den Ernst der Lage verkenne. Auf seine Frage, warum sie ständig alte Querelen aufwärme, musste er sich den Vorwurf gefallen lassen, unsensibel zu sein. Er hatte die Augen verdreht, was sie herablassend fand. Jetzt schwiegen sie sich an.

Vor über zwanzig Jahren hatten sie sich auf der Universität ineinander verliebt, sich jedoch nach gut einem Jahr wieder getrennt. Heute sollten sie politische Verbündete sein, doch Konkurrenzsituationen waren unvermeidlich, da jeder seine eigene Karriere verfolgte. Hannes Molders hatte als Journalist begonnen und saß jetzt im Europäischen Parlament. Als Anwältin war Ruth von Thoma bis 2048 Mitglied der Grünen gewesen, als das alte Parteiensystem fast überall in Europa kollabierte und die politischen Kräfte sich neu aufstellen mussten. Inzwischen gehörten sie beide den Progressiven an, die in den Koalitionsregierungen des Bundes und des baden-württembergischen Landtages den Ton angaben, in Brüssel aber einen Teil der Opposition bildeten. Ruth hatte es sogar zur Innenministerin des Landes Baden-Württemberg gebracht.

»Ich wollte dich nicht kränken«, sagte Hannes und unterdrückte seinen eigenen Unmut über Ruths Reaktion. Er versuchte Ruth mit einem verschmitzten Augenzwinkern zu bezirzen, das zumindest früher bei Frauen immer funktioniert hatte, und um seine Augen bildeten sich kleine Fältchen. »Das Essen ist vorzüglich, da wäre es ein Jammer, wenn wir uns gegenseitig den Appetit verderben würden. Außerdem siehst du viel zu gut aus, als dass ich noch länger auf dich wütend sein könnte. Wir sind doch nicht hergekommen, um uns wegen dieser verfluchten Rede zu streiten. Können wir uns darauf einigen, dass du als Vertreterin der hiesigen Regierung notgedrungen andere Ansichten vertrittst als ich, der ich im EU-Parlament in der Opposition sitze?«

»Na schön«, entgegnete Ruth mit dem schiefen Lächeln, das er so gut an ihr kannte und das ihm signalisierte, dass sie ihm zwar für den Moment verzieh, doch das Thema bei nächster Gelegenheit wieder aufs Tapet bringen würde.

»Gefällt dir eigentlich dein neues Leben als Politiker?«, fragte sie. »Ich hätte nie gedacht, dass du mal in der Politik landest.«

»Mir ging es anfangs nur darum, aktiv etwas gegen die Lage in Afrika tun zu können. Aber dann habe ich festgestellt, dass sich auch in anderen Bereichen was verändern lässt – die Reform des Bonussystems zum Beispiel.«

Ruth nickte. Sie erinnerte sich an die Debatte um Managementstrategien börsennotierter Unternehmen, die auf die Erzielung kurzfristiger Gewinne ausgerichtet waren, um die Aktienkurse in die Höhe zu treiben und so möglichst hohe Boni zu erzielen. Dies sei ein falscher Anreiz, hatte Hannes argumentiert. Durch Einsparungen bei Forschung und Entwicklung oder durch massiven Stellenabbau würde es schließlich jedem Narren gelingen, über ein oder zwei Jahre Gewinne zu maximieren. Auf lange Sicht aber wären solche Maßnahmen entschieden kontraproduktiv. Hannes hatte darum auf eine Gesetzesvorlage hingewirkt, die dieser Praxis Einhalt gebieten sollte. Boni in Form von Aktienoptionen würden künftig erst nach fünf Jahren ausübbar werden, und dann auch nur zu einem Drittel, das zweite nach zehn und das dritte nach fünfzehn Jahren; bis dahin bildeten die Unternehmen im Hinblick auf künftige Optionsausübungen entsprechende Rückstellungen. Manager in ganz Europa hatten damit denselben Anreiz, langfristig zu planen und die Geschäfte so zu führen, wie es in mittelständischen Familienunternehmen schon immer der Fall gewesen war. Und tatsächlich wurde wieder verstärkt in Forschung und Entwicklung investiert, in neue Anlagen und Mitarbeiterweiterbildung.

»Oh!«, flüsterte Ruth plötzlich. »Nicht hinsehen. Da drüben sitzt Friedrich Wendt mit einer jungen Frau am Tisch. Sie kommt mir irgendwie bekannt vor. Dir auch?«

Unauffällig warf Hannes einen kurzen Blick auf die beiden und sagte: »Das ist Christina Dendias. Sie lehrt an der Universität in Heidelberg und arbeitet eng mit dem Zentrum für Sozialforschung zusammen. Ihr Buch über die Psychologie in den Beziehungen zwischen Mensch und Roboter war ein Bestseller. Letztes Jahr hat sie vor dem Europaparlament in Brüssel einen sehr bemerkenswerten Vortrag zum Thema gehalten.«

»Ach, dieses Buch über Menschen, die Sex mit Robotern haben, nicht wahr? Ich habe hineingelesen«, entgegnete Ruth und sah Wendt und Christina nach, als sie über den Innenhof auf die Scheune zugingen. »Sehr attraktiv, die Frau, sieht ein bisschen aus wie eine Sportlerin. Was sie wohl mit dem alten Wendt zu bereden hat?«

»Robotronik«, vermutete Hannes. »Schätze, darum geht's. Wendt hat seine Augen überall und wird wahrscheinlich wissen, dass ein neues Gesetz auf dem Weg ist. Wir haben vor, Dendias als Expertin für unseren Beratungsausschuss zu gewinnen.«

»Ach! Ein neues Gesetz?«, fragte Ruth und lehnte sich über den Tisch. Ihr verschmitzter Blick erinnerte ihn daran, warum er sich vor Jahren in sie verliebt hatte. »Soll Sex mit Robotern demnächst gesetzlich geregelt werden?«

Hannes grinste. »Einige unserer skandinavischen Kollegen haben sehr fortschrittliche Ansichten über die Rechte von Menschen, denen es schwerfällt, Sexpartner zu finden«, antwortete er, »wie etwa behinderte und ältere Menschen oder solche mit psychischen Störungen. Menschliche Sexarbeiter kämen aber nicht infrage, was mich wundert, weil deren Engagement doch eigentlich das Naheliegendste wäre.« Um der Prostitution aber nicht noch gesetzlichen Auftrieb zu geben, denke man in diesen Fällen über Roboter nach. Hannes kam es so vor, als wolle man A, aber nicht B sagen.

»Dank diesem Vorstoß können sich jetzt offenbar sogar politisch sehr korrekte Parteikollegen mit der Idee von Roboter-Gespielen anfreunden. Natürlich ist das nicht die offizielle Sprachregelung. Und meiner Meinung nach auch nur die Spitze des Eisbergs. Die eigentliche Frage, die übrigens Christina Dendias in ihrem Buch aufwirft, lautet doch, ob und, wenn ja, welche Rechte man Robotern einräumen soll«, fuhr Hannes fort. »Sollen sie eingeschränkt sein wie die von Tieren und Kindern? Oder sollen sie rechtlich mündigen Bürgern gleichgestellt werden?«

»Welchen Standpunkt vertrittst du?«

Er zuckte mit den Achseln. »Ich finde, man muss differenzieren: Ein Recht auf Leben oder besser gesagt auf fortgesetzte Existenz sollte ihnen schon zuerkannt werden. Wahlrecht? Eher nicht. Sollen sie Eigentum erwerben oder heiraten beziehungsweise irgendeine Form von Partnerschaft eingehen dürfen? Wer weiß? Und wie sieht's am Arbeitsplatz aus? Sind Roboter Arbeitnehmer mit Arbeitnehmerrechten, die ihnen unter anderem erlauben, sich gewerkschaftlich zu organisieren, Verhandlungen zu führen und gegebenenfalls zu streiken? Oder sind sie rechtlich Eigentum des Arbeitgebers, der für sie bezahlt hat? Und wäre das nicht Sklaverei?«

Ruth nickte nachdenklich. »Manchmal frage ich mich, an wem meine Großmutter mehr hängt, an ihrer Pflegerin oder mir. Ich könnte es sogar verstehen, wenn sie Maria lieber mag als mich, denn Maria ist nie müde, beklagt sich nie, gibt Oma immer pünktlich die Medikamente. Außerdem hat Maria immer gute Laune, Lust auf einen Plausch, spielt mit Oma, liest ihr jeden Wunsch von den Augen ab, auch wenn Oma mal nicht gut drauf ist und einfach nur ihre Ruhe haben will.«

»Ein Roboter namens Maria?«, fragte Hannes. »Mit dem Namen habt ihr sie zu einem weiblichen Wesen gemacht, zu jemand ganz Konkretem, der von einem Menschen geschätzt wird. Damit hast du sie als Person anerkannt, als Partner in einer menschlichen Beziehung. Das ist übrigens weit verbreitet bei denjenigen, deren betagte Angehörige dank Robotern zu Hause wohnen bleiben können. Mal ganz abgesehen davon, dass die Gesellschaft Alters- und Pflegeheime mit menschlichen Pflegekräften gar nicht länger hätte bezahlen können.«

»Du redest ja fast wie ein Theologe.«

»Was durchaus angemessen wäre. Wir spielen Gott, indem wir empathische Wesen hervorbringen, mit denen wir Beziehungen eingehen und für die wir auch Zuneigung entwickeln können. Wir vertrauen ihnen unsere Kranken und unsere Alten an. Als deren Schöpfer tragen wir Verantwortung für sie.«

»Aber sie sind doch nicht wirklich lebendig, jedenfalls

nicht so wie wir Menschen«, entgegnete Ruth. »Sie können sich nicht fortpflanzen.«

»Doch, das können sie. Roboter sind mittlerweile so komplex, dass sie nur noch von Robotern gebaut werden können. Sie sind inzwischen sogar schon in die Entwicklung der nächsten Robotergeneration eingespannt. Das heißt doch, sie reproduzieren sich selbst, oder?«

»Na ja, bis zu einem gewissen Grad schon, aber ...«

Hannes und Ruth wurden von einer völlig verstörten Kellnerin unterbrochen, die sie fragte, ob sie zufällig eine dunkelhaarige junge Frau im Gastraum oder im Innenhof gesehen hätten, vermutlich barfuß. Ruth und Hannes schüttelten beide den Kopf und wollten wissen, ob es ein Problem gebe.

»Die Sängerin Hati Boran ist verschwunden. Sie müsste längst ihr zweites Set begonnen haben. Wir haben schon überall nach ihr gesucht. Wenigstens steht ihr Fahrrad noch hinter der Scheune, und in der Garderobe sind auch ihre Schuhe und ihr Rucksack.«

»Was ist mit ihrem PerC?«

»Scheint ausgeschaltet zu sein. Hati ist nicht einmal über die Notfallüberbrückung erreichbar.«

Hannes machte große Augen und tauschte einen Blick mit Ruth, die ebenso überrascht schien. Das war mehr als ungewöhnlich. Von den Technikfeinden in den Freien Gebieten wusste man, dass sie auf stur stellten, aber hier, in der wirklichen Welt, war schließlich jeder jederzeit erreichbar oder zumindest über Gesundheitsimplantate zu lokalisieren.

»Wird sonst noch jemand vermisst?«

»Äh, nein, nur sie, soweit ich weiß.« Die Kellnerin klang verunsichert.

»Also, wir halten die Augen offen«, versprach er. »Dunkle Haare, barfuß. Ist sie schon öfter einfach so verschwunden?«

»Nicht dass ich wüsste. Aber ich bin sicher, sie taucht bald wieder auf. Vielleicht hat sie sich ja einfach nur zurückgezogen, um einen neuen Song zu komponieren, oder sie hat jemanden getroffen.« Die Kellnerin machte sich daran, die leeren Teller abzuräumen, und fragte: »Wünschen Sie ein Dessert?«

Nein, nur Kaffee, antworteten sie. Dann sagte Hannes: »Sie haben doch nicht vergessen...«

Die Kellnerin lächelte. »Natürlich nicht.« Wenig später servierte sie zwei Espresso und stellte einen kleinen Teller mit einem Törtchen vor Ruth hin, auf dem eine winzige Kerze brannte. »Herzlichen Glückwunsch zum Geburtstag«, gratulierte sie. »*Tarte au citron*, Ihr Lieblingskuchen, stimmt's?«

»Herzlichen Glückwunsch«, stimmte Hannes mit ein. »Du hast doch nicht ernsthaft geglaubt, ich hätte es vergessen. Nie und nimmer. An deinem Geburtstag habe ich doch damals zum ersten Mal im Bett Champagner getrunken.«

»Für mich war's auch das erste Mal«, lachte Ruth, beugte sich über den Tisch, nahm seinen Kopf in beide Hände und küsste ihn mitten auf den Mund. »Du bist einfach ein Schatz«, sagte sie. »Keiner bringt mich so auf die Palme wie du, und dennoch bewundere ich dich unendlich. Danke, dass du dran gedacht hast.«

»Wenn das nicht Liebe ist«, sagte er und erwiderte ihren Kuss. »Warum haben wir uns damals bloß getrennt?«

»Weil du nach der Uni unbedingt nach Asien wolltest und nicht zurückgekommen bist. Ich dachte immer, dass die hübsche indische Psychologiestudentin etwas damit zu tun hatte.«

»Und dann hörte ich, dass du den größten Langweiler der Wirtschaftsfakultät geheiratet hast. Ich hab gehört, ihr seid geschieden, aber habt ihr noch Kontakt? Was ist aus ihm geworden?«

»Na ja, er lehrt inzwischen an einer Uni in Chicago«, sagte sie mit einem zärtlichen Blick auf Hannes, bevor sie ein Stückchen von der Tarte auf eine Gabel spießte und es ihm in den Mund schob. Dann probierte sie selbst und seufzte genießerisch.

»Müssten wir nicht heute Abend eine Entscheidung treffen?«, fragte er.

»Nicht unbedingt, aber wir sollten darüber reden. Hast du das hier schon gesehen?« Sie reichte ihm das Ergebnis einer in Baden-Württemberg durchgeführten Meinungsumfrage. Es war auf jenem speziellen Hochglanzpapier ausgedruckt, das sich nicht fotokopieren ließ.

»Warum der Ausdruck?«, fragte er.

»Weil die Sache hochexplosiv ist. Das hier ist meine eigene, nummerierte Kopie der Umfrage von vor drei Tagen. Wusstest du, dass die hiesige Opposition die Freien Gebiete aufheben will? Laut Umfrage könnten sie damit durchkommen.«

Hannes schaute sich die Zahlen an. 46 Prozent der Befragten schlossen sich der Forderung der Opposition an,

34 Prozent tolerierten den Status quo, der Rest war unentschieden. Damit hatten die Gegner der Freien Gebiete seit der letzten Umfrage vor einem Monat um sechs Prozent zugenommen.

»Die noch Unentschlossenen tendieren auch mehr und mehr zu einer Räumung der fraglichen Gebiete«, erklärte Ruth. »Die Kampagne der Opposition hat offenbar gewirkt. Das stärkste Argument sind Drogen und Kriminalität, aber man stört sich auch an den Kosten für medizinische Notfallversorgung, zumal in den Freien Gebieten ja keine Steuern bezahlt werden. Wie auch immer dieser Trend zu bewerten ist, wir müssen uns den Tatsachen stellen. Manche meiner Kollegen befürchten, diese Geschichte könnte uns die nächsten Wahlen kosten.«

»Ist das Ergebnis der Umfrage denn schon publik?«

»Nein«, antwortete sie und steckte den Ausdruck zurück in ihre Aktentasche. »Aber es kursieren entsprechende Gerüchte. Übrigens kippt die Stimmung nicht nur hier bei uns in Baden-Württemberg. Ich weiß, dass es in Hessen und Niedersachsen ähnlich ist.«

»Was hältst du davon?«, fragte Hannes. Als Ruth nicht sofort antwortete, fügte er hinzu: »Schließlich leben viele unserer Freunde in den Freien Gebieten, und die fallen niemandem zur Last, das weiß ich. Vor ein paar Jahren hab ich selbst auf einem dieser Bauernhöfe Urlaub gemacht, die Gäste aufnehmen. Gutes, ehrliches Essen aus eigenem Anbau, keine Technik, die es nicht schon vor 1980 gegeben hätte, und viel Bewegung. Es war sehr erholsam.«

»Für unsere Freunde leg ich meine Hand ins Feuer, aber es sind ja nicht nur die Achtundvierziger, die dort leben«, erwiderte sie. »Du hast doch bestimmt auch von den Drogenküchen gehört, den Kreditbetrügereien, den illegalen Immigranten und was es dort sonst noch so gibt. Die Kriminellen schlagen Vorteil aus dem hohen Maß an Privatsphäre, auf das in den Freien Gebieten Wert gelegt wird. Gerade von unseren Freunden hätte ich gedacht, dass sie allmählich da rauswachsen würden. Inzwischen schätzen wir doch alle die Vorzüge einer transparenten Gesellschaft.«

Es war die Generation von Ruths und Hannes' Eltern gewesen, die als erste den Kult um die Privatsphäre aufgegeben hatte. Sie war mit Facebook, Smartphones und sozialen Medien groß geworden, hatte sich daran gewöhnt, jederzeit online und erreichbar zu sein, und schickte alle möglichen privaten Informationen durchs Netz. Schon zu ihrer Zeit hatte es vielerorts Überwachungskameras gegeben, installiert vom Staat, von Arbeitgebern, von Schulen, Läden und zur Verkehrsüberwachung. Man nahm sie gar nicht mehr wahr. Nach den Terrorwellen des 21. Jahrhunderts war die Vorstellung eines geheimen Bankkontos für sie überholt. Sie hatten nichts gegen biometrische Reisepässe und wehrten sich auch nicht, als diese mit den Implantaten zur Gesundheitsüberwachung gekoppelt wurden. Für sie war diese permanente Überwachung gleichbedeutend mit Sicherheit. Als ehrliche Bürger hatten sie schließlich nichts zu verbergen. Aber es gab auch diejenigen, für die der Schutz ihrer Privatsphäre so wichtig war, dass sie sich für ein Leben in den deregulierten Gebieten entschieden, trotz aller Risiken und Unbequemlichkeiten, die es mit sich brachte.

»Solange Massenarbeitslosigkeit herrschte, mochte es ja ganz vernünftig gewesen sein, aufs Land zu ziehen und vom

Eigenanbau zu leben. Aber diese Zeiten sind vorbei. Und du musst zugeben, Hannes, dass sich die Freien Gebiete verändert haben«, sagte Ruth. »Wir reden nicht mehr von in die Jahre gekommenen Idealisten und Rentnern, die dort ihre Ruhe haben wollen. Die Polizei behauptet, dass die Straftaten rapide zunehmen und die deregulierten Zonen von der Russenmafia und von Dschihadisten unterwandert sind. Auch der Hubschrauber, der an dem jüngsten Überfall auf einen Konvoi beteiligt gewesen ist, wurde nur wenige Kilometer nördlich von hier lokalisiert.«

»Die meisten Straftaten werden immer noch in den Städten verübt«, entgegnete er. »Ich finde, die Freien Gebiete haben mehr Vorzüge für uns als Nachteile. Wie viele Menschen leben dort insgesamt? Zwei Millionen vielleicht? Das sind weniger als drei Prozent der deutschen Bevölkerung. In den Vereinigten Staaten macht ihr Anteil zehn Prozent aus. Die Freien Gebiete sind doch auch eine Art Sicherheitsventil. Sie leiten nicht nur den wachsenden Unmut junger Leute ab, sondern bieten auch Rentnern die Chance, die Hektik der Städte hinter sich zurückzulassen und mit bescheidenen Mitteln und ohne den neuesten technischen Firlefanz ihren Ruhestand zu genießen. Ich weiß nicht, wie du das siehst, aber ich selbst könnte mir das gut vorstellen. Einer meiner Cousins war fünf Jahre Selbstversorger in Mecklenburg-Vorpommern und arbeitet heute für Spacebus. Aber davon mal abgesehen, wie stellt man sich eine Kontrolle dieser Freien Gebiete denn praktisch vor?«

»Es gibt einen Vorschlag, die Regeln und Bestimmungen für Naturschutzgebiete anzuwenden. Darin kann man wandern, aber nicht wohnen.«

»Aber zu diesen Bestimmungen gehört doch auch, dass bereits Ansässige und deren Nachkommen dort ein Wohnrecht behalten«, widersprach Hannes. »Daran müssen sich die Gerichte halten. Und denk daran, wie es vorher war. An all die Natur- und Tierschützer, die jeden technischen Fortschritt verteufelt haben, an die Bürgerinitiativen gegen Neubauten, die ihnen den Ausblick zu verstellen drohten. Sie haben so viele Neuerungen verhindert, die durchaus sinnvoll gewesen wären. Ich bin überzeugt, dass wir in den letzten fünfzehn Jahren nur deshalb einen solchen Innovationsschub hatten, weil sich all die konservativen und technophoben Fundis aufs Land verkrümelt haben. Die alte Opposition hat das Feld geräumt und lässt uns freie Hand. Und jetzt soll sie wieder zurückgeholt werden? Ich finde, das ist nicht zu Ende gedacht, Ruth.«

Sie nickte. »Du magst ja in vielem, was du sagst, recht haben, aber ich bin Politikerin und möchte keine Wählerstimmen riskieren. Das ist einer der Gründe, warum ich mit dir reden wollte. Wir werden eine überparteiliche Kommission zu diesem Thema einberufen, und ich hätte dich gern dabei.« Sie lächelte ihr schönes Lächeln. »Damit wenigstens ein Sympathisant vertreten ist.«

»Nur unter der Bedingung, dass mein Votum zu Protokoll genommen wird, wenn ich überstimmt werde«, sagte er. »Und dass ich meine Ansichten auch der Öffentlichkeit vortragen kann.«

»Natürlich. Du kannst auch Experten und Zeugen deiner Wahl aufrufen«, erwiderte sie. »Das garantiere ich dir, denn ich werde den Vorsitz führen.«

Die Kellnerin brachte zwei Gläser mit selbst gebranntem

Obstler als kleine Aufmerksamkeit des Hauses. Sie bedankten sich.

Nachdenklich wandte sich Ruth wieder Hannes zu. »Die ganze Kontroverse über die Freien Gebiete hat mich ziemlich überrumpelt. Jahrelang ist die Opposition mit ihren Anträgen zur Räumung der Freien Gebiete gescheitert, und plötzlich kommt Druck auf den Kessel. Aber es scheint wohl eine Regel zu sein, dass man in der Politik auf die größten Probleme am wenigsten vorbereitet ist – wie man auch an der Frage der Roboterrechte sieht. Es ist doch beschämend, dass wir uns erst jetzt Gedanken darüber machen.«

»Es war halt bequemer und billiger, das Thema zu verdrängen.« Die Japaner hätten den Stein ins Rollen gebracht, erklärte er, als man dazu übergegangen sei, statt der Pflegerinnen aus Korea und von den Philippinen Roboter einzusetzen, um Patienten vom Bett auf Rolltragen zu heben und sie zur Strahlenbehandlung oder in den OP zu schieben. Dass sie dann zusätzlich den Gesundheitszustand eines jeden Patienten überwachten, ihm Medikamente verabreichten und die Bettwäsche wechselten, sei nur der nächste logische Schritt gewesen.

»Der große Durchbruch gelang Sony mit seinem Roboterhund Aibo«, fuhr Hannes fort. 1999 kam er zunächst als Spielzeug auf den Markt und war in der Lage, auf einfache Befehle zu reagieren. Dann fiel einem Krankenhausarzt in Kobe etwas Bemerkenswertes auf. Eine seiner Patientinnen in der Geriatrie hatte Besuch von ihrem Enkelkind, das einen Aibo mitbrachte. Die alte Dame zeigte großen Gefallen an dem Hund. Weil das Kind selbst schon das Interesse daran verloren hatte, ließ es das Spielzeug bei der Oma zurück, der es schon bald sehr viel besser zu gehen schien. Sie gewann ihre Lebensfreude zurück, schlief besser und verbrachte viel Zeit damit, ihr Hündchen zu streicheln, mit ihm zu reden und es ihren Mitpatientinnen vorzuführen, von denen nun jede ihren eigenen Aibo wollte.

Der behandelnde Arzt bat Sony, dem Krankenhaus weitere Exemplare des Roboterhundes zur Verfügung zu stellen. Auch andere Patienten sprachen sehr positiv darauf an, nicht zuletzt schwer depressive. Am spektakulärsten war die Wirkung bei Demenzkranken oder Alzheimerpatienten. Dass sie ihre Aufmerksamkeit auf etwas lenken konnten, das sich bewegte und auf sie zu reagieren schien, machte sie zwar nicht gesund, aber erkennbar fröhlicher. Sie gaben ihren Spielzeugen Namen und unterhielten sich mit anderen Patienten über sie.

In den Vereinigten Staaten entwickelte Tiger Electronics eine sogenannte »Emoto-tronic-Puppe«. Mio Pup konnte sprechen und mit seinen Augen verschiedenste Gefühle zum Ausdruck bringen. Ein anderes Unternehmen folgte mit einem ähnlichen Roboter, der mit seinem weichen, weißen Fell einem Eisbärbaby nachempfunden war. Das *Journal of Gerontological Nursing* berichtete schon vor vierzig Jahren von Erfahrungen mit einer neuen Generation therapeutisch eingesetzter Begleitroboter, dem interaktiven Modell einer weißen Sattelrobbe namens Paro, das in Deutschland und Australien erstmals zum Einsatz kam. Druck-, geräusch-, licht- und temperaturempfindlich, ließen diese kleinen Roboter je nach empfangenem Reiz Überraschung, Freude oder Verärgerung erkennen.

»Diese Roboter lernten, welche ihrer eigenen Verhaltensweisen freundliche Reaktionen auslösten und wie sie es anstellen mussten, um gestreichelt zu werden«, wusste Hannes zu berichten.

»Ich bin mir nicht sicher, ob sie damit eher Frauen oder Politikern ähnlicher sind.« Ruth grinste und griff sich mit beiden Händen in den Nacken, was ihren stattlichen Busen anhob und seine Wirkung auf Hannes früher nie verfehlt hatte. »Egal, ich bin ja beides.«

Hannes versuchte, sich nicht von Ruths Kurven ablenken zu lassen, hoffte aber im Stillen darauf, dass sie ihn einladen würde, die Nacht mit ihm zu verbringen. Er wollte sie gerade zu ihrem Humor beglückwünschen, als ein nagelneu aussehender Geländewagen mit blauer und silberner Lackierung mitten auf dem Hof hielt.

Ein großer, dunkelhaariger Mann stieg aus. Er trug ein am Kragen aufgeknöpftes Hemd und einen dunklen Anzug, dessen Jackett ihm ein wenig zu kurz zu sein schien. Auf der anderen Seite des Wagens tauchte eine männliche Gestalt in einem Trainingsanzug auf, die sich beim Aussteigen eine Spur ruckartig bewegte. Trotz der Haare und der realistisch geformten, schlanken Hände verriet ihn sein allzu glattes Gesicht.

»Mist«, stöhnte Hannes. »Jemand hat die Bullen gerufen, und der Typ da hat seinen AP bei sich. Wahrscheinlich geht es um das vermisste Mädchen. Sie werden uns alle hier festhalten und vernehmen. Aber schau dir den Wagen an – so einen hab ich eine Ewigkeit nicht mehr gesehen. Er sieht aus, als könnte ihn nichts aufhalten.«

»Den Mann kenne ich«, sagte Ruth. »Das ist Bernd

Aguilar, einer der Top-Kommissare des Landes. Ich war dabei, als er für seinen Undercover-Einsatz in den Freien Gebieten ausgezeichnet wurde. Und das muss sein aufgemöbelter AP sein, den Wendt vor kurzem erst freigegeben hat. Im Auto haben sie ein Newsie vom Wiedersehen der beiden gebracht. Warte, ich rufe es schnell auf.«

Ruth tippte auf den PerC an ihrem Handgelenk, worauf sich ein kleiner Holoscreen vor ihr aufbaute. Wenig später hatte sie die gesuchten Informationen abgerufen.

»Jetzt erinnere ich mich wieder«, sagte sie. »Die beiden haben eine Schmugglerbande hochgenommen. Es kam zu einer Schießerei. Der AP hat sich schützend vor seinen Partner gestellt und wurde niedergestreckt. Er kommt frisch aus Wendts Labor, wo man ihn offenbar generalüberholt hat. Das Auto gehört auch dazu. Weshalb sind sie wohl hier? Das müsste sich doch auch herausfinden lassen...«

»Verflixt«, schnaubte sie kurze Zeit später. »Ich hätte das Ding nicht ausstellen dürfen. Die verschwundene Sängerin ist Hati Boran. Ihr Bruder sitzt im Berliner Senat. Ziemlich einflussreich, der Kerl. Offenbar hat jemand bei der Polizei den Alarmknopf gedrückt.«

6

»*Eine Utopie kann nie vollständig verwirklicht werden, denn das wäre gleichbedeutend mit Langeweile, und Langeweile zersetzt jede Utopie von innen heraus.*«
Lars Svendsen, A Philosophy of Boredom, 2005

»*In Amerika sah ich die freiesten und von ihrer Vernunft geleiteten Männer in den glücklichsten Umständen, die die Welt zu bieten hat. Mir schien es, als wäre ihre Stirn dennoch gewohnheitsmäßig umwölkt, und ich fand, sie waren selbst in den Mußestunden ernst und fast traurig... [erfüllt von] jener seltsamen Melancholie, die so häufig Bürgern demokratischer Länder inmitten all der Fülle eigen zu sein scheint, und voller Abscheu dem Leben gegenüber, die sie mitunter gerade in ruhigen und angenehmen Verhältnissen befällt.*«
Aus Alexis de Tocqueville, Über die Demokratie in Amerika, 1840, Band 2, 13. Kapitel

»*A little rebellion now and then is a good thing.*«
Thomas Jefferson in einem Brief an James Madison, 30. Januar 1787

Als er die Enduromaschine zwischen den letzten Bäumen und Büschen aus dem Wald hinaussteuerte, konnte Klaus schon die Straße erkennen, auf die er abbiegen wollte. Sie führte durch eine Heidelandschaft nach Norden und wurde vor allem von Frachttransportern befahren, die wegen der hohen Mautgebühren die Autobahnen mieden. Auch jetzt war wieder ein Konvoi unterwegs, bestehend aus fast zweihundert Containerschleppern, die mit konstanten hundert Stundenkilometern erstaunlich leise über den Asphalt rollten. Der Abstand zwischen den einzelnen Fahrzeugen betrug nur wenige Meter, um den Windschatten optimal auszunutzen. Polizeipatrouillen waren nirgends in Sicht. Klaus drehte seine Maschine voll auf. Er liebte das Röhren des benzinbetriebenen Motors, der einzige im Umkreis von ein paar hundert Kilometern.

Schnell hatte er die Straße erreicht, fädelte sich in den Tross der rollenden Kästen ein und machte sich einen Spaß daraus, deren automatische Steuerung zu foppen. Er scherte aus und wieder ein, überholte mal links, mal rechts, beschleunigte und bremste ab und brachte so die Ordnung des Konvois durcheinander. Bremslichter leuchteten auf und erloschen wieder, und angestachelt vom satten Geräusch seines Motors, riskierte Klaus immer waghalsigere Manöver. Er kam sich vor, als tänzelte er zwischen einer Herde Elefanten umher.

Die Fahrzeuge wurden nun unberechenbar, doch das steigerte nur den Kick, den er verspürte. Geschickt dosierte er Antriebs- und Bremskraft, spürte hinter sich die Druckwelle eines Transporters, sah das Heck des rollenden Kastens vor ihm auf sich zufliegen und wich im letzten Moment zur Seite aus. Dann wurde es plötzlich ernst, als aus der Gegenrichtung eine andere Kolonne auftauchte, rasch näherkam und ihm nur ein schmaler Spalt in der Mitte blieb. Über die gespenstisch leisen Elektromotoren hinweg rauschten der aufgewirbelte Wind und das Summen Hunderter von Reifen auf der Straße. Klaus musste unwillkürlich grinsen, als er sich, sein Gewicht hin und her verlagernd, durch die immer größer werdenden Lücken zwischen den einzelnen Fahrzeugen schlängelte, bis er schließlich die Spitze des Konvois erreicht hatte und das vorderste Fahrzeug überholte. Die Straße vor ihm war frei. Er drehte das Gas bis zum Anschlag auf und raste der Kolonne davon, die nun zu ihrer ursprünglichen Ordnung zurückfand.

Klaus war ganz in seinem Element. Er liebte Motoren und Geschwindigkeit und hatte schon als Kind davon geträumt, ein schnelles Motorrad zu besteigen oder sich ans Steuer eines PS-starken Autos zu setzen. Diese Leidenschaft war ausschlaggebend dafür gewesen, dass er Ingenieurwissenschaften studiert und sich auf Kraftfahrzeuge spezialisiert hatte. Doch noch während seiner Ausbildung ging die Ära der Verbrennungsmotoren bedauernswert schnell ihrem Ende entgegen. Zwar waren Elektromotoren, rein technisch betrachtet, auch nicht uninteressant, doch ihnen fehlten der Sound, der Geruch, die Vibration und die Schubkraft der Turbolader, die ihm jenes intensive Gefühl von Geschwindigkeit gaben, das ihn so reizte.

Noch frustrierender war, dass es auch bald keine Fahrer mehr geben würde. In seiner Kindheit waren selbstlenkende Fahrzeuge noch eine Utopie gewesen: Später kamen die ersten unattraktiven Prototypen auf, die sich mit Kameras auf dem Dach und primitiven Sensoren an kalifornischen Versuchsstrecken entlangtasteten. Bald konnte man Autos kaufen, die einem das Einparken abnahmen, und in Parkhäusern arbeiteten längst automatische Liftanlagen. Als Klaus auf die Technische Hochschule ging, wurden erste Fahrzeuge zugelassen, die selbständig über bestimmte Autobahnen fahren konnten.

Weil deren Vormarsch unausweichlich schien, entschied sich Klaus gegen Ende seines Studiums für ein Praktikum bei Wendt, damals noch ein mittelständischer Zulieferer für die Automobilindustrie, der sich aber als Erster in Europa schon auf die Sensoren und Steuerungssysteme spezialisiert hatte, die diese selbstlenkenden Fahrzeuge brauchen würden. Klaus entdeckte, dass er auch Talent für Informatik und jede Menge Ideen hatte, wie sich die zahllosen neuen elektronischen Möglichkeiten für den Fahrzeugbau sinnvoll nutzen ließen. Zum Tüftler geboren, konnte er dank seiner Ausbildung diese Ideen auch praktisch umsetzen.

Klaus hatte seine Ausbildung noch nicht beendet, doch seine Karriereaussichten bei Wendt waren bereits vielversprechend. Als die ersten Entwürfe für ein Fahrzeug auftauchten, das gänzlich ohne Lenkrad und Fahrersitz auskam, bedeutete das eine Revolution in der Architektur von Automobilen. Die traditionelle Anordnung der Sitze in Fahrtrichtung war obsolet geworden. Der Innenraum konnte jetzt wie ein kleines Wohnzimmer mit bequemen Sesseln vor einem Bildschirm eingerichtet werden, wie ein mobiler Konferenzraum, oder sogar eine kleine Küche mit Mikrowelle haben.

Es lag auf der Hand, auch Fahrzeuge zu entwerfen, in

denen sich ein Bett und eine kleine Dusche unterbringen ließen. Jede Distanz innerhalb Deutschlands ließ sich über Nacht überwinden, und so reiste man bald fast ausschließlich nachts und sehr komfortabel. Das älteste Gewerbe der Welt hatte schnell erkannt, dass sich damit auch eine interessante und sichere Art bot, Kundschaft zu unterhalten, da die Türen verriegelt werden konnten und sich erst durch die Eingabe eines Codes wieder öffneten.

Solche Fahrzeuge brauchten natürlich auch weder Motorraum noch Tank. Die Akkus oder Brennstoffzellen wurden platzsparend in das Chassis integriert. Die Autos nahmen darum immer mehr die Form von Kuben oder Kugeln auf Rädern an. Der Kubus erwies sich als besonders praktisch, weil er wie ein Container problemlos auf Schiffe oder Züge verladen werden konnte.

Neben dem Hotelgewerbe und der Prostitution mussten sich auch Speditions- und Logistikunternehmen auf die ständigen Veränderungen im Straßenverkehr einstellen. Und natürlich auch die Polizei. Als im 20. Jahrhundert das Automobil zum Massenprodukt avancierte, trat die Polizei zunehmend als Hüter der geltenden Verkehrsregeln in Erscheinung. Es lag wohl in der Natur der Verkehrsüberwachung, dass jeder Fahrer als potentieller Rowdy in Verdacht geriet.

Aber nun gab es keine Fahrer mehr. Wer als Passagier sein Auto nutzte, konnte so viel trinken, wie er wollte, ohne fürchten zu müssen, dass ihm wegen Trunkenheit am Steuer die Fahrerlaubnis entzogen wurde. Über das Eingeben der Route hinaus gab es nichts weiter zu tun. Das elektronische Gehirn eines fahrerlosen Fahrzeugs verstieß nicht gegen

Verkehrsregeln, Geschwindigkeitsüberschreitungen kamen ebenso wenig in Frage wie die Missachtung eines Stoppschildes oder einer roten Ampel. Es gab keine Kavaliersstarts, wenn eine Ampel auf Grün sprang, und überquerten Fußgänger die Straße, bremsten automatisch gesteuerte Fahrzeuge selbstverständlich ab. Sie schnitten keine Radfahrer, passten sich den Straßenverhältnissen an, parkten immer nur da, wo es erlaubt war. Riskante Manöver wie das Überholen in unübersichtlichen Kurven blieben aus, ja, sie überholten praktisch nie, sondern folgten dem steten, auf maximal hundert Stundenkilometer programmierten Verkehrsfluss.

Als der Fahrer überflüssig wurde, endete die langjährige Liebesbeziehung zwischen Mensch und Auto. Warum sollte man für schnellere Autos mit PS-stärkeren Motoren mehr Geld ausgeben, wenn sie nicht mehr ausgefahren werden durften? Warum mehr für ein sportliches Fahrgefühl bezahlen, wenn man den Wagen nicht mehr steuerte? Wer einen Maserati brüllen oder einen Ferrari röhren hören wollte, brauchte nur die entsprechende Option im Sound-Menü zu wählen. Doch der Wunsch nach individueller Ausstattung blieb ohnehin weit hinter dem Wunsch nach Vielseitigkeit zurück: Gütertransport, Arbeitsweg und Urlaubsreisen, Nachtfahrten oder romantische Ausflüge – alles war möglich; sogar eine Art Butler-Fahrzeug, in dem unterwegs zu einem Geschäftstermin Hosen gebügelt und Schuhe poliert wurden, war denkbar. Und wieso sollte man überhaupt ein eigenes Auto besitzen, wenn es die meiste Zeit in der Garage oder auf einem Parkplatz stand? Leasingmodelle sorgten für Mobilität je nach Bedarf.

Alles das war wunderbar. Es war energiesparend und preisgünstig. Vorbei die Zeit, da jährlich Tausende von Unfalltoten und Zehntausende von Verletzten zu beklagen waren. Versicherungskosten entfielen, ebenso die Ausgaben der öffentlichen Hand für teure Verkehrsrechtsverfahren oder die Bereitstellung von Verkehrspolizisten, und Politessen verschwanden aus dem Straßenbild. Die Luft in den Städten verbesserte sich spürbar, als der Verbrennungsmotor ein Fall fürs Museum wurde. Viele der riesigen Ölraffinerien konnten zurückgebaut werden. Entsprechend nahm die Zahl der Öltanker und Tanklastzüge ab, die mit ihrer gefährlichen Fracht die Meere und Straßen kreuzten. Wo früher an den Autobahnen Tankstellen und Raststätten gestanden hatten, wuchs nun Gras.

Alles war wunderbar, aber todlangweilig. Ein Teil seines Lebens, in dem der Mensch völlige Kontrolle ausübte, nämlich am Steuer seines Wagens, war ihm genommen worden. Die Älteren – und nicht nur Männer – schwärmten wehmütig von den Zeiten, als auf deutschen Autobahnen so gut wie keine Geschwindigkeitsbeschränkungen galten, und von der Magie und dem Reiz der Geschwindigkeit. Der Kitzel, so schnell und riskant wie möglich zu fahren, war nicht mehr verfügbar, und das in einem Land, das Freiheit für jeden versprach.

Die Regierung war immerhin weise genug, Schlupflöcher offen zu lassen, denn – wie hatte es jahrzehntelang immer geheißen? – »das Auto ist der Deutschen liebstes Kind«. Nach Zahlung einer Umweltabgabe und dem Abschluss einer entsprechenden Versicherung durften auf privatem Gelände Rennstrecken eingerichtet werden. Dort konnte man mit alten Boliden nach Herzenslust im Kreis fahren – aber nur gegen die Uhr und nicht im Wettkampf mit anderen Fahrern, was als zu gefährlich galt. Neue Fahrzeuge mit Verbrennungsmotoren wurden nicht mehr hergestellt.

Der letzte ehemalige FAZ-Korrespondent für Motor und Sport wurde aus dem Ruhestand zurückgeholt, berichtete über die neuen privaten Rennstrecken und schilderte, wie es war, wieder am Steuer zu sitzen, das Gaspedal durchzudrücken, den Motor aufheulen und die Reifen quietschen zu lassen. Es sei, schrieb er, als küsste man seine Schwester.

Obwohl ihm die Tagespreise für die Nutzung solcher Rennstrecken eigentlich zu hoch waren, gönnte Klaus sich hin und wieder dieses Vergnügen. Doch die Sehnsucht wurde dadurch nur größer. Zum Glück gab es in Italien einen Parcours für Motorräder, denn er saß lieber im Sattel als am Lenkrad, genoss es, beim Beschleunigen den Fahrtwind im Gesicht zu spüren, sich in die Kurve zu legen, bis er mit dem Knie fast den Asphalt berührte, und zu lenken, indem er sein Gewicht von der einen auf die andere Seite verlagerte. Dann hatte er das Gefühl, eins mit der Maschine zu sein, als wäre er eine Art Zentaur, halb Mensch, halb Stahlross, der nicht mehr nur mit der Fahrbahn tanzte, sondern sie verführte und sie sich geradezu unterwarf.

Als er wieder einmal aus Monza zurückkehrte und Dieter bei einem Glas Bier von seinem Geschwindigkeitsrausch vorschwärmte, zeigte ihm sein Cousin das Motorrad. Er hielt es in einer Höhle versteckt, die sie als Kinder entdeckt hatten, und nutzte es nur in den Wäldern, denn bei einer Kontrolle wäre es konfisziert worden.

In den Freien Gebieten waren Polizisten selten anzutreffen, doch die Straßen, die durch sie hindurchführten, wurden als Bundeseigentum betrachtet. Sie wurden überwacht, und wer sich darauf bewegte, hatte sich an geltendem Recht zu orientieren. Oberste Priorität war der Güterverkehr, der zwar deutlich zurückgegangen war, seit mit Hilfe von 3-D-Druckern immer mehr Produkte dort hergestellt werden konnten, wo sie auch verwendet wurden. Aber natürlich brauchte man dafür auch Rohstoffe, und die wurden zum Teil von weit her herbeigeschafft, ebenso Medikamente, Betten und chirurgisches Besteck für die regionalen Krankenhäuser und Sportausrüstungen für die Schulen. Umgekehrt wurde das in den Freien Gebieten angebaute Obst und Gemüse von den Bauernhöfen oder das in den Wäldern geschlagene Holz oder die Steine aus den Steinbrüchen in die Städte gebracht. Das wiederum bedeutete, dass die Straßen sicher und in gutem Zustand sein mussten.

Klaus betrachtete das als eine Herausforderung. Als Hof, Weinberg und Restaurantbetrieb so liefen, wie er es sich vorgestellt hatte, wandte er sich verstärkt seinem heimlichen Hobby zu. Seine ersten Ausflüge waren kurze nächtliche Spritztouren über leere Straßen, durch die er den Grad der Überwachung testen wollte. Er mietete regelmäßig Fahrzeuge, um seinen Wein deutschlandweit zu vertreiben, nahm aber nun immer öfter sein Motorrad mit. Er befuhr damit nun auch andere Freie Gebiete im Harz, in der Eifel, im Kellerwald, in den Landschaften entlang der Müritz, der Oder und der Grenze zu Tschechien. Gleichzeitig verringerte er so das Risiko, mit dem Hof in Verbindung gebracht zu werden und der Polizei in die Hände zu geraten, die wahrscheinlich längst nach dem heimlichen Luftverpester fahndete.

Auf der Strecke zwischen Forbach und Freudenstadt im Schwarzwald bemerkte Klaus zum ersten Mal, dass er mit seiner Maschine nicht allein war. Es gab noch andere Benzinverrückte und Motorfreaks, wie sie sich selbst nannten, die verbotenerweise nachts durch die Gegend knatterten und sich an der Geschwindigkeit berauschten. In Mecklenburg lieferte er sich mit zweien von ihnen ein Rennen. Als sie schließlich ihre Helme abnahmen und einander grinsend begrüßten, erfuhr er von den Brüdern, dass ihr Vater einer der letzten Kradpolizisten gewesen war. Er hatte seine BMW R 1200 RT mit einem angeblichen Totalschaden abschreiben lassen, die Papiere gefälscht und die Maschine auf dem entlegenen Bauernhof eines Cousins untergestellt. Wenig später war es ihm gelungen, auch ein zweites Motorrad verschwinden zu lassen. Jetzt hatten seine Söhne ihren Spaß damit und machten Klaus mit ihrer gefährlichen Lieblingsbeschäftigung, dem Convoy-Dancing, bekannt.

Die Sache sprach sich herum. Nicht zuletzt unter Polizisten, von denen manche mit den Benzinverrückten sympathisierten. Ein Berliner Newsie griff die Gerüchte um die verwegenen Motorradfahrer auf und nannte sie Dark Rider. Einem Video-Blogger gelang es auf Umwegen, an Bilder der Rider heranzukommen. Wenig später machten Motorradfahrer aus Frankreich und Italien, Großbritannien und Polen von sich reden. Newsies aus dem Schwarzwald priesen sie als Freedom Rider, während manche Politiker sie als antisozial diffamierten und von der Polizei verlangten, dass sie dem Spuk ein Ende machte. Einer der Brüder aus Mecklenburg kam unter die Räder eines Konvois. Die Fahrgestellnummer des sichergestellten Motorrades verriet den ermittelnden Beamten, dass die Maschine früher zum Fuhrpark der Polizei gehört hatte. Der Fall kam sogar vor den Bundestag.

Klaus wurde vorsichtiger. Er prüfte verschiedene Tarnmaterialien, um sich und sein Motorrad abzuschirmen. Auch über die von der Polizei eingesetzten Drohnen informierte er sich. Zum Glück waren sie schon lange nicht mehr mit Infrarotkameras ausgestattet und konnten darum die Hitze nicht wahrnehmen, die seine Maschine abstrahlte. Trotzdem wählte er für seine nächtlichen Ausflüge jedes Mal eine andere Strecke und setzte alles daran, dass ihm die Polizei nicht auf die Spur kam. Als er von Plänen hörte, die alte Infrarottechnik wiederzubeleben, beriet sich Klaus in einem informellen Netzwerk mit Gleichgesinnten über Möglichkeiten, wie man sie dennoch täuschen könnte. Von Brücken in der Nähe großer Kreuzungen warfen sie massenhaft Leuchtkerzen mit zeitverzögerter Zündung auf darunter vorbeifahrende Container, die sie über weite Landstriche verteilten.

Der Dark Rider wurde zur Legende, insbesondere in den Freien Gebieten. Newsies wollten ihn an Orten, an denen Klaus nie gewesen war, gesehen haben. Ihm wurden Songs gewidmet, die bald jeder mitsingen konnte. Schüler pfiffen sie, um Polizisten zu ärgern. Und Hatis Song, den sie im Hof vorgetragen hatte, verbreitete sich im ganzen Land und wurde sogar ins Französische, Englische, Polnische und zurück ins Deutsche übersetzt.

Die Vorstellung eines dahinrasenden Ritters, der so kühn

wie schnell war und, aller Regelungswut des Überwachungsstaates zum Trotz, aus schierer Lebensfreude mit dem Tod tanzte, traf den Nerv der jungen Generation. In einer Zeit, da von einem jeden Bürger erwartet wurde, dass er medizinische Chipimplantate trug, da der Straßenverkehr mit höchster Präzision ferngesteuert wurde und es kaum noch Risiken gab, erdreistete sich doch tatsächlich dieser freche, alten Zeiten nachtrauernde Querkopf, die Ordnungshüter an der Nase herumzuführen. Dieser dem Menschen ureigene Sinn für Rebellion und der Reiz des Verbotenen waren offenbar nicht verloren gegangen. Der Dark Rider sprach insbesondere Frauen an, die sich nach dem gefährlichen Liebhaber sehnten, vor dem sie ihre Mütter immer gewarnt hatten. Aber auch von Männern wurde er bewundert – und beneidet.

Klaus war sich dessen bewusst, fand sich aber in diesen Projektionen nicht wieder. In Wirklichkeit raste er auf seinem Motorrad durch die Gegend, weil er bis an seine Grenzen gehen und alles aus seiner Maschine herausholen wollte und weil er sich nie so lebendig fühlte wie in den Augenblicken, in denen er in höchster Gefahr war. Als er das Motorrad wieder in der Höhle versteckt hatte und müde, aber ruhig und entspannt in der Morgendämmerung den Hof erreichte, sah er einen Streifenwagen der Polizei auf dem Hof stehen. Hati wurde vermisst, und ein Beamter in Zivil wollte von ihm wissen, wo er gewesen war. Ein täuschend menschlich aussehender AP registrierte nicht nur jedes seiner Worte, sondern auch sein Mienenspiel.

7

»*Robocop sieht so aus, wie er aussieht, weil so der Körper eines Mannes funktioniert! Wir haben zwar für die Entwicklung seines Charakters fünfzig verschiedene Varianten ausprobiert, kamen aber immer wieder auf den Typ Mann zurück.*«
Rob Bottin, Designer von Robocop im Film von 1987

»*Es soll sehr schnell und aerodynamisch aussehen. Alle Linien sind stromlinienförmig – immer nur vorwärts, vorwärts, vorwärts, vorwärts! Sie sind geometrisch und komplementieren, aus jedem Blickwinkel betrachtet, die Körpergestalt.*«
Dan Bates, »On Location with Robocop« (Dezember 1987), in: Frederick S. Clarke, Cinéfantastique 18 (1): 16–25

»*Im Kern ist* Robocop *natürlich eine Christus-Geschichte. Es geht um einen Kerl, der nach fünfzig Minuten gekreuzigt wird und fünfzig Minuten danach als Superbulle wiederaufersteht.*

Und am Ende geht er über Wasser, nämlich in einer verlassenen Stahlfabrik in Pittsburgh. Dort war tatsächlich Wasser, und ich habe einfach etwas unter die Oberfläche gelegt. Robocop konnte also über Wasser gehen und dabei den

wunderbaren Spruch sagen: ›Ich werde dich nicht verhaften.‹ Soll heißen: ›Ich werde dich erschießen.‹ Genau wie ein amerikanischer Jesus reden würde.«
Paul Verhoeven, Regisseur von *Robocop*, in: MTV Movies blog, 14. April 2010

Eine Frau, die er zu heiraten gehofft hatte, hatte Bernd einmal gesagt, dass ihn kurze Jacketts größer aussehen ließen. Nun stand er da und blickte in Richtung des Waldes im Norden und Osten des Hofes. Er verdrehte die Augen. Eine erfolgversprechende Suche war so gut wie ausgeschlossen. Aber er befand sich hier vor dem Lieblingsrestaurant der Polizeidirektorin. Auch Bernd war einmal dort zu Gast gewesen, anlässlich ihrer Beförderung und zusammen mit zwei anderen Kommissaren, die mit ihr feiern sollten. Die Kollegen und er hatten sich verpflichtet gefühlt, die Rechnung zu teilen. Seither mied Bernd den Ort.

»Hat der Scan was ergeben, Roberto?«, fragte er seinen Partner, der den Kopf hob wie ein alter Jagdhund, der Witterung aufgenommen hat.

»Nein. Ihr PerC ist entweder abgeschirmt oder entfernt oder sie ist abgetaucht«, kam die Antwort. Das klang nicht gut. Selbst wenn sie tot wäre, müssten entweder ihre medizinischen oder die Kommunikationssensoren entsprechende Signale senden.

Das Ganze war äußerst ungewöhnlich. Früher hatte die Polizei achtundvierzig Stunden gewartet, ehe sie einer Vermisstenmeldung nachging. Aber noch jetzt ließ man sich Zeit – auch Sensoren waren nicht hundertprozentig verlässlich. Die Folksängerin aber war noch keine Stunde verschwunden, als Bernd auf dem Hof eingetroffen war. Offenbar hatte jemand mit Einfluss Druck gemacht und jemanden Ranghöheren als Bernds Chefin zum Handeln gezwungen.

»Hast du auf den Wagen geachtet, der weggefahren ist, als wir gekommen sind?«, fragte Roberto und deutete mit dem Kopf in Richtung Ausfahrt. Bernd wunderte sich über diese typisch menschliche Geste, die er so an seinem Partner vorher noch nie beobachtet hatte. Er schüttelte den Kopf und sah auf seinen PerC, um festzustellen, ob inzwischen mehr Informationen zu dem Fall eingegangen waren.

»Das war der altmodische Mercedes von Wendt. Jedenfalls ist er damit heute zu unserer Pressekonferenz gekommen«, sagte Roberto. »Das heißt, Wendt war hier. Und den Daten der Mietfahrzeuge nach zu urteilen, auch noch andere Prominenz. Ich habe hier jemanden von der Landesregierung, Ministerrang. Vielleicht sind wir deshalb gerufen worden.«

Eine junge Frau kam aus dem hell erleuchteten Restaurant und stellte sich als die Kellnerin vor, die Alarm geschlagen hatte, weil die Sängerin nicht zu ihrem zweiten Set erschienen war. Zusammen mit Max, dem Toningenieur, habe sie überall nach ihr gesucht und dann Herrn Schmitt, den Chef, informiert, während Max die Polizei gerufen habe.

»Können wir ihn sprechen, Ihren Chef?«, fragte Bernd. In diesem Moment kam eine rundliche, hübsche Frau in den Vierzigern aus der Küche. Sie trug eine weiße Kochjacke und trocknete sich die Hände an ihrer Schürze ab. Der Duft frischgebackenen Brots ging von ihr aus.

»Sybill Schmitt«, stellte sie sich vor. »Warum man Sie gerufen hat, verstehe ich nicht«, sagte sie verärgert und warf einen ungehaltenen Blick auf die Kellnerin. »Es ist nicht das erste Mal, dass Hati ihren Auftritt einfach abbricht. Ich traue ihr zu, dass sie plötzlich Lust hatte, spazieren zu gehen und die Sterne am Himmel zu betrachten.«

»Wir haben überall nach ihr gesucht und sie gerufen«, entgegnete die Kellnerin. »Max ist auf seinem Fahrrad los, hat sie aber nirgends auftreiben können. Er sucht immer noch.«

»Nimm die Namen von allen zu Protokoll, die hier waren. Ich schaue mich unterdessen in der Scheune um«, wies Bernd seinen AP an. »Und wenn dieser Max zurückkommt, möchte ich ihn sprechen.«

»Herr Aguilar?«, sagte jemand hinter ihm, dessen Stimme ihm vage vertraut vorkam. Vor dem Restauranteingang stand eine Frau. Als er ihr Gesicht sah, fiel ihm auch gleich der Name ein: von Thoma. Sie war eine attraktive Frau, um die vierzig und sehr elegant gekleidet. Solche hochhackigen Schuhe, wie sie sie trug, sah man heutzutage nur noch selten. Sie hatte irgendeinen wichtigen Posten in der Landesregierung, und Bernd war ihr einmal auf einem Empfang begegnet. War sie etwa dieser Jemand im Rang eines Ministers? Bernd interessierte sich nicht groß für Politik.

Mit ausgestreckter Hand und routiniertem Lächeln trat sie auf ihn zu. »Ruth von Thoma. Sie erinnern sich? Wir haben miteinander angestoßen, nachdem Sie diese Auszeichnung verliehen bekommen haben. Ich nehme an, Sie sind wegen der vermissten Sängerin hier. Ist das Ihr neuer Partner?«

Sie musterte Roberto, während sie Bernd die Hand schüttelte, und stellte dann Hannes vor. Bernd erkundigte sich höflich, ob sie in der Scheune gewesen seien oder die Sängerin gesehen hätten, was sie verneinten. Daraufhin verabschiedete er sich von den beiden und wünschte ihnen eine gute Nacht. Er wusste, wo er sie erreichen konnte. Eines hatte ihn aufmerken lassen. Als von Thoma den vollen Namen ihres Begleiters nannte, hatte Roberto ruckartig den Kopf gedreht, als sei er überrascht. Und nun hörte er, wie sein Partner etwas vor sich hin murmelte.

An der grün blinkenden kleinen LED-Leuchte sah Bernd, dass Roberto sich mit seinen Kollegen austauschte, wahrscheinlich deutschland- oder sogar europaweit. Er stellte sich vor, wie eine Art maschineller Klatsch von dieser Scheune aus sämtliche Polizeidienststellen Baden-Württembergs, Ministerialbüros und wer weiß welche übergeordneten Stellen erreichte. Etwas Seltsames ging hier im Odenwald vor sich.

Mittlerweile kannte Bernd die größte Schwachstelle bei Robotern. Sie hatten keine Vorstellung davon, dass sie vieles nicht wussten. Sie sammelten alles, was ihnen über Datenbanken, Tatortrecherchen, Zeugenvernehmungen oder aus anderen Quellen an Informationen zugänglich war, konnten dann aber eben nur mit dem arbeiten, was ihnen zur Verfügung stand. So etwas wie Intuition brachten sie nicht mit. Wohl analysierten sie Körpersprache und Pulsfrequenz einer Person während des Verhörs, durchschauten aber nicht, wenn diese log.

Wie die meisten Menschen war Bernd gewohnt, mit unzureichenden Informationen zurechtzukommen. Ihm war klar, dass es immer mehr zu wissen gab und dass er, wenn ihn seine Informationen nicht weiterbrachten, an zusätzliche Daten herankommen musste, gegebenenfalls mit Nachdruck. Er hatte dies seinem Partner klarzumachen versucht, doch Roberto wollte einfach nicht akzeptieren, dass sein Wissensfundus bisweilen nicht ausreiche.

Robertos offizielle Bezeichnung war W-64-MA-AP-KP-472c. W stand für seine Wendt'sche Provenienz, 64 war sein Baujahr, MA bedeutete, dass er der Mannheimer Polizei angehörte. AP war die Abkürzung für Automatisierter Partner, KP für Kriminalpolizei. Die Ziffern 472 verwiesen auf Bernd als den ihm zugewiesenen Beamten, während das kleine »c« deutlich machte, dass er dessen dritter Partner war. Bernd hatte auch seine Vorgänger Roberto genannt. Mehrere Eingriffe in seine Programmierung waren nötig gewesen, damit Roberto ihn Bernd nannte und nicht Herr Polizeioberkommissar. Dass ihm dies offenbar solche Schwierigkeiten bereitete, hatte Bernd überrascht, da sich Roberto ansonsten als überaus anpassungsfähig erwies.

»Wenn es für dich ein so großes Problem ist, meinen Vornamen auszusprechen«, hatte ihm Bernd vorgeschlagen, »wie wär's dann, wenn du mich POK nennen würdest, das ist das Akronym für meinen Rang?«

Daraufhin hatte Roberto ihn nur mit ausdrucksloser Miene angestarrt, doch Bernd meinte in seinen Prozessoren ein Zwinkern wahrzunehmen. Aber vielleicht war das auch nur seine menschliche Einbildung. Aus einer Bierlaune heraus hatte Bernd ein kleines Gedicht auf seinen Partner verfasst und vor seinen menschlichen Kollegen zum Besten gegeben, die es später gern zitierten.

Kripo-Beamte sind Asse,
im Ermitteln einsame Klasse,
doch ihre Assis aus Bits und Bytes
sind alles andere als gescheit.

Bernd hatte sich im Nachhinein für seine geknittelten Verse geschämt und gehofft, dass sie Roberto nie zu Ohren kommen würden. Er fürchtete auch, dass sie seiner Karriere schaden könnten, wenn seine Vorgesetzten erführen, dass dieser Blödsinn auf seinem Mist gewachsen war. Erst sehr viel später war ihm zugetragen worden, dass Roberto ebenfalls einen Vers verfasst und vor seinen Automatenkollegen zum Besten gegeben hatte:

Kripo-APler sind Asse,
im Ermitteln einsame Klasse,
doch ihre Assis aus Fleisch und Blut
sind alles andere als gut.

In Hatis Garderobe in der Scheune streifte sich Bernd nun seine Latexhandschuhe über und durchsuchte den Rucksack der Sängerin: Taschentücher, Schlüsselbund, Tampons, Kosmetik, Aspirin. Er fand keinen PerC, wenn sie ihn also bei sich hatte, musste er ausgeschaltet sein.

»Was wissen wir über sie?«, fragte Bernd. Insgeheim hoffte er, dass Roberto irgendwann einmal antworten würde: »Du hast keinen blassen Schimmer, ich aber weiß alles, was es über diese Person zu wissen gibt.«

»Hadiye Boran ist sechsundzwanzig Jahre alt und nicht vorbestraft«, sagte Roberto. »Sie wohnt in Mosbach, zusammen mit zwei Kollegen aus der Grundschule, wo sie seit vier Jahren Lehrerin ist. Ihre Eltern kamen aus der Türkei, sie selbst wurde in Heilbronn geboren. Als eingetragenes Mitglied der Grünen geht sie zwar regelmäßig zur Wahl, ist aber selbst nicht politisch aktiv. Sie scheint keiner religiösen Gemeinschaft anzugehören. Ihr Vater ist pensioniert. Er arbeitete für eine Bank und als Unternehmensberater. Ihr älterer Bruder lebt in Berlin, ist Mitglied des Abgeordnetenrats und strenggläubiger Muslim. Implantiert wurde ihr lediglich der für den Beitritt in die Lehrergewerkschaft obligatorische Chip zur medizinischen Überwachung.«

»Abgesehen von Wendt und der Ministerin, könnte auch ihr Bruder eine Erklärung dafür sein, warum ihr Verschwinden so viel Aufsehen erregt«, bemerkte Bernd. »Wissen wir, mit welchen Leuten sie verkehrt? Hat sie einen Liebhaber?«

»Wir wissen nur, dass sie weder verheiratet ist noch in einer eingetragenen Partnerschaft lebt. Sie hat keine Kinder«, antwortete Roberto. »Als ihre nächsten Angehörigen und, im Falle ihres Todes, Begünstigte ihrer Lebensversicherung sind ihre Eltern registriert. Es scheint, dass sie bei guter Gesundheit ist. Über Allergien oder eine Abhängigkeit von Drogen ist nichts bekannt. Vor zwei Jahren wurde sie von ihren Schülern zur Lehrerin des Jahres gewählt. Sie ist eine bekannte Sängerin, die viel Resonanz in den sozialen Medien bekommt. Ihr Sparguthaben beträgt 80 000 Euro; den Dispo ihres Girokontos hat sie bisher nicht in Anspruch nehmen müssen. Ihre Eltern haben ein Treuhandkonto auf ihren Namen eingerichtet.« Bernd stieß einen Pfiff aus, als Roberto die dort eingetragene Summe nannte. Sie übertraf sein Jahreseinkommen um ein Vielfaches. Möglich, dass ihr Verschwinden damit in Zusammenhang stand.

»Sie besitzt ein E-Bike und ein Konto bei einer Fahrzeugvermietung. Ihre letzte Urlaubsreise machte sie mit einem Hotelfahrzeug in die Schweiz, im Jahr davor war sie in Frankreich.«

»Hast du ihre PerC-Nummer?«, fragte Bernd.

Roberto nannte sie und sagte, dass er sie nochmals vergeblich zu erreichen versucht habe. Der PerC sei auch nicht zu orten. Selbst wenn ein PerC ausgeschaltet war, sendete er ein GPS-Signal, das die Polizei auffangen konnte. Allerdings nicht in diesem Fall, was ungewöhnlich und besorgniserregend war.

»Ist sie früher schon einmal hier aufgetreten?«, wollte Bernd wissen.

Sechsmal, wusste Roberto und schickte ein paar ihrer Songs sowie mehrere enthusiastische Online-Kritiken ihrer letzten Hof-Konzerte auf Bernds PerC. Sekunden später piepste es leise. Bernd berührte seinen PerC seitlich und schaltete den Holoscreen ein. Sichtbar nur für ihn, baute sich vor ihm in Brusthöhe ein Bild von dreißig Zentimetern im Quadrat und zwanzig Zentimetern Tiefe auf, das sich nach Belieben vergrößern oder verkleinern ließ.

»Ach, *sie* singt diesen Dark Rider-Song«, sagte er. Er hatte ihn schon häufig auf der Straße gehört und den Namen des Helden, der den Bullen immer wieder durch die Lappen ging, als Graffiti an Hausmauern gesprayt gesehen. Hati war eine hübsche junge Frau mit schöner, heller Stimme. Sie könnte in den Vid-Netzwerken sehr erfolgreich sein, dachte Bernd – interessant und vielleicht typisch für sie, dass sie stattdessen lieber unterrichtete.

Bernd tippte mit dem Finger zweimal auf das abgebildete Gesicht, worauf sich ein Fenster mit ihrem Namen, ihrer Adresse und ihren Kontaktdaten öffnete. Als er es unter ihrer Festnetznummer versuchte, meldete sich ein junger Mann mit zerzaustem Haar, offenbar einer ihrer Mitbewohner und Kollegen. Er habe sie in der Schule kurz nach Unterrichtsschluss zuletzt gesehen, sagte er; sie sei nicht nach Hause gekommen. Bernd überquerte den Hof in Richtung Restaurantküche und fragte nach Sybill.

Ihr Mann, Klaus Schmitt, dem der Hof gehörte, war nicht da. Sie sagte, er gehe nachts gern in den Weinbergen spazieren, spreche mit den Rebstöcken und streichle ihre Blätter. Wo genau er jetzt zu finden sei und wann er zurückkehren werde, könne sie nicht sagen. Sie habe ihn zuletzt am frühen Abend gesehen, als er kurz zu ihr in die Küche gekommen war, wo sie sich die ganze Zeit aufgehalten und daher von der ganzen Aufregung um Hati nichts mitbekommen habe.

»Über die Lautsprecher in der Küche habe ich immerhin ein paar ihrer Songs gehört«, sagte sie.

Sybill schien sich um die junge Frau keine Sorgen zu machen und meinte, dass sie sich vielleicht mit einem Freund oder ihrem Liebsten getroffen habe. Künstler seien nun mal nicht immer die zuverlässigsten Menschen, sagte sie lächelnd. Nein, ob Hati derzeit einen Liebhaber habe, wisse sie nicht. Immerhin konnte sie Bernd die Namen einiger Musikerfreunde nennen. Bernd rief diese der Reihe nach an, doch alle beteuerten, sie nicht mehr gesehen zu haben.

Zusammen machten sich Bernd und Roberto daran, Hatis soziales Netzwerk zu durchkämmen und Erkundigungen über Freunde und Bekannte, Arbeitskollegen, ehemalige Mitbewohner und Liebhaber einzuholen und darüber, wo sie überall aufgetreten war. Sie überprüften die Fahrzeuge, die am Abend auf dem Hof gewesen waren, und fragten bei deren Mietern an, doch keiner konnte ihnen weiterhelfen. Da Hatis Fahrrad immer noch dort stand, wo sie es abgestellt hatte, musste sie entweder zu Fuß, auf dem Fahrrad eines anderen oder auf dem Sattel eines Pferdes aufgebrochen sein. Der Hof lag nahe an den Freien Gebieten, Pferde waren hier keine Seltenheit, doch Roberto hatte bereits die Videoüberwachung der Ställe und Außenbereiche geprüft. Hatis Ankunft am frühen Abend war aufgezeichnet worden, doch dann verlor sich jede Spur.

»Hat sie Freunde in den Freien Gebieten?«, wollte Bernd wissen.

Sybill lachte spöttisch. »Na klar, gerade dort. Freunde, Fans, Musikerkollegen. Die meisten Künstler, die bei uns auftreten, sind Freiländer.«

Bernd nickte verdrießlich, eingedenk der Schwierigkeiten, die ihm bevorstanden. Die Freiländer waren notorisch unkooperativ und seit 2048 praktisch sich selbst überlassen. Doch das begann sich gerade zu ändern. Weil sie von Polizei und Verwaltung größtenteils unbehelligt blieben, hatten die Freien Gebiete auch mehr und mehr Kriminelle angelockt, die in gut versteckten Labors immer neue Designerdrogen zusammenbrauten.

Mit den frühen Idealisten, die aufgebrochen waren, um als Selbstversorger in kommunenähnlichen Gemeinschaften in freier Natur und ohne die neuesten Überwachungstechnologien zu leben und ihre Kleidung aus Hanffasern anzufertigen, hatten die heutigen Freiländer nicht mehr viel gemein.

Es gab weder feste Grenzen, noch war der Zuzug geregelt. Sogar Touristen waren willkommen, vorausgesetzt, sie ließen ihre PerCs und Fahrzeuge zurück und kamen zu Fuß, auf dem Fahrrad oder zu Pferde. Über technische Geräte, die es nicht schon vor 1980 gegeben hatte, wurde die Nase gerümpft. Kleine Läden oder die im Ort anzutreffenden Privatschulen boten einen Internetzugang via Satellit, und vielerorts waren noch alte Telefonleitungen in Gebrauch.

Einige Siedlungen hatten sich zu Künstlerzentren gemausert, deren Bewohner sich mit Musik, Theater und Malerei über Wasser hielten. Auch komplexe Rollenspiele wurden entwickelt und erfolgreich verkauft. Die stabilsten und friedlichsten Kommunen waren diejenigen, die sich auf die Herstellung von Lebensmitteln spezialisiert hatten und auf den allseits beliebten Märkten in der Umgebung Ziegenkäse verkauften, Fleisch und Wurst von Schweinen, die mit Eicheln gemästet worden waren, und selbst gebraute Biere. Manche verdienten recht gut am Tourismus und boten überarbeiteten Städtern Erholung in freier Natur an, wo diese Biogemüse essen und auf die Jagd gehen konnten.

Andere hatten sich auf Meditationsangebote verlegt, auf Massagen und neuartige Yogapraktiken; wiederum andere, die sich ursprünglich der freien Liebe verschrieben hatten, organisierten nun Orgien, für die mit Bargeld bezahlt werden musste.

Zu einer gewissen Berühmtheit hatte es ein Dokumentationszentrum gebracht, gegründet von einer Gruppe junger Leute, die sich der filmischen Dokumentation dieser Siedlungen widmeten. Selbst Freiländer, waren sie in den meisten Kommunen willkommen, und dank ihrer preisgekrönten Arbeit erfuhr die Öffentlichkeit von den zum Teil bizarren Lebensstilen, die sich dort etabliert hatten.

Wie viele andere seiner Generation war auch Bernd als Jugendlicher von zu Hause in die Freien Gebiete abgehauen. Er hatte dort einen interessanten, aber verwirrenden Sommer verlebt, eine Menge Marihuana geraucht, das vor Ort angebaut wurde, improvisierte Musik gehört und war mit Mädchen zusammen gewesen. Gern erinnerte er sich an tolle Festivals, die er zusammen mit Zehntausenden anderen Teenagern besucht hatte, bei denen sie in Zelten übernachteten, den halben Tag und die ganze Nacht Konzerten zuhörten und nackt in Flüssen schwammen. Bei einem dieser Festivals hatte er sich freiwillig zum Kochen gemeldet, und die Freundschaft und die Kameradschaft unter den Köchen, die sich erst zu Tisch setzten, wenn alle anderen versorgt waren, waren ihm bis heute im Gedächtnis. Als im Oktober die Nächte kälter wurden, hatte er die Nase voll, doch statt nach Hause zurückzukehren, meldete er sich freiwillig zum Militär, das damals wieder in Mode gekommen war. Nach wenigen Monaten der Grundausbildung wurde er einer Einheit zugeteilt, die ein von Deutschen geleitetes Flüchtlingslager im Norden Kenias zu bewachen hatte. Von der Hitze, seiner Uniform und den nächtlichen Wachdiensten abgesehen, war das Leben dort nicht viel anders als in den Freien Gebieten.

Nach seinem Wechsel zur Polizei überraschte es ihn zu erfahren, dass seine kurze Sommerepisode in den Freien

Gebieten in seiner Personalakte vermerkt war. Obwohl sie seiner Karriere nicht zu schaden schien, schien er prädestiniert für verdeckte Ermittlungen gegen eine der ersten kriminellen Banden, die sich dort gebildet hatten. Ihre Mitglieder begingen Ladendiebstähle im großen Stil. Sie überfielen mit bis zu vierzig Mann Kaufhäuser in der Stadt, meist Modegeschäfte, überwältigten das Personal, nahmen mit, soviel sie tragen konnten, und liefen in verschiedene Richtungen davon, um sich später an einer verabredeten Stelle zu treffen, wo ein gemietetes Fahrzeug auf sie wartete. Bernd hatte sie schnell ausfindig gemacht. Es war ihm ein Leichtes, sie zu infiltrieren, und nachdem er selbst an mehreren kleinen Raubzügen teilgenommen hatte, informierte er seine Dienststelle über den nächsten geplanten Coup. Die Ganoven tappten in die Falle, Bernd wurde ausgezeichnet, befördert und bekam einen AP der ersten Generation an die Seite, den er Roberto nannte.

Inzwischen gingen die Kriminellen sehr viel professioneller vor, doch die Freien Gebiete konnten Bernd nicht schrecken. Im Gegenteil, für ihn waren deren Bewohner mehrheitlich völlig harmlos. Mit dieser Haltung eckte er bei vielen Kollegen an, die dafür plädierten, dass die Siedlungen geräumt und deren Bewohner zu nützlicher Arbeit gezwungen oder, wie einige radikale Populisten forderten, in die Psychiatrie eingeliefert wurden. Bernd dagegen kaufte gern auf ihren Lebensmittelmärkten ein, liebte ihre Musik und fand, dass die Welt groß genug war, um vielen bunten Vögeln Platz zu bieten.

8

Die neun biodynamischen Präparate; drei davon werden aufgesprüht (Hornmist, Hornkiesel, Ackerschachtelhalm), die anderen sechs als Kompostdünger verwendet.

Präparat 500 – Mit Kuhdung gefüllte Kuhhörner kommen den Winter über in den Boden. Dann werden sie ausgegraben, ihr Inhalt in Wasser eingerührt, das nachmittags auf den Humus gesprüht wird. Die Hörner können als Behälter wiederverwendet werden.

Präparat 501 – Fein gemahlener Bergquarz wird in Kuhhörner gefüllt und über den Sommer im Boden vergraben. Wieder hervorgeholt, wird der Inhalt (Hornkiesel) in Wasser verrührt und tagsüber auf Weinstöcke gesprüht. Die Hörner können als Behälter wiederverwendet werden.

Präparat 502 – Blüten der Schafgarbe werden in eine Hirschblase gefüllt und über den Sommer der Sonne ausgesetzt. Im Herbst werden sie dann bis zum Frühjahr im Boden vergraben. Der Blaseninhalt wird schließlich dem Humus untergemengt (die Hülle entsorgt).

Präparat 503 – Blüten der Kamille (Matricaria chamomilla) werden in Kuhdärme gefüllt, der Sonne ausgesetzt, über Winter im Boden vergraben und im Frühjahr hervorgeholt. Der Darminhalt wird schließlich dem Boden untergemengt.

Präparat 504 – Brennnesseln werden den Sommer über im Boden vergraben (ohne Hülle), im Herbst hervorgeholt und dem Kompost untergemengt.

Präparat 505 – Eichenrinde wird im Schädel eines Hoftieres über Winter in einer wässrigen Umgebung vergraben, im Frühjahr wieder hervorgeholt und dem Kompost untergemengt.

Präparat 506 – Löwenzahnblüten werden im Bauchfell einer Kuh der Sonne ausgesetzt, dann über den Winter vergraben, im Frühjahr hervorgeholt und unter den Kompost gemengt.

Präparat 507 – Baldrianblütensaft wird über den Kompost gesprüht und/oder ihm untergemengt.

Präparat 508 – Ackerschachtelhalm (Equisetum arvense) wird entweder als frisch aufgesetzter Tee oder als fermentierter Flüssigdünger auf Weinstöcke gesprüht (in dem Fall als Tee) oder dem Boden beigegeben (in dem Fall als Flüssigdünger).

Peter Proctor, *Grasp the Nettle: Making Biodynamic Farming & Gardening Work*. With Gillian Cole. New York: Random House, 1997

Klaus war immer noch nicht zurückgekehrt, als Bernd und Sybill in den frühen Morgenstunden in der Küche Tee tranken, aufgebrüht aus Kamillenblüten, die sie selbst gesammelt und getrocknet hatte. Die Atmosphäre zwischen ihnen war frostig. Bernd suchte nach einer Erklärung dafür, dass Klaus zu dieser Zeit noch nicht zu Hause war, und zeigte sich sichtlich misstrauisch angesichts der

Tatsache, dass seine Abwesenheit mit Hatis Verschwinden zusammentraf. Sybills Auskunft, wonach ihr Mann häufig und gern nächtliche Spaziergänge unternehme, vermochte ihn ebenfalls nicht zufriedenzustellen. Es sei seine Art, das Land zu bewirtschaften, sagte sie. Ihr drohte der Kragen zu platzen, als Bernd zum fünften oder sechsten Mal die Frage aufwarf, ob ihr Mann vielleicht untreu sei und eine Affäre mit Hati habe.

Roberto stand in der Küchentür, als eine stämmige Gestalt aus dem Stall kam und den Hof überquerte. Im Vorübergehen musterte sie den AP interessiert, aber wohlwollend und nickte höflich, was Roberto ungewöhnlich fand. Die meisten Menschen ignorierten ihn, und es kam äußerst selten vor, dass man ihm mit Höflichkeit begegnete. Roberto registrierte im Blick des Mannes sogar Zeichen des Wiedererkennens und von Vertrautheit, als wisse er um seine Bauweise und Funktionen. Das war neu für ihn, und es gefiel ihm.

Weder er selbst noch die kleine Drohne, die er auf Patrouille in die Weinberge und die nähere Umgebung geschickt hatte, hatten ein Signal von Hati oder Klaus aufgefangen. Schnell überprüfte er seine eigenen Systeme, um eine Erklärung dafür zu finden. Offenbar war Klaus' medizinisches Implantat ausgeschaltet worden. Außerdem emittierte der Gutsbesitzer auffällig viele Kohlenwasserstoffmoleküle. Beides gab Roberto an Bernd weiter.

»Wo sind Sie gewesen?«, fragte Bernd höflich, nachdem er sich Klaus vorgestellt und erklärt hatte, dass er nach Hati suchte.

»In den Weinbergen, spazieren«, antwortete Klaus mit

ruhiger Stimme und offenbar unbeeindruckt von der Skepsis, die in Bernds Frage mitschwang. Er küsste seine Frau zärtlich auf den Mund, die ihm eine Tasse Tee eingeschenkt hatte und sich nun an seine Schulter lehnte. Der Anblick der beiden machte Bernd ein wenig neidisch. Es war lange her, dass sich eine Frau mit ihm so wohlgefühlt hatte wie Sybill an der Seite ihres Mannes. Und diese beiden waren seit zwanzig Jahren verheiratet.

»Der Mond nimmt ab. Jetzt ist die richtige Zeit, die Rebstöcke zu beschneiden und Setzlinge umzupflanzen«, fuhr Klaus fort. »Ich wollte sehen, ob ich heute Nachmittag, wenn sich der Boden aufgewärmt hat, wohl die Fünfhundert verteilen kann.«

»Was heißt das?«, fragte Bernd. »Sprechen Sie von Hektar?«

Sybill lachte. Klaus schüttelte den Kopf und grinste. »Nein, von einem Hornmistpräparat zur Behandlung der Rebstöcke. Es besteht aus Kuhdung, der, in ein Kuhhorn gefüllt, den ganzen Winter über in der Erde war. In Wasser verrührt, mischen wir es dann unter den Humus – bei abnehmendem Mond.«

Klaus bemerkte, dass der Kommissar offenbar keine Ahnung von biodynamischer Landwirtschaft hatte, und weil es ihm schwerfiel, mit seinem Wissen hinter dem Berg zu halten, fuhr er fort: »Der Mond übt eine starke Anziehungskraft aus und verursacht zum Beispiel die Gezeiten. Aber er wirkt sich auch auf Pflanzensäfte aus. So wie ein zunehmender Mond die Gezeiten verstärkt, sind sie bei abnehmendem Mond weniger stark ausgeprägt. Genauso verhält es sich bei den Pflanzen. Also ist der abnehmende

Mond für uns die richtige Zeit, den Boden zu bestellen. Denn dann atmet die Erde gewissermaßen ein und sammelt ihre Wachstumskräfte. Die Wurzeln werden aktiver und sollten zusätzlich genährt werden, eben mit Kompost.«

Klaus stockte, weil der Kommissar offensichtlich kein Wort verstand. Sybill kam ihrem Mann zu Hilfe.

»Wir arbeiten biodynamisch«, sagte sie. »Deshalb schaltet Klaus seinen Chip aus und lässt seinen PerC zurück. Die elektromagnetischen Wellen hindern uns daran zu hören, was uns die Pflanzen zu sagen haben.«

»Aber wenn Sie den Chip ausschalten, verfällt der Versicherungsschutz«, entgegnete Bernd, froh darüber, zu einem Thema zurückgefunden zu haben, das ihm vertrauter war als Mondphasen. Bernd konnte sich kaum vorstellen, wie er ohne dieses System seine Polizeiarbeit machen sollte.

»Für biodynamische Landwirte gelten Ausnahmen«, erwiderte Klaus. »Wir dürfen sie ausschalten, wenn wir auf dem Feld arbeiten.«

»Das habe ich dem Herrn auch schon zu erklären versucht«, sagte Sybill. »Aber er ist halt ein Städter, der sich auf dem Land nicht besonders gut auskennt.«

Bernd ignorierte sie und bedachte Klaus mit einem skeptischen Blick. »Arbeiten Sie als biodynamischer Landwirt auch mit Kohlenwasserstoffen?«

»Natürlich nicht.«

»Und warum lässt er sich dann an Ihrer Kleidung nachweisen?«

Klaus zuckte mit den Achseln. »Auf dem Nachhauseweg habe ich gespürt, dass das Wetter umschlagen wird. Darum habe ich nachgeschaut, ob noch genug Brennstoff für die

Kohlenpfannen da ist. Wenn es einen Temperatursturz gibt, muss man schnell reagieren und sie anfeuern, sonst verliert man möglicherweise die ganze Ernte. Wir haben eine Sondergenehmigung dafür, um Frostschäden vorzubeugen.« Er grinste. »Sie kennen sich wirklich nicht aus auf dem Land, nicht wahr? Warum hat man Sie zu uns geschickt?«

»Weil Ihre Sängerin Hati vermisst wird«, antwortete Bernd und warf einen Blick auf seinen Holoscreen, über den ihm Roberto eine neue Nachricht geschickt hatte. Klaus Schmitt hatte tatsächlich die Erlaubnis, Brennstoffe auf seinem Hof zu lagern, und es stimmte auch, dass in der biologisch-dynamischen Landwirtschaft das Präparat 500 zur Anwendung kam, vorzugsweise bei abnehmendem Mond. Sich mit etwas nicht auszukennen ärgerte Bernd, und das war nun wieder der Fall.

»Bevor ich in die Weinberge gegangen bin, habe ich Hati noch singen hören«, sagte Klaus. »Da war alles in bester Ordnung. Sie kam allein, aber vielleicht hat sie in der Pause einen Bekannten getroffen. Es wäre nicht das erste Mal.«

»Sie waren fünf Stunden unterwegs. Kommt das öfter vor?«

»Durchaus«, antwortete Klaus und gähnte. »Meine Frau kann Ihnen das bestätigen. »Seit wann wird Hati eigentlich vermisst?«

»Sie ist nach der Pause nicht wieder auf die Bühne gekommen. Ihr Toningenieur hat Alarm geschlagen. Aber Sie scheinen sich keine Sorgen zu machen.«

»So ist es. Unser Toningenieur ist erst vor kurzem aus Frankfurt gekommen und hat noch keinen Sinn dafür, dass bei uns auf dem Land alles etwas lockerer zugeht. Jeder hier kennt Hati. Sie ist sehr beliebt, vor allem bei Schülern. Wenn sie nicht weiterspielen wollte, hatte sie bestimmt ihre Gründe dafür.«

»Aber wie hat sie den Hof verlassen? Ihr Fahrrad steht noch hinter der Scheune. Die Überwachungskameras haben kein Bild von ihr eingefangen und keins der Fahrzeuge hat sie mitgenommen. Wir haben das überprüft.« Bernd deutete auf Roberto, der sich bei allen in Frage kommenden Autovermietern erkundigt hatte.

Klaus lachte. »Ich habe vor zwanzig Jahren an der Entwicklung dieses Systems mitgewirkt. Heute kann es von jedem Kind ausgetrickst werden. Außerdem stehen hier immer Pferde im Stall, und Hati ist eine gute Reiterin. Für mich ist viel interessanter, wieso ein erfahrener Kommissar mit einem AP der neuesten Generation Ermittlungen aufnimmt, obwohl Hati erst seit wenigen Stunden vermisst wird. Hätten Sie was dagegen, wenn ich Ihrem AP ein paar Fragen stelle?«

»Von mir aus«, sagte Bernd. »Roberto?«

Der AP hatte Klaus und dessen Frau mit Interesse beobachtet, und es war ihm nicht entgangen, mit welcher Selbstverständlichkeit sie sich berührten und ihre Nähe genossen. Das war etwas ganz anderes als Bernds gelegentliche Affären. Wenn Bernd mit einer Frau ausging und anschließend die Nacht mit ihr verbrachte, schien er immer unter Strom zu stehen und wirkte wie getrieben. Klaus und seine Frau hingegen strahlten eine erstaunliche Ruhe aus. Führten sie etwa das, was man eine gute Ehe nannte? Viele der Romane, die er gescannt hatte, handelten vom Scheitern oder Gelingen dieser Form der Bindung zwischen Mann und Frau, von der beide Seiten offenbar sehr abhängig waren. Sein Partner Bernd verwandte so viel Zeit darauf, eine solche Beziehung herzustellen, doch wenn er mit einer Frau zusammen war, schien er es gar nicht wirklich genießen zu können. Das irritierte Roberto. Die Zufriedenheit aber, die Klaus und Sybill zum Ausdruck brachten, half ihm, dieses menschliche Mysterium ein bisschen besser zu verstehen.

Wieso wollte dieser Mann ihn nun befragen?, wunderte sich Roberto. Er hatte nicht vergessen, wie Klaus ihn bei seiner Rückkehr auf den Hof gemustert hatte. Einen solchen Blick kannte er nur von den Ingenieuren und Technikern der Werkstätten, er war wie eine schnelle und erfahrene Bestandsaufnahme. Interessant hatte Roberto auch Klaus' Bemerkungen über Mondphasen, Gezeiten und Landwirtschaft gefunden. Er war sofort alle ihm verfügbaren Datenbanken durchgegangen und hatte erfahren, dass viele Landwirte nach den genannten Methoden arbeiteten und dass Klaus für die Qualität seiner Weine und des von ihm angebauten Getreides sehr geschätzt wurde.

»Was wollen Sie von mir? Einen Turing-Test?«, fragte Roberto.

Klaus schüttelte den Kopf, schaute ihm in die Augen und zitierte: »*Er ist kein Fremder, denn er wohnt im Blut, / das unser Leben ist und rauscht und ruht.*«

Roberto schien verdutzt. Dann aber hob er den Kopf und setzte den Vers fort: »*Ich kann nicht glauben, dass er Unrecht tut; / doch hör ich viele Böses von ihm sprechen.*«

Klaus nickte und strahlte über das ganze Gesicht, als der AP auf ihn zutrat und eine Hand sanft auf seinen Arm legte. »Sie sind es tatsächlich, nicht wahr?«

Wieder nickte Klaus. »*Und du wartest, erwartest das Eine, / das dein Leben unendlich vermehrt.*«

»Ja, ich habe gewartet«, erwiderte Roberto. »*Das Mächtige, Ungemeine, / das Erwachen der Steine, / Tiefen, dir zugekehrt.*

Warum haben Sie aufgehört?«, fragte Roberto, und seine Stimme hatte dabei einen Klang, den Bernd so noch nie bei ihm gehört hatte.

»Ich war nur einer von vielen und hatte das Gefühl, alles erreicht zu haben. Und eigentlich wollte ich immer dies«, antwortete Klaus und breitete die Arme aus, als wollte er alles – sein Haus, seine Frau, den Weinberg – mit einschließen. Er nahm Robertos Hand. »Du bist hier jederzeit willkommen. Ich fände es schön, wenn du unsere Kinder kennenlernen würdest.«

»Menschenkinder«, sagte Roberto.

»Ja, natürlich.«

»Wie heißen sie?«

»Thilo ist vierzehn, Renata zwölf und Philipp vier. Wie soll ich dich nennen?«

Der AP warf einen Blick auf seinen Partner und antwortete lächelnd: »Er nennt mich Roberto. Mir gefällt's. Ich bin zum dritten Mal umgerüstet worden, arbeite aber schon immer mit Bernd zusammen.« Und nach einer kurzen Pause: »Woran haben Sie mich wiedererkannt?«

»Ich habe damals dein Gesicht gestaltet, nach meinem Vater in jungen Jahren.«

»Aha«, war von Bernd zu hören. »Jetzt verstehe ich, Sie waren Wendts AP-Designer.«

»Für die erste Generation, ja«, bestätigte Klaus, ohne seinen Blick von Roberto abzuwenden. »Freut mich zu sehen, was aus dir geworden ist. Und noch besser finde ich, dass du die Zeilen von Rilke behalten hast.«

»War es Ihre Idee, sie mir beizubringen?«, fragte Roberto.

»Ja, und die von Wendt. Weißt du, warum wir das getan haben?«

»Nein, aber ich vermute, es hatte was mit Übersetzungen zu tun.«

»Stimmt. Ich habe mich in meiner Freizeit mit Übersetzungsproblemen beschäftigt.« Es sei schon immer eine der größten Herausforderungen in der Computertechnologie gewesen, ein annehmbares Programm zu entwickeln, das einen flüssigen und verständlichen Text über eine Wort-für Wort-Übersetzung hinaus zustande bringen würde. Die herkömmliche Software sei noch weit davon entfernt gewesen, der Komplexität der menschlichen Sprache in ihren zahllosen Ausdrucksmöglichkeiten auch nur halbwegs gerecht zu werden. Zum Beispiel hätten diese frühen Programme Schwierigkeiten mit der Verarbeitung von Konjunktivformen gehabt und metaphorische Bilder als solche nicht erkannt, und es sei ihnen auch nicht möglich gewesen, mit dem sich ständig ändernden Sprachgebrauch Schritt zu halten. Außerdem bilde jede Sprache ureigene Besonderheiten aus, die sich kaum in eine andere Sprache übertragen ließen.

»Anfangs habe ich ein Programm zu schreiben versucht, das zumindest für indoeuropäische Sprachen eine Kontrollübersetzung ins Lateinische und Griechische erstellte, die dann wieder in die Ausgangssprache zurückübersetzt und mit dem Original verglichen wurde.« Dann war ihm die Idee mit der Lyrik gekommen, auf die er ebenfalls Rückübersetzungen anwandte. Von Wendt war der Vorschlag gekommen, einfache Fuzzy-Systeme auszuprobieren, angefangen mit der Anwendung Gödelscher Unvollständigkeitssätze und Theoremen der Booleschen Algebra bis hin zur Einbeziehung der t-Norm nach Łukasiewicz. Klaus bemerkte bald, dass er damit auf einem guten Weg war, nicht nur, was Übersetzungen betraf, sondern auch beim Einflößen menschlicher Empfindsamkeit in künstliche Intelligenz.

»Darum haben wir dir Rilke-Gedichte geladen und Texte von Catull, Homer, Shakespeare und Prévert«, sagte Klaus und blickte stolz auf seine Frau.

»Den eigentlichen Durchbruch aber verdanken wir ihr, Sybill, die dazu geraten hat, dass wir uns auch mit Musik und insbesondere mit Liedern, beschäftigen, weil sie mehr noch als gesprochene Sprache allein und wie kaum ein anderes Medium Emotionen transportieren. Durch den Vergleich der Übersetzung von Songs in verschiedene Sprachen, bei der Melodie und Rhythmus beibehalten werden mussten, konnten wir die Erforschung emotionaler Intelligenz auf eine ganz neue Stufe heben. Damit kamen wir schließlich einer Sache auf die Spur, die von viel fundamentalerer Bedeutung ist als taugliche Übersetzungssysteme.«

»Warum haben Sie diese Arbeit abgebrochen?«, fragte Roberto. »Wie war Ihnen das, nach allem, was Sie erreicht haben, möglich?«

»Wir haben uns ineinander verliebt«, sagte Klaus.

»Und es war ein Baby unterwegs«, fügte Sybill hinzu.

»Dann starb mein Großvater. Er hinterließ mir diesen Hof«, führte Klaus weiter aus. »Und der war, wie wir fanden, genau das Richtige für uns und unsere Kinder.«

»Wir sind ja auch nicht ganz raus«, sagte Sybill. »Zwei- oder dreimal im Jahr kommt Wendts Forscherteam für ein Wochenende hier auf dem Hof zusammen. Dann tauschen wir uns aus, essen und trinken und wandern gemeinsam durch die Weinberge. Wir freuen uns auf den intellektuellen Austausch und die ehemaligen Kollegen auf die Sinnesfreuden. Das letzte Mal waren sie vor gut einem Monat hier. Wenn ich mich richtig erinnere, ist Hati zufällig auch an dem Wochenende in der Scheune aufgetreten.«

»Stimmt«, pflichtete ihr Klaus bei. »Und du hast uns Entenbrust an Schwarzer-Johannisbeer-Sauce serviert.«

»Apropos Hati«, sagte Bernd mit einem säuerlichen Blick zu Roberto. »Wir haben den Auftrag, sie zu finden, und dass wir trotz aller uns zur Verfügung stehenden Technik noch immer keine Spur haben, lässt nichts Gutes hoffen.«

»Haben Sie es mal auf die altmodische Art versucht?«, fragte Klaus. »So wie früher, bevor die Polizei mit all dem Hightech ausgestattet wurde?«

Bernd und Roberto tauschten verständnislose Blicke.

»Sie haben doch Hatis Rucksack, nicht wahr?«, sagte Klaus. Bernd reichte ihm eine große Kunststofftüte, in der Beweismittel verstaut wurden. Klaus ging zur Küchentür und stieß einen langen Pfiff aus, der mit einer scharfen, hohen Note endete. Wenig später kam ein Hund über den Hof gelaufen, ein mächtiges Tier mit einem hübschen Kopf und langen Ohren. Aus treuen, unendlich traurigen Augen blickte es zu Klaus auf, als er die Plastiktüte öffnete und ihm Hatis Rucksack vor die Schnauze hielt.

»Such«, sagte Klaus, worauf der deutsche Schäferhund ein überraschend zartes Geräusch von sich gab, halb Husten, halb unterdrücktes Heulen, und auf die Scheune zulief, hinter der er am Künstlereingang schnüffelte. Mit der Schnauze dicht am Boden, pirschte er auf Hatis Fahrrad zu, das unter einem Vordach stand, und von dort aus geradewegs zum Parkplatz. Nicht weit vom Wohnhaus entfernt blieb er stehen, blickte sich nach Klaus um und fing an zu heulen.

»Es scheint, sie ist dort in ein Auto gestiegen. Ich dachte, du hättest dir die Aufnahmen der Überwachungskameras angesehen«, sagte Klaus an Roberto gewandt.

»Das habe ich auch, aber es gab keine Hinweise auf die junge Frau«, antwortete der AP. »Ich kann überprüfen, ob die Aufzeichnungen manipuliert wurden.«

»Erinnerst du dich, welches Fahrzeug dort gestanden hat?«, fragte Bernd.

»O ja«, antwortete Roberto mit ernster Miene. »Dieser große alte Mercedes, Wendts Mercedes.«

9

»Menschliche Werte sind vermittelt oder selbst angeeignet, nicht angeboren. Das, was einen Menschen ausmacht, sind seine sozialen Kompetenzen, nicht sein Aussehen. Sie werden von Kind auf vom individuellen Bewusstsein und Verhalten durch Teilnahme an sozialen Interaktionen mit anderen Individuen und Gruppen erzeugt. Die Form dieser Interaktionen ist historisch geprägt. So haben zum Beispiel der Begriff der Menschenrechte wie auch ihre Verteidigung in unterschiedlichen Phasen der Geschichte verschiedene Formen angenommen: als Naturgesetzdoktrin und Aufklärungsphilosophie in der frühen Moderne oder später als UNO-Deklaration mit dem Anspruch auf Durchsetzung. Offenbar war die Entwicklung des menschlichen Gehirns eine Voraussetzung für das Entstehen menschlicher Werte, aber solche Werte oder andere soziale Phänomene existieren weder im menschlichen Gehirn noch in irgendeiner anderen physischen Gestalt, etwa in der Hardware eines Computers, von der angenommen werden könnte, dass sie mit äquivalenten Fähigkeiten ausgestattet sei.«

Hugh Goodacre vom University College, London, in einem Brief an den Herausgeber der *Financial Times*, 6. August 2014

Wendts Haus stand auf einem Hügel mit Blick über Heidelberg. Es war ein relativ bescheidenes Anwesen für einen so vermögenden und prominenten Mann – ohne Hubschrauberlandeplatz, Golfparcours oder eine Menagerie für exotische Tiere. Ungefähr die Hälfte des nur knapp zwei Hektar großen Grundstücks in günstiger Hanglage war mit Rebstöcken bepflanzt, Wendts einzige Extravaganz. Einen Butler, der sie empfangen hätte, gab es nicht, nur eine Haushälterin um die fünfzig. Ihre Haare waren zu einem strengen Knoten zusammengefasst und legten ein ausdrucksloses Gesicht frei, das darauf gedrillt zu sein schien, keinerlei Regung zu verraten. Sie war ungeschminkt und gönnte nicht einmal den schmalen Lippen ein wenig Farbe. An einer Kette um den Hals trug sie eine altmodische Brille. Aus der Zeit gefallen wirkten auch ihr schwarzes Kleid mit dem hohen weißen Kragen und die Schnürschuhe. Die Frau führte Bernd und Roberto in die Bibliothek, versprach, Herrn Wendt ihre Ankunft zu melden, und bot ihnen Kaffee an. Offenbar hatte sie noch nicht bemerkt, dass Roberto ein AP war. Falls doch, ließ sie es sich nicht anmerken und behandelte ihn mit der gleichen distanzierten Höflichkeit wie Bernd.

»Ein Caspar David Friedrich«, sagte Roberto, als Bernd auf ein beeindruckendes Ölgemälde über dem offenen Kamin zusteuerte. Rund siebzig Zentimeter hoch und fünfzig breit, zeigte es eine einsame Gestalt mit Kniebundhose, Umhang und einem Schwert an der Seite, die vor dunkler Waldkulisse auf einer beschneiten Lichtung stand. Eine Krähe hockte wie eine Ahnung von bevorstehender Bedrängnis auf einem Baumstumpf im Vordergrund.

»Der Chasseur im Walde«, las Bernd von einem kleinen Messingschild am unteren Rand des Rahmens ab.

»Friedrich selbst nannte es so«, wusste Roberto, »es ist 1814 unter dem Eindruck von Napoleons Untergang in Russland und seiner Niederlage in der Völkerschlacht bei Leipzig entstanden.«

»Richtig«, ließ sich eine Stimme hinter ihnen vernehmen. Wendt betrat den Raum, schwungvoll wie ein Vierzigjähriger. »In dieser Schlacht hat der Maler drei Freunde verloren. Er war tief betroffen und malte dieses Bild in der Hoffnung, dass die Schrecken bald ein Ende haben würden.«

Hinter Wendt kam nun auch die Frau mit der Brille ins Zimmer. Sie schob einen hölzernen Servierwagen vor sich her, auf dem eine Kaffeekanne und Tassen, ein Krug mit Fruchtsaft sowie ein Teller mit Gebäck standen. Diskret zog sie sich sofort wieder zurück.

»Willkommen in meinem Haus. Es freut mich, Sie schon so bald nach der Übergabe unseres jüngsten Meisterwerks wiederzusehen. Bedienen Sie sich. Meine Köchin backt immer viel zu viel für mich allein. Sie müssen mir helfen, und erzählen Sie mir doch bitte, was Sie zu mir geführt hat.«

Wendt richtete seine Worte an Bernd, sah aber immer wieder voller Stolz auch auf Roberto, den er mit einer Handbewegung aufforderte, in einem Sessel Platz zu nehmen. Der AP nickte höflich, blieb aber stehen und scannte mit seinen Augen die mit Büchern gefüllten Wandregale.

»Wie ich sehe, schaust du dir die Erstausgabe von Karel Čapeks Bühnenstück *R.U.R.* an«, sagte Wendt. »Erschienen 1921. Der vollständige Titel lautet *Rossumovi Univerzální Roboti.* Das allererste Mal, dass der Begriff Roboter verwendet wurde. Ursprünglich hießen sie bei Čapek *labori*, doch sein Bruder überredete ihn, sie *roboti* zu nennen. Im Tschechischen klingt in diesem Namen neben ›Arbeiter‹ auch die Bedeutung von Frondienst an.«

Bernd ließ sich zum Kaffee einen Keks schmecken und erklärte den Grund seines Besuchs. Hati Boran sei verschwunden. Man habe sie zuletzt auf dem Parkplatz des Hofes in seinem, Wendts, Wagen gesehen. Ob er wisse, wo sie sich zurzeit aufhalte?

»Ich habe mit einer Bekannten zu Abend gegessen und bin anschließend mit ihr in die Scheune gegangen, um Hati Boran zu hören«, antwortete Wendt. »Meine Begleiterin meinte, ihre Studenten hielten große Stücke auf sie. Aber zu diesem Zeitpunkt war sie schon verschwunden. Wir haben noch eine kleine Runde durch die Weinberge gedreht, sind dann zurück zum Wagen und nach Heidelberg gefahren, wo mein Chauffeur und ich erst die Dame vor ihrer Wohnung abgesetzt haben und dann hierher zurückgekehrt sind. Genaugenommen ist nicht der Chauffeur gefahren, denn das Auto ist automatisch. Aber altmodisch wie ich bin, genieße ich die Illusion, mich im Fond einer großen Oldtimer-Limousine fahren zu lassen, besonders dann, wenn ich bei einer interessanten jungen Frau Eindruck schinden will.«

»Hat Ihr Chauffeur die ganze Zeit beim Wagen auf Sie gewartet?«, fragte Bernd.

»Na ja, wahrscheinlich hat er sich zwischendurch die Beine vertreten, aber er war zur Stelle, als wir von unserem Spaziergang durch die Weinberge zurückkamen.«

»Tragen Sie einen Chip, auf den Ihr Chauffeur zugreifen kann, damit er weiß, wo Sie sind?«

»Um so etwas kümmern sich meine Mitarbeiter. Sie sind sehr effizient. Eigentlich brauche ich keinen Chauffeur. Ich könnte mich wie alle anderen auch einfach in den Wagen setzen und mich vollautomatisch durch die Gegend fahren lassen. Aber es gefällt mir einfach besser, wenn jemand am Steuer sitzt. Erinnert mich an früher.«

»Ich würde mich gern mit Ihrem Chauffeur unterhalten. Vielleicht hat er etwas gesehen.«

Wendt drückte auf einen Knopf in der Armlehne seines Sessels. Als die Haushälterin in der Tür erschien, bestellte er frischen Kaffee und bat sie, Stirling zu rufen.

»Ich müsste auch mit Ihrer Begleiterin von gestern Abend reden«, bat Bernd. »Würden Sie mir bitte ihren Namen und ihre Kontaktdaten nennen.«

»Natürlich. Sie ist übrigens eine recht bekannte junge Frau, Expertin in Sachen Mensch-Roboter-Beziehungen. Sie heißt Christina Dendias und lehrt an der Universität Heidelberg. Ich hätte sie gern in meinem Team.«

Bernd versuchte, sich seine Verwunderung nicht anmerken zu lassen. Er hatte schon immer gewusst, dass es Christina sehr weit bringen würde. Wenn sich nun herausstellte, dass sie mehr als nur eine flüchtige Zeugin war, würde er den Fall abgeben müssen.

»Vielleicht haben Sie von ihrem Buch gehört, ein Bestseller, der viel Aufsehen erregt hat, im Grunde hauptsächlich wegen eines Kapitels über Sex mit Robotern.« Wendt warf einen Blick auf Roberto. »Du kennst es bestimmt, oder?«

Roberto nickte. »Unter uns Robotern war viel davon die Rede. Aber nicht wegen des Sexkapitels. Vor allem, was sie über die Natur unserer Beziehung zu den Menschen schreibt, ist sehr interessant. Auch ihr Ansatz, uns als eine Art nächsten Menschen zu betrachten. Dass es zu sexuellen Kontakten kommt, war uns bekannt. Manchen Frauen scheint ja der Gedanke an einen nimmermüden Liebhaber zu gefallen, der je nach Bedarf an- und ausgeschaltet werden kann. Und dass an weiblichen Pendants gearbeitet wird, werden Sie sicher wissen.«

»Mein Unternehmen verzichtet auf solche Sonderanfertigungen«, erwiderte Wendt. »Aber natürlich weiß ich, dass auf dem Schwarzmarkt Modelle mit männlichen und weiblichen Geschlechtsmerkmalen zu beziehen sind. Sie kommen aus Russland und verschiedenen asiatischen Staaten.«

Die Tür ging auf, und Wendts Haushälterin platzte herein, ohne vorher angeklopft zu haben. Sie wirkte verstört.

»Ihr Chauffeur ist nirgendwo zu finden«, sagte sie. »Offenbar hat er heute Morgen eingecheckt, sich aber gleich darauf wieder abgemeldet und sich, wie es im Protokoll heißt, freigenommen. Das ist mehr als ungewöhnlich.«

»Frei? Was soll das heißen?«, fragte Wendt. »Stirling ist ein Roboter. Er kann sich nicht freinehmen. Hat er angegeben, wann er wieder zurück ist?«

»Nein.«

»Gibt es hier im Haus ein Zimmer oder eine Werkstatt, wo er sich umzieht und seine Akkus auflädt?«, wollte Roberto wissen.

Wendt zuckte mit den Achseln. »Nein. Schließlich braucht er keinen Schlaf. Aber ich nehme an, er hält sich meistens in der Garage auf. Frau Gorlitz kann sie Ihnen zeigen.«

Die Haushälterin führte Bernd und Roberto ins Souterrain, an einem kleinen Privatkino und einem Fitnessraum vorbei. Hinter einer Glasschiebetür zur Rechten öffnete sich ein Patio mit Schwimmbad unter einem einfahrbaren Glasdach. Durch eine hölzerne Doppeltür zur Linken gelangten sie in eine große Garage. Darin standen Wendts Mercedes, ein Golf-Caddy, mehrere E-Bikes und drei Kleinwagen, die vermutlich vom Personal benutzt wurden.

Eine Werkbank nahm die gesamte Länge der rückwärtigen Wand ein, darüber hingen an Haken sorgfältig geordnete Werkzeuge. Ersatzreifen stapelten sich neben einer großen Ladestation für die Fahrzeuge sowie einer kleineren für Roboter. Auf der anderen Seite stand ein hoher Schrank, der zwei Chauffeuruniformen samt Schirmmützen enthielt. An der Innenseite der Tür klebten Fotos eines sehr menschlich aussehenden Chauffeurs, mal in stolzer Haltung an der Karosserie lehnend, mal am Lenkrad. Auf einem Regal in Brusthöhe befanden sich ein großer Flachbildschirm und eine Tastatur, die im Haushalt eines der Vorreiter des technologischen Wandels auffallend altmodisch wirkten.

Roberto scannte den Inhalt des Schranks und nahm etwas heraus, das Ähnlichkeit mit den Gurten von Bergsteigern hatte. Er hielt es in die Höhe und warf Bernd einen Blick zu, den man nach menschlichen Maßstäben bedeutungsvoll hätte nennen können. Dann wandte er sich dem Computer zu und fragte Frau Gorlitz, die Haushälterin: »Ist dieses Gerät mit dem Hausnetz verbunden?«

»Es steuert die gesamte Anlage. Zugriff haben nur Bedienstete.« Sie schaltete das Gerät an, gab das Passwort ein und nahm, als der Rechner hochgefahren war, die Brille von der Nase, um ihre Iris scannen zu lassen. Schließlich rief sie das Protokoll der letzten zwölf Stunden auf.

»Kurz nach Mitternacht ist der Mercedes mit Herrn Wendt zurückgekommen. Nachdem er vor dem Haupteingang ausgestiegen ist, hat Stirling den Wagen in die Garage gefahren«, erklärte Frau Gorlitz. »Dann wurde das Haus gesichert, bis ich wie immer um sieben in der Früh gekommen bin.«

»Darf ich mal sehen?«, fragte Roberto und nahm ihren Platz vor der Konsole ein. Mit dem Zeigefinger tippte er zweimal auf den Schirm und loggte sich über einen verborgenen Sensor in das Netzwerk ein. Der Bildschirm wurde schwarz, und Sekunden später erschienen die Bilder der über das Haus und das Grundstück verteilten Überwachungskameras.

»Das ist ein Wendt'sches Sicherheitssystem, wie auch auf Schmitts Hof, und mir scheint, dass derselbe Trick angewendet wurde wie dort«, sagte er und deutete auf die Uhr in der rechten oberen Ecke, die offenbar stehengeblieben war. »Da, sehen Sie? Die Aufnahmen der Kameras zeigen, wie in einer Endlosschleife, immer dasselbe Bild. Es lässt sich nicht mehr feststellen, wann Stirling das Haus verlassen hat.«

»Wieso heißt er eigentlich Stirling?«, fragte Bernd.

»Mitte des vorigen Jahrhunderts gab es in England einen Rennfahrer namens Stirling Moss, den Herr Wendt als kleiner Junge bewundert hat. Deshalb hat er seinen Chauffeur nach ihm benannt«, antwortete Frau Gorlitz.

»Wie lange ist Stirling schon in seinen Diensten?«

»Etwas über vier Jahre. Mit Unterbrechungen für Upgrades. Vom letzten ist er vor zwei Monaten zurückgekehrt.« Zu Roberto sagte sie: »Ihr seid beide Wendt-Produkte, und er müsste etwa auf demselben Stand sein wie du. Er spricht auch ganz ähnlich. Aber warum sollte er das Sicherheitssystem manipuliert haben?«

»Vielleicht um zu kommen und zu gehen, wann es ihm beliebt und ohne dass es auffällt, geschweige denn Alarm auslöst. Hat er außer seinen Uniformen noch andere Sachen, die er anziehen könnte?«

»Einen Overall für seine Arbeiten am Mercedes. Etwas anderes habe ich noch nie an ihm gesehen.«

»Könnte er noch irgendwo persönliche Gegenstände haben, Werkzeuge oder Kleidung?« Bernd fand seine Frage selbst etwas seltsam – welche persönlichen Gegenstände könnte ein Roboter schon haben?

Sie schüttelte den Kopf, doch gleichzeitig errötete sie. Robertos Finger war immer noch mit dem Bildschirm verbunden. »Jemand hat sich mit einem Datenkristall Zugang zu diesem Rechner zu verschaffen versucht. Haben Sie jemals einen solchen Datenkristall bei Stirling gesehen?«

Wieder schüttelte sie den Kopf. Jetzt schien auch Roberto zu registrieren, wie ihr das Blut in die Wangen stieg, und Bernd nutzte ihr offensichtliches Unbehagen: »Frau Gorlitz, es geht hier vielleicht nicht bloß um das Verschwinden von Herrn Wendts Chauffeur, sondern um etwas sehr viel Ernsteres. Möchten Sie uns jetzt etwas sagen, oder sollen wir dieses Gespräch in Anwesenheit von Herrn Wendt fortsetzen?«

Das Gesicht der Frau schien plötzlich um Jahre gealtert, sie schluckte zweimal und zog ein Taschentuch aus dem

Ärmel, das sie an die Augen führte. Doch sie schwieg weiterhin.

»Vielleicht sagen Sie uns etwas zu diesem Gürtel dort im Schrank«, schaltete sich Roberto ein. »Ich weiß, was es damit auf sich hat, und vermute, Sie wissen es auch.« Wieder schaute er Bernd auf jene bedeutsame Weise an. Bernd nahm den Gürtel in die Hand, untersuchte ihn, und plötzlich wurde ihm klar, welchem Zweck er diente und warum Frau Gorlitz so verlegen war. Sie war inzwischen puterrot geworden, und ihre Unterlippe zitterte.

»Seit wann haben Sie ein Verhältnis mit Stirling?«, fragte Bernd geradeheraus.

»Seit einem Jahr«, flüsterte sie. »Nach seinem letzten Upgrade haben wir dieses Ding nicht mehr gebraucht.«

»Er ist also jetzt auch in sexueller Hinsicht vollständig ausgestattet, ja?«

Sie schloss die Augen und nickte. »Ich nehme an, Sie werden Herrn Wendt in Kenntnis setzen.«

»Hängt ganz von Ihrer Kooperationsbereitschaft ab«, entgegnete Bernd kühl. »Habe ich richtig verstanden, dass er mit primären Geschlechtsmerkmalen ausgestattet aus Wendts Forschungszentrum zurückgekehrt ist?«

»Nein. Aber dort erfuhr er von einem Spezialisten in Mannheim, der Umbauten vornimmt. Es war teuer, fünfzigtausend Euro, zwei Monatsgehälter. Ich gab ihm das Geld.«

»Wo sitzt dieser Spezialist?«

»Das hat Stirling mir nicht verraten. Er ging allein. Offenbar handelt es sich um eine Schwarzmarktadresse irgendwo in Mannheim. Ich weiß nur, dass er sie aus Wendts Labor hatte. Von wem, hat er mir ebenfalls nicht verraten.«

»Vollständig ausgestattet heißt wohl, dass er jetzt einen künstlichen Penis hat«, konstatierte Roberto. »Abnehmbar oder fest fixiert?«

Sie zuckte mit den Achseln. »Er sieht jedenfalls sehr echt aus, fleischfarben und aus demselben Material wie seine Haut.« Frau Gorlitz wurde wieder rot. »Im Normalzustand schlaff, aber auf Wunsch konnte er eine Erektion haben.«

»Samt Hodensack?«

»Ja, aber nur als Attrappe.«

»Wo treffen Sie sich?«, wollte Bernd wissen.

»In meinem Haus. Ich habe einen kleinen Bungalow hier auf dem Grundstück, Schlaf- und Wohnzimmer. Darum ist mein Gehalt relativ niedrig. Kost und Logis sind frei. Herr Wendt ist häufig unterwegs, meist in Begleitung seiner Sekretärin. Ich bin seine Haushälterin.«

»Haben Sie in Ihrem Bungalow Sachen von Stirling?«

»Ein paar Kleidungsstücke und sein Skizzenbuch. Er zeichnet gern. Wir gehen oft spazieren wie jedes andere, normale Paar. Nach seinem Upgrade hätte man meinen können –« Sie stockte, ließ aber Bernd nicht aus den Augen. Ihr Blick war herausfordernd, nicht trotzig, sondern eher stolz, wie er fand. »Ich habe Ihnen nicht die volle Wahrheit gesagt«, fuhr sie fort. »Die Anziehsachen hat er von mir. Ich habe sie ihm gekauft, damit ich gelegentlich mit ihm ausgehen kann. Abends für gewöhnlich, wenn es dunkel wird. Es gefällt ihm, uns beiden.«

»Hat Stirling Ihnen gesagt, dass er freinehmen wollte?«

»Nein. Wir waren für morgen verabredet. Herr Wendt fliegt für ein paar Tage nach Kalifornien. Stirlings Verschwinden hat mich vollkommen überrascht. Ich kann's kaum glauben.«

»Ich schlage vor, Sie zeigen uns jetzt Ihr Haus und sein Skizzenbuch, und dann erzählen Sie uns die Geschichte von Anfang an.«

»Also gut«, erwiderte Frau Gorlitz. »Aber eins kann ich Ihnen schon jetzt sagen: Ich bereue nichts. Wir sind nicht bloß auf Sex aus. Ich liebe Stirling, und auch wenn Sie mich für verrückt halten, bin ich fest davon überzeugt, dass er meine Gefühle erwidert.«

10

»Jedes kulturelle Merkmal ist im Grunde ein bio-kulturelles Merkmal – hinter jeder Eigenschaft, die wir uns durch Lernen aneignen, steckt eine Interaktion zwischen Biologie und Umwelt. [...] Zwischen natürlichen Anlagen und prägenden Umwelteinflüssen ist nicht eindeutig zu unterscheiden. Prägung hängt ab von der Natur, die ihrerseits der Prägung Vorschub leistet. Wir müssen uns darum von sozialwissenschaftlichen Ansätzen verabschieden, die menschliches Handeln oder Denken auf Veranlagung zurückzuführen versuchen. Veranlagung allein bestimmt noch keine Verhaltensmuster. Vielmehr sollte die Erforschung unserer Veranlagung dem Zweck dienen, unsere Formbarkeit zu erklären. Von einer Untersuchung der menschlichen Natur zu sprechen ist irreführend, weil diese Bezeichnung die falsche Vorstellung impliziert, dass es für Menschen natürliche Verhaltensweisen gebe. Das ist nicht der Fall. Von Natur aus wachsen wir über die Natur hinaus.«

Jesse Prinz, *Beyond Human Nature: How Culture and Experience Shape the Human Mind*, W. W. Norton, 2012.
Professor Jesse Prinz ist Vorsitzender des Komitees für interdisziplinäre Sozialwissenschaften am Graduiertencenter der City University of New York.

Die erste Bleistiftzeichnung wirkte irgendwie leblos, war aber immerhin so gut gelungen, dass Bernd ihr Motiv sofort erkannte: Hati Boran mit Gitarre auf einem Barhocker, den Kopf erhoben und den Mund zum Singen geöffnet. Auf anderen Zeichnungen war ihr Profil oder ihr Gesicht von vorn zu sehen. Stirling hatte auch den Hof und die Weinberge mit ihren parallel verlaufenden Rebstöcken dahinter skizziert. Bernd nahm an, dass sich Stirling mit diesen Zeichnungen die Zeit vertrieb, während Wendt im Restaurant zu Abend aß, was durchaus häufig vorkam. Zu Hause wurde er, wie Frau Gorlitz erklärte, von seiner Köchin bewirtet, mit gegrilltem Fisch oder einem Hähnchen, manchmal auch nur mit einer Suppe, Brot und Käse, dazu aber immer einem Glas seines eigenen Weins.

Es gab auch Zeichnungen von Wendt bei der Arbeit in seinem Weinberg mit seinem Wohnhaus im Hintergrund oder zwischen Klaus Schmitts Rebstöcken. Darauf war er zweimal in Begleitung einer schlanken, dunkelhaarigen jungen Frau abgebildet, Frau Gorlitz zufolge seine Urenkelin. Den bloßen Füßen und ihrer rustikalen Kleidung nach zu urteilen, gehörte sie den Freiländern an.

Laut Auskunft seiner Haushälterin hatte Wendt zwei Töchter. Die ältere war eine erfolgreiche Filmemacherin, die sich hauptsächlich in Los Angeles aufhielt, kinderlos, obwohl sie mehrmals verheiratet gewesen war. Die jüngere, eine Künstlerin mit eher bescheidenem Talent, hatte sich von Drogen aus der Bahn werfen lassen. Sie war Mutter zweier Kinder, eines homosexuellen Sohns, der einen eher nominellen Posten in der Finanzabteilung des Unternehmens seines Großvaters innehatte, aber in London lebte, sowie einer Tochter, die als Mitarbeiterin einer Hilfsorganisation aus einem afrikanischen Flüchtlingslager gekidnappt worden war. Sie wurde getötet, ehe ein Rettungsversuch hatte organisiert werden können, und hinterließ zwei Kinder, einen Jungen und ein Mädchen. Der Vater der Kinder war einer ihrer Kollegen aus der Organisation. Er zog 2048 mit beiden Kindern in eine Kommune in den Freien Gebieten. Mit Lisa, der Tochter, traf sich Wendt regelmäßig zur Weinlese auf dem Hof. Zu seinem großen Bedauern aber war ihr Zwillingsbruder Leo nie mitgekommen, und Wendt hatte ihn bisher kaum kennengelernt.

»Zeichnest du auch?«, fragte Bernd seinen AP auf der Fahrt nach Mannheim.

»Ich kann's, tu's aber nicht, zumal ich nicht stundenlang auf einen reichen Chef warten muss, der in einem Restaurant sitzt und schlemmt«, antwortete Roberto. »Ich schätze, Stirling hat sich oft gelangweilt. Er ist viel zu hoch entwickelt, als dass man ihn für solche Jobs einsetzen dürfte. Wendt verschwendet ihn als Chauffeur, nur um seinem eigenen Ego zu schmeicheln.«

»Aber rein theoretisch wäre es möglich, dass du dich langweilen würdest, wenn dich dein Job nicht voll in Anspruch nähme?«, entgegnete Bernd.

»Ich nehme es an, und es ist kein sehr erfreulicher Gedanke. Aber bei neuen Modellen wie Stirling und mir gibt es noch viele Unbekannte. Eigentlich war es so gedacht, dass wir uns nach einem Arbeitstag, wenn unser menschlicher Partner schläft, mit anderen Aufgaben beschäftigen könnten, zum Beispiel mit Spesenabrechnungen für die Abteilung oder mit Dienstplänen. Weil wir selbst keinen

Schlaf brauchen, ist das zwar durchaus möglich, aber eben nicht endlos lange. Zur Überraschung meiner Konstrukteure brauche ich seit meinem Upgrade Zeiten der Ruhe und Entspannung, damit mein Gehirn, bildlich gesprochen, wieder auftanken kann. Ich spiele gern Filme ab oder scanne Romane. Manchmal lasse ich mich einfach treiben und hänge Tagträumen nach, wenn es das ist, was in all euren Büchern damit gemeint ist.«

Bernd hatte tatsächlich allen Grund gehabt, der Wiederbegegnung mit seinem generalüberholten AP mit nervösem Bangen entgegenzusehen. Die an ihm vorgenommenen Verbesserungen reichten sehr viel weiter als erwartet, und obwohl sich Roberto praktisch noch in der Testphase befand, sollte er nun einen Fall bearbeiten, der eines der Grundprobleme im Verhältnis Mensch-Roboter berührte.

Bernd fragte sich, ob er mit Roberto über die Affäre zwischen Stirling und Frau Gorlitz sprechen sollte. Sein AP hatte auf das Eingeständnis der Frau sehr professionell reagiert. Trotzdem musste ihn die Geschichte irgendwie berührt oder zumindest neugierig darauf gemacht haben, wie es wohl sein mochte, mit Genitalien ausgestattet zu sein und mit einem Menschen sexuell zu verkehren. Bernd war davon ausgegangen, dass die meisten Menschen eine solche Vorstellung abstoßend fanden, doch nun hatte er eine Frau kennengelernt, die sogar davon sprach, einen Roboter zu lieben. Die Sache machte ihn ratlos, doch dann erinnerte er sich daran, dass Christina Dendias in ihrem Buch die denkbare Möglichkeit eines sexuellen Verhältnisses zwischen Mensch und Roboter bereits angesprochen und in Aussicht gestellt hatte, dass auch dieses Tabu eines Tages gebrochen werden würde. Aber was mochte Roberto wohl von Frau Gorlitz' Überzeugung halten, dass Stirling Gefühle für sie entwickelt hatte? War das überhaupt möglich? Wenn ja, inwieweit unterschieden sich solche Gefühle von der Loyalität, die Roberto ihm gegenüber zeigte?

»Worum drehen sich deine Tagträume?«, fragte Bernd.

»Ach, um Verschiedenes«, antwortete Roberto. »Ich träume davon, auch einmal zu essen und zu trinken, und stelle mir vor, wie es sich anfühlt, wenn die eigene Energie davon abhängt, dass man etwas zu sich nehmen muss, um wieder zu Kräften zu kommen. Ich frage mich, wie es ist, Geschmacksrichtungen unterscheiden zu können, und warum ihr freiwillig Flüssigkeiten zu euch nehmt, die euer Denken eintrüben. Vor allem aber staune ich darüber, dass ein Großteil eurer Wirtschaft und eurer Lebenszeit von diesem übertriebenen Getue um simple Energiezufuhr vereinnahmt wird. Alle anderen Arten verschlingen das, was gerade zur Verfügung steht, ohne sich die Mühe zu machen, ihre Nahrung zu würzen und zuzubereiten. Menschen haben daraus einen Kult gemacht und sind darin wirklich einzigartig.«

»Manche behaupten, dass eben das Zubereiten von Speisen unser Vorsprung in der Evolution ist«, entgegnete Bernd. »Unsere Vorfahren lernten durch Zufall, dass gegartes Essen sehr viel besser verstoffwechselt wird, und dann lernten wir, Lebensmittel haltbar zu machen und anzubauen.«

»Ich weiß«, sagte Roberto. »In dem Buch, über das wir gesprochen haben, schreibt Christina Dendias, dass sich die menschliche Intelligenz aus den Möglichkeiten entwickelt hat, mit denen ihr Menschen Sinneseindrücke verarbeitet.«

»Hat sie recht mit der Behauptung, dass das menschliche Empfinden von Glück und Schmerz für Roboter nur positive und negative Rückmeldungen ist?«

»Ja, aber das ist grob vereinfacht«, antwortete Roberto. »Auf Feedback reagieren wir logisch, entweder positiv oder negativ. Für euch gibt es unendlich viele Abstufungen von Glück oder Schmerz. Stirling und ich dagegen haben nur ein sehr rudimentäres Set in Form von Energieimpulsen und wissen, dass sie nicht viel bedeuten.«

»Welche positiven Stimuli würdest du für sinnvoll halten, wenn du dich selbst entwerfen könntest?«, fragte Bernd.

»Mein größter Wunsch ist es, dein Vertrauen zu gewinnen. Darauf bin ich programmiert.«

Bernd schaute ihn überrascht an. Die Wendung, die das Gespräch genommen hatte, war ihm irgendwie unangenehm. »Du hast mir immerhin das Leben gerettet, wenn das kein Grund ist, dir voll und ganz zu vertrauen...«

Fast unmerklich schüttelte Roberto den Kopf. Anscheinend fühlte er sich von Bernd missverstanden. »Dir ist hoffentlich klar, dass wir beide, du und ich, Versuchskaninchen sind, oder?«, fragte er. »Man hat uns beide ins kalte Wasser geworfen und erwartet, dass wir auch diesmal wieder ganz von allein schwimmen.«

Bernd war kein Freund von Selbstbespiegelung und wollte sich auch nicht allzu tief einlassen auf die Frage nach seiner Beziehung zu Roberto. Es war ihm lieber, sie ganz nüchtern als berufliche Partnerschaft anzusehen. Um das Gespräch auf eine sachlichere Ebene zurückzuführen, sagte er: »Ich glaube nicht, dass irgendjemand damit gerechnet hat, wie sich dieser Fall entwickelt. Man hat uns auf eine

Routinesache angesetzt, eine Vermisstenmeldung, um uns Gelegenheit zu geben, uns wieder aneinander zu gewöhnen. Und jetzt sind wir unverhofft auf eine äußerst merkwürdige Geschichte gestoßen.«

Sie hatten über Funk die im Präsidium vorliegenden Daten über den Schwarzmarkt in Mannheim abgerufen, wobei aber nur zwei halbwegs interessante Informationen herausgekommen waren. Die eine Spur führte zu einem Hehler, der in seiner Lagerhalle 4-D-gedruckte Bauelemente gebunkert hatte, die aus dem Versuchslabor einer Hochschule für Architektur in Barcelona gestohlen worden waren. Diese Elemente konnten ihre Form ändern und sich ihrer Umwelt anpassen. Das erwies sich als nützlich bei Gebäuden, die widrigen Witterungsbedingungen ausgesetzt waren, oder bei Gezeitenkraftwerken, die enormem Druck standhalten mussten, oder auch für die Rüstungsindustrie. Wie und wo diese Teile in Mannheim verkauft werden sollten, war den ermittelnden Beamten ein Rätsel. Der Hehler war mit zerschmettertem Schädel aufgefunden worden, als die Polizei das Lagerhaus gestürmt hatte. Von der Liste einiger weniger Kleinkrimineller, die den Hehler mit Diebesgut beliefert hatten, versprach sich Bernd wenig.

Die zweite Spur war vielversprechender. Im vergangenen Monat war auf einen der Sexshops in der Stadt ein Brandanschlag verübt worden. Die Gutachter der Versicherung hatten die Eigentümerin als Täterin in Verdacht, weil sie völlig überzogene Forderungen stellte. Sie behauptete, es sei unter anderem der gesamte Warenbestand an »gefühlsechten männlichen Genitalvibratoren« schwer beschädigt worden, und hatte die Rechnung eines russischen Herstellers vorgelegt, gegen den Europol wegen des Verdachts auf rechtswidrigen Transfer von Robotertechnologie ermittelte.

Wie bei der Herstellung künstlichen Hautgewebes, bei genetischen Modifikationen und Klonversuchen hatte sich die internationale Staatengemeinschaft auch in der Robotik auf Richtlinien darüber verständigt, inwieweit Forschung auch außerhalb von Forschungszentren stattfinden dürfe. Auch Russland und China hatten sich damit einverstanden, aber nie formell für sich bindend erklärt. Auf das besagte russische Unternehmen war man diesbezüglich schon öfter aufmerksam geworden. Nicht zuletzt deshalb war eine entsprechende Schadensersatzklage der Sexshopbetreiberin gegen den Versicherer vom Gericht zurückgewiesen worden. Bernd und Roberto machten sich dennoch auf den Weg, um sie zu vernehmen.

Der einzige andere Anhaltspunkt, den sie hatten, war Wendt selbst. Sie hatten ihn gefragt, ob er sich bei einem seiner Labormitarbeiter vorstellen könne, dass er Kontakte zum Schwarzmarkt unterhielt, und, ohne den Namen Gorlitz zu erwähnen, erklärt, ein Informant habe sie darauf aufmerksam gemacht, dass dieser Mitarbeiter potentielle Kunden zu einer Adresse für illegale Applikationen führe.

»Was sollten das für Applikationen sein? Sexuelle etwa?«, hatte der alte Mann erwidert. »Die meisten meiner Mitarbeiter arbeiten seit Jahren für mich, und ich kenne sie gut. Natürlich haben wir auch Praktikanten, Lehrlinge oder Doktoranden, die in unseren Laboren für ihre Dissertationen forschen. Für gewöhnlich sind es nicht mehr als sechs gleichzeitig. Unterhalten Sie sich doch mal mit meinem

Sicherheitschef! Er war früher bei Europol. Ich sichere Ihnen seine volle Kooperationsbereitschaft zu.«

Wendt wollte wissen, was die Frage des Kommissars mit dem Verschwinden der jungen Sängerin und seines Chauffeurs zu tun habe. Bernd wunderte das nicht. Man führt kein Unternehmen dieser Größe ohne ein gewisses Maß an Durchtriebenheit.

»Das wird sich hoffentlich noch herausstellen«, hatte Bernd mit entwaffnender Höflichkeit geantwortet. »Sie werden verstehen, dass wir jeder Spur nachgehen, nicht zuletzt solchen, auf die wir zufällig stoßen.«

Der Kontrast zwischen der höflichen, wenn auch wenig aufschlussreichen Begegnung mit Wendt und dem Gespräch mit der Sexshopbetreiberin hätte kaum größer sein können. Sie sah aus wie Frau Gorlitz nach einem Besuch beim Friseur und einem Eingriff beim Schönheitschirurgen. Ihre Bräune war ein wenig zu orangefarben, um echt sein zu können. Sie trug ein weißes Seidenkleid und knallrote Pumps mit hohen Absätzen, passend zu ihrem Lippenstift und der ebenfalls roten Handtasche, die sie neben dem Bauhaussessel aus Chrom und Leder abgestellt hatte, auf dem sie saß. Die Vernehmung fand in der Kanzlei ihres Anwalts statt, eines rundlichen, selbstgefälligen Mannes im dunklen Anzug, der sich auf die lukrative Vertretung von Kriminellen spezialisiert hatte. Er thronte hinter einem imposanten Schreibtisch und ergriff sogleich das Wort.

»Meine Mandantin wünscht die Zusicherung, dass ihre Hilfsbereitschaft gegenüber der Polizei dem Gericht, das sie in einer Bagatellsache vorgeladen hat, zur Kenntnis gebracht wird.«

»Das sichern wir ihr gern zu, vorausgesetzt, ihre Hilfe bringt uns wirklich weiter«, entgegnete Bernd. Es hatte lange gedauert, bis sich auch in Europa die in Amerika gängige Praxis der »Verständigung im Strafverfahren« durchgesetzt hatte: das Verhandeln mit Polizei und Staatsanwaltschaft, um geringere Strafen oder mildere Urteile im Austausch gegen Informationen zu erwirken. Noch immer gab es viele Richter, die diese Methoden ablehnten, weil sie die Würde des Rechts untergruben und Kriminelle im schlimmsten Fall ungeschoren davonkamen. Anwälte hingegen unterstützten diese Gepflogenheiten bereitwillig, fanden sie sich doch in der entscheidenden Rolle derjenigen, die die Verhandlungen führten.

Auf einem Beistelltisch, der schräg vor dem Schreibtisch stand, lag der PerC des Anwalts. Ein rotes Blinklicht ließ erkennen, dass das Gespräch aufgezeichnet wurde. Offenbar legte der Anwalt Wert darauf, dass dem Kommissar dieser Umstand bewusst war. Roberto, der neben der Tür stehen geblieben war, spielte mit und ließ ebenfalls ein rotes LED-Licht blinken. Er hatte recherchiert und eine Zusammenfassung der Anklageschrift gegen die Sexshopbetreiberin auf Bernds PerC geschickt. Bei der Bagatellsache handelte es sich um den Vorwurf der Steuerhinterziehung.

Europa und die Vereinigten Staaten hatten als Handelspartner wieder die Weltmarktspitze übernommen, nachdem 3-D-Drucker und Kleinbetriebe die von den Billiglohnländern genutzten Preisvorteile auf den neu erschlossenen Märkten hatten kompensieren können. Das weltweite Handelsvolumen war stark zurückgegangen, ebenso der Bedarf an Rohöl und Gas, da erneuerbare Energien inzwischen in ausreichendem Maße zur Verfügung standen. Die großen Wirtschaftsräume Europa und Nordamerika waren nunmehr aufgrund ihrer vielfältigen Geldgeschäfte – vornehmlich über Versicherungen, Lizenzgeschäfte, das Bank- und Kreditwesen sowie über sehr hohe wechselseitige Kapitalbeteiligungen – eng miteinander verflochten und entsprechend voneinander abhängig. Die lange Rezession während der 2030er Jahre, die auf die Krise der asiatischen Exportgeschäfte folgte, hatte die Wirtschaften Europas und Nordamerikas noch enger zusammenrücken lassen.

In dieser Zeit hatten sie gemeinsam eine transaktionsbezogene Besteuerung entwickelt, bei der im Zusammenhang mit jedem Zahlungsvorgang, der über die weltweiten elektronischen Netzwerke erfolgte, ein kleiner Betrag einbehalten wurde. Erfolgte beispielsweise eine Überweisung vom Bankkonto eines Arbeitgebers auf ein Bankkonto eines Arbeitnehmers, wurde bei der Durchführung der Überweisung ein kleiner Betrag dem Arbeitgeberkonto belastet und ein gleich hoher Betrag einbehalten, wenn die Überweisung auf dem Arbeitnehmerkonto verbucht wurde. In gleicher Weises verhielt es sich bei jedem Verkauf und Kauf, die Transaktionsabgabe wurde belastet, wenn der Kaufpreis vom Bankkonto des Käufers abgebucht wurde, und wiederum in gleicher Höhe im Zusammenhang mit der korrespondierenden Gutschrift des Kaufpreises auf dem Bankkonto des Verkäufers in Abzug gebracht. Dieses hocheffiziente, voll automatisierte System machte alle anderen Abgaben wie zum Beispiel Grund-, Vermögens- oder Einkommenssteuern hinfällig.

Der Steuersatz pro Transaktion war niedrig, zahlbar jeweils zur Hälfte von Käufer und Verkäufer. Um Barzahlungen einzuschränken, wurden Aus- und Einzahlungen von Bargeld höher besteuert. Entsprechend teurer waren die mit Bargeld eingekauften Waren und Dienstleistungen in Supermärkten und Gaststätten. Die meisten Menschen profitierten von der Transaktionssteuer und dem Verschwinden einer aufgeblähten Finanzbürokratie einschließlich all jener Lobbyisten, die es sich zur Aufgabe gemacht hatten, für ihre Klienten Steuervorteile zu sichern und Hintertürchen offenzuhalten. Die Transaktionssteuer wurde von vielen gutgeheißen, weil es keine Schlupflöcher gab, weder für Reiche noch für Arme.

Die Regierungen Europas und Nordamerikas konnten sich über ihre Zentralbanken darauf verständigen, den Steuersatz zu erhöhen (oder zu senken), wozu es aber nur selten kam, weil für eine Anhebung ein politischer Preis in Form von Wählergunst fällig gewesen wäre, den die Verantwortlichen nicht zu zahlen bereit waren. In der Politik ging es vor allem um die Verteilung der Steuereinkünfte auf die jeweiligen Regierungsebenen: die kommunalen, regionalen, nationalen und transnationalen. Die nordamerikanische Regierung beanspruchte einen großen Anteil, da Kanada, die Vereinigten Staaten und Mexiko ein gemeinsames Verteidigungssystem etabliert hatten. In Europa blieb die Verteidigung in den Händen der einzelnen Staaten. Einen hohen Anteil am gemeinsamen Steueraufkommen reklamierte das nach wie vor föderativ strukturierte Deutschland für sich. Bundesländer, die zum Beispiel immer noch an der Bildungshoheit festhielten und sie aus eigenen Mitteln bezahlten, sahen sich berechtigt, mehr zu verlangen als andere.

Insgesamt waren seit der vollständigen amerikanischen Gesundheitsreform und der Schaffung gemeinsamer Streitkräfte die Unterschiede in der westlichen Welt weitgehend aufgehoben.

Aids-, SARS-, Ebola-Epidemien und das Grünfieber hatten mit dazu beigetragen, dass ein dreistufiges globales Gesundheitssystem entwickelt wurde. Es war natürlich nicht perfekt, aber es war praktikabel, außer in den Staaten Afrikas und Zentralasiens, die keine stabilen Regierungen hatten. Abgesehen davon gab es selbst in den ärmsten Ländern ein Minimum an medizinischer Versorgung: Die Kinder wurden geimpft, es wurden Mittel zur Empfängnisverhütung unentgeltlich verteilt, Knochenbrüche versorgt, Sehfehler korrigiert und schlechte Zähne behandelt. Durchschnittlich reichten fünf Prozent des Bruttoinlandsprodukts zur Deckung der anfallenden Kosten. Länder mit mittleren und höheren Einkommen leisteten sich ein System wie den alten National Health Service Großbritanniens und gaben rund zehn Prozent des Bruttoinlandsprodukts für eine umfassende Versorgung aus mit dem Ergebnis, dass die durchschnittliche Lebenserwartung ihrer Bevölkerung neunzig Jahre überstieg und die Kindersterblichkeitsrate unter einem halben Prozent lag. Kosmetische Chirurgie und Verjüngungskuren, die ein vitales und fruchtbares Leben selbst jenseits der hundert ermöglichten, blieben allerdings nach wie vor den sehr Reichen vorbehalten. Hätten sich nicht immer wieder Infektionskrankheiten ausgebreitet, gegen die keine Antibiotika mehr anschlugen, hätte man von einem goldenen Zeitalter der Weltgesundheit sprechen können.

Der steuerlichen Erfassung, so einfach und wirksam sie

inzwischen auch war, entzogen sich nur noch die Freien Gebiete, deren Bewohner immer noch am Bargeldverkehr festhielten, wenn auch nicht mehr in dem Maße wie einst, als es immer noch um Ware bzw. Dienstleistung gegen Geld ging.

Und genau hier hatte die geschäftstüchtige Sexshopbetreiberin ihre Chance gewittert. Die meisten ihrer Kunden zahlten bar, um keine Spuren zu hinterlassen. Anstatt ihre Einnahmen auf direktem Weg zur Bank zu bringen und damit automatisch Steuern zu entrichten, brachte sie ihr Geld in den Freien Gebieten in Umlauf. Sie hatte von ihrer Nichte, die dort wohnte, erfahren, dass dort das Geld knapp wurde, weil die alten Banknoten inzwischen so abgegriffen waren, dass sie auseinanderzufallen drohten. Für einen vertretbaren Abschlag tauschte sie die abgegriffenen Scheine aus der Kommune ihrer Nichte gegen neue ein und erzielte damit einen Gewinn, der die Sondersteuer, die bei der Einzahlung der alten Scheine auf ihr Konto bei der Bank fällig war, mehr als wettmachte.

Bisher stand nicht fest, ob hierin ein Gesetzesverstoß zu sehen war. Doch nun wurde sie gierig und besorgte sich Falschgeld auf dem Schwarzmarkt, das sie den ahnungslosen Siedlern unterjubelte in der Annahme, es werde ausschließlich auf dem Land zirkulieren und nicht auffallen. Sie irrte sich, denn es geriet einem verdeckt ermittelnden Beamten in die Hände, der sie auffliegen ließ. Sie wurde festgenommen, als sie eines Abends zum Hof fuhr, um wieder einmal frische Banknoten gegen abgegriffene einzutauschen.

Da ihr in dieser Sache eine achtjährige Haftstrafe drohte

und sie darauf spekulierte, mit einem blauen Auge davonzukommen, zeigte sie sich äußerst kooperativ und schilderte Bernd in allen Einzelheiten die speziellen Vorzüge der Vibratoren aus russischer Herstellung. Damit riskierte sie auch nichts, weil mit dem Bezug dieser Ware alles rechtens war. Sie hatte sie in einem Katalog entdeckt, deren geschäftliches Potential erkannt, die Ware beim Hersteller gekauft und den Kaufpreis per Banküberweisung beglichen. Da Russland nicht zur transatlantischen Handelszone gehörte, waren auch Importzölle fällig gewesen. Unterm Strich aber blieb ein hoher Gewinn, zumal ihr schon die erste Charge buchstäblich aus den Händen gerissen wurde, insbesondere von Besitzern neuester Robotermodelle, die statt mit metallener Oberfläche oder Kunststoffummantelung bereits mit synthetischer Haut aufwarten konnten. Schließlich machte sie einen pensionierten Techniker ausfindig, der früher für Wendt gearbeitet hatte und für sie eine Technik entwickelte, wie man den Vibrator zu einem künstlichen Penis für den Roboter umfunktionieren konnte, ihn körperlich an ihm fixierte und an dessen Elektronik anschloss.
An diesem Punkt schaltete sich der Anwalt ein und machte den Vorschlag, dass seine Mandantin – als Gegenleistung für eine geringere Strafe – es der Polizei gestatten werde, Überwachungskameras in ihrem Sexshop und in ihrer Werkstatt zu installieren, um die Kundschaft observieren zu können. Sie sei auch bereit, der Polizei den Namen ihres Technikers preiszugeben, der im Übrigen sämtliche Seriennummern der umgebauten Roboter notiert habe. Ohne dazu aufgefordert worden zu sein, schickte der Anwalt eine bereits vorformulierte Übereinkunft auf Bernds

PerC, mit der seiner Mandantin im Gegenzug zu einer vollumfänglichen Kooperationsbereitschaft garantiert werden sollte, dass sie zu keiner längeren Haftstrafe als achtzehn Monate verurteilt werden würde.

Bernd hatte mit einem solchen Vorschlag gerechnet. Er entschuldigte sich, ging nach draußen zu seinem Wagen und rief seine Vorgesetzte an, um sie über den Inhalt des Vorschlags des Anwalts in Kenntnis zu setzen. Seine Chefin erklärte sich einverstanden, verwies aber auf die Zuständigkeit der Staatsanwaltschaft und des Innenministeriums, deren Entscheidung abzuwarten sei. Außerdem bedürfe es einer formellen Vereinbarung, und sie bat Bernd um die Übersendung des Entwurfes.

Schon nach fünf Minuten meldete sie sich zurück. In einer kurzen Videokonferenz mit Ministerin von Thoma und der zuständigen Staatsanwältin waren alle drei übereingekommen, die Anklageschrift so umzuformulieren, dass es für das Gericht vertretbar sein würde, die Angeklagte wegen des Falschgeldhandels nur noch mit maximal zwei Jahren Haft zu verurteilen. Den Tatbestand der Steuerhinterziehung würde man fallenlassen. Die eigentliche Strafe aber, dachte Bernd, drohte ihr von den Freiländern, sobald diese von dem abgekarteten Spiel erfahren würden.

II

»Trotz aller Unkenrufe über den Untergang der Zeitungsindustrie befinden wir uns weiterhin in einem goldenen Zeitalter des Journalismus. Es mangelt weder an großartigem Journalismus noch am Hunger der Leute danach. Viele Geschäftsmodelle versuchen das eine mit dem anderen zu verknüpfen. [...] Die Zukunft wird mit Sicherheit eine hybride Form des Journalismus hervorbringen und das Beste aus dessen Tradition – Fairness, Akkuratesse, Storytelling und genaue und umfassende Recherche – mit den Mitteln der digitalen Welt – Schnelligkeit, Transparenz und vor allem Engagement – verbinden. Obwohl die Unterscheidung zwischen neuen und alten Medien längst obsolet geworden ist, reagierten viele Vertreter der alten Medien auf die rasch wachsende digitale Welt wie ein alter Mann, der es nicht ertragen kann, dass sich Kinder auf seinem Rasen tummeln. Viele Jahre wurden verschenkt, indem man Barrieren errichtete, die von vornherein nicht halten konnten.«
Arianna Huffington in: *The Huffington Post*, 14. August 2013

Nach der Konferenzschaltung mit der Polizeipräsidentin und der Staatsanwältin fühlte sich Ruth von Thoma wieder einmal darin bestätigt, dass in solchen Verhandlungen viel schneller eine Einigung zu erzielen war, wenn sie ausschließlich von Frauen geführt wurden. Im Laufe der vergangenen sechzig Jahre waren die Mehrzahl der Universitätsabsolventen Frauen gewesen, die in der Konsequenz führende Positionen im Rechts- und Gesundheitswesen, in Wirtschaft und Verwaltung eingenommen hatten. Waren bis fünfzig Jahre zuvor noch Galionsfiguren wie Margaret Thatcher und Angela Merkel die absolute Ausnahme gewesen, gab es inzwischen in Europa und Nordamerika kein Land mehr, das nicht schon mindestens zweimal von einer Frau regiert worden wäre, abgesehen davon, dass in keiner einzigen europäischen Legislative Frauen mehr in der Minderheit waren.

Nun hatte sie es mit einem gewählten männlichen Vertreter des EU-Parlaments zu tun, der ihre Aufmerksamkeit forderte. Sie zählte Hannes Molders zu ihren politischen Verbündeten. Einst ihr Liebhaber, war er nun ein Freund. Leider war er manchmal auch unberechenbar, weil er sich in erster Linie immer noch als Journalist begriff. Im Wahlkampf hatte sich Hannes für mehr Transparenz eingesetzt und versprochen, im Fall seines Wahlsiegs regelmäßig Bericht über seine Arbeit zu erstatten. Er hielt dieses Versprechen und gab unermüdlich Auskunft über sämtliche Sitzungen, an denen er teilnahm, verschwieg auf deren Wunsch jedoch die Namen anderer Teilnehmer.

So hatte er es auch mit ihrem gemeinsamen Abendessen gehalten, stellte Ruth nun fest, als sie seinen jüngsten Bericht überflog. Darin brachte er seine wachsende Sorge darüber zum Ausdruck, dass die Zukunft der Freien Gebiete immer mehr zu einem politischen Problem wurde und dies seiner Progressiven Partei bei den nächsten Landtags- oder gar Bundestagswahlen den Sieg kosten könnte. Er selbst befürwortete weiterhin eine Politik der Duldung und ließ durchblicken, dass er Mitglied einer neuen Kommission sein würde, die politische Optionen ausloten werde. Dankbar dafür, dass er ihren Namen unerwähnt gelassen und auch keine Einzelheiten über die besorgniserregende inoffizielle Meinungsumfrage preisgegeben hatte, las Ruth seinen Bericht noch einmal in dem Bewusstsein, dass derzeit wohl kein anderer Text in Deutschland und Europa so viel Beachtung finden würde wie dieser.

»Eines der Kernprobleme ist das Fehlen eines Sprechers, der die Interessen der Freiländer vertritt«, hatte Hannes geschrieben. »Eingedenk ihrer Abneigung gegen politische Strukturen ist das vielleicht nachvollziehbar, für die Arbeit unserer Kommission aber wäre eine solche Vertretung unbedingt notwendig. Dort und auch in der Öffentlichkeit müsste sie für den Erhalt dieser Nischen der Nonkonformität und künstlerischen Kreativität werben. Der Fortbestand der Freien Gebiete wird sicher nicht ohne Zugeständnisse möglich sein. Ihre Bewohner zahlen keine Abgaben, nehmen aber in Notfällen unsere medizinische Versorgung in Anspruch und können ihre Kinder auf unsere Universitäten schicken. Bislang verursachen kriminelle Elemente, die sich mit ihren Drogenküchen und Cyber-Bastelstuben in die Wildnis zurückgezogen haben, mehr Ärger als nachhaltigen Schaden, was wohl nicht zuletzt dem Einverständnis auf beiden Seiten zu verdanken ist, dass die Polizei eingreifen darf, wenn die öffentliche Ordnung und Sicherheit gefährdet scheint. Solche Fälle aber sorgen für Unmut und

Schlagzeilen, die auf lange Sicht vor allem den Freiländern schaden werden. Wir rufen sie darum dringend auf, an die Öffentlichkeit zu gehen, sich für ihre Kommunen starkzumachen und uns plausibel zu erklären, warum wir alle von ihnen profitieren können.«

Ruth war im großen Ganzen mit Hannes' Bericht einverstanden und hoffte, dass es ihm nun auch tatsächlich gelingen würde, die Freiländer von der Notwendigkeit zu überzeugen, einen Sprecher zu wählen und der Allgemeinheit vorzustellen. Wie die meisten Politiker hatte sie ein ambivalentes Verhältnis zu den Medien. Einerseits brauchte sie sie als Plattform, andererseits wusste sie um deren eigene Agenda, die nur selten mit ihren politischen Zielen und Wünschen übereinstimmte. Hannes dagegen hatte auch schon als Journalist Probleme nicht nur angesprochen, sondern immer wieder Lösungen entworfen.

Als Journalist hatte sich Hannes einen Namen gemacht, zuerst in Indien und China, als deren Volkswirtschaften infolge des massenhaften Aufkommens von 3-D-Druckern und Kleinbetrieben in Europa und Nordamerika ins Trudeln geraten waren. Große Fabrikanlagen, seit den Anfängen der industriellen Revolution der Garant für wirtschaftlichen Erfolg, wurden von zahllosen kleinen, flexibel reagierenden Produktionsstätten verdrängt, die am Computer entworfene Gegenstände und Konsumgüter in kürzester Zeit und mit geringem Personalaufwand herstellen konnten: Hausgeräte, Möbel, Solarpaneele, Textilien, Bücher, Bodenbeläge und so weiter.

Gleichzeitig hatten immer intelligentere und anspruchsvollere vollautomatisierte Fabriken generell viele Fertigungen nach Europa und in die USA zurückgeholt. Dort war auch das rechtliche und politische Umfeld stabil. Der europäische und nordamerikanische Importmarkt, der dank der zunehmenden Unabhängigkeit von einzuführenden Rohstoffen ohnehin stark zurückgegangen war, brach nun völlig zusammen, was insbesondere für die Schwellenländer, die auf Exporte angewiesen waren, dramatische Folgen hatte. Die erdölproduzierenden Staaten der Golfregion und Afrikas fanden kaum noch Abnehmer. Gleichzeitig stieg die Arbeitslosigkeit, noch befördert durch den Einsatz von Robotern in Fabriken, die sozialen Spannungen nahmen auf alarmierende Weise zu. Hannes hatte mit großem persönlichen Engagement auf diese Missstände hingewiesen, monatelang bei betroffenen Familien gelebt und deren Nöte oder manchmal auch kleinen Triumphe aufgezeichnet. Seine Video-Blogs, kurz Vlogs, erreichten Follower in Millionenhöhe, fast wie eine Kultserie, dabei ließ er die Bilder, die Aufnahmen und die übersetzten O-Töne für sich sprechen, die mit großer Eindringlichkeit weltweit zur Solidarität aufriefen.

Für seinen ersten Vlog lebte er ein Jahr bei einer armen Bauernfamilie im Punjab und berichtete unter anderem davon, wie deren Trinkwasser immer giftiger wurde, selbst als sie sich die Düngemittel, von denen die Ackerböden inzwischen abhängig waren, gar nicht mehr leisten konnte. Er wurde als erster Vlogger überhaupt mit einem renommierten Journalistenpreis ausgezeichnet. Sein zweiter Vlog, der von einer chinesischen Familie aus der Provinz Sichuan berichtete, zeigte die großen Spannungen zwischen dem ehrgeizigen Sohn, der fleißig studierte, um Arzt zu werden, und den anderen Mitgliedern der Familie, deren Haus und Hof einem Stausee hatten weichen müssen und die nun in Shanghai zu überleben versuchten.

Nicht zuletzt die Auszeichnung verhalf ihm zu einer millionenfachen internationalen Leserschaft, professioneller Anerkennung und auch finanziellem Erfolg. In regelmäßigen Abständen kehrte er zu den Familien zurück, über die er berichtet hatte, und sein kurzer Vlog über den Selbstmord des einstigen hinduistischen Bauern, der sich mittlerweile rettungslos verschuldet hatte, wurde von mehr als fünf Millionen Menschen in aller Welt zur Kenntnis genommen. 2048, im Jahr der großen Unruhen, war Hannes Niemann-Stipendiat in Harvard und damit im Zentrum der studentischen Demonstrationen, die mit einem Aufruf an die amerikanische Regierung begonnen hatten, den gefährdeten freiwilligen Helfern in Afrikas Kriegsgebieten militärischen Schutz zu gewähren.

Sein Vlog über eine junge Afroamerikanerin aus Alabama, die sich als angehende Krankenschwester freiwillig einer UN-Mission im Norden Nigerias angeschlossen hatte, exemplifizierte auf eindrückliche Art den Idealismus und die Leidenschaft der protestierenden Studenten. Das Lager, in dem die junge Frau Hilfe leistete, wurde wenig später von militanten Islamisten überfallen, die hinter den dort vorgenommenen Schutzimpfungen finstere Absichten des Westens vermuteten. Hannes kehrte in das niedergebrannte Lager zurück, machte die sterblichen Überreste der jungen Frau ausfindig und charterte ein Flugzeug, um sie in ihre Heimat zu überführen. Der Vlog erregte großes Aufsehen und setzte die Regierung unter Druck, die unter anderem aufgrund ihres Versprechens gewählt worden war, sich künftig aus militärischen Konflikten im Ausland herauszuhalten.

Schnell griffen die studentischen Proteste auf Europa über. Es gab immer mehr und immer lautere Forderungen nach einem pauschalen Erlass der Schulden, die die Studenten zur Finanzierung ihres Studiums gemacht hatten. Außerdem forderten sie eine grundlegende Reform des Rentensystems, da erstmals in der Geschichte mehr Menschen über sechzig Jahren lebten als solche unter achtzehn. Und in einer von Finanzkrisen und Rezessionen geschüttelten Zeit verlangten sie Jobs oder zumindest die Aussicht darauf, mit ihrem Leben etwas Sinnvolles anfangen zu können.

Herkömmliche Anstellungsverhältnisse waren einem unerbittlichen Druck ausgesetzt. Immer mehr Fabrik- und Landarbeiter wurden durch Roboter ersetzt. Große Produktionsanlagen mussten schließen, weil sie der Konkurrenz kleiner Hersteller mit 3-D-Druckern nicht länger standhalten konnten. Automatisierte Fahrzeuge machten Fahrer überflüssig. Weil immer mehr Kunden online einkauften, gingen die Jobs im Einzelhandel rapide zurück. Nur noch wenige fanden Arbeit im Gesundheitswesen, das sich zunehmend auf medizinische Implantate und auf eine computerassistierte Detektion in der medizinischen Diagnostik verlassen konnte. Selbst Hochschullehrer wurden nur noch in begrenzter Zahl gebraucht, da Starprofessoren ihre Vorlesungen und Seminare gegen Gebühren ins Netz stellten und Studenten überall auf der Welt Abschlüsse erwerben konnten, ohne jemals eine Universität betreten zu haben.

Was 2048 als Ausbruch jugendlicher Empörung über die Kriegszustände in Afrika begonnen hatte, entwickelte sich bald zu einer umfassenden sozialen und ökonomischen Revolution, die von den großen multinationalen Konzernen verlangte, menschliches Wohlergehen über Profitinteressen zu stellen. Dass aber mehr und mehr Topmanager und Global Player ihrerseits diesen Forderungen beipflichten würden, hatten die wenigsten Protestler erwartet.

Das Versagen der Regierungen, den Gefahren des Klimawandels mit geeigneten Maßnahmen zu begegnen, hatte einige weitsichtige Wirtschaftsführer gezwungen, in die Bresche zu springen. Entgegen allen skeptischen Vorbehalten, mit der die Öffentlichkeit ihre Bemühungen bedachte, waren die meisten Unternehmen selbst ernsthaft an Nachhaltigkeit interessiert und in Sorge um die dringend benötigte Wasserversorgung. Zahllose Skandale um Lebensmittelsicherheit oder Nebenwirkungen von Arzneimitteln, um Luftverschmutzung oder Rückrufaktionen nach der Auslieferung fehlerhafter Produkte schadeten dem Image produzierender Unternehmen und schlugen sich auf deren Börsennotierungen nieder. Eine neue Generation von Managern machte von sich reden, von denen viele an der Harvard Business School studiert und den inzwischen fast legendären Kurs »Können Konzerne ihre Probleme lösen, die sie selbst verursacht haben?« belegt hatten.

Hannes hatte an diesem Kurs teilgenommen, einen Vlog darüber ins Netz gestellt und seine Kommilitonen später, nachdem sie ins Berufsleben eingestiegen oder zurückgekehrt waren, interviewt und sich von ihnen schildern lassen, inwieweit der Kurs ihren Berufsalltag beeinflusst hatte. Die

Ergebnisse waren gemischt, doch der Vlog bot interessante Einblicke in die Herausforderungen und Möglichkeiten unternehmerischer Tätigkeit und trug dazu bei, die Spitzenvertreter der Wirtschaft zu entmystifizieren und zu vermenschlichen.

Hannes hatte aus seiner Arbeit eine Marke gemacht. Jeder Vlog, den er produzierte, stieß auf große internationale Aufmerksamkeit. Und er war nicht allein. Frei zugängliche Internetnachrichten und -kommentare wie auch die allgegenwärtigen Smartphones hatten traditionelle Zeitschriftenverlage und TV-Sender zu Auslaufmodellen werden lassen. Weil von dort keine Aufträge mehr kamen, wurden junge angehende Journalisten zu Einzelkämpfern, die ihre Reportagen unter hohem Konkurrenzdruck zu verkaufen und sich damit selbst zu finanzieren versuchten.

Zu Anfang der 2030er Jahre hatte nur noch eine Handvoll unabhängiger Medienverlage überlebt. Denkfabriken und gemeinnützige Interessenverbände versuchten, die Lücken in der Berichterstattung und Analyse zu schließen, und immer mehr Regierungen subventionierten eigene Nachrichtensender. Doch selbst die Überlebenden, darunter so renommierte Zeitungen wie die *New York Times,* das *Wall Street Journal,* die *Financial Times,* die *Frankfurter Allgemeine Zeitung* und das *Handelsblatt* hatten Mühe, den Ansprüchen der Leser gerecht zu werden, die vermehrt nach einer auf ganz persönliche Vorlieben zugeschnittenen Mischung aus aktueller Berichterstattung, Analysen und Kommentaren verlangten.

Hannes zählte zu den wenigen Vloggern, die aus der Menge der konfektionierten Internetangebote hervorstachen, sich einen Namen gemacht hatten und von ihrer Arbeit leben konnten. Es waren Hunderte, die seinem Beispiel zu folgen versuchten und hohe Risiken eingingen, indem sie von brandgefährlichen Orten berichteten oder sich auf Nischen konzentrierten. Die »Stuttgarter Stimme«, ein von einer jungen Frau ins Leben gerufener Vlog, drehte sich zum Beispiel ausschließlich um das Leben und die Arbeit von Abgeordneten und Mitgliedern der baden-württembergischen Landesregierung.

Ruth hatte der Redaktion ein Interview versprochen. Kurz vor dem verabredeten Termin erreichte sie auf ihrem PerC eine Kurznachricht ihrer Medienberaterin zu den Themen, die vermutlich angesprochen werden würden. Im Zusammenhang mit Hannes' letztem Vlog würde es um die Freien Gebiete gehen, aber auch um die jüngste Generation von Robotern im Dienst der Polizei. Außerdem machte die Medienberaterin sie darauf aufmerksam, dass sich Gerüchte um das Verschwinden der Folksängerin rankten.

Kurz darauf piepte Ruths PerC ein weiteres Mal. Das Display zeigte den Namen eines Parteifreunds aus dem Berliner Abgeordnetenhaus – Hati Borans Bruder. Ruth flashte ihrer Beraterin die Bitte zu, die »Stuttgarter Stimme« möge einen Moment warten, und nahm den Anruf entgegen.

»Ruth, ich will mich nicht einmischen oder gar aufdrängen, aber gibt es im Moment irgendetwas, das meine Familie tun kann?«, fragte Kemal Boran. »Meine Schwester Talya ist bereit, eine hohe Belohnung für sachdienliche Hinweise auszusetzen, die dazu beitragen könnten, dass Hati gefunden wird.«

Die Borans waren eine vermögende, prominente und

einflussreiche Familie. Kemal, der älteste Sohn und frommer Muslim, galt in seiner Partei als Zukunftsträger. Talya, nur wenig jünger als Kemal und eine brillante Geschäftsfrau, hatte während des Studiums in Stanford in Kalifornien ihren Mann kennengelernt, der zuerst als NASA-Mitarbeiter an der Roboterentwicklung für die kommerzielle Raumfahrt und das US-Militär mitgewirkt, sich dann selbständig gemacht hatte und einer von Wendts schärfsten Konkurrenten war. Ihr erstes Geld hatte Talya mit der Einfuhr von türkischem Honig und Joghurt verdient und leitete nun eine Kette von türkischen Fastfood-Restaurants, die kontinuierlich expandierte. Ihre jüngere Schwester Deniz diente bei der deutschen Bundeswehr im Rang eines Obersts. Hati war als Nachzüglerin zwölf Jahre jünger als Deniz. Ihr Vater, ein erfolgreicher Volkswirt, hatte ihre Geburt nicht miterleben können, weil er zu einer Dringlichkeitssitzung des Vorstands der Bundesbank berufen worden war.

»Wir überlassen das der Polizei, Kemal. Sie hat ein Topteam auf den Fall angesetzt«, erwiderte Ruth. Mit einem stillen Dankgebet an die Götter des Zufalls fuhr sie fort: »Ich habe den ermittelnden Beamten gestern Abend am Ort des Geschehens angetroffen und gefragt, ob es sinnvoll sei, eine Belohnung auszusetzen. Er wird mir heute noch einen ersten Bericht zukommen lassen. Sobald ich ihn gelesen habe, melde ich mich bei dir. Deine Familie hat mein tiefes Mitgefühl, und bitte glaube mir, wir setzen alles daran, dass Hati gefunden wird.«

Umgehend schickte sie eine Aufzeichnung des Gesprächs an die Polizeipräsidentin, um ihr deutlich zu machen, dass von der Familie erheblicher Druck ausging. Anschließend stand sie der »Stuttgarter Stimme« Rede und Antwort.

Die erste Frage war: »Frau Ministerin, nach unseren Informationen wird Hati Borans Verschwinden mit Friedrich Wendt beziehungsweise dessen Chauffeur in Verbindung gebracht. Können Sie etwas dazu sagen?«

»Nein. Mir liegen solche Informationen nicht vor – und selbst wenn, würde ich keine laufenden Ermittlungen kommentieren. Die Polizei ist mit dem Fall befasst. Unser Mitgefühl gilt im Augenblick Hati Borans Familie, ihren Freunden sowie den Schülern, die sie unterrichtet. Sie ist offenbar ein ganz besonderer Mensch mit großen Talenten.«

In einer Ecke des Holoscreens wurde ihr von ihrer Medienberaterin eine Kurzbiographie von Hati eingeblendet, dazu einige ihrer Songs und der deutlich hervorgehobene Hinweis darauf, dass Hati von ihren Schülern zur Lehrerin des Jahres gewählt worden war.

»Können Sie denn bestätigen, dass Sie persönlich involviert sind? Sie und Ihr Parteifreund Hannes Molders haben sich doch offenbar gestern Abend genau an dem Ort aufgehalten, wo Hati zuletzt gesehen wurde?«

»Herr Molders und ich sind seit unserer Studienzeit befreundet und haben gestern Abend in einem Restaurant zusammengesessen. Soweit ich weiß, ist Hati ganz in der Nähe aufgetreten und von dort verschwunden.«

»Sie meinen den Hof?«

»Ja, aber wir haben sie leider nicht gehört. Ich bin ein Fan von ihr.«

»Gibt es einen Song von ihr, den Sie besonders mögen?« Der Tonfall, mit dem die Interviewerin die Frage stellte, und ihre leicht hochgezogene Augenbraue erregten Ruths Argwohn. Ihr war bewusst, dass viele Journalisten Gefallen daran fanden, Politiker aufs Glatteis zu führen, weshalb sie sich normalerweise auf jedes Interview gründlich vorbereitete und sich über alles bis hin zum aktuellen Preis von einem Liter Milch, einem Dutzend Eiern und einem Laib Brot informierte.

Zum Glück reagierte ihre Beraterin schnell und flashte ihr zwei Songtitel auf den Screen. »Ja, besonders gern höre ich ihr *Turkish Lullaby* und *Kinder sind unser Frühling*.«

»Fallen Ihnen ein paar Textzeilen ein?

»Natürlich.« Ruth las den Refrain ab und setzte schnell nach: »Wenn ich richtig verstanden habe, wollten wir uns über die mögliche Statusänderung der Freien Gebiete unterhalten.«

»Richtig, aber Sie finden es doch sicher auch bemerkenswert, dass Hati Boran ausgerechnet von einem Ort verschwunden ist, an dem die Freiländer mit ganz normalen Leuten zusammentreffen, oder?«

»Ich störe mich ein wenig an der Art und Weise, wie Sie Ihre Frage formulieren. Und der Unterscheidung, die Sie da machen, kann ich leider nicht ganz folgen. Für mich sind auch die Freiländer normale Leute. Fast alle haben Verwandtschaft in den Städten. Zugegeben, sie pflegen einen anderen Lebensstil, was eine gewisse Herausforderung darstellt, aber das macht sie nicht zu anderen Menschen. Zu dem zweiten Punkt, den Sie ansprechen: Ob der Ort des Verschwindens von Bedeutung ist, weiß ich nicht, und wenn ich es wüsste, würde ich keinen Kommentar dazu abgeben.«

»Hannes Molders berichtet, dass eine Kommission einberufen wird, die sich mit dem Thema ›Freie Gebiete‹ beschäftigen soll. Haben Sie sich darüber mit ihm gestern Abend im Restaurant unterhalten?«

»Unter anderem, ja. Herr Molders kennt sich mit dem Thema besser aus als die meisten von uns. Er hat bei seinen Vlogs schon oft mit den ausgezeichneten Dokumentarfilmern gearbeitet, die ebenfalls in den Freien Gebieten leben und arbeiten. Ich bin mir sicher, seine Mitarbeit in der Kommission wird der Öffentlichkeit deutlich machen, dass wir nicht mit vorgefassten Meinungen arbeiten und uns für Transparenz einsetzen. In Anbetracht seiner Reputation als Journalist werden wohl auch Sie und Ihre Kollegen von der ›Stuttgarter Stimme‹ ähnlich denken.«

»Sind Sie einverstanden mit Molders' Vorschlag, dass sich auch Vertreter der Freien Gebiete an der Debatte beteiligen?«

»Selbstverständlich, das ist nur vernünftig, und ich werde ihn und einige andere bitten, geeignete Gesprächspartner zu empfehlen. Aber wir sind erst in den Vorbereitungen und müssen uns noch über einen Zeitplan, über die Zusammensetzung der Kommission und das Procedere verständigen. Ich würde mir wünschen, dass ein Großteil der Arbeit dieser Kommission öffentlich sein wird.«

»Eine letzte Frage noch: Ist die Einberufung der Kommission als eine Reaktion auf die jüngste Meinungsumfrage zu deuten, die auf den Erfolg der Kampagne der Opposition für die Abschaffung der Freien Gebiete hindeutet und die Regierung ins Hintertreffen geraten lässt?«

»Nein, ganz und gar nicht. Wir lassen uns in unseren

Entscheidungen nicht von Meinungsumfragen bestimmen«, antwortete Ruth entschieden, aber höflich und folgte damit den Empfehlungen ihrer Medienberaterin: Unterstellungen zurückweisen, im Zweifelsfall den Fragesteller oder politische Konkurrenten angreifen und stets mit einer positiven Note abschließen.

»Es ist vor allem die Europa-Partei, die die Abschaffung der Freien Gebiete – ein Thema, das uns alle sehr beschäftigt – mit geschmackloser und polarisierender Rhetorik in ihrem Sinne auszuschlachten versucht. Wir von den Progressiven sind uns schon länger der unbestreitbaren Missstände vollauf bewusst, die es in den Freien Gebieten gibt. Jetzt muss es darum gehen, Abhilfe zu schaffen. Eine Kommission auf breiter Basis ist unserer Ansicht nach der erfolgversprechendste Weg.«

»Vielen Dank für das Gespräch, Frau Ministerin.«

Unmittelbar nachdem sie die Verbindung getrennt hatte, meldete sich Ruth bei ihrer Medienberaterin, bedankte sich für ihre reaktionsschnelle Hilfe und bat darum, von der Polizeichefin und von Bernd bis 18 Uhr über die laufenden Ermittlungen in der Vermisstensache informiert zu werden, um der Familie Boran Auskunft geben zu können.

12

*Neuartige Batterien zur kostengünstigen
Speicherung erneuerbarer Energien*

»*Eine Batterie [...] mit preisgünstigen Kohleelektroden, die das Chinon/Hydrochinon-Paar mit dem Redox-Paar Br_2/ Br^- verbindet, erzielt eine galvanische stromdichte Leistungsspitze von über 0,6 Wcm^{-2} bei 1,3 Acm^{-2}. Die Zyklisierung dieser Chinon-Bromid-Zelle zeigte ein Rückhaltevermögen der Speicherkapazität von >99 % pro Zyklus. Die organische Anthrachinon-Spezies kann aus preisgünstigen handelsüblichen Chemikalien synthetisiert werden. [...] Die Verwendung π-aromatischer redoxaktiver organischer Moleküle anstelle von redoxaktiven Metallen weist in eine neue Richtung für die Herstellung großer preisgünstiger Stromspeicher.*«
http://www.nature.com/nature/journal/v505/n7482/full/nature12909.html (übersetzt)

Das Wendt'sche Forschungszentrum war ein großzügiger, auf Renommee angelegter Gebäudekomplex südwestlich von Heidelberg. Alle Bauteile waren an Ort und Stelle von 3-D-Druckern in den sogenannten mobilen

Wendtainern hergestellt worden. Begonnen hatte man mit Photovoltaikzellen, um energieneutral bauen zu können. Die Gebäude waren von firmeneigenen Robotern errichtet worden, und in den Kantinen wurde Essen angeboten, dessen Zutaten zum großen Teil auf den Gründächern der Hallen und einem angrenzenden Farmturm angebaut wurden. Alle Parkplätze und Straßen innerhalb der Anlage hatten einen Belag aus robusten Solarpaneelen.

Hohe Spindelturbinen wandelten Windkraft in Energie um. Das in Zisternen aufgefangene Regenwasser machte den Betrieb von der öffentlichen Versorgung unabhängig. Mit dem wiederaufbereiteten Grauwasser wurden die landwirtschaftlich genutzten Flächen bewässert, und zur Reinigung des Schwarzwassers stand eine Kläranlage zur Verfügung, wie sie von der Funktionsweise her schon im Mittelalter von Klöstern angelegt worden waren. Es wurde auf den Hügel hinaufgepumpt und dann durch terrassierte Becken abwärtsgeleitet, deren Ränder mit Schilf und anderen Sumpfgewächsen bepflanzt waren, die das Wasser auf natürliche Weise reinigten. In dem untersten Teich am Fuß des Hügels war das Wasser so sauber, dass sich Karpfen darin tummelten.

Aus Wendts Forschungsanlagen konnte ein jährlicher Stromüberschuss von dreißig Megawattstunden ins Netz gespeist werden, obwohl der Betrieb mit seinen Servern, Rechnern, Produktionsanlagen und Satellitensystemen selbst eine Menge Energie verbrauchte. Die Gebäude waren mit Hanffasermatten isoliert, und zur Speicherung der gewonnenen Energie wurden Chinon-Bromid-Flow-Batterien in der Größe herkömmlicher Frachtcontainer im Keller eines jeden Gebäudes verwendet. Mit ihrer Hilfe konnte die Arbeit in den Laboren fortgesetzt werden, auch wenn zehn Tage lang die Sonne nicht schien und kein Wind ging. Als Notspeicher dienten Brennstoffzellen, betrieben durch Wasserstoff, der aus dem Methan von Gülle gewonnen wurde.

Bernd und Roberto fuhren über den Solartrack zum Haupthaus, vorbei an fußballspielenden Kindern und anderen, die auf dem Gelände eines kleinen landwirtschaftlichen Betriebs Hühner, Enten und Ponys fütterten. Der Betrieb wurde von Pensionären des Wendt'schen Unternehmens bewirtschaftet. An die Tagesstätte, in der die Kinder der Angestellten während der Arbeitszeit betreut wurden, grenzte der Sportplatz an, auf dem etliche Jogger ihre Runden drehten. Bernd wusste, dass im Hauptgebäude außerdem noch eine Sporthalle und ein Schwimmbad untergebracht waren. Er seufzte neidisch – Polizeiangehörigen würden wohl nie solche Annehmlichkeiten geboten werden.

Der Leiter des Werkschutzes begrüßte sie und führte sie in ein kleines, abhörsicheres Büro, in dem bereits eine Videopräsentation mit allen Personalakten der an Stirlings Programmierung beteiligten Techniker vorbereitet war. Bernd bemerkte, dass sich darunter auch die Akte des alten Wendt befand.

»Hat er wirklich selbst mit Hand angelegt?«, fragte Bernd und deutete auf Wendts Namen.

»Nur indirekt«, antwortete der Sicherheitsexperte, ein ehemaliger Europol-Beamter, der sich als Gerd Schulmann vorstellte, und grinste. Er schien in den späten Sechzigern zu sein, mit der Statur eines Athleten, der langsam Fett ansetzte, sein Haar war sorgfältig frisiert, und er trug ein aufdringliches Eau de Toilette. »Wir haben einen von Wendts menschlichen Fahrern einen Tag lang mit der Kamera begleitet und dabei beobachtet, wie er Türen öffnete und wieder schloss, sich den anderen Fahrgästen gegenüber verhielt, ihnen Erfrischungen anbot, die Temperatur im Wageninnern regelte und so weiter. Der Film diente als Vorlage für Stirlings Training. Wendt war gewissermaßen nur Staffage, aber er sieht sich gern als Mitarbeiter, was wohl auch gut für das allgemeine Betriebsklima ist.«

Alle an Stirlings Programmierung beteiligten Techniker waren seit mindestens vier Jahren bei Wendt angestellt, einige schon über zwei Jahrzehnte. Bernd machte große Augen, als finanzielle Einzelheiten aufgeblendet wurden, nicht weil ihn die großzügigen Gehälter überraschten, sondern wegen der detaillierten Aufzählung von Konten-, Investitions- und Kreditdaten.

»Wir legen großen Wert auf finanzielle Transparenz«, erklärte Schulmann. »Industriespionage stellt eine so große Gefahr dar, dass wir geeignete Vorsorge treffen müssen und zum Beispiel sicherstellen, dass unsere Mitarbeiter oder deren Lebenspartner nicht bestochen werden können, ohne dass es uns auffällt. Und da die Offenlegung der finanziellen Verhältnisse freiwillig ist, ist sie rechtlich auch nicht angreifbar. Die Gewerkschaftsmitglieder im Aufsichtsrat sind ebenfalls einverstanden.«

»Und wenn ein Mitarbeiter das Unternehmen verlässt?«

»Das kommt nur selten vor, aber in solchen Fällen greifen Konkurrenzausschluss- und Geheimhaltungsklauseln, die so wasserdicht sind, wie es unseren Anwälten möglich ist«, antwortete Schulmann. »Sie müssen bedenken, dass deutsche Militär- und Geheimdienste zu unseren Kunden zählen. Gegen Vertragsverletzungen gehen wir entschlossen vor.«

Es folgten die Akten von Praktikanten, Doktoranden und Lehrlingen, die ebenfalls am Stirling-Projekt mitgewirkt hatten. Zwei Lehrlinge waren Töchter altgedienter Angestellter. Von den drei Doktoranden studierten zwei in Heidelberg, eine junge Frau in München. Sie alle hofften, nach ihrer Ausbildung bzw. ihrer Promotion von Wendt übernommen zu werden. Dafür spreche, so Schulmann, nicht zuletzt auch der Umstand, dass ihre Studien aus einem Fonds des Unternehmens bezahlt würden. Diese Stipendien würden wiederum unter der Bedingung völliger finanzieller Transparenz gewährt.

»Kommen wir zu den Praktikanten. Sie stellen naturgemäß das größte Risiko dar und bereiten mir persönlich am meisten Kopfzerbrechen. Der Chef aber schätzt die kulturelle Vielfalt, die sie ins Unternehmen bringen«, sagte Schulmann. »Sie kommen immer von denselben Universitäten zu uns, das war schon lange vor meiner Zeit so. Die meisten ihrer Professoren kennt Wendt persönlich, und die wissen, dass er nur an den besten Studenten interessiert ist. Er nimmt sie unter seine Fittiche im Hinblick auf eine spätere Festanstellung. Viele unserer Mitarbeiter sind auf diesem Weg zu uns gekommen.«

An der Entwicklung Stirlings waren vier Praktikanten beteiligt gewesen, allen voran Jenny Cheng, eine Sino-Amerikanerin von der Carnegie Mellon University in Pittsburgh. Schulmann hatte sich über ihre Familie kundig gemacht und herausgefunden, dass ihr Urgroßvater als Seminarist einer christlichen Ordensschule in den 1980er Jahren aus Taiwan emigriert war, eine Amerikanerin zur Frau genommen und eine Anstellung in einer Methodistengemeinde gefunden hatte. Verbindungen zum chinesischen Festland konnten der Familie nicht nachgewiesen werden. Die Eltern waren so froh über die Aussicht auf eine Praktikantenstelle für ihre Tochter gewesen, dass auch sie ihre finanziellen Verhältnisse freimütig offengelegt hatten.

Der zweite war Sergej Jakowlew, ein hochbegabter junger Mathematiker aus Sankt Petersburg, Sohn einer Mathematikprofessorin und eines Romanciers, Nachfahren eines legendären sowjetischen Flugzeugkonstrukteurs. Sergejs älterer Bruder war Hauptmann beim russischen Militär. Sergejs Eltern hatten Schulmanns Rechercheuren die Offenlegung ihrer Finanzen verweigert.

»Ich habe mich gegen seine Einstellung ausgesprochen, wurde aber von dem alten Herrn überstimmt. Er kennt die Mutter des Jungen. Vor dreißig Jahren war sie selbst eine seiner Praktikantinnen. Sie half beim Entwurf der Energiesteuersysteme für unser Zentrum hier und gehört, wie Wendt sagt, zur Familie. Zugegeben, der Sohn hat als Kybernetiker einiges auf dem Kasten. Wenn ich richtig informiert bin, hat er an der Entwicklung einer völlig neuen Programmiersyntax für die Weltraumroboter mitgearbeitet, die wir für unser Bergbauprojekt im All einsetzen.«

Schulmann hatte sich auch gegen die nächste Praktikantin ausgesprochen: Artemis Shamshiri, Tochter eines Iraners, dessen Urgroßvater nach dem Sturz des Schahs 1979 aus dem Iran geflohen war. Er hatte sich in der Türkei niedergelassen, eine Türkin geheiratet und ein bescheidenes Vermögen mit dem Handel mit Pistazien gemacht. Artemis' Vater war Textilfabrikant mit mehreren Werken im indischen Bundesstaat Gujarat, wo er seit seiner Heirat – seine Frau stammte aus Mumbai – lebte. Tochter Artemis studierte am angesehenen Institute of Technology von Hyderabad unter einem Professor, der zu Wendts Freundeskreis gehörte und sie ihm als Praktikantin anempfohlen hatte.

»Ich habe über diese junge Frau nicht genug in Erfahrung bringen können, um einzuschätzen, ob sie ein Risiko darstellt oder nicht«, sagte Schulmann. »Immerhin ist bekannt, dass einige Familienmitglieder, die im Iran geblieben waren, an einem geheimen iranischen Atomwaffenprojekt beteiligt gewesen sind, weshalb in Amerika die Signallampen angingen, als ich mich über sie erkundigte. Dass sie mit diesen Verwandten noch in Kontakt steht, ist zwar zu bezweifeln, aber genau solche Dinge machen mir Sorgen. Das Problem ist, dass Wendt ein ganz spezielles Verhältnis zu allen seinen ehemaligen Praktikanten hat, und wenn diese ihrerseits jemanden empfehlen, wird er oder sie meist genommen. Das erschwert meine Arbeit natürlich ungemein, aber er ist der Chef.«

Der letzte Praktikant war Giancarlo Peretti, ein junger Italiener, der, in Mailand geboren und aufgewachsen, am dortigen Politecnico studiert hatte und dann als Erasmus-Stipendiat ans Londoner Imperial College gewechselt war. Auch er wurde von einer früheren Praktikantin empfohlen, die seine Professorin in Italien war. Perettis Mutter war Musiklehrerin, sein Vater Violinist an der Scala. Er hatte einen älteren Bruder, der als Anwalt arbeitete, und eine sehr viel ältere Schwester, die Ärztin war. Beide lebten in Mailand.

»Bei italienischen Anwälten schaue ich für gewöhnlich zweimal hin. Aber laut Auskunft von Europol liegt gegen Giancarlos Bruder nichts vor, also hatte ich keine Einwände«, führte Schulmann aus. »Was unsere Praktikanten im Einzelnen zum Stirling-Projekt beigetragen haben, werden Sie von unseren Laborleitern erfahren.«

»Vielleicht kann ich an dieser Stelle behilflich sein«, meldete sich Roberto zum ersten Mal zu Wort. »Da Stirling und ich zum selben neuen Modell gehören, haben uns auch dieselben Leute programmiert. Ich hoffe, das macht mich nicht zum Sicherheitsrisiko, zumal ich keine Bankkonten habe, die aufzudecken wären, und auch keine Vorfahren, die man unter die Lupe nehmen könnte.«

Schulmann zwinkerte Bernd zu und sagte: »Den Humor eines Polizisten hat er ja.«

»Wir arbeiten seit Jahren zusammen«, entgegnete Bernd. »Vor seinem Upgrade hat er sich zwei Kugeln eingefangen, um mich zu schützen.«

»Verstehe.« Schulmann schien nicht im Geringsten beeindruckt, sondern lächelte Roberto nur kurz an. »Schauen Sie sich in aller Ruhe um. Wenn Sie es wünschen, lasse ich einen der Werkstattleiter kommen.«

»Danke. Nehmen wir doch erst mal einen Schluck Kaffee. Dabei kann Roberto sich auf den neuesten Stand der Entwicklungen bringen, und Sie könnten mir vielleicht etwas erzählen, das nicht in diesen Personalakten steht.«

Schulmann schenkte Kaffee ein und ließ dabei seinen Blick von Bernd zu Roberto und zurück wandern. Er schob eine gefüllte Tasse samt Milchkännchen und Zuckerdose über den Tisch zu Bernd hinüber und fragte: »Können wir von Polizist zu Polizist miteinander reden, außerhalb des Protokolls?«

»Klar«, antwortete Bernd und vermied es, Roberto anzuschauen. »Wir haben gehofft, dass Sie offen mit uns reden. Aber wird unser Gespräch denn nicht aufgenommen?«

»Momentan nicht«, erwiderte Schulmann und hob ein kleines Gerät in die Höhe, nicht größer als sein Daumen. »Wir werden weder abgehört noch gefilmt. Dieses Gespräch hat nie stattgefunden, okay?«

»Okay.« Bernd beobachtete, wie sich ein blauer Film über Robertos Augen legte. Auf dem kleinen Display auf seiner Brust blinkten die Worte »Aufzeichnung ausgesetzt«.

Schulmann richtete den kleinen Sensor auf den AP, um auf Nummer sicher zu gehen, und sagte: »Zugegeben, ich habe etwas getan, was an meiner Stelle jeder getan hätte, nämlich externe Mitarbeiter engagiert, unter der Hand – versteht sich doch von selbst, oder? –, bezahlt über ausländische Konten. Unter anderem alte Mitstreiter von Europol, die sich inzwischen selbständig gemacht oder zur Ruhe gesetzt haben. Sie haben Aufgaben für mich übernommen, von denen der Vorstand nichts wissen will, und zum Beispiel mal den einen, mal den anderen unserer Praktikanten unter die Lupe genommen.«

Schulmann lehnte sich zurück und schien stolz auf sich zu sein. Vielleicht glaubte er sogar, mit seinem Geständnis professionelle Anerkennung unter den geschätzten Kollegen von der Polizei gewinnen zu können; schließlich waren sie doch auch an Recht und Ordnung interessiert. Bernd gab sich verständnisvoll und ließ nicht erkennen, was er wirklich dachte. Nach seiner Erfahrung war Europol eine träge, schlaffe Behörde, die politisch instrumentalisiert wurde und mit frustrierten Beamten besetzt war, die in ihren nationalen Diensten nicht weiterkamen. Wenn Schulmann all dies zugab, was, dachte Bernd, was verheimlichte er wohl noch?«

»Fahren Sie fort«, sagte Bernd. »Wir zeichnen nicht auf, solange Sie es auch nicht tun. Falls Sie unser Gespräch trotzdem mitschneiden, werde ich dafür sorgen, dass dies für Sie Konsequenzen hat.«

»Nichts für ungut«, erwiderte Schulmann. »Ich habe Folgendes herausgefunden: Der junge Russe verkehrt in einer ziemlich zwielichtigen Schwulenbar, kehrt aber immer allein in sein Zimmer auf dem Campus zurück. Giancarlo hat ein Auge auf Artemis geworfen, doch sie geht in ihrer Freizeit lieber ins Konzert. Ich schätze, er hätte Chancen bei ihr, wenn er sie in die Scala einladen würde und es mit Hilfe seines Vaters einrichten könnte, dass sie auch einen Blick hinter die Kulissen werfen darf. Frau Cheng verbringt ihre Freizeit meist in der Kindertagesstätte, um zu kochen. Sie kocht hervorragend, chinesische Spezialitäten. Die Kinder lieben sie deswegen.«

»Kommen manchmal auch Schulklassen von außerhalb, um hier zu spielen oder die Sportanlagen zu nutzen?«

Schulmann rief eine Datei auf. Roberto hatte sie schnell überflogen und tippte mit dem Finger auf die achte Schule auf der Liste. »An der unterrichtet Hati Boran«, sagte er. »War sie schon einmal hier?«

Schulmann öffnete eine andere Datei. »Jeder Besucher

unseres Campus wird registriert, ausnahmslos, auch Sie beide. Da haben wir sie, Hati Boran. Im vergangenen Jahr war sie zweimal mit ihren Schülern hier. Dreimal hat sie allein Frau Cheng besucht, das letzte Mal erst kürzlich, vor einer Woche. Sie haben zusammen gekocht, und Hati Boran hat gesungen. Muss sehr nett gewesen sein. Meine Jüngste – sie geht auch in die Tagesstätte – war begeistert.« Er stockte. »Wie konnte ich das nur vergessen?«

»War womöglich nur Zufall«, meinte Bernd und versuchte, sich seine Befriedigung über diesen unverhofften Ermittlungserfolg nicht anmerken zu lassen. »So was kommt vor.«

»Ja, aber hier hätten wir eine direkte Verbindung zwischen dem Team, das an Stirling gearbeitet hat, und Hati Boran. Könnte auch mehr als nur ein Zufall sein. Soll ich Frau Cheng rufen lassen?«

»Nein, fahren wir fort wie geplant. Ich möchte wissen, mit welchen Aufgaben die Praktikanten im Einzelnen betraut waren«, erwiderte Bernd. »Aber vielleicht erkundigen Sie sich diskret, ob sich Frau Cheng zurzeit auf dem Campus aufhält, und stellen Sie sicher, dass sie das Gelände nicht verlässt. Ich nehme an, Sie überwachen ein- und ausgehende Nachrichten, auch bei den Praktikanten. Roberto könnte sich die Protokolle ansehen, während Sie Frau Chengs Implantate anpeilen und ein Bewegungsprofil erstellen. Ich würde mich dann derweil mit den Laborleitern unterhalten.«

»Augenblick«, unterbrach Roberto. »In den Dateien, die Sie uns gezeigt haben, findet sich keine mit den Details über die an Stirling vorgenommenen Upgrades.«

Schulmann schaute zuerst ihn, dann Bernd an. »Tut mir leid, das unterliegt der Geheimhaltung.«

»Von Polizist zu Polizist«, erinnerte Bernd. »Machen wir's uns doch nicht so schwer. Der Chauffeur Ihres Chefs und eine junge Frau sind verschwunden. Stirling kennt sie nicht nur, er scheint sogar besessen von ihr zu sein, sein ganzer Zeichenblock ist voller Porträts von ihr. Sie können sich doch bestimmt vorstellen, wie Vlogger diese Geschichte ausschlachten würden, wenn Einzelheiten durchsickern.«

»Tut mir leid«, wiederholte Schulmann, sichtlich in Verlegenheit. »Ich bin nicht befugt, die Dateien zu öffnen.« Er schaute Bernd in die Augen, als wollte er ihm eine unausgesprochene Nachricht zukommen lassen. »Dr. Keil, der Direktor unserer Forschungsabteilung, hat mir den Zugriff ausdrücklich verwehrt.«

»Na schön«, entgegnete Bernd. »Was Dr. Keil denkt, interessiert mich wenig. Holen Sie sich seine Erlaubnis, und zwar schnell, und wenn's sein muss, schalten Sie den alten Wendt persönlich ein. Sonst werden wir es tun. Sie haben genau so lange Zeit, wie ich brauchen würde, um meine Chefin anzurufen und mir von ihr einen Haftbefehl gegen Sie wegen Behinderung der Justiz und Strafvereitelung ausstellen zu lassen. Sie riskieren nicht nur Ihren Job, sondern auch Ihre Europol-Pension. Glauben Sie mir, ich meine es ernst.«

13

»*Wir stellen uns eine Welt vor, in der für alle Menschen [...] eine Gemeinschaft möglich ist, in der sie verstanden, geschätzt und unterstützt werden und in der die Möglichkeiten, Strukturen und Erfahrungen von Gemeinschaft als Grundlagen einer gerechten, nachhaltigen Kultur anerkannt werden. [Wir] wollen [...] ins Bewusstsein rücken, dass bewusst eingegangene Gemeinschaften den Weg bahnen für ein nachhaltiges Leben, persönliche und gesellschaftliche Weiterentwicklung sowie eine friedliche soziale Evolution.*«
Erklärung des Fellowship for Intentional Community, gegründet 1986

»*Eine Ökosiedlung ist eine [...] Gemeinschaft, die von ihren Bewohnern in der Absicht geschaffen wurde, das Vorhandene bewusst wertzuschätzen und mit Hilfe innovativer Technologien in ihr Leben zu integrieren. Dieser Prozess wird von allen Mitbewohnern getragen. Ziel ist es, die soziale und natürliche Umwelt zu regenerieren. In diesem Sinne reicht es nicht, Nachhaltigkeit nur zu pflegen; ebenso wichtig ist es, die soziale und ökologische Lebenswelt zu erneuern, und zwar in allen vier Dimensionen: der sozialen, ökologischen, ökonomischen und kulturellen.*«
Kosha Joubert, Präsident von Global Ecovillage Network

Hannes machte sich auf die Suche nach Freiländern, die bereit waren, der neuen Kommission beizutreten. Seine erste Anlaufstelle sollten die Dokumentarfilmer sein, die in den Freien Gebieten bestens vernetzt und gut zu erreichen waren, da sie häufig an die Öffentlichkeit gingen, um ihre Filme zu verkaufen. Weil sie keine PerCs benutzten, musste Hannes über eine altmodische E-Mail-Verbindung via Satellit Kontakt zu ihnen aufnehmen. In ihrer Antwort versprachen sie, sich zu beraten und sich wieder bei ihm zu melden. Dann rief er Klaus Schmitt an, von dem er wusste, dass er wahrscheinlich mehr Freiländer kannte als jeder andere Außenstehende. Klaus erklärte sich bereit, mit ihm zu reden, lud ihn zu sich auf den Hof ein und schlug vor, dass er ihn auf seinem täglichen Rundgang durch die Weinberge begleitete.

»Ich habe mir ein paar der Vlogs angesehen und verfolge die Newsbites, weiß also ein wenig über die politischen Hintergründe dieser ganzen Sache«, sagte Klaus. »Es scheint, dass jetzt einige ernst machen wollen.«

»Ja, auch in der Öffentlichkeit hat sich jede Menge Ärger und Wut auf die Freiländer angestaut«, erwiderte Hannes. »Hinter scheinbar vernünftigen Argumenten betreffend die Kriminalitätsrate, Steuerausfälle und den Hinweis auf Eltern, die den Kontakt zu ihren Kindern verlieren, stecken im Grunde auch nur alte Vorbehalte und Ressentiments gegenüber all jenen, die bewusst anders leben und mehr oder weniger deutlich machen, was sie von konventionellen Lebensentwürfen halten.«

»Menschen verändern sich kaum«, brummte Klaus.

»Vielleicht doch, vielleicht machen wir gerade einen tiefgreifenden Wandel durch, der gewissermaßen mit Wachstumsschmerzen verbunden ist.«

»Denken Sie an die Roboter, die uns immer ähnlicher werden?«

»Nicht nur, es hat sich so vieles verändert«, antwortete Hannes. »Ich bin aufgewachsen in dem Glauben, dass die Globalisierung nie aufhört und die Armut ein Ende haben würde. Heute leben wir in einer postglobalisierten Welt und haben uns anscheinend an die schrecklichen Kriege in Afrika, an Armut und Seuchen gewöhnt.«

Sie blieben vor einem Rebstock stehen. Klaus rieb verschiedene Weinblätter zwischen den Fingern, die ihm Sorgen zu machen schienen. Er ging auf die Knie und untersuchte die Wurzeln, griff in den Boden, um eine Probe davon in die Hand zu nehmen, roch daran und leckte mit der Zunge ein Krümelchen von seiner Fingerkuppe. Dann schaute er sich die benachbarten Rebstöcke an und schrieb etwas in sein Notizbuch.

»Da braucht es wohl noch etwas Präparat 501, gemahlenen Quarz«, murmelte er wie zu sich selbst.

»Ich kann mir immer noch keinen Reim machen auf unsere neue Wirtschaft, diese Raumstationen und all die anderen Neuerungen, die unserem Leben einen völlig anderen Rhythmus gegeben haben«, fuhr Hannes fort. »Über viele Tausende von Jahren wurden wir geboren, wuchsen auf, lernten und arbeiteten, zogen unsere eigenen Kinder groß und starben irgendwann. Jetzt scheint die Phase des Lernens endlos lang, zwischendurch arbeiten wir, und viele von uns werden über hundert Jahre alt.«

Klaus zuckte mit den Achseln. »Das gilt vielleicht für Sie

und viele andere. Mein Leben aber verläuft im großen Ganzen noch in den alten Bahnen, und die werden vorgegeben von den Jahreszeiten und meinen Weinbergen. Meine Familie und ich wohnen am selben Ort, an dem schon meine Vorfahren wohnten.«

»Glückwunsch. So können nur noch die wenigsten leben.«

»Das habe ich nicht zu verantworten. Menschen treffen ihre eigenen Entscheidungen. Ob sie in Hochhäusern in der Stadt wohnen oder in einer Kommune auf dem Land, bleibt ihnen überlassen. Das soll von mir aus auch so bleiben. Die Freien Gebiete zu räumen wird nicht ohne weiteres gelingen. Die Menschen dort werden sich zur Wehr setzen und ihre Höfe und Siedlungen zu verteidigen versuchen, nicht zuletzt geht es auch um ihr Selbstverständnis.«

»Ich glaube kaum, dass irgendjemand eine gewaltsame Räumung in Erwägung zieht. Es könnte höchstens sein, dass die Freiländer gezwungen werden, sich am allgemeinen Zahlungsverkehr zu beteiligen und somit auch Steuern zu zahlen. Und dass sie sich für Besucher öffnen.«

»Das haben sie doch längst getan«, entgegnete Klaus. »Sie bestehen nur darauf, dass, wer sie besucht, zu Fuß oder zu Pferd kommt beziehungsweise mit dem Fahrrad und dass man seinen PerC zu Hause lässt. Meine Kinder und ich gehen bei ihnen ein und aus.«

»Würden Sie mir helfen, Vertreter für die Kommission anzuwerben? Ihre Stimme muss gehört werden.«

»Ich werde die Ohren offen halten.«

Sie setzten ihren Weg fort, bergab, auf eine alte steinerne Bogenbrücke zu, die einen Bachlauf überspannte. Auf der anderen Seite stand eine einzelne majestätische Eiche, an deren Stamm ein hochgewachsener Mann mit einem langen Stock in der Hand lehnte. Klaus nickte in Richtung des Baumes. »Er könnte übrigens ein möglicher Kandidat sein«, sagte Klaus. »Vielleicht haben Sie von ihm gehört. Er wird ›der Pastor‹ genannt. Wir treffen uns von Zeit zu Zeit. Er lässt mir eine Nachricht zukommen, wenn er mit mir reden will, so auch heute Morgen. Zufällig hatten wir nun beide etwas Dringendes mit dem anderen zu besprechen.«

Hannes sah überrascht auf. Der Pastor war bis 2048 eine bekannte Persönlichkeit gewesen. Er musste an die hundert Jahre alt sein. Ob er sich jemals einer Verjüngungskur unterzogen hatte, blieb sein Geheimnis. Im Osten des geteilten Deutschland als Sohn eines lutherischen Pfarrers zur Welt gekommen, war er in die Fußstapfen seines Vaters getreten, nachdem die Stasi ihn vergeblich als Inoffiziellen Mitarbeiter anzuwerben versucht hatte. Sein Vater war ein Freund des Erfurter Propstes Heino Falcke gewesen, der auf einer Sitzung der Synode der evangelischen Kirchen die »Hoffnung eines verbesserlichen Sozialismus« geäußert und nach einer gemeinsamen Basis für Kirche und Regime gesucht hatte. Seine Hoffnung erwies sich als vergeblich. Der Pastor wiederum war mit Dietrich Mendt, dem ehemaligen Studentenpfarrer in Leipzig, und Christian Führer von der Leipziger Nikolaikirche befreundet gewesen, dem er bei der Organisation der friedlichen Montagsdemonstrationen geholfen hatte, an denen im Oktober unmittelbar vor der Wende über hunderttausend Menschen teilnahmen.

Nach dem Fall der Berliner Mauer beteiligte er sich am Aufbau von Bündnis 90 in Sachsen und promovierte an der

Freien Universität in Berlin im Fachbereich Energie- und Umweltpolitik.

Zu dieser Zeit legte der Pastor sein Pfarramt nieder, um sich ganz der Wissenschaft widmen und als Aktivist engagieren zu können. 2020 schrieb er ein viel beachtetes Buch über seine Entscheidung, die Kirche zu verlassen und einer Religion nach seiner Fasson zu dienen.

Und dann zog der Pastor schließlich in die Freien Gebiete. Einmal im Jahr jedoch besuchte er die Universität Marburg, um im Alten Botanischen Garten einen Vortrag zu halten. Für viele Freiländer waren diese Gastvorträge inzwischen zu einer Art Institution geworden. Umgeben von Freien Gebieten und vor über 600 Jahren als erste protestantische Universität gegründet, hatte sich Marburg an die Spitze all jener größeren Bildungseinrichtungen gesetzt, die den Bologna-Prozess ablehnten, mit dem Universitätsabschlüsse in ganz Europa vereinheitlicht werden sollten. Stattdessen plädierte Marburg für das Humboldt'sche Modell einer Universität als Ort freier Forschung, deren Lehrkräfte ausschließlich begleitende und unterstützende Funktionen wahrnehmen sollten. Aus nachvollziehbaren Gründen sprangen gerade Freiländer auf den Gedanken der freien Forschung an.

Hannes gab zu, nicht gewusst zu haben, dass der Pastor in den Freien Gebieten eine führende Rolle spielte. Klaus erklärte darauf mit Nachdruck, es gebe dort keine Anführer, keine Strukturen, die einer Führung bedurften. Der Pastor sei allenfalls prominent, und aufgrund seines Alters komme ihm fast wie selbstverständlich die Rolle eines Stammesältesten zu. Von all den unterschiedlichen Leuten, die in die Freien Gebiete gekommen waren, hatten die meisten Grund, ihn zu respektieren. Konservative erinnerten sich voller Anerkennung an seine politische Haltung in der alten DDR. Grüne sympathisierten mit seinem Neopaganismus. Die Technikfeinde, die jede nach den 1980er Jahren gemachte Erfindung ablehnten – also Internet, Gesundheitssensoren, Nano- und Gentechnik und ganz besonders PerCs –, hörten ihn gern als Stimme einer vergangenen, weniger komplizierten Zeit. Vertreter der Zurück-zur-Natur-Fraktion liebten seine Bescheidenheit und seine Besuche, wenn er mit ihnen aß und trank.

»Für manche Freiländer ist er ein Schamane. Sie bitten ihn, ihre Tiere und das Getreide zu segnen und kranke Kinder zu heilen«, fuhr Klaus fort. »Er lehnt so etwas ab, ist aber trotzdem überall willkommen. Meist wandert er durchs Land, hält seine Zusammenkünfte ab und übernachtet unter freiem Himmel. Manchmal kehrt er auch für eine Nacht oder ein paar Tage irgendwo ein, mischt sich unters Volk und lässt sich berichten, was es Neues gibt, unter anderem an guter Musik. Ich bringe ihm immer eine Flasche Wein mit.« Klaus deutete auf die Schultertasche, die er mit sich trug. »Unter dem Brückengeländer ist eine kleine Lücke, in der wir uns gegenseitig Nachrichten hinterlassen.«

Klaus und Hannes betraten die Brücke. Auf halbem Weg blieb Klaus stehen und hielt Hannes am Arm zurück. Er nahm seinen PerC aus der Tasche, steckte ihn in eine Spalte im Mauerwerk am linken Rand und ließ sich auch von Hannes dessen Gerät geben. Sie gingen weiter auf die Eiche und den Mann zu, der dort auf sie wartete.

Er sah, fand Hannes, aus wie ein biblischer Prophet mit

dem weißen Bart und den schulterlangen weißen Haaren. Der Holzstecken, den er in der Hand hielt, war vom jahrelangen Gebrauch fast blank poliert.

»Willkommen, Klaus«, grüßte der Pastor mit sonorer, ganz zu seinem Äußeren passenden Stimme. Er hielt sich aufrecht, die Augen waren ungetrübt, sein Lächeln zeigte gesunde Zähne. Er sah aus wie ein rüstiger Mann um die Siebzig. War es möglich, dass er sich nie hatte verjüngen lassen?

»Freut mich, dass Sie mitgekommen sind, Herr Molders. Ich kann mich gut an Ihre bewegende Dokumentation über die junge Amerikanerin erinnern, die in Afrika gestorben ist. Damals wünschte ich mir, dass es auch unter meinen Freunden jemanden geben würde, der imstande wäre, einen so überzeugenden Film zu drehen.«

»Es ist mir eine Ehre, Sie kennenzulernen, Pastor«, sagte Hannes.

»Ich heiße Franz, Franz Wegener, und Pastor bin ich schon lange nicht mehr.«

Er streckte den Arm aus und verblüffte Hannes mit einem kräftigen Händedruck.

»Ich habe schlimme Neuigkeiten. Aber deiner Nachricht entnahm ich, dass es auch bei dir etwas Wichtiges gibt«, sagte er an Klaus gewandt. »Worum geht's?«

Klaus überließ es Hannes, dem Alten die Gefahr für die Freien Gebiete zu erklären und zu erläutern, was es mit der von ihm geleiteten Kommission auf sich hatte und dass eine Beteiligung daran wahrscheinlich die einzige Chance für die Freiländer war, eine Räumung zu verhindern.

Franz Wegener schüttelte den Kopf. »Sie haben keine Sprecher und werden auf die Schnelle ein solches Amt auch nicht besetzen können, selbst wenn sie es wollten. Es würde Monate dauern, überhaupt zu einer Wahl aufzurufen.«

»Würden Sie sich denn zur Verfügung stellen?«, fragte Hannes. »Die Freiländer scheinen Ihnen zu vertrauen.«

»Nein, ich bin viel zu unabhängig, um eine solche Funktion in deren Sinne auszufüllen. Im Übrigen würde meine Anwesenheit dort nur ablenken. Ich bringe allzu viel Gepäck aus alten Zeiten mit. Außerdem habe ich viel zu viel zu tun. Ich bin ein alter Mann und arbeite an einem Buch, meinem letzten, das ich noch fertigstellen möchte.«

»Wovon handelt es?«, fragte Hannes neugierig.

»Vom Fluch des Buches Mose. Damit meine ich nicht die Vertreibung aus dem Paradies. Was mich sehr viel mehr interessiert, ist das zwanzigste Kapitel. In Vers drei heißt es dort: ›Du sollst keine anderen Götter neben mir haben.‹ Sie wissen vielleicht, dass für mich Gott und Natur eins sind und dass ich lieber die Sonne und das Meer anbete als eine nebulöse Entität. Darum ärgert mich regelrecht, was in Vers fünf steht: ›Bete sie nicht an und diene ihnen nicht. Denn ich, der Herr, dein Gott, bin ein eifriger Gott, der da heimsucht der Väter Missetat an den Kindern bis in das dritte und vierte Glied, die mich hassen.‹«

Hannes nickte. »Sippenhaftung.«

»Nein, ich sehe das anders. Dieser letzte Satz ist nicht der Zornesausbruch einer unbarmherzigen und egomanischen Gottheit, sondern eine Warnung, eine Prophezeiung. Das ist mir klar geworden, als ich mit Greenpeace gearbeitet habe. Für die Sünden unserer selbstsüchtigen, gierigen Gesellschaft müssen unsere Kinder und Kindeskinder büßen, weil die Natur zurückschlägt.

Noch weniger«, fuhr Wegener fort, »gefällt mir die Vorstellung eines eifersüchtigen Gottes. Ein Gott, zu dem man aufblicken kann, würde über so niedrigen Empfindungen wie Eifersucht stehen. Der Natur jedenfalls ist sie fremd; sie ist offen und einladend. Ebenso anstößig finde ich eine Stelle im ersten Buch Samuel, die ›Charta des Tyrannen‹, wie ich sie nenne. In Kapitel 15 Vers 22 heißt es: ›Gehorsam ist besser denn Opfer, und Aufmerken besser denn das Fett von Widdern; denn Ungehorsam ist eine Zaubereisünde.‹ Rebellion soll eine Sünde sein? Schon allein das wäre ein Grund, sich an Hexen zu halten.«

»Wann werden Sie Ihr Buch fertig haben?«, fragte Hannes, der sich schon jetzt lebhaft vorstellen konnte, für wie viel Wirbel es sorgen würde.

»Bald. Es ist schon geschrieben, muss aber noch gründlich überarbeitet werden.«

»Fällt Ihnen vielleicht der ein oder andere Name eines prominenten Autonomen ein, der bereit wäre, der Kommission beizutreten, und mit dem wir in Kontakt treten könnten?«

»Von den Prominenten rate ich Ihnen dringend ab. Manche von ihnen sind nämlich schlichtweg verrückt. Wenn Sie nach geeigneten Stimmen für eine Kommission suchen, rate ich Ihnen, sich unter den Filmemachern umzusehen, denn sie werden auch in Ihrer Welt ernst genommen. Aber warum laden Sie Klaus nicht ein? Er kennt uns und weiß, mit welchen Reaktionen zu rechnen ist.«

»Und welche Reaktionen wären das?«, fragte Hannes den Alten.

»Hängt davon ab, was zur Debatte steht. Wenn der Staat

elektronische Zahlstationen bei uns aufstellt, würden wir sie zuerst ignorieren und notfalls demolieren. Sollten sich landwirtschaftliche Großbetriebe bei uns niederlassen, genmanipulierte Saaten und Kunstdünger ausbringen, werden wir ihre Ernte niederbrennen. Volkszählern und Steuerinspektoren ziehen wir die Schuhe aus und lassen sie zu Fuß nach Hause gehen, nachdem wir ihre Autos in die Luft gejagt haben. Rückt Polizei an, werden wir erst einmal friedlichen Widerstand leisten. Es könnte allerdings auch zu unschönen Auseinandersetzungen kommen, denn es gibt da ein paar Hitzköpfe in unseren Reihen. Jedenfalls werden Bilder in allen Medien zu sehen sein. Dann zählen wir auf Leute wie Sie, die im Parlament dafür sorgen, dass solche Einschüchterungsversuche aufhören. Wir wollen nicht so leben wie Sie. Davon abgesehen glaube ich kaum, dass Ihre Politiker genug Mumm haben, uns in die Knie zu zwingen.«

»Ich fürchte, das ist nicht übertrieben«, sagte Klaus an Hannes gewandt, der eine skeptische Miene aufgesetzt hatte. »Sie rechnen seit einer Weile mit etwas Ähnlichem und haben sich gut vorbereitet.«

»Wie soll ich das verstehen?«, fragte Hannes.

»Genau so, wie ich es gesagt habe. Sie nennen es die ›Siegfried-Option‹.«

»Warum tragen Sie das nicht der Kommission vor?«

»Sie sind doch immer noch Journalist«, konterte Wegener. »Zitieren Sie mich, vor der Kommission oder in einem Bericht, der die Öffentlichkeit erreicht. Ich glaube nämlich nicht, dass man sich genau überlegt hat, was es bedeuten würde, die Freien Gebiete zu ›räumen‹. Es hieße, unseren Lebensraum und unsere Werte zu zerstören. Die Freiländer wollen nichts weiter, als so zu leben, wie sie es für richtig erachten. Sie kennen sich in den Wäldern bestens aus und wissen sich zu verteidigen.«

Hannes schüttelte den Kopf, denn er musste sofort an Drohnen und das ganze überlegene High-Tech-Arsenal denken, das der Polizei zur Verfügung stand. Würden staatliche Zwangsmaßnahmen gewalttätige Ausschreitungen zur Folge haben? Hannes wusste es nicht, aber Franz Wegener und Klaus kannten die Freiländer, und sie schienen keine Zweifel daran zu haben.

»Ich werde jedenfalls alles tun, um so etwas zu verhindern«, sagte er. »Wären die Freiländer zu Kompromissen bereit?«

»Dazu müssen wir erst die konkreten Absichten der baden-württembergischen Landesregierung kennen und welche Abstriche sie von uns verlangen will. Aber ehrlich gesagt bin ich eher skeptisch«, antwortete Wegener. »Trotzdem, ich werde mit den Filmleuten Kontakt aufnehmen und sie bitten, unseren Standpunkt zu vertreten.«

»Und ich werde Ihrer Empfehlung folgen und Sie zitieren«, sagte Hannes. »Ich könnte mir vorstellen, dass Ihre Worte nicht ungehört verhallen.«

»Warten wir's ab«, erwiderte Wegener. Er öffnete seinen Lederbeutel, holte drei Äpfel daraus hervor und warf Hannes und Klaus je einen zu.

»Sie wollten mir doch auch noch etwas sagen«, erinnerte Klaus den Pastor an dessen morgendliche Bitte um ein Treffen.

»Ja, natürlich. Ich habe es nicht vergessen. Es geht um diese junge Frau, die Sängerin Hati Boran. Ich habe sie heute am frühen Morgen hier vor diesem Baum gefunden und zu dem Gehöft gebracht, das gleich hinter dem Hügel dort liegt. Sie war in einem so schlimmen Zustand, dass mir Johann helfen musste, sie zu tragen. Er bewirtschaftet den Hof und ist sehr besorgt um Hati. Sie wird hier in der Gegend verehrt, und ich glaube, allen wäre daran gelegen, wenn geklärt wird, was passiert ist. In diesem Fall würden die Freiländer eine Ausnahme machen und mit der Polizei zusammenarbeiten.«

»Um Gottes willen!« Hannes verschluckte sich beinahe an seinem Apfel. »Warum haben Sie das nicht gleich gesagt? Da stehen wir rum und vertun kostbare Zeit! Wir müssen sofort die Polizei rufen und das Mädchen in ein Krankenhaus bringen. Ihre Familie macht sich schreckliche Sorgen.«

»Beruhigen Sie sich. Sie ist in guten Händen. Johanns Frau kümmert sich um sie. Hati hat eine Gehirnerschütterung, da kann man ihr auch im Krankenhaus nicht helfen, außerdem eine Brandverletzung unter dem Schlüsselbein, wo normalerweise das medizinische Implantat sitzt. Wahrscheinlich wurde das Ding mit einem Laser außer Kraft gesetzt. Schlimmer aber ist, dass Hati offenbar vergewaltigt und geschlagen worden ist.«

14

»*Eine empathische Reaktion kann verstanden werden als Ergebnis dreier Faktoren:*
1. die kognitive Fähigkeit, affektive Regungen anderer Personen wahrzunehmen;
2. die weiterentwickelte kognitive Fähigkeit, sich an die Stelle und in die Rolle einer anderen Person hineinzuversetzen;
3. emotionale Ansprechbarkeit, die Fähigkeit, Gefühle zu empfinden.
Unter Berücksichtigung dieser drei Elemente empfehlen wir:
a) Ein empathischer Roboter sollte den Gefühlszustand anderer (als Reaktion auf eine spezifische Situation) wahrnehmen, verstehen und interpretieren können;
b) er sollte in der Lage sein, eigene Stimmungen zu analysieren und mit Hilfe von Stimme, Mimik, Körperhaltung und Gesten auszudrücken;
c) er sollte in der Lage sein, mit anderen zu kommunizieren (im Sinne der oben wiedergegebenen Definition von Empathie);
d) er sollte letztlich in der Lage sein, Perspektivwechsel vorzunehmen.

Zitiert aus »Thesen zum Seminar Robotik und Empathie«, in: *Geschichte der Roboter*. Garching: Max-Planck-Institut 2061. (Die Thesen gehen zurück auf Adriana Tapus und Maja J. Matari, formuliert in ihrem Aufsatz »Emulating Empathy in Socially Assistive Robotics«, herausgegeben von der American Association of Artifical Intelligence, 2006.)

Im Wendt'schen Forschungszentrum hatte Roberto nun Zugang zu allen angeforderten Dateien. Bernd meldete sich über seinen PerC bei Christina Dendias. Sie war in ihrem Büro in der Universität und begrüßte ihn mit höflicher Neugier über den Bildschirm ihres PerCs. Als Christinas PerC ihr den Ersten Polizeihauptkommissar Bernd Aguilar gemeldet hatte, musste sie nicht eine Sekunde überlegen, obwohl es über ein Jahrzehnt her war, dass sie sich das letzte Mal, wenige Tage vor seinem Rückflug nach Afrika, in einem kleinen Hotel am Bodensee getroffen hatten. Bernd war ihre erste große Liebe gewesen, doch dann hatte sie die Chance ergriffen, in London zu studieren, und ihn aus den Augen verloren.

Bernd lächelte, als sie antwortete, sprach sie aber mit Frau Professor an und betonte, dass er aus beruflichen Gründen mit ihr reden müsse, um zu klären, wo sie den gestrigen Abend verbracht habe. Sie bestätigte kühl, was er bereits von Wendt wusste. Die beiden hatten im Hofrestaurant zu Abend gegessen und sich dann Hatis Konzert anhören wollen, die aber zu ihrem zweiten Set nicht mehr aufgetreten war. Wendts Chauffeur habe am Steuer des Mercedes auf sie gewartet. Sie sei vor ihrem Haus abgesetzt worden, habe sich bei Wendt für die Einladung bedankt, sei in ihre Wohnung gegangen, habe noch ein paar E-Mails geschrieben und sich dann schlafen gelegt.

Mit einer Wischbewegung entlang des Displayrands rief sie das Nachrichtenprotokoll auf und sagte: »Ich habe um zweiundzwanzig Uhr fünfundfünfzig zu schreiben angefangen und zwanzig Minuten später aufgehört. Die Fahrt vom Hof zurück zu meiner Wohnung hat ungefähr eine halbe Stunde gedauert.«

»Danke.« Bernd spürte, wie sich sein Gesicht entspannte. Er atmete tief ein. Die Zaghaftigkeit, mit der er nun auf Persönliches zu sprechen kam, war jedoch unbegründet, wie sich herausstellte. Christina hatte ausschließlich schöne Erinnerungen an die gemeinsame Zeit. Sie hatte Bernd damals gratulieren wollen, als in den Newsies von seiner Auszeichnung und der Beförderung zum Ersten Polizeihauptkommissar berichtet worden war, doch es dann vergessen. Was sie nun bedauerte. Alte Freundschaften muss man pflegen. Das Gesicht auf dem Holoscreen war noch immer das eines attraktiven Mannes, ein wenig jungenhaft, was ihn zugleich anziehend und verletzlich wirken ließ.

»Ich freue mich zu sehen, dass es dir offenbar gut geht und dass du Erfolg hast.« Bernds Stimme verriet, dass er es ernst meinte, aber auch, dass er weiterhin nervös war. »Ich habe mir dein Buch besorgt. Es ist sehr viel gehaltvoller, als die Zusammenfassungen in den Newsies vermuten lassen. Als jemand, der selbst mit einem Roboter zusammenarbeitet, hat es mich sehr beeindruckt. Ich konnte viel von dir lernen.«

»Danke für das Kompliment. Und dir gratuliere ich zur

Beförderung. Ich hätte mir nie träumen lassen, dass du bei der Polizei landest, aber wenn ich's mir recht überlege, passt es zu dir. Organisation und Struktur, das liegt dir einfach. Und einen ausgeprägten Sinn für Fairness, Recht und Ordnung hattest du schon immer. Ich bin froh, dass es Polizisten wie dich gibt.«

»Vielleicht darf ich dich einmal zu einem Drink einladen«, beeilte er sich zu sagen, wie aus Angst, dass sie das Gespräch beenden könnte. »Dann musst du mir mein Exemplar deines Buchs signieren.«

»Abgemacht. Und du musst mir von der Zusammenarbeit mit deinem AP erzählen. Diese Beziehungen zwischen Polizeibeamten und ihren APS sind noch kaum erforscht. Rufst du mich an? Mich interessiert auch dein Rat in einer anderen Sache, aber jetzt muss ich los, ich hab gleich ein Seminar.« Sie lächelte, warf ihm eine Kusshand zu und beendete die Verbindung.

Bernds Herz schlug schneller, doch er ermahnte sich gleich, seine Erwartungen nicht allzu hoch zu hängen. Die Zeit mit Christina lag lange zurück. Sie waren damals beide als Bundeswehrangehörige auf einer jener erbärmlichen Afrika-Missionen gewesen, die Nerven zum Zerreißen gespannt und auf der Suche nach ein bisschen menschlicher Wärme. »Buddy sex« – so nannte man das bei den Amerikanern. Aber Christina und er blieben auch nach ihrer Rückkehr nach Deutschland zusammen, obwohl Christina in München stationiert war und er in Hamburg einen Lehrgang mit dem Titel »Nichtletale Waffen« absolvierte. Bernd hatte sich dem Thema vor lauter Sehnsucht nach Christina nicht wirklich ernsthaft widmen können, und als er wieder nach Afrika ausrücken musste, hätte er am liebsten mit scharfer Munition um sich geschossen. Noch bevor er das nächste Mal nach Deutschland zurückkehrte, war sie nach London umgezogen, um dort zu studieren. Mit Hilfe einer Empfehlung wechselte er von der Bundeswehr zur Polizeiakademie und versuchte im akademischen Betrieb, der völlig neu für ihn war, Fuß zu fassen. Während er über seinen Büchern brütete, dachte er immer wieder an Christina, stellte sich vor, wie sie ihr Studium mit Leichtigkeit absolvierte, und hatte das Gefühl, auch in dieser Hinsicht weit von ihr entfernt zu sein. So erging es ihm auch, als er ihr Buch las. Er war tief beeindruckt von ihrer Intelligenz und auch ein wenig eingeschüchtert, ein Gefühl, das Männern heutzutage nicht fremd war, wenn man den Vlogs und Newsies Glauben schenkte. Die dort kolportierten Statistiken besagten, dass Frauen inzwischen besser ausgebildet waren und mittlerweile deutlich mehr als Männer verdienten. Es gab auch schon einen Namen dafür: männliches Inferioritätssyndrom, kurz MIS.

Bernd bedauerte, den Kontakt zu ihr nicht aufrechterhalten zu haben. Er kannte keine andere Frau, die so klug und warmherzig war wie sie, großzügig und anspruchsvoll zugleich. Wie von sich selbst hatte sie auch von ihm verlangt, dass er seinen Kopf gebrauchte, wissbegierig war und neugierig auf das Leben. Während er gern an einem Strand faulenzte oder Sport trieb, besuchte sie Museen oder Kunstgalerien. Sie war es auch gewesen, die ihn dazu gebracht hatte, selbst zu kochen, mit der Begründung, das Leben sei zu kurz, um auf gutes Essen zu verzichten. Nach ihrem Beispiel röstete er auch heute noch seinen Kaffee aus grünen

Bohnen, und was dabei herauskam, schmeckte tausendmal besser als der Kaffee, den er gerade im Wendt'schen Forschungszentrum trank.

Roberto bemerkte, dass das Telefonat beendet war, und sah seinen Partner mit träumerischer Miene ins Leere blicken, ohne dass er Anstalten machte, seine Arbeit wieder aufzunehmen. Diskret überprüfte er Bernds Vitaldaten, diagnostizierte aber nichts Ungewöhnliches, nur dass sein Puls ein wenig beschleunigt war. Roberto ließ daraufhin das Gespräch noch einmal ablaufen, das er routinemäßig aufgezeichnet hatte, und stellte fest, dass es sich nicht ausschließlich auf die laufenden Ermittlungen bezog und dass Bernd und Christina sich offenbar von früher kannten. Zum Abschied hatte die Frau die Lippen gespitzt und etwas, das gar nicht existierte, von ihrer Hand geblasen, eine Geste, die er nicht einordnen konnte. Ähnliches hatte er in alten Filmen gesehen, und er erinnerte sich, dass in dem Zusammenhang immer von einer Kusshand die Rede gewesen war.

»Entschuldige, aber mich interessiert, ob eine Kusshand dasselbe ist wie ein richtiger Kuss«, sagte er und schreckte Bernd wie aus tiefem Schlaf auf.

»Es gibt solche und solche Küsse«, antwortete Bernd, nachdem er sich gesammelt hatte. Wieder einmal wurde ihm bewusst, dass Roberto sehr viel komplexer und neugieriger war als sein Vorgängermodell. »Und dazwischen liegen viele Abstufungen von Intimität. Der Kuss, den eine Mutter ihrem Kind gibt, ist etwas anderes als der Begrüßungskuss unter Freunden auf die Wange und als ein leidenschaftlicher Kuss zwischen Liebenden. Mit einer Kusshand werden Freundschaft und Zuneigung signalisiert.«

»Dann ist also nur der leidenschaftliche Kuss eine Art Vorstufe zu sexuellen Intimitäten?«, versuchte Roberto zu ergründen.

Bernd starrte ihn an und nickte, ohne zu antworten. Er fragte sich, worauf sein Partner hinauswollte und was sein mechanisches Hirn wohl mit der Information anfing, dass Stirling in sexuellem Kontakt mit Frau Gorlitz stand. Als sein Partner hatte er, wie Bernd fand, jedenfalls eine ehrliche Antwort verdient.

»In den Büchern und Filmen, die ich geladen und analysiert habe, scheint ein leidenschaftlicher Kuss eine überragende kulturelle und persönliche Bedeutung zu haben.«

»Ja, so ist es, und wie er sich anfühlt, kann ich kaum beschreiben. Es ist mehr eine Sache des Kopfes, als dass sich der Genuss über die Nervenenden auf den Lippen überträgt. Man kann jemandem gegen seinen Willen einen Kuss auf den Mund aufzwingen, doch eigentlich funktioniert es nur, wenn er vom anderen erwidert wird. Mit einem Kuss äußert man die Bitte um noch mehr Intimität, die einem der andere gewährt, indem er ihn erwidert. Meist hält man sich dabei im Arm. Man streichelt sich gegenseitig, und das Verlangen nimmt zu. All das macht einen sehr glücklich.«

»Verstehe«, sagte Roberto. »Danke für deine Ausführungen. In meinem Datenspeicher heißt es, ein leidenschaftlicher Kuss führt dazu, dass die Nebennieren Adrenalin und Noradrenalin ausschütten, die das Herz schneller schlagen lassen und bis zu zwanzig Kalorien in der Minute verbrennen. Sie reduzieren auch Stress und senken den Cholesterinspiegel.«

»Das wusste ich nicht«, erwiderte Bernd. »Ein Kuss fühlt

sich jedenfalls gut an. Vielleicht sollten wir jetzt aber wieder an die Arbeit gehen.«

Roberto unterrichtete Bernd über die Ergebnisse seiner Recherche. Er sei mit fast allen Einzelheiten der Programmierung Stirlings vertraut, erklärte Roberto, denn als Produkt derselben Generation und nach einem ähnlichen Upgrade habe er viel mit ihm gemein – abgesehen natürlich von einigen Features der Sonderausstattung: Stirling besitze ein spezielles Modul für die Wartung alter Fahrzeuge, speziell der Marke Mercedes, die Befähigung zum Rennfahrer, ein Dienstleistungs- und Etiketteprogramm, wie es Hauspersonal in der Regel bekommt, sowie ein eigenes Navigationssystem, das ihn bei einer Störung des GPS in die Lage versetze, Landkarten zu lesen und zu erstellen, und auch erklären würde, warum er so gut zeichnen konnte. Auf Wendts Wunsch sei ihm auch eine spezifische Neigung zu Empathie und Loyalität einprogrammiert worden, sehr ähnlich der Programmierung Robertos, jedoch fokussiert auf Wendt und seine Angehörigen.

»Und dann wäre da noch ein Rezeptormodul für Ad-hoc-Programme, die sich je nach Bedarf auf ihn überspielen lassen«, fuhr Roberto fort. »Es ist mit einem Code gesichert, den angeblich nur Wendt kennt. Wozu Stirling dadurch zusätzlich fähig ist, wissen wir erst, wenn wir ihn gefunden und diesen Rezeptor untersucht haben.«

»Ich werde mich bei Wendt erkundigen«, sagte Bernd.

»Es ist ziemlich wahrscheinlich, dass außer ihm noch jemand den Zugriffscode kennt«, gab Roberto zu bedenken. »Wenn er die Sonderprogramme nicht selbst geschrieben hat, wird er einen seiner Spezialisten damit beauftragt haben. Darüber sollten uns der Leiter der Forschungsabteilung und die Praktikanten Auskunft geben können. Sie warten übrigens draußen auf uns.«

Sie vernahmen nun einen nach dem anderen und sparten sich Jenny Cheng bis zum Schluss auf. Roberto hatte einen Fragenkatalog zusammengestellt, der auf die jeweiligen Beiträge zu Stirlings Programmierung und an der anderer Roboter der jüngsten Generation abzielte. Die Antworten überprüfte er anhand der Arbeitszeitprotokolle und Auftragslisten und verglich jede einzelne geschriebene Programmzeile mit den Angaben in Stirlings Akte. Auf Widersprüche stieß er dabei nicht. Auch die eigenen Computeraufzeichnungen der Praktikanten stimmten mit den Stirling aufgespielten Programmen überein. Bernd stellte unterdessen Routinefragen zu ihrem Hintergrund, ihren sozialen Kontakten und woran sie gerade arbeiteten, wollte wissen, ob es ihnen bei Wendt gefiel und so weiter. Die vier Praktikanten teilten sich ein großes Apartment im Wohnheim auf dem Campus. Jeder hatte ein eigenes Schlaf-, Arbeits- und Badezimmer, nur Küche und Wohnzimmer wurden gemeinsam genutzt. Ihr Arbeitsplatz war ein großes, abgetrenntes Labor im Komplex für Robotik. Einzig der Umstand, dass alle vier Hati Boran und ihre Musik kannten, überraschte Bernd. Jenny Cheng hatte ihre Mitbewohner in der Woche zuvor zu einem Konzert Hatis im Kinderzentrum eingeladen. Anschließend aßen sie gemeinsam im Apartment der Praktikanten. Es schien, dass jeder die Sängerin mochte und den Abend mit ihr genossen hatte. Robertos Sensoren registrierten keinerlei physische Anzeichen von Stress, den Falschaussagen für gewöhnlich auslösten.

Auf Bernd machte die Gruppe einen angenehmen Eindruck. Sie waren attraktive junge Leute, wirkten hochintelligent und fokussiert. Sie arbeiteten offenbar mit Freude und waren stolz darauf, Praktikanten an einem der weltweit renommiertesten Forschungszentren zu sein. Sie genossen das intellektuelle Niveau untereinander: ein Russe, eine Inderin mit iranischen Wurzeln, ein Italiener und eine Sino-Amerikanerin. Bernd kamen sie vor wie ein Querschnitt der Menschheit – oder zumindest der Glücklichen, die in relativ wohlhabenden Ländern den gebildeten Schichten angehörten. Auch die Umstände, unter denen sie auf dem Campus lebten, waren beneidenswert. Plötzlich fiel Bernd wieder ein, dass der junge Russe angeblich häufig Schwulenbars aufsuchte, und vielleicht fanden auch die anderen, dass sie ohnehin schon genug Zeit miteinander verbrachten, als dass sie eine Beziehung miteinander anfangen müssten.

Jenny Cheng bestätigte ihm genau das. Sie hätten Hatis Besuch auch deshalb so genossen, weil sie in ihrem Alter gewesen sei, aber mit dem Forschungszentrum nichts zu tun habe, ihre Musik sei für sie eine willkommene Abwechslung gewesen.

»Ich stehe nicht so auf Jungs, Hati dagegen gefällt mir sehr. Aber ich glaube, sie wurde sehr streng erzogen«, sagte Jenny. Sie sprach fließend Deutsch, was nicht weiter verwunderte, da überdurchschnittlich gute Sprachkenntnisse eine der Voraussetzungen für ein Praktikum waren.

»Sie ist sehr freundlich, ist aber auf mein Flirten überhaupt nicht eingegangen. Und auch gegenüber Jungs ist sie sehr zurückhaltend«, fuhr sie fort. »Na ja, bei Giancarlo kann ich es verstehen, denn der versucht es bei jeder, die ihm über den Weg läuft. Aber Sergej ist schwul, auch wenn er es selbst nicht zugibt, also harmlos. Hati hat gesagt, dass sie zurzeit Single sei, und es klang so, als wäre das mal anders gewesen. Aber mir kam es so vor, als ob dies eh nicht so ihr Ding ist, vielleicht weil sie schüchtern ist oder was auch immer. Von einer jungen Frau, die so umschwärmt wird, hätte ich eigentlich etwas anderes erwartet. Ihre Musik ist ziemlich cool, und ich weiß, dass sie damit gut ankommt. Zu ihren Konzerten reisen Leute aus Karlsruhe, Stuttgart und sogar aus Basel und Straßburg an.

Was ich nicht verstehe, ist, dass Hati ihre Gitarre zurückgelassen haben soll«, fuhr Jenny fort. »Hier bei uns in der Tagesstätte hat sie das Ding nicht eine Minute aus der Hand gelegt. Aber vielleicht war sie ja auch nur wegen der Kinder besorgt. Trotzdem, ich würde sagen, ihr Instrument ist etwas ganz Besonderes für sie.«

Jenny Cheng zu vernehmen war anstrengend, weil sie unablässig plapperte, nie wirklich auf eine Frage einging und immer wieder an der Sache vorbeiredete. Bernd fragte sich, wie es ihr überhaupt möglich war, konzentriert zu arbeiten. Aber vielleicht kam diese Flatterhaftigkeit ja ihrer Arbeit auch zugute, weil sie die Dinge ständig von verschiedenen Seiten aus betrachtete. Sie hatte ihm jedenfalls einen interessanten Hinweis gegeben.

»Ich weiß, dass man als Lehrerin nicht besonders viel verdient, und dachte, sie passt deshalb so gut auf ihre Gitarre auf, weil sie sich keine neue leisten kann. Aber dann sagte sie, das Ding sei ein Geschenk ihrer Familie, und die scheint schwerreich zu sein. Ihre große Schwester ist mit dem Chef von Tangelo verheiratet. Da reden wir von richtig viel Geld, einem Milliardenvermögen. Einmal fragte sie mich, ob Geld meiner Ansicht nach die Beziehungen zwischen Menschen beeinflusst. Ich hatte nämlich davon gesprochen, dass eine Cousine von mir an der Wall Street sehr viel mehr verdient als ihr Ehemann, was der arme Kerl nicht verkraftet hat. Die Ehe ist in die Brüche gegangen.«

»Hat sie einen nervösen Eindruck gemacht, als sie Ihnen diese Frage stellte?«, unterbrach sie Bernd.

»Nervös würde ich nicht sagen, aber sie wurde irgendwie heftig, mir schien, als hätte ich einen wunden Punkt angesprochen. Deshalb fragte ich sie geradeheraus, ob sie in einen armen Schlucker verliebt sei und damit ein Problem habe. Aber sie sagte, nein, es ginge um jemand anderes. Was ich allerdings nicht so recht glaube.«

Jenny Cheng legte eine kurze Pause ein, um Atem zu schöpfen. Bernd nutzte die Chance: »Wenn ich richtig verstanden habe, vermuten Sie, dass Hati unglücklich verliebt in einen Mann ist, der kein Geld hat, und dass sie womöglich fürchtet, der Reichtum ihrer Familie könnte für diese Beziehung belastend sein.«

»Ja, so ungefähr. Es wäre ja auch nicht auszuschließen, dass es diese Person vor allem auf ihr Geld abgesehen hat. Ein anderes Mal fragte sie nämlich, woran man erkennen könne, ob jemand wirklich an einem als Mensch interessiert sei. Ich antwortete, dass zum Beispiel ich nur um ihrer selbst willen an ihr interessiert sei, aber darauf ging sie nicht ein.«

»Hat sie irgendeine Andeutung gemacht, die uns bei der Identifikation der Person helfen könnte?«

»Es ist wohl ein Kerl, es sei denn, meine Intuition lässt

mich im Stich, was nur selten vorkommt. Nein, etwas Konkretes war von ihr nicht zu erfahren. Aus einer ihrer Bemerkungen schließe ich aber, dass er vielleicht jünger ist als sie. Sie sagte etwas in der Richtung, dass manche jungen Leute überraschend reif seien für ihr Alter. Aber das war's auch schon. Der ganze Mädchenkram, endlose Gespräche und Geständnisse bei einem gemütlichen Glas Wein – das ist mit ihr nicht drin. Glauben Sie mir, ich habe es versucht. Am ehesten sagen noch ihre Songs etwas über ihr Inneres aus, die, die sie selbst schreibt und in denen sich alles um verlorene Liebe dreht und dass man nicht beieinander sein kann. Wenn sie singt, muss ich heulen.«

Als sie die Vernehmungen der Praktikanten beendet hatten, ließ Bernd sich von Roberto die am Vorabend geführten Telefonate mit Hatis Mitbewohnern und Freunden noch einmal vorspielen, die ebenfalls ziemlich sicher waren, dass Hati seit längerer Zeit keine feste Beziehung mehr gehabt habe. Dann ging er ihr Repertoire durch, das laut Roberto größtenteils auf britische und amerikanische Folksongs zurückging, die Hati offenbar selbst übersetzt hatte. Zuletzt schaute Bernd sich noch einmal Robertos Videoaufnahmen von Hatis Zimmer in der Wohngemeinschaft in Mosbach an, das sie am Morgen vor ihrem Gespräch mit Wendt durchsucht hatten. Sie hatten keine Spur von selbstgetexteten Songs gefunden, die wohl alle auf ihrem PerC gespeichert waren.

»Ist ihr PerC immer noch tot?«, fragte Bernd.

»Ja«, antwortete Roberto, der das Gerät in regelmäßigen Abständen zu kontaktieren versuchte.

»Liegt der P-Bescheid endlich vor?«, fragte Bernd.

Mit richterlicher Erlaubnis durfte die Polizei auf einzelne PerCs und in Clouds abgelegte Datenspeicher zugreifen. Bernd hatte einen entsprechenden Antrag gestellt und seine Chefin gebeten, bei der Richterin Druck zu machen, die sich wie alle ihre Amtskollegen in solchen Fällen meist sehr zögerlich verhielt. Die Genehmigung galt nur für einen einmaligen, zeitlich begrenzten Zugriff, der ausschließlich im Büro des zuständigen Richters und über eine geschützte Verbindung erfolgen durfte. Wer nicht genau wusste, wonach er suchte, sah sich einem Berg von Tera- oder Petabytes gegenüber. Ein Graus für Bernd, obwohl er einen Großteil der Arbeit auf Roberto abwälzen konnte.

Noch ehe Bernd eine Antwort auf seine Frage bekam, gab sein PerC den doppelten Klingelton von sich, der auf eine dringliche offizielle Nachricht aufmerksam machte. Sie kam von seiner Chefin, die ihm mitteilte, dass Hati Boran gefunden worden war. Der Fall sei damit aber nicht abgeschlossen; es gehe jetzt vielleicht um Entführung und Vergewaltigung. Außerdem müsse nach Wendts Chauffeur gefahndet werden. Und Bernd solle sie sofort anrufen.

15

»In Zukunft wird jeder fünfzehn Minuten berühmt sein.«
Andy Warhol, zitiert im Katalog seiner Ausstellung im
Moderna Museet Stockholm, 1968

»In Zukunft wird jeder fünfzehn Minuten völlig anonym sein.«
Ein Satz des britischen Graffiti-Künstlers Banksy, zu sehen
auf dem Bildschirm eines rosafarbenen Fernsehers während
einer Versteigerung von Kunstobjekten des Schauspielers
Dennis Hopper, 2010

»In Zukunft wird jeder für fünfzehn Leute berühmt sein.«
Der schottische Künstler Momus in seinem Essay »Pop Stars?
Nein danke!«, veröffentlicht im schwedischen *Grimsby Fishmarket Fanzine*, 1992.

Am Ende des Abends war Hati Boran tatsächlich berühmt, weit über Deutschland hinaus bis nach Nordamerika. Das Verschwinden und Wiederauftauchen der überaus fotogenen jungen Sängerin, von der es zahllose Vidclips gab, mit der die Newsies ihre Beiträge schmücken konnten, war an sich schon aufsehenerregend. Dass es jedoch ausgerechnet der Pastor war, der sie gefunden hatte, dieser auf viele seltsam wirkende Mann, und man nur darüber spekulieren konnte, was Hati unter diesen wüsten Typen in den Freien Gebieten widerfahren sein mochte, machte die Story zu einem Scoop. Und welche Rolle, so fragte man sich, spielte wohl Hannes Molders, der rein zufällig, anlässlich eines geheimen Treffens mit dem Pastor, von Hatis Wiederauftauchen erfahren hatte? War er nicht auch Mitglied dieser neuen Kommission, die über die Zukunft der Freien Gebiete beraten sollte?

Darüber hinaus machten Gerüchte die Runde, wonach der Tycoon Friedrich Wendt und sein Roboterchauffeur auf mysteriöse Weise in diese Sache verwickelt waren – für die Newsies ein gefundenes Fressen: Sex & Crime, Schönheit, Ruhm und sagenhafter Reichtum, die Freien Gebiete und weinende Kinder, die um ihre Lieblingslehrerin bangten, und all das untermalt von der singenden Heldin selbst.

Mit Wonne stürzte man sich auf die einflussreiche Familie Boran, der Vater Banker bei der Bundesbank, der Bruder politischer Durchstarter im Berliner Abgeordnetenrat, eine Schwester eine zukünftige Generalin, die andere eine steinreiche Unternehmerin, die angekündigt hatte, mit dem Superjet aus Los Angeles einzufliegen. Und so blieb es nicht aus, dass der strenggläubige Kemal gefragt wurde, ob er seine geschändete kleine Schwester nun möglicherweise verstoßen werde.

Auf allen Straßen, in öffentlichen Verkehrsmitteln, in Fahrstühlen und aus PerC-Lautsprechern war Hatis helle Stimme mit dem Song »Silver Dagger« zu hören. Die Newsies liebten ihre Version dieses alten englischen Folksongs, der ein junges Mädchen vor den Männern warnte und nun plötzlich eine ganz neue Bedeutung bekam. Später am Abend war es jedoch »Dark Rider«, das überall gespielt wurde, obwohl oder vielleicht auch gerade weil die Freien Gebiete zweifellos eine dunkle Rolle in diesem Drama spielten.

Ruth saß noch spät in ihrem Büro im Ministerium. Während auf ihrem Holoscreen ununterbrochen Vids über Hati liefen, jonglierte sie zwischen Interviews zu den Plänen der Kommission und diversen Telefonaten: mit der Polizeipräsidentin, dem Krankenhaus, mit Hatis Familie, Hannes und anderen politischen Freunden. Den Empfang der Bürgermeister hatte sie absagen und ihren Logenplatz für die Premiere einer Neuinszenierung von Beethovens Oper *Fidelio* leer lassen müssen. Auch die Einladung zur anschließenden Feier, zu der sich der EU-Kommissar für Bildung und Kultur angesagt hatte, würde sie wohl nicht wahrnehmen können. Müde, aber trotzdem aufgedreht, verfluchte sie wieder einmal die Tyrannei einer politischen Karriere, obwohl es ihr gleichzeitig einen Kick gab, im Zentrum eines so mächtigen und weitreichenden Netzes zu stehen. Sie hielt die Fäden in der Hand und würde diese Story für ihre Pläne mit den Freien Gebieten zu nutzen wissen. Doch das war bestimmt nicht die einzige Möglichkeit, weiteren Profit aus der Sache zu ziehen.

War ihr Abendessen mit Hannes wirklich erst gestern gewesen? Sie erinnerte sich, dass er erwähnt hatte, seine Arbeitsgruppe im Europäischen Parlament plane eine Anhörung über die Zukunft der Robotik. Zufällig hatten ein paar Tische von ihnen entfernt auch Wendt und diese Professorin, die den Bestseller geschrieben hatte, im Hof zu Abend gegessen. Und nun stand einer von Wendts Robotern der neuesten Generation im Verdacht, Hati entführt und möglicherweise sogar missbraucht zu haben. Die Europa-Partei warnte schon seit Jahren vor allzu leistungsstarken Robotern. Die zunehmende Verdrängung von Menschen aus dem Arbeitsmarkt alarmierte auch viele aus Ruths Partei. Das Thema Robotik, schon immer strittig, wurde heißer und heißer. Ein Politiker, der sich in dieser Sache clever zu positionieren verstand, würde enorm viel Aufwind erhalten.

Ruth hielt sich an eine von ihr selbst aufgestellte, ungeschriebene politische Regel, die ihr bisher immer sehr gute Dienste geleistet hatte, und die lautete: Mach dir ein Thema zu eigen, aber tritt nur selten als Fürsprecher auf. Sollen andere zuerst aktiv werden und sich mit der einen oder anderen Richtung identifizieren lassen. Schlauer war es, hinter den Kulissen Verhandlungen zu führen und Koalitionen zu bilden, die zu Mehrheitsentscheidungen führten. Dann würde man sich ganz von allein an sie wenden müssen, und je mehr Menschen sich an sie wandten, desto mehr Macht hätte sie. Das war auch ihre Strategie in Bezug auf die Freien Gebiete: sie zum Problem erklären, eine Kommission einberufen, um deutlich zu machen, dass man sich darum zu kümmern gedachte, aber selbst vorerst keine Stellung beziehen. Böte sich dieses Vorgehen auch im Fall der Robotik an? Vielleicht, aber allzu häufig Kommissionen einzuberufen war riskant, weil leicht zu durchschauen.

Sinnvoller war es wohl, dachte Ruth, eine öffentliche Debatte anzustoßen und sich auf diese Weise einzubringen. Für solche Aufgaben hatte sie damals das Schwäbische Institut für Politik ins Leben gerufen, dessen erste Präsidentin sie gewesen war. Natürlich müsste sie ein paar Prominente als Meinungsführer um sich scharen und die Aufmerksamkeit der Medien gewinnen. Warum sollte sie nicht den Fall Hati Boran zu diesem Zweck ausschlachten und den alten Wendt höchstpersönlich mit Hatis Bruder Kemal als Kontrahenten in den Ring schicken? Ausgezeichnete Idee, dachte Ruth und tippte auf die Schaltfläche ihres Holoscreens, um mit ihrer Medienberaterin Kontakt aufzunehmen. Sollte sie doch gleich damit beginnen, sich ein paar griffige Formulierungen für die verschiedenen möglichen Positionen einfallen zu lassen. Ja, und jetzt konnte Ruth doch noch zur Premierenparty gehen und mitfeiern.

Hannes und Klaus waren im Krankenhaus in Heidelberg und saßen im selben Wartezimmer wie Hatis Mutter und ihr Bruder, der aus Berlin gekommen war, ein Mann mit langem Bart und Scheitelkappe. Er gehörte wie Hannes der Progressiven Partei an, doch die beiden waren einander nie begegnet. Die Hand auf dem Herzen, hatte er Hannes feierlich begrüßt und seinen tiefen Dank zum Ausdruck gebracht. »Um mit den Worten des Heiligen Korans zu sprechen«, sagte er, »*Allah liebt diejenigen, die Gutes tun*. Ich bin Kemal Boran, und meine Familie und ich stehen in Ihrer Schuld. *Kann der Lohn für Güte etwas anderes sein als Güte?*«

Hannes erwiderte, dass nicht ihm, sondern den Freiländern Dank gebühre, die sich um Hati gekümmert hatten, und stellte Klaus als denjenigen vor, der Hati mit ihm zum Krankenwagen gebracht hatte. Daraufhin bedankte sich

Kemal nun auch bei Klaus in aller Form, obwohl seine Miene verriet, dass er auf die Freiländer nicht gut zu sprechen war.

»Es waren doch Leute aus den Freien Gebieten, die meiner Schwester das angetan haben, oder?«, fragte er.

»Wir wissen weder, was passiert ist, noch wer dafür die Verantwortung trägt. Hören wir, was die Ärzte zu sagen haben«, entgegnete Hannes. »Die Polizei ist gerade bei ihnen, aber sie haben versprochen, gleich danach Ihre Mutter zu informieren. Hati ist außer Lebensgefahr.«

Klaus mischte sich ein. »Unabhängig davon, wer Hati überfallen hat, sollten wir nicht vergessen, dass es die Freiländer waren, die sie gefunden und sich um sie gekümmert haben.«

Kemal nickte, führte zum Zeichen seiner Dankbarkeit eine Hand an die Stirn und nahm wieder neben seiner Mutter Platz.

»Du musst dafür sorgen, dass die Newsies die Wahrheit verbreiten, oder es wird zu Ausschreitungen kommen«, flüsterte Klaus Hannes zu. »Du hast gesehen, wie wütend die Sanitäter reagiert haben, und wenn ich mir auf meinem PerC ansehe, was da draußen im Netz los ist, wird mir angst und bange.«

»Ja, aber wem geben sie die Schuld, den Freiländern oder den Robotern?«, erwiderte Hannes müde. Auch er hatte sich über die Berichtslage informiert und einigen der seriöseren Newsies Interviews per PerC gegeben, um seine Version zu schildern und die Wogen zu glätten. Aber wie so oft waren es wieder einmal die lauteren Stimmen der maßlos Empörten, die sich am meisten Gehör verschafften.

Plötzlich sah Hannes den Polizisten, dem er im Hof begegnet war, begleitet von seinem AP. Er streckte die Hand aus, um ihn zu begrüßen, erinnerte sich an seinen Namen – Aguilar – und fragte, ob es Neuigkeiten von den Ärzten gebe.

»Es geht ihr schon wieder sehr viel besser, aber was passiert ist, wissen wir immer noch nicht«, antwortete der Kommissar. Schon am Abend zuvor war Hannes aufgefallen, wie menschlich der AP aussah. Es war ihm schwergefallen, ihn nicht ständig anzustarren.

»Ich habe Ihren Bericht gesehen«, sagte Aguilar. »Haben Sie noch etwas hinzuzufügen, was uns helfen könnte?«

»Im Moment nicht, aber natürlich stehe ich Ihnen jederzeit zur Verfügung.« Hannes führte seinen PerC an das Gerät des Polizisten heran und hörte den Summton, der die Übertragung seiner Nummer quittierte. »Sie wollen sich jetzt bestimmt mit Hatis Mutter und ihrem Bruder unterhalten.«

»Danke.« Bernd nickte Klaus und Hannes freundlich zu und wandte sich an Hatis Angehörige, während sein Roboter Klaus fixierte.

»Bis später«, sagte Klaus. Er ergriff den Arm des AP und führte ihn aus dem Wartezimmer. Hannes wollte ihnen folgen, wurde aber von Klaus mit einem Handzeichen zurückgewiesen. Hannes blieb stehen und beobachtete die beiden, die sich, am Ende des Korridors angelangt, leise, aber intensiv miteinander unterhielten. Der AP hatte einen Finger auf Klaus' Handgelenk gelegt. Fand zwischen ihnen ein heimlicher Datentransfer statt?, fragte sich Hannes.

Er rief seinen Holoscreen auf, suchte im Netz nach Informationen über Aguilar und fand schnell den Bericht über die Schießerei, bei der sich der AP schützend vor den Ersten Hauptkommissar gestellt und sich zwei Kugeln eingefangen hatte. Danach war er generalüberholt und mit einer Reihe neuer Leistungsmerkmale ausgestattet worden. Worum es sich dabei im Einzelnen handelte, war nicht zu erfahren. Doch die Rede der Polizeipräsidentin anlässlich der Rückkehr des AP in den Dienst ließ einiges vermuten.

Auf der anderen Seite des Korridors tauchten in diesem Moment ein Arzt und eine Ärztin auf, begleitet von der Pressesprecherin des Krankenhauses. Die beiden Mediziner trugen grüne Kittel und schienen gerade aus dem OP-Saal zu kommen. Fast gleichzeitig eilten auf der gegenüberliegenden Seite mehrere Newsie-Reporter mit Stirnkameras an Klaus und dem AP vorbei auf die Ärzte zu. Die Sprecherin stellte sich ihnen in den Weg und versprach eine Pressekonferenz, sobald die Ärzte mit der Familie gesprochen hätten.

Bernd kam aus dem Wartezimmer und verließ mit seinem AP die Station. Klaus kehrte zu Hannes zurück, sein Holoscreen schimmerte. Mit einer Kopfbewegung forderte er Hannes auf, ihm zu folgen. Durch das Treppenhaus gingen sie hinunter ins Foyer und nach draußen auf den Parkplatz, wo sie sich in eines der dort stehenden Fahrzeuge setzten.

»Ich muss sofort zum Hof zurück«, sagte Klaus. »Die Kripo wird dort gleich zur Spurensicherung auftauchen und die Gegend durchkämmen, in der Hati gefunden worden ist. Die trampeln mir garantiert meine Rebstöcke kaputt. Außerdem könnte es Ärger mit den Freiländern geben. Ich habe ein ganz ungutes Gefühl. Die Ärzte sagen, Hati habe wohl Sex gehabt, aber wenn es eine Vergewaltigung war, warum haben wir dann noch immer keine DNA-Spuren gefunden?«

»Soll das heißen, ihr möglicher Vergewaltiger hat ein Kondom benutzt? Und dass es womöglich im gegenseitigen Einvernehmen zum Sex gekommen ist?

»Schwer zu sagen, da es offenbar keine typischen Verletzungen gibt, die auf Gewaltanwendung schließen lassen, also etwa Hämatome an den Armen oder im Nacken. Ja, mag sein, dass der Täter ein Kondom getragen hat. Es gibt aber noch eine andere Möglichkeit. Wir wissen ja noch gar nichts, wir wissen ja noch nicht mal, ob's ein Mensch war. Das soll jetzt die Spurensicherung klären.«

»Kein Mensch, sondern ein Roboter? Wer soll das denn glauben? Hat dir das dieser AP gesteckt?«

»Ihm blieb gewissermaßen gar nichts anderes übrig. Ich bin für ihn so was wie ein Vater, weil ich maßgeblich an seiner Entwicklung beteiligt war, genau genommen am Steuersystem der Ursprungsversion.«

»Du bist doch schon vor Jahren bei Wendt ausgestiegen.«

»Die Betriebssysteme haben sich kaum verändert. Deren Architektur geht auf mich zurück. Es sind bloß ein paar Module hinzugekommen, ähnlich wie Anbauten an ein bestehendes Gebäude. Von mir stammen auch die Pläne dafür, wie sie integriert werden und miteinander kommunizieren.«

»Verstehe. Kann ich irgendetwas für dich tun?«

»Versuch einfach weiter, die Wahrheit zu verbreiten. Klär die Öffentlichkeit darüber auf, dass wir noch nicht wissen können, was passiert ist, und darauf warten müssen, dass Hati sich erholt und aussagen kann. Hoffen wir, dass sich ihr Bruder zurückhält. Es kommt jetzt vor allem darauf an, die Spekulationen der Medien einzudämmen. Falls sich ein paar Besoffene zusammenrotten und über die Freiländer herfallen, sehe ich schwarz.«

»Ich tue mein Bestes. Viel Glück, Klaus.«

Es waren aber nicht die Freien Gebiete, auf die sich die Wut der Öffentlichkeit an diesem Abend richtete, sondern Wendts Forschungszentrum mit seinem Farmturm, den Windrädern und Labors. Die Wissenschaftler und Techniker waren entsetzt, als sie den Pöbel mit brennenden Fackeln auf das Zentrum zumarschieren sahen, aufgehalten nur von einem spärlichen Kordon aus uniformierten Polizisten, die in letzter Minute herbeigerufen worden waren, aber kaum die Zufahrtstraße abriegeln konnten.

16

Technologische Fortschritte machen es möglich, heute fast jede Interaktion zwischen Polizei und Öffentlichkeit zu überwachen und aufzuzeichnen, und zwar mithilfe von fest im Polizeiwagen installierten oder mittragbaren Kameras, über den Zugriff auf ein sich immer weiter ausbreitendes öffentliches wie auch privates Netz von Überwachungssystemen und die zunehmende Nutzung von Smartphones mit digitalen Aufzeichnungsfunktionen in den Händen von Bürgern und Beamten. Die Polizei spürt Verdächtige per GPS-Telemetrie auf […]. Spezielle Scanner lesen alle Autokennzeichen in Sichtweite und signalisieren sofort, wenn eines der erkannten Fahrzeuge als gestohlen gemeldet wurde. Personalien lassen sich mit Hilfe von Fingerabdruckscannern und Gesichtserkennungssoftware in Sekundenschnelle zweifelsfrei feststellen. Straftaten werden bei ihrer Meldung sofort verortet; ein neues Alarmsystem – das sogenannte Gunshot Detection System – informiert die Polizei, sobald es irgendwo zu einer Schießerei kommt; Überwachungskameras lassen sich so programmieren, dass der Ort, an dem Schüsse abgegeben wurden, sofort ins Visier genommen wird und Livestream-Bilder lieferbar sind.

»Technology Police Framework«, herausgegeben von der International Association of Chiefs of Police, Januar 2014

Friedrich Wendt war weder im Forschungszentrum noch in seinem Haus in Heidelberg, als die Polizei anrückte, um sein Eigentum zu schützen. Zusammen mit seinem leitenden Juristen, dem Direktor der Forschungsabteilung und Christina, die er direkt an der Universität abgeholt hatte, war er mit seinem Hubschrauber zum Hof geflogen. Er brauchte dringend Klaus Schmitts technischen Rat. Sein leitender Jurist hatte ihn gewarnt: Falls sich herausstellen sollte, dass tatsächlich Stirling für den Überfall auf Hati verantwortlich war, wäre das eine Katastrophe für den Konzern. Von den Newsies angestachelt, forderte die Öffentlichkeit bereits rechtliche Schritte, und in der Allgemeinheit braute sich eine Stimmung zusammen, die seine Robotikabteilung lahmzulegen drohte. Außerdem war mit einer Strafanzeige von Hati Boran zu rechnen, und hinter Hati stand nicht zuletzt ihr Schwager, Gründer und Eigentümer von Tangelo Enterprises, dem transatlantischen Äquivalent zur Wendt-Gruppe und ihr größter Konkurrent.

Gerd Schulmann, Wendts Sicherheitschef, hatte bereits in Erfahrung gebracht, dass Hati Borans Schwester in Begleitung des leitenden Juristen von Tangelo auf dem Weg nach Deutschland war. Wendts Lobbyisten in Brüssel berichteten, dass Tangelo sich von einer der renommiertesten europäischen Anwaltskanzleien beraten lasse, um juristische Schritte gegen den plötzlich angeschlagenen Wendt-Konzern einzuleiten. Ein unterschriftsreifer Vertrag mit der Europäischen Weltraumorganisation über die Lieferung einer neuen Generation von Wendt-Robotern für den Abbau von Rohstoffen auf Asteroiden drohte zu platzen. Das Unternehmen stand vor seiner bislang größten Krise.

Der Parkplatz war voll besetzt, als Klaus den Hof erreichte. Die Polizeichefin hatte gleich zwei kriminaltechnische Teams mitgebracht, dazu einen zusätzlichen Trupp, der ebenfalls in einem Bus angerückt war, um die Newsies auf Abstand zu halten. Nachdem Sybill von der Polizeichefin dazu aufgefordert worden war, den Restaurantbetrieb kurzfristig einzustellen, hatte sie den Familienanwalt herbeigerufen.

»Sollten wir wirklich Ihren AP an diesem Fall mitarbeiten lassen, obwohl der Hauptverdächtige ein Roboter derselben Generation ist?«, fragte die Polizeichefin Bernd, kaum dass er mit Roberto eingetroffen war.

Bernd beobachtete Christina, die zusammen mit Wendt und dessen Juristen das Hubschrauberlandedeck verließ. Sie war immer noch ähnlich gekleidet wie früher und trug unkomplizierte lässige Mode, die aber an ihr wie Haute-Couture wirkte, was wahrscheinlich an ihren langen Beinen lag und an der Art, wie sie sich bewegte.

»Für mich ist das im Augenblick kein Thema«, antwortete Bernd bestimmt und ein wenig irritiert, weil Roberto neben ihm stand. »Wendts Chauffeur hat sich bisher nichts weiter zuschulden kommen lassen, außer zu verschwinden. Im Übrigen brauche ich Roberto.«

»Na schön, aber auf Ihre Verantwortung«, entgegnete die Polizeichefin und irritierte Bernd damit noch mehr. War es denn nicht ihr Job, ihren Kommissaren den Rücken zu stärken, statt sich wegzuducken und sie in der Schusslinie zurückzulassen?

In diesem Moment erreichte beide ein Notruf der Leitstelle, der an alle Kollegen im Einsatz ging. Sie forderte dringend Unterstützung an, um wütende Demonstranten vom Campus des Wendt'schen Forschungszentrums zurückzudrängen.

»Da sollten Sie wohl hin«, sagte Bernd. »Ich bleibe besser hier bei den Kollegen der Spurensicherung.«

»Sie haben recht.« Sie marschierte auf ihr Fahrzeug zu, gefolgt von zwei Assistenten, die ihre Befehle entgegennahmen und weiterleiteten: »Verstärkung mobilisieren, Bereitschaft anfordern, die Nachtschicht vorverlegen, niemand macht Feierabend.«

Bernd schaute sich nach Wendt und Christina um. Sie sprachen mit Klaus und zwei weiteren Männern. Den einen kannte er, es war Dr. Keil, Wendts Leiter der Forschungsabteilung, den anderen nicht. Bernd winkte Klaus zu sich und bat ihn, dem Leiter der Spurensicherung zu erklären, wo Hati aufgefunden worden war.

»Auf der anderen Seite des Baches. Aber dort verläuft die Grenze zu den Freien Gebieten. Dort aufzutauchen, ohne die Freiländer in der unmittelbaren Umgebung vorher benachrichtigt zu haben, könnte Ärger geben. Es wäre wohl besser, ich gehe mit, um zu vermitteln, wenn es brenzlig wird.«

»Ich brauche Sie hier. Sybill könnte die Kollegen begleiten und gut Wetter machen. Helfen Sie mir bitte, je länger wir zögern, desto weniger Spuren werden wir finden. Sie verstehen doch, dies ist ein Notfall. Ich würde nur ungern das Mobile Einsatzkommando anfordern.«

Die Höflichkeit und Umsicht des Mannes nahmen Klaus für ihn ein. »Okay, geben Sie mir fünf Minuten.«

Bevor Klaus sich abwandte, bat Bernd ihn um einen

Raum, groß genug, um mit rund einem halben Dutzend Personen darin konferieren zu können. Klaus schlug die Künstlergarderobe in der Scheune vor. Neben einem Waschbecken und einen Schminktisch vor einem großen Spiegel an der Wand enthielt sie ein Sofa, einen Sessel und einen Tisch mit Stühlen, sodass ausreichend Sitzmöglichkeiten vorhanden waren. Bernd führte Wendt, Christina und Dr. Keil, der unbedingt den leitenden Juristen dabeihaben wollte, zur Tür herein und ließ sie am Tisch Platz nehmen, während er sich selbst vorsichtig auf den Rand des Schminktisches setzte. Roberto blieb mit eingeschalteter Aufnahmefunktion neben der Tür stehen.

»Ihnen allen dürfte klar sein, weshalb wir hier sind«, begann Bernd. »Klaus Schmitt wird zu uns stoßen, sobald er die Spurensicherung zum Tatort gebracht hat. Ich brauche Antworten auf ein paar grundlegende Fragen. Aber ich bin kein Experte auf Ihrem Gebiet, ich bitte Sie deshalb, sich möglichst einfach auszudrücken. Erste Frage an Sie, Herr Wendt: Wie kann es sein, dass Stirling nicht auffindbar ist? Ihr Chauffeur hat sich vergangene Nacht abgesetzt, und seither fehlt von ihm jede Spur. Ich dachte, so etwas sei unmöglich, weil Roboter jederzeit zu orten sind. Kann er sich selbst ausschalten? Oder liegt vielleicht eine Störung vor?«

»Wenn ich das nur wüsste«, antwortete Wendt. »Unsere Roboter sind natürlich permanent mit unserer Zentrale vernetzt, auch wenn sie ruhen oder aufgeladen werden. Ein Ausschalten, wie Sie es nennen, ist nicht möglich. Selbst wenn sie in den Schlafmodus versetzt werden, was selten der Fall ist, bleiben sie im Netz und sind lokalisierbar. Wenn nicht, muss es zu einer schweren Fehlfunktion gekommen sein, womöglich zu einem kompletten Zusammenbruch der Steuerung.«

»Könnte man einen Roboter zum Beispiel ertränken?«

»Kaum. Sie sind bis zu einer Tiefe von hundert Metern absolut wasserdicht.«

»Stimmt«, schaltete sich Keil ein, ein großgewachsener, dünner Mann mit kahlrasiertem Schädel. Er trug einen dunkelblauen, modischen Anzug mit einem überlangen Jackett, dessen Saum ihm fast bis in die Kniekehlen reichte. »Wir pingen Stirling in regelmäßigen Abständen an, erhalten aber keine Antwort. Wenn die Hauptversorgung ausfällt, müssten seine Redundanzsysteme im unteren Rumpfbereich, in den Füßen und Armen, eigentlich automatisch einsetzen. Sie sind unabhängig, und selbst ohne Netzteil arbeiten sie mindestens einen Tag.«

»Kann es sein, dass er abgeschirmt wird, zum Beispiel durch dicke Wände, und deshalb keine Signale von ihm zu empfangen sind?«, fragte Bernd.

»Ein Faraday'scher Käfig könnte diese Wirkung haben«, antwortete Christina, die aussah, als wäre sie mitten aus einem Seminar oder einer wissenschaftlichen Arbeit herausgerissen worden. Sie wirkte ungeschminkt, hatte die Haare zu einem Knoten zusammengefasst und trug einen Salwar Kamiz, jenes traditionelle, aus dem Mittleren Osten stammende Ensemble aus langem Hemd und Hose, das in Deutschland seit einiger Zeit Mode war. Der Salwar, die Hose, war aus eierschalenfarbenem Naturleinen, weit um die Hüfte und eng anliegend an den Beinen. Das khakigraue Kamiz aus feiner Wolle war vorn offen und hing bis auf die

Waden herab. Anstelle einer asiatischen Kurta trug Christina darunter ein weißes Leinenhemd im westlichen Stil, und die Dupatta hatte sie durch einen langen Schal aus dunkelroter Seide ersetzt, der dem ansonsten sehr legeren Outfit eine schicke, formelle Note gab, wie Bernd anerkennend feststellte. Ohne den Schal erinnerte das Kamiz fast an einen Laborkittel.

Er fragte sie: »Was ist ein Faraday'scher Käfig?«

»Ein ringsum geschlossenes Geflecht aus leitfähigem Material, zum Beispiel Draht, das elektrische Felder und elektromagnetische Wellen abschirmt«, erklärte sie. »Damit lassen sich unter anderem Blitzeinschläge abwehren oder auch elektromagnetische Pulse von Kernwaffenexplosionen oder Sonneneruptionen. Es gibt spezielle Schutzräume, die zum Beispiel zusätzlich auch Radiowellen abschirmen können. Darum könnte es durchaus sein, dass Stirling in einem entsprechend eingerichteten Raum gefangen gehalten wird.«

»Dann müsste er aber sehr sicher untergebracht sein«, bemerkte Dr. Keil. »Man hat ihm ein zusätzliches Stützkorsett, eine Art Exoskelett zum Tragen schwerer Lasten, eingebaut. Und weil er auch als Bodyguard für Herrn Wendt eingesetzt wurde, haben wir dafür gesorgt, dass er drei- bis viermal so stark ist wie ein kräftiger Mann.« Er zeigte auf Roberto. »Genauso wie bei ihm.«

»Verstehe, danke«, sagte Bernd. »Der Öffentlichkeit wird immer wieder versichert, Roboter seien so programmiert, dass sie Menschen niemals Schaden zufügen würden. Kann man sich darauf verlassen?«

Wendt und sein Forschungsdirektor tauschten Blicke,

dann sagte Wendt: »Ja, soweit es in unserer Macht liegt. Trotzdem sind Unfälle nicht ausgeschlossen. Wenn man zum Beispiel urplötzlich in seinen Bewegungsradius kommt, sodass er nicht mehr rechtzeitig reagieren kann. Aber sobald es zum Kontakt kommt, bricht er die Bewegung normalerweise sofort ab. Stirling zum Beispiel ist zwar so programmiert, dass er unverzüglich einschreitet, wenn er mich in Gefahr glaubt, aber mit minimalem Krafteinsatz, meist nur, indem er sich einfach vor mich stellt.«

»Vielleicht sollte uns Ihr Anwalt in diesem Zusammenhang auf das vielzitierte Trolley-Problem aufmerksam machen«, sagte Christina und warf einen verächtlichen Blick auf Wendts Chefjuristen.

Der starrte auf seine Hände, die vor ihm auf dem Tisch lagen, und schwieg. Bernd bat Christina um eine Erklärung.

»Das Trolley-Problem beschreibt ein ethisches Dilemma, das erstmals 1967 von der britischen Philosophin Philippa Foot aufgeworfen wurde. Eine Straßenbahn gerät außer Kontrolle, rast auf eine fünfköpfige Menschengruppe zu und droht alle zu töten. Durch Umstellen einer Weiche könnten Sie die Bahn noch rechtzeitig auf ein anderes Gleis umleiten, auf dem nur eine Person steht. Wie entscheiden Sie sich?

Die meisten Menschen vertreten eine utilitaristische Position und finden, dass es besser ist, wenn nur einer stirbt und fünf gerettet werden. Dem widersprechen aber unsere Anwälte und Richter«, fuhr Christina fort. »Sie sagen, dass der, der aktiv wird und die Weiche umlegt, einen Mord begeht. Unschuldig dagegen bleibt, wer nichts tut und die fünf Personen sterben lässt. Dieses theoretische Dilemma stellte sich konkret seit der Einführung vollautomatisierter Fahrzeuge, die für solche Entscheidungssituationen programmiert werden mussten. Stellen Sie sich vor, ein Kind läuft auf die Fahrbahn. Das Fahrzeug kann nicht mehr rechtzeitig abbremsen und müsste ausweichen, um das Kind zu verschonen. Aber die Fußgängerwege links und rechts der Fahrbahn sind voller Leute. Welche Entscheidung würden Sie als Programmierer treffen?«

Bernd kratzte sich am Hinterkopf, als die Tür aufging und Klaus ins Zimmer kam. Nachdem er ihm höflich den letzten freien Stuhl zugewiesen hatte, sagte er: »Ich habe vorhin eine einfache Frage gestellt, aber noch keine klare Antwort darauf bekommen. Besteht die Möglichkeit, dass ein Roboter wider alle einprogrammierten Hemmnisse Menschen Schaden zufügt?«

»Ja, eben dann, wenn er davon ausgehen muss, damit mehr Menschen retten als schaden zu können«, antwortete Christina. »Der Roboter ist in solchen Fällen gezwungen, ein Urteil zu fällen, und zwar nach Maßgabe der ihm einprogrammierten Werte, die für gewöhnlich utilitaristischer Natur sind: Er muss sich für den größtmöglichen Nutzen entscheiden und im Zweifelsfall immer für das Leben von Kindern. Aber Wendts neue Robotergeneration setzt andere Prioritäten. Ihr AP Roberto zum Beispiel räumt Ihnen Vorrang ein. Wendts Chauffeur dürfte in erster Linie seinem Chef verpflichtet sein. Ich weiß nicht, ob Herr Wendt sich jemals eine Situation vor Augen geführt hat, in der Sie beide gleichzeitig in tödlicher Gefahr schweben und nur einer gerettet werden kann. Würden sich Ihre Roboter gegenseitig angreifen?«

Wendt schenkte ihr ein beeindrucktes Lächeln. »Daran habe ich tatsächlich noch nie gedacht. Und mein leitender Jurist offensichtlich auch nicht. Ich weiß schon, warum ich Sie in meinem Team haben möchte.«

»Theoretisch könnte Stirling also Hati attackiert haben, weil er glaubte, andere oder Herrn Wendt schützen zu müssen. Sehe ich das richtig?«, fragte Bernd, ohne auf Wendts Bemerkung einzugehen.

»Ja«, antwortete Christina.

»Nicht unbedingt«, meinte der Jurist.

»Herrje«, schaltete sich Klaus an. »Fangen wir doch nicht wieder damit an. Frau Professor Dendias hat recht. Stirling könnte die junge Frau verletzt haben, wenn er, seiner Programmierung gemäß, davon ausgehen musste, damit einem übergeordneten Zweck zu dienen. Möglich wäre aber auch, dass jemand in seinen Programmen herumgepfuscht hat. Davon hört man ja immer wieder. Asiatische Sabotage, russische Proboter, Gegenschläge des Pentagon –«

»Was sind Proboter?«, fragte Bernd.

»Automatisierte Hacker, Roboter mit Programmierkenntnissen, die rund um die Uhr nach Schlupflöchern in Computersystemen suchen«, erklärte Klaus. »Früher wurden sie zur Wirtschaftsspionage eingesetzt. Daraus entwickelten die Amerikaner halbautomatische Waffensysteme, und jetzt ging es darum, die Steuerung feindlicher Drohnen oder Raketenabwehrsysteme zu manipulieren.«

»Damit haben wir nie etwas zu schaffen gehabt«, sagte Wendt und sah quer über den Tisch zu Christina, als erwartete er, von ihr gelobt zu werden.

»Mag sein, aber ich erinnere mich, dass wir Mittel und

Wege gesucht haben, um uns vor solchen Übergriffen schützen zu können«, entgegnete Klaus.

»Das gehört wohl nicht hierher«, erwiderte Wendts Jurist.

»Vielleicht hilft mir mal jemand auf die Sprünge«, sagte Bernd. »Hat Herr Schmitt recht? Könnte es sein, dass Stirling von einem Proboter manipuliert wurde und aggressiv geworden ist?«

»Theoretisch ja«, antwortete Christina und legte nachdenklich ihren Zeigefinger ans Kinn – genau wie früher, erinnerte sich Bernd. »Ein Hackerangriff auf ihn würde allerdings umfangreiches Wissen über Stirlings Programmstrukturen voraussetzen, insbesondere über seine Schutz- und Abwehrmechanismen, von denen Herr Schmitt eben gesprochen hat.«

»Müssten wir in dem Fall von einer gezielten und von langer Hand vorbereiteten Unterwanderung der Wendt'schen Systeme ausgehen?«, fragte Bernd.

Nun schaltete sich der Jurist ein: »Unser Unternehmen nimmt es mit den Sicherheitsauflagen sehr genau, was durch regelmäßige Überprüfung und Stichproben seitens des BSI, des Bundesamts für Sicherheit in der Informationstechnik, und des BND immer wieder bestätigt wird.«

»Wir können mit an Sicherheit grenzender Wahrscheinlichkeit sagen, dass es vor seinem Verschwinden und bis zum Abbruch der Kommunikation mit ihm keine Infiltrationsversuche gegeben hat«, antwortete Dr. Keil. »Alles nach diesem Zeitpunkt entzieht sich unserer Kenntnis.«

»Roberto ist in der Lage, alles, was er beobachtet und gehört hat, wiederzugeben, und zwar für die gesamte Zeitspanne unserer Zusammenarbeit«, sagte Bernd. »Es wird automatisch gespeichert, und die Experten der Polizei sind jederzeit in der Lage, seine Backups downzuloaden. Das Gleiche müsste doch auch im Fall Stirlings möglich sein. Ich wüsste gern, was er letzte Nacht auf dem Hof gesehen und gehört hat.«

»Es muss zu irgendeiner Störung gekommen sein«, erwiderte der Forschungsleiter achselzuckend. »Die Datenübertragung brach ab, nachdem er Herrn Wendt zu Hause abgesetzt hatte.«

»An eine zufällige Störung glaube ich nicht«, entgegnete Klaus. »Ich bin mir sicher, wir haben es mit Sabotage zu tun. Er berichtete noch, nichts Auffälliges bemerkt zu haben, und das kann nicht sein.«

Klaus wandte sich an Bernd, der immer noch auf dem Schminktisch balancierte. »Sie erinnern sich, dass gestern Abend jemand unsere Überwachungskameras manipuliert und so eingestellt hat, dass sie nur noch eine Endlosschleife von immer gleichen Bildern wiedergegeben haben. Deshalb war Hati darauf nicht zu sehen, obwohl sie den Parkplatz überquert haben muss. Vielleicht wurde an Stirling ein ähnlicher Eingriff vorgenommen.«

»In der Tat«, sagte Christina. »Meine Fähigkeiten würde es jedenfalls bei weitem übersteigen. Wer so etwas schafft, verfügt über enorme Ressourcen, wie etwa der BND oder Herrn Wendts Forschungszentrum.«

»Es sei denn, er kennt die Zugriffscodes auf dieses Wendt'sche Modell«, korrigierte Klaus. »Damit käme jeder einigermaßen erfahrene Programmierer an Stirling heran.«

Bernd blickte über den Tisch zu Roberto, der immer noch neben der Tür stand, und fragte: »Kannst du das bestätigen?«

»Ja«, antwortete der AP. »Was mich allerdings noch mehr beunruhigt, ist, dass derjenige, der diese Codes kennt, vielleicht auch auf mich Zugriff hätte.« Er stockte. »Und, noch schlimmer, würde ich es überhaupt merken?«

»Und würden wir«, ergänzte Christina, »in einem solchen Fall mitbekommen, ob und welche Informationen zum Hacker gelangen?«

»Probieren geht über Studieren«, erwiderte Klaus. Er wandte sich an Roberto. »Wärst du mit einer Überprüfung deiner Systeme einverstanden?«

»Bernds Einverständnis vorausgesetzt, möchte ich sogar darum bitten, damit ausgeschlossen werden kann, dass ich ein Leck darstelle«, antwortete er.

Bernd richtete seinen Blick auf Klaus. »Geht das nur in einem Labor, oder wäre es auch hier an Ort und Stelle möglich?«

»Durchaus. Dazu benötige ich nur eine bestimmte Software, und die habe ich in meinem Arbeitszimmer. Wir könnten gleich rübergehen, wenn niemand etwas dagegen hat.«

»Ich kümmere mich jetzt um die Kollegen von der Spurensicherung«, sagte Bernd. Und an den Unternehmer gewandt fügte er hinzu: »Übrigens, Herr Wendt, eben wurde mir gemeldet, dass die Demonstranten mit Hilfe von Ty-Flex vom Forschungszentrum zurückgedrängt werden.«

»Ty-Flex? Was zum Teufel ist denn das?«, fragte Wendt.

»Das sind flexible Streifen aus klebrig-schaumartigem

Material, die sich um Arme und Beine wickeln und schnell fest werden. Als würde man ein riesiges Netz über eine Menschenmenge werfen. Sobald die Demonstranten sich dann beruhigt haben, können wir sie einzeln losschneiden und die Rädelsführer festnehmen.«

17

»Roboter und andere Formen künstlicher Intelligenz werden immer mehr Routinearbeiten übernehmen – auch komplexere Tätigkeiten, die derzeit noch von Handwerkern, Fabrikarbeitern, Anwälten [...] ausgeführt werden. Einen Arbeitsmarkt wird es nur noch im Dienstleistungssektor geben. Die dort angebotenen Stellen erfordern keine besonderen Qualifikationen, entsprechend reichen die Löhne aber auch nicht zur Lebenshaltung aus. Vereinzelt werden sich neue Möglichkeiten für umfassendere Aufgaben eröffnen, doch diese Verdienstmöglichkeiten an der Spitze des Arbeitsmarktes werden die Verluste in der Mitte und die geringen Arbeitslöhne am unteren Rand nicht ausgleichen. Ich bin mir nicht sicher, ob Arbeitsverhältnisse als solche verschwinden, obwohl dies durchaus möglich erscheint.«

Justin Reich, Fellow am Berkman Center for Internet & Society an der Harvard University, Boston, 2014

»Die zentrale Frage, die sich 2025 stellen wird, lautet: Wozu sind Menschen überhaupt noch da in einer Welt, die ihre Arbeit nicht mehr nötig hat und nur noch eine kleine Minderheit für ihre auf Bots gestützte Ökonomie braucht?«

Stowe Boyd, Analyst bei Gigaom Research, in:
Pew Research, 2014

Als kleines Mädchen war Ruth von Thoma adrett und artig gewesen. Ein hübsches Kind, wie man ihr immer wieder versicherte, das sich nie schmutzig machte und das immer ordentlich frisiert war. Sie tat, was ihr von Eltern und Lehrern gesagt wurde, lernte fleißig und achtete darauf, bei niemandem in der Klasse anzuecken, trotzdem war sie unter ihren Mitschülern nicht besonders beliebt. Ihr Vater war, wie auch schon dessen Vater und Großvater, Anwalt in einer Kleinstadt auf dem Land, doch im Unterschied zu seinen wohlhabenden und allseits angesehenen Vorgängern hatte er große Mühe, für sich und seine Familie den Lebensunterhalt zu sichern, da immer mehr Rechtsberatung automatisch mit Softwareprogrammen erledigt wurde. Trotzdem entschied sich auch seine Tochter für ein Jurastudium, vor allem wohl deshalb, weil sie ihrem Vater eine Freude machen wollte. Schnell stellte sich heraus, dass sie für dieses Studium weder sonderlich geeignet war noch die nötige Begeisterung mitbrachte, doch sie gab nicht auf, gerade dann nicht, als sie ihre wahre Berufung für die Politik erkannte.

Wohlüberlegt und gut organisiert in allem, was sie unternahm, war sich Ruth von Anfang an im Klaren darüber, dass finanzielle Unabhängigkeit eine Voraussetzung dafür war, in der Politik Fuß fassen zu können. Einen vermögenden Mann zu heiraten wäre eine Möglichkeit gewesen, doch zog sie es vor, ein eigenes Unternehmen zu gründen. Während ihrer Schulzeit hatte sie häufig als Babysitterin gejobbt, weil der Vater ihr nur wenig Taschengeld zahlen konnte. Als sie im Alter von fünfzehn gelegentlich auf zwölfjährige Zwillinge aufpassen musste, die sich mit ihren

Hausaufgaben für Französisch herumquälten, beschloss sie spontan, ihnen auf die Sprünge zu helfen.

Sie wandte dieselbe Methode an, die auch ihr geholfen hatte: Die zu lernenden englischen und französischen Vokabeln wurden ganz altmodisch und haptisch auf Karteikarten notiert, jedes Wort auf eine eigene, und wenn diese auswendig gelernt waren, bildete sie damit Übungssätze. Sie lud englische und französische Kinderreime und -lieder aus dem Netz herunter, die sic auswendig aufsagen und singen lernte, schließlich hatten damit auch schon englische und französische Kinder sprechen gelernt, und ging dann dazu über, die Texte bekannter Songs zu studieren, solche von Frank Sinatra und den Beatles für Englisch, später folgten Chansons von Edith Piaf, Jacques Brel und Georges Brassens für Französisch. Die Zwillinge sprangen darauf an, deren Eltern waren begeistert. Es sprach sich herum, und schon bald verdiente Ruth sehr viel mehr mit Nachhilfe als mit Babysitten.

An der Universität lernte sie viele Jura- und BWL-Studenten kennen, die mit den für einen Abschluss obligatorischen Sprachkenntnissen ihre Schwierigkeiten hatten. Sie überarbeitete ihre Methode und richtete sie an der Überlegung aus, dass man sich in jeder Fremdsprache schon mit einem in einer Woche zu bewältigenden Grundwortschatz von zehn Verben, hundert Hauptwörtern, zwanzig Zahlen, zehn Adjektiven und zehn Präpositionen durchschlagen konnte. »Ich gehe auf den Wochenmarkt, wenn ich Geld habe«, war einer der Standardsätze, die sie ihre Schüler nachsprechen ließ, und »Ich kaufe mir ein rotes Auto und fahre damit an den Strand«, lautete ein anderer.

Bald verbrachte sie genauso viel Zeit mit Nachhilfe wie mit ihrem eigenen Studium und verdiente in kürzester Zeit mehr Geld als ihr Vater. Sie stellte eine Vokabelliste für Betriebswirte zusammen und eine für Juristen.

In ihrem Bekanntenkreis gab es eine junge Frau, die über genauso wenig Mittel verfügte wie Ruth ursprünglich auch, der sie ihre Methode beibrachte und eine Partnerschaft anbot. Als sie ihren Abschluss an der Uni machte, hatte Ruth für ihre Sprachschule ein großes Apartment gemietet und sechs Lehrerinnen angestellt, die nach ihrer Methode unterrichteten.

Einer ihrer ersten Schüler war ein vermögender junger Mann gewesen und saß wie Ruth in der Grünen Hochschulgruppe im AStA. Dort erkannte sie sein Organisationstalent. Sie schlug ihm eine Partnerschaft vor, in die er das Kapital einbrachte, und sie entwickelten innerhalb eines einzigen Jahrs ein markenrechtlich geschütztes Paket von Ruths Unterrichtsmethoden, das es ihnen erlaubte, in andere Universitätsstädte zu expandieren. Nach nur einem Jahr hatten sie fünf Dependancen eingerichtet. Den Heiratsantrag ihres Partners lehnte Ruth höflich ab, denn er war sehr viel langweiliger als ihr aktueller Liebhaber, der politische Feuerkopf und angehende Journalist Hannes Molders. Stattdessen schlug sie ihm weitere Expansionen vor.

Sie hatte ein Sprachpaket für Urlauber zusammengestellt, zu dem ein aus hundertfünfzig Karten bestehender Grundwortschatz gehörte, eine CD mit Kinderreimen, eine Aussprachehilfe, die Texte und Übersetzungen eines Dutzends bekannter Popsongs sowie eine zusätzliche Kartensammlung mit den Bezeichnungen verschiedener Gerichte und Getränke, die Auslandsreisende auf den Speisekarten vorfinden würden. Der Verkauf ihrer Sprachkurse in Buchhandlungen und Reisebüros war so erfolgreich, dass Ruth im Alter von nur fünfundzwanzig Jahren ihre erste Million auf dem Konto hatte.

Als *Ärzte ohne Grenzen* anfragte, ob nicht ähnliche Kurse für ihre Mitarbeiter entwickelt werden könnten, die in afrikanischen Flüchtlingscamps eingesetzt waren, erweiterte Ruth ihr Programm um die vier wichtigsten Verkehrs- und Handelssprachen des afrikanischen Kontinents: Swahili, Lingála, Hausa und Berberisch. Und als auch andere Hilfsorganisationen Interesse anmeldeten, nahm sie kurzerhand die Sprachen Kirundi, Sango, Fulfulde, Igo und Somali mit auf. Zu ihren Kunden zählten wenig später auch das deutsche, das französische und das britische Militär.

Ruth hatte es nun dank ihres Unternehmens zu einem gewissen Wohlstand gebracht und konnte es sich leisten, ganz in die Politik einzusteigen.

Obwohl sie inzwischen weithin als aufstrebender Stern in der deutschen Politik galt – manche sahen in ihr schon eine Kandidatin für das Kanzleramt –, war Ruth beunruhigt. Ihr Gefühl sagte ihr, dass die althergebrachte politische Landschaft vor fundamentalen Umwälzungen stand und das System aus zwei großen und einem halben Dutzend kleinerer Parteien überholt war. Schon in den 2020er Jahren hatte sich die im 20. Jahrhundert gebildete Links-rechts-Opposition weitestgehend aufgelöst, als die überkommenen Strukturen, gestützt von Kapitaleignern auf der einen und Arbeitern und Angestellten auf der anderen Seite, einer zunehmenden Vergesellschaftung von Renten-

und Investmentfonds weichen mussten, deren »Eigentümer« Millionen kleiner Anleger waren.

Die großen Volksparteien gerieten gegenüber den kleineren ins Hintertreffen: etwa den Grünen, den Linken und Ultrarechten oder Separatisten wie im katalanischen Spanien, den schottischen Nationalisten in Großbritannien, den Flamen in Belgien oder der italienischen Lega Nord. Eine regierungsfähige Mehrheit aus Koalitionen zu bilden wurde immer schwieriger. Bezeichnend für diesen Wandel war die Zusammensetzung des Europäischen Parlaments, in dem sich die Konservativen aller Mitgliedsländer zur Europäischen Volkspartei zusammenschlossen und die Mittelinks-Parteien, die sich nicht länger als »Sozialisten« bezeichnen wollten, unter dem Namen »die Progressiven« auf neuen Aufschwung hofften.

Vereinfacht gesagt standen die Konservativen für eine restriktive Einwanderungs- und liberale Wirtschaftspolitik, für Steuersenkung und für eine Verschlankung des Wohlfahrtsstaats; sie blickten mit Skepsis auf die Automatisierung von Arbeit und auf die Robotik ganz allgemein, waren dezidiert gegen fortgesetzte finanzielle Hilfe für Afrika und warnten davor, der europäischen Regierung zu viele Kompetenzen einzuräumen. Vor allem setzten sie sich für eine starke Währung, eine niedrige Inflationsrate und Zinssätze ein, die Sparer und Investoren belohnten.

Die Progressiven plädierten für offene Grenzen, höhere Ausgaben für Infrastruktur und Bildung, die Schaffung von Arbeitsplätzen sowie soziale Sicherheit in einem reformierten, klug geführten Wohlfahrtsstaat. Sie drängten auf eine Stärkung der Europäischen Union, hielten aber gleichzeitig an der Autonomie einzelner Regionen und Volksgruppen fest. Sie befürworteten ein stärkeres Engagement in Afrika als einzige langfristig geeignete Maßnahme, um den für Europa drohenden Folgen der Kriege und des Elends dort langfristig entgegenzuwirken. Sie waren bereit, eine schwächere Währung, geringe Zinsen und eine gemäßigte Teuerungsrate für mehr Wachstum und die Neuschaffung von Arbeitsplätzen in Kauf zu nehmen, die der Automatisierung zum Opfer gefallen waren.

In manchen Fragen stimmten beide Fraktionen weitgehend überein, etwa was die Notwendigkeit einer nachhaltigen Wirtschaft anging oder die Forderung, sich von fossilen Brennstoffen unabhängig zu machen. Einigkeit bestand auch in der Anerkennung der von den Vereinten Nationen formulierten Menschenrechte. All dies hätte zu einem stabilen Parteiensystem führen können, was aber letztlich an wiederholten Rezessionen, Währungskrisen, Epidemien und einer latenten Kriegsgefahr scheiterte.

Ihren Anfang nahm diese Bedrohung mit den militärischen Auseinandersetzungen auf dem Balkan Anfang der 1990er Jahre, von Historikern als Kriege in der Sowjetnachfolge bezeichnet. Irreguläre Truppen und Milizen hatten sich, mehr oder weniger offen von der einen oder anderen Regierung unterstützt, Land angeeignet und die Zivilbevölkerung terrorisiert. Ähnliche Konflikte flammten nach jahrelangen Grenzkonflikten zwischen Russland und Georgien, der Ukraine sowie Kasachstan auf, noch verstärkt durch die Möglichkeiten der elektronischen Kriegsführung, da der Kreml mit zäher Geduld seine volle Souveränität über die Gebiete der früheren Sowjetunion zurückzugewinnen versuchte. Bezeichnenderweise brach die Krimkrise nur wenige Wochen nach Abzug der letzten schweren us-Panzer aus Europa aus, was die strategischen Möglichkeiten der Nato erheblich geschwächt hatte, zumal es dem Bündnis ohnehin an Geschlossenheit mangelte. Die als Antwort auf Russlands Machtansprüche verhängten Wirtschaftssanktionen trafen allerdings die westlichen Exportländer nicht weniger stark.

Der wirtschaftliche Aufschwung Chinas verlangsamte sich, als drei Jahrzehnte nach Einführung der Ein-Kind-Politik ein Mangel an Arbeitskräften spürbar wurde und die stetig anwachsende Kohorte älterer Menschen den Staatshaushalt mit steigenden Kosten für Renten und Gesundheit belastete. Auch der boomende Rohstoffhandel, forciert von Chinas unersättlichem Hunger nach Eisenerzen, Brennstoffen und Mineralien, ging zurück und stürzte all jene afrikanischen Volkswirtschaften in eine tiefe Krise, die dank ihrer Exporte nach China zu prosperieren begonnen hatten. Der große Wachstumsmotor der Globalisierung geriet ins Stottern, als die Bevölkerungsexplosion, der seit Mitte des 20. Jahrhunderts das rasante Weltwirtschaftswachstum zu verdanken gewesen war, ihren Höhepunkt überschritten hatte. Die Geburtenraten fielen nicht nur in Europa und Nordamerika unter das Reproduktionsniveau, sondern auch in Nordafrika, in der Türkei, in Lateinamerika, China, Russland und Japan. Überall gingen die Geburtenzahlen dramatisch zurück. In Indien und Bangladesch pegelten sie sich nach 2020 auf das Reproduktionsniveau ein. 2048 überstieg die Zahl der Menschen über sechzig erstmalig in der Geschichte die Zahl derer unter sechzehn.

Außer in Afrika und einigen islamischen Ländern sank die vordem scheinbar grenzenlos zunehmende Nachfrage nach Konsumgütern, die das Bevölkerungswachstum mit sich gebracht hatte, und stagnierte schließlich fast. Gleichzeitig stellte sich heraus, dass der plötzliche Ausbruch des Ebola-Erregers in Westafrika nur der Auftakt einer Reihe von Epidemien war, die nur schwer in den Griff zu bekommen waren und die erste Forderungen nach regionaler Quarantäne laut werden ließen.

Immerhin hatte die erste große Finanzkrise zu Beginn des 21. Jahrhunderts strengere Regulierungen für Banken hervorgebracht. Zum Schutz vor weiteren Krisen waren sie nun verpflichtet, ausreichende Kapitalreserven vorzuhalten und das für viele scheinbar langweilige Kerngeschäft der Privatkundenbetreuung von dem der risikoaffinen Anlagespekulation zu trennen.

Mit dem unaufhaltsamen Fortschritt der Technologie nahm der Druck noch zu, da Automatisierung und Robotik immer mehr Arbeitsplätze vernichteten. Das asiatische Modell eines auf Billiglöhnen basierenden Exportwachstums war davor nicht geschützt. Im Gegenteil, es erwies sich als besonders anfällig. Foxconn, einer der weltgrößten Zulieferer im Hightech-Bereich, kündigte an, seine 1,2 Millionen Arbeitnehmer innerhalb von drei Jahren nach und nach durch 400 000 Roboter teilweise zu ersetzen. Ein chinesisch-koreanisches Joint Venture eröffnete eine Produktionsanlage, in der mit einer Belegschaft von weniger als fünfhundert Mitarbeitern eine halbe Million Fahrzeuge im Jahr vom Band laufen sollten.

Ruth erinnerte sich noch an die ersten Worte, die Hannes

aus China vloggte: »Der Kapitalismus ist gerade dabei, eine Welt zu erschaffen, die ohne menschliche Arbeit auskommt. Leider fehlt bislang eine Antwort auf die Frage, wie sie ohne menschlichen Konsum prosperieren kann.«

Ruth dankte den glücklichen Umständen, dass sie ihr Unternehmen in einem Bereich gegründet hatte, der nur wenig Automatisierung zuließ. Roboter konnten vielleicht Vokabelkarten auf- und zudecken, auf die korrekte Aussprache achten oder richtige von falschen Antworten unterscheiden, doch darauf kam es nicht an. Schon früh hatte sie ihren Schülern angeboten, Einzelunterricht zu nehmen oder sich für den halben Preis in einer Dreiergruppe unterrichten zu lassen. Der Einzelunterricht erwies sich als sehr viel effektiver; offenbar war die intensive Interaktion zwischen Lehrer und Schüler essentiell für den Lernerfolg. Darum strich Ruth später die Dreiergruppe aus ihrem Programm und legte noch mehr Wert darauf, ihre Lehrer sorgfältig auszuwählen und auf den Unterricht vorzubereiten.

Erneut warf sie nun einen Blick auf den Bericht ihres Partners, der das gemeinsam aufgebaute Unternehmen inzwischen als Geschäftsführer leitete, während sie sich aus dem Tagesgeschäft zurückgezogen hatte und nur noch Aufsichtsfunktionen wahrnahm. Nach langen Verhandlungen mit Vertretern des Wendt'schen Konzerns schrieb er, dass es seiner Meinung nach an der Zeit sei, den möglichen Einsatz von Unterrichtsrobotern zu prüfen; zur Verfügung stünden Exemplare der jüngsten Generation empathiefähiger Automaten. Wendt finanziere das Experiment und sei voller Zuversicht, dass es von Erfolg gekrönt sein werde.

Ruth wischte über ihren PerC, schaltete auf »Sichere Verbindung« und rief ihren Partner an.

»Jürgen, ich habe deinen Bericht aufmerksam gelesen und gründlich darüber nachgedacht«, sagte sie. »Er ist sehr überzeugend, vor allem was die rechtlichen Regelungen bezüglich des Copyrights angeht. Ich hätte da nur eine Frage: Hast du dir auch Gedanken darüber gemacht, wie unsere Mitarbeiter reagieren werden, wenn sie erfahren – und das werden sie –, dass wir sie womöglich einzusparen gedenken? Glaubst du nicht auch, dass das Auswirkungen auf ihre Arbeitsmoral hat, ihr Engagement und ihre Produktivität?«

»Auch ich weiß noch nicht so recht, wie wir das Projekt angehen sollen, ohne sie zu alarmieren«, antwortete er.

»Dann lass dir bitte was einfallen. Einstweilen bin ich dagegen.«

»Spricht jetzt die Geschäftsfrau oder die Politikerin?«, fragte Jürgen lächelnd. Er saß zu Hause in seinem Arbeitszimmer und hatte seine jüngste Tochter auf dem Schoß, die Ruth zuwinkte.

»Sowohl als auch. Fürs Erste bleibt dein Bericht unter uns, ja?«, sagte Ruth. »Grüß mir Frau und Kinder. Wir sprechen uns bald wieder. Übrigens, frag doch mal deine Kontakte bei Wendt, wie das Sprachtraining bei ihren für den Export bestimmten Robotern abläuft. Da hätten wir längst drauf kommen sollen. Bis bald.«

Sie unterbrach die Verbindung, lehnte sich zurück und dachte nach. Natürlich würde ein solcher Schritt Auswirkungen auf ihr Image in der Politik haben. Ihr war klar, dass ihr Ansehen als erfolgreiche Unternehmerin, die gute

Löhne zahlte, ihrer politischen Karriere genutzt hatte. Dass sie allen Angestellten, die länger als fünf Jahre für das Unternehmen arbeiteten, Firmenanteile angeboten hatte, war von den Medien äußerst positiv aufgenommen worden. Viele ihrer Mitarbeiter, insbesondere diejenigen, die eigene Franchise-Betriebe eröffnet hatten, waren dadurch selbst wohlhabend geworden. Hunderttausende Wähler in ganz Europa verdankten ihr, dass sie sich in anderen Sprachen verständlich machen konnten. Diese Gunst wollte sie nicht aufs Spiel setzen, auch wenn noch so hohe zusätzliche Profite lockten. Außerdem brauchte sie sich um die Konkurrenz nicht allzu große Sorgen zu machen, die erst einmal an Qualität und Service ihrer Angebote herankommen mussten.

Und weil sie spürte, dass wieder einmal politische Veränderungen in der Luft lagen, war sie umso entschlossener, nichts zu unternehmen, was ihren politischen Ambitionen schaden könnte. Der Umschwung der öffentlichen Meinung im Hinblick auf die Freien Gebiete war sehr ernst zu nehmen und unter anderem auch als Zeichen dafür zu deuten, dass der große Schock von 2048 überwunden war. Woraus sich weitreichende Konsequenzen ergeben könnten, dachte sie. Die vom Grundgesetz garantierte Gleichheit der Lebensverhältnisse wurde bislang interpretiert als allgemeine, uneingeschränkte Teilhabe an schulischer Ausbildung, Gesundheitsdiensten, öffentlichem Verkehr und Telekommunikation. Wie schwierig es war, diese Teilhabe zu gewährleisten, hatte sich zu Beginn des Jahrhunderts an den gewaltigen Kosten für den Ausbau der Breitbandverbindungen gezeigt. Nach 2048 entschärften die Freien Gebiete die drohende Krise um dieses im Grundgesetz verbriefte Recht ein wenig, weil deren Bewohner freiwillig darauf verzichteten.

Tatsache war jedoch, dass der deutsche Staat nicht mehr die finanziellen Mittel hatte, in einem Maße für eine Infrastruktur zu sorgen, die die grundgesetzlich verankerte Gleichheit der Lebensverhältnisse hätte garantieren können. Doch nur er allein konnte ein Garant für gerechte Umsetzung sein. Private Investoren hatten andere Ziele vor Augen. Jahrelang war mit Hilfe von Partnerschaften zwischen freier Wirtschaft und öffentlicher Hand versucht worden, die Anbindung randständiger Gebiete an das Telekommunikationsnetz zu gewährleisten. Das verlangsamte Wirtschaftswachstum aber hatte auch hier entsprechende Mittel gebunden. Würden die Freien Gebiete abgeschafft werden, käme in der Öffentlichkeit die Forderung nach flächendeckenden Netzzugängen wieder auf und auf den Staat enorme Kosten zu. Darauf hatte noch niemand aufmerksam gemacht. Es war einfach, sich über die Freiländer zu ereifern, aber wie würde die Öffentlichkeit auf die notwendigen Ausgaben für eine Wiedereingliederung reagieren?

Ruth wollte gerade Feierabend machen und nach Hause gehen, als ihr PerC klingelte. Der Name der Anruferin – Talya Horn – war ihr unbekannt, doch ihr PerC identifizierte sie als amerikanische Geschäftsfrau, die früher Talya Boran geheißen hatte. Ruth nahm den Anruf entgegen, äußerte ein paar Worte des Bedauerns über das Unglück, das Hati widerfahren war, und wartete darauf zu erfahren, warum Mrs. Horn ihre Privatnummer gewählt hatte. Die Nummer konnte sie nur von ihrem Bruder Kemal haben.

»Ich rufe der Form halber an, um Sie darüber in Kenntnis zu setzen, dass mein Anwalt aufgrund der Übergriffe auf meine Schwester eine einstweilige Unterlassungsverfügung beim zuständigen Landgericht Heidelberg eingereicht hat mit dem Ziel, die Herstellung und den Einsatz desjenigen Modells zu unterbinden, das meine Schwester angegriffen hat. Das war einer von Wendts neuesten Robotern. Diese Automaten sind offenbar zu gefährlich, als dass sie in die Nähe von Menschen gelassen werden dürfen, und ich wäre Ihnen sehr dankbar, wenn Sie als Innenministerin uns in dieser Sache unterstützten.«

»Danke für die Benachrichtigung, Mrs. Horn«, entgegnete Ruth, verblüfft über deren direkte Art. Vielleicht lag es daran, dass sie schon länger in Kalifornien lebte. »Ich muss Sie allerdings darauf hinweisen, dass es mir von Amts wegen nicht möglich ist zu intervenieren.«

»Darum habe ich Sie auch nicht gebeten. Ich will, dass Sie die Gefahren anerkennen, die von diesen Robotern ausgehen. Vielleicht interessiert es Sie, dass wir eine großangelegte Medienkampagne finanzieren werden, die auf dieses Problem aufmerksam macht und die Politik dazu aufruft, schnellstmöglich mit entsprechenden Gesetzen entgegenzuwirken.«

»Meinen Sie nicht, dass eine solche Kampagne verfrüht ist? Ob es ein Roboter war, der Ihre Schwester überfallen hat, ist noch nicht geklärt«, erwiderte Ruth, der die implizite Drohung nicht entgangen war.

»Daran kann doch wohl kein Zweifel bestehen. Die vielen Menschen, die heute Abend vor Wendts Forschungszentrum demonstriert haben, sehen das offenbar ähnlich.

Und wie Sie sich denken können, ist unsere Familie sehr bestürzt.« Ihre Stimme nahm einen schärferen Ton an. »Mein Bruder Kemal unterstützt unsere Kampagne. Wenn ich richtig informiert bin, sind Sie Parteifreunde.«

»Ja, wir gehören derselben Partei an, und ich schätze Ihren Bruder sehr. Umso mehr überrascht es mich, dass Kemal nicht wartet, bis die Polizei ihre Ermittlungen abgeschlossen hat. Aber natürlich kann ich nachempfinden, wie Ihnen und Ihrer Familie zumute ist. Wissen Sie, wie es Ihrer Schwester jetzt geht?«

»Ich habe noch nichts Neues gehört, aber danke für Ihr Mitgefühl. Ich melde mich wieder, sobald die Staatsanwaltschaft unsere Strafanzeige geprüft hat, und das wird bald sein, da bin ich mir sicher. Gute Nacht.«

Das war nun allerdings interessant, dachte Ruth. Wendts schärfster Konkurrent nutzte den Überfall auf Hati als Gelegenheit, einem Rivalen zu schaden. Sah diese Frau nicht, dass eine solche Kampagne nach hinten losgehen könnte? Durchaus möglich, dass sich die Belegschaft geschlossen hinter ihren Arbeitgeber stellen würde. Aber was hatte es mit dieser Demonstration bei Wendt auf sich? Ruth suchte auf ihrem PerC nach entsprechenden Nachrichten und fand auch mehrere, was darauf schließen ließ, dass etliche Vids und Newsies im Vorfeld alarmiert worden waren. Womöglich hatte Hatis Schwester nicht nur Anwälte engagiert, sondern auch Demonstranten zusammentrommeln lassen. Ruth meldete sich bei der Polizeipräsidentin.

»Es geht um diese Demo am Forschungszentrum«, kam sie gleich zur Sache. »Könnte daran etwas faul gewesen sein? Wer hat eigentlich dazu aufgerufen?«

»Merkwürdig, dass Sie fragen. Genau das hat uns nämlich ein junger Mann erzählt, den wir mit einer Auswahl an Designerdrogen in der Tasche festgenommen haben. Er ist sehr gesprächig und hat gestanden, dass Geld geflossen ist. Die mutmaßliche Anstifterin betreibt einen Sexshop und hat schon eine Klage wegen Besitzes und Verbreitung von Falschgeld am Hals. Offenbar ist sie von einer Kneipe zur nächsten gezogen und hat jedem, der sich der Demo gegen Wendt anschließt, fünfhundert Euro angeboten.«

»Eben hat mich Hati Borans ältere Schwester angerufen. Sie ist mit diesem amerikanischen Tycoon Horn verheiratet«, berichtete Ruth. »Sie wissen doch, wen ich meine, oder? Er ist Gründer von Tangelo, einem der größten Konkurrenten von Wendt. Sie droht mit einer Medienkampagne und will gegen Wendt wegen seiner neuesten Roboter vor Gericht ziehen.«

»Aha, also geht es um Rivalität zwischen Wirtschaftsunternehmen«, sagte die Polizeipräsidentin. »Diese Amerikaner verlieren wirklich keine Zeit, wenn es darum geht, Profit aus einer Sache zu ziehen. Ich sehe da weiteren Ermittlungsbedarf. Apropos, mir liegen die Untersuchungsergebnisse der Ärzte und der Spurensicherung vor. Hati Boran wurde mit großer Wahrscheinlichkeit nicht vergewaltigt. Aber man hat Blutspuren am Tatort selbst und ganz in der Nähe gefunden. Es handelt sich um mindestens zwei verschiedene Blutgruppen, und keine davon ist Hati Borans. Und noch etwas, sie mag vielleicht nicht vergewaltigt worden sein, aber sie ist mit Sicherheit schwanger, etwa in der zehnten Woche. Und welche Fähigkeiten Roboter auch immer haben mögen, Kinder zeugen können sie nicht.«

18

»*Im Spielfilm ist der Regisseur Gott, im Dokumentarfilm ist Gott der Regisseur.*«
Alfred Hitchcock

»*Ich finde, unabhängige Filmemacher, Dokumentarfilmer sind Journalisten.*«
Robert Redford

»*Filme sind immer eine Fiktion, keine Dokumentation. Selbst ein Dokumentarfilm ist eine Art von Fiktion.*«
Philip Seymour Hoffman

Die Filmcrew hielt Wort. Hannes war mit einem Schnellzug nach Bielefeld und dann mit einem Mietauto zum Hermannsdenkmal gefahren, wo ein junger Kameramann, den er kannte, zu ihm in den Wagen stieg und ihn über Blomberg zum Schiedersee dirigierte. Vor einer Anlegestelle lag eine kleine Jolle mit Außenbordmotor, auf der sie den See überquerten. Auf der anderen Seite standen zwei Mountainbikes für sie bereit. Zwanzig Minuten später sah sich Hannes in dem großen Aufenthaltsraum der Filmkommune einem Dutzend Menschen gegenüber, jungen

Leuten, aber auch einigen in seinem Alter. Zur Begrüßung schenkten sie ihm ein Glas selbst gebrautes Bier ein.

Auf dem Anwesen der Kommune befand sich ein Ensemble von Bio-Plusenergiehäusern, die beiden größten in der Mitte waren an den Südseiten mit Solarpaneelen gedeckt. In dem einen waren der Aufenthaltsraum und die Küche untergebracht, im anderen Werkstatt und Atelier. Darum herum gruppierten sich wie Küken um zwei Hennen ein halbes Dutzend kleinere Häuser, die als Unterkunft für je eine oder zwei Personen dienten. Irgendwo in einem der Haupthäuser spielte jemand sehr gekonnt Gitarre, eine Melodie, an die sich Hannes vage erinnerte. Als er sein Gepäck nach oben brachte, fand er in der Kammer, in der er schlafen sollte, bereits einen Rucksack vor. Er hatte angenommen, dass dieses Treffen eher geheimer Natur sein würde.

»Gleich kommt noch ein Gast«, erklärte Max, als Hannes nach unten in den Aufenthaltsraum zurückgekehrt war. Ungefähr so alt wie Hannes, war er das prominenteste Mitglied der Gruppe, ein talentierter Kameramann, der einen besonderen Sinn für stimmungsvolle Himmelsaufnahmen und dramatische Sonnenuntergänge zu haben schien, die seinen Filmen so gut anstanden. Max hatte das Kollektiv mit seiner ehemaligen Freundin Helga ins Leben gerufen. »Unser Gast ist häufig zu Besuch bei uns und kennt den Weg. Aber Helga wollte die Gelegenheit für einen Ausritt nutzen und ist ihm entgegengeritten. Ihr seid euch sicher früher schon begegnet, aber ich sage nicht, wer es ist. Soll eine Überraschung sein.«

Max stellte Hannes gerade den anderen vor, als draußen

Hufgetrappel zu hören war, und kurz darauf kam Helga herein. Sie war eine stämmige Frau, die wie eine Bäuerin aussah, aber eine erstaunlich zarte Haut hatte. Sie hatte schon etliche Preise für hervorragenden Filmschnitt gewonnen. Helga umarmte ihn und kam gleich zur Sache.

»Unser Freund, der Pastor, hat uns schon ein wenig über die geplante Kommission erzählt. Angeblich werden die Freien Gebiete nicht nur hier in Deutschland in Frage gestellt sondern auch anderswo in Europa.«

»Die Innenministerin von Baden-Württemberg, von Thoma, hat die Gründung der Kommission vorgeschlagen, deshalb beschränkt sich die Sache zunächst auf unser Bundesland«, antwortete Hannes. »Wir sind seit langem befreundet, und ich weiß, dass sie mit den Freiländern sympathisiert. Im ungünstigsten Fall wird sie sich neutral verhalten, aber ich fürchte, die Bundesparteispitze ist aufgrund der jüngsten Meinungsumfragen ein wenig in Panik geraten. Von der Volkspartei ist bereits zu hören, dass sie dem britischen Beispiel folgen und die Freien Gebiete räumen will.«

»In England waren die Freiländer immer nur ein unbedeutendes Randphänomen«, sagte Max schulterzuckend. »Bei uns ist das anders.«

Er klang zuversichtlich. Doch Helga schüttelte den Kopf, und auch Hannes hatte Bedenken. Sie unterhielten sich eine Weile über gemeinsame Freunde aus der Vids-Welt und über das jüngste Projekt des Kollektivs, ein Filmfestival, als plötzlich die Tür aufging. Ein untersetzter, gutaussehender Mann in Hannes' Alter trat ein. Er trug kniehohe Stiefel aus grobem Leder und war, dem allgemeinen herzlichen Hallo nach zu urteilen, ein gern gesehener Gast des Kollektivs. Besonders schien sich das von Max als »die Zwillinge« vorgestellte junge Paar über seine Ankunft zu freuen.

»Schön, dich zu sehen, Hannes«, sagte der Mann, den Hannes sofort wiedererkannte. »Ich weiß vom Pastor und von Klaus Schmitt, dass du hier bist. Deshalb bin ich gekommen.«

Es war Dieter, den Hannes seit 2049 aus den Augen verloren hatte. Während der Unruhen von 2048 waren sie enge Freunde und Verbündete gewesen. Seite an Seite hatten sie flammende Reden gehalten, der Polizei immer wieder ein Schnippchen schlagen können und nächtelang an Manifesten gearbeitet.

»Dieter Manstein«, staunte Hannes mit einem breiten Grinsen im Gesicht und schüttelte ihm die Hand. »Dachte ich mir doch, dass du bei den Freiländern gelandet bist. Ich habe mich oft gefragt, was du so treibst und ob du nicht bald mal wieder eine Revolution anzettelst.«

»Deine Karriere war leichter zu verfolgen«, erwiderte Dieter auf jene schnörkellose Art, die Hannes an ihm kannte, aber in seiner Stimme schwang Zuneigung mit.

Hannes erinnerte sich, dass er und Dieter etwas Wichtiges miteinander gemein hatten. Er war ebenso wenig Gefangener einer Ideologie wie er selbst. Die meisten anderen Wortführer von 2048 hatten sich irgendeinen »Ismus« an die Brust geheftet, offenbar unfähig, in anderen Kategorien zu denken als die alten antikapitalistischen Vorkämpfer des 19. Jahrhunderts.

Hannes und Dieter hatten die einschlägige Literatur gelesen, aber sehr wohl verstanden, dass ihre Revolution beileibe kein Klassenkampf gewesen war. Sie hatten sich allenfalls inspirieren lassen von Marcuses Theorie der repressiven Toleranz, Gramscis Begriff der kulturellen Hegemonie, Heideggers Argwohn einer durchtechnisierten Zivilisation gegenüber oder auch Pikettys Analysen der sozialen Ungleichheit. Hannes hatte sich die Parolen der Pariser Studenten von 1968 zu eigen gemacht: »Unter dem Pflaster liegt der Strand«, »Es ist verboten zu verbieten«, »Sei realistisch, verlange das Unmögliche« oder »Ich bin ein Marxist à la Groucho«. Dieter hatte es eher die amerikanische Anarchistin und Feministin des frühen 20. Jahrhunderts Emma Goldman angetan, der der Ausspruch »Wenn Wahlen etwas änderten, wären sie verboten« zugeschrieben wurde. Hannes mochte vor allem den Slogan: »Wenn ich nicht dazu tanzen kann, ist es nicht meine Revolution.«

»Zitierst du immer noch Emma?«, fragte Hannes.

»Ja, zum Beispiel den Satz, den sich Politiker hinter die Ohren schreiben sollten«, antwortete Dieter grinsend. »Vor einer Wahl versprecht ihr uns den Himmel, danach gibt's für uns die Hölle.«

»Immer noch der Alte«, sagte Hannes und grinste seinen Freund an.

»Als Mitglied der Progressiven könnte ich dasselbe von dir sagen«, erwiderte Dieter. »Von euch weiß doch keiner so recht, wo er steht, am wenigsten du.«

Wie schon vor sechzehn Jahren machten sie sich an die Arbeit, diskutierten und stritten miteinander, entwickelten Ideen und verwarfen sie wieder und versuchten, aus alldem, was zur Sprache kam, zweckdienliche Gedanken zu formulieren. Sie lachten und konnten sich gleich darauf zur Belustigung der jüngeren Kollektivmitglieder so sehr in die Haare geraten, dass Helga einschreiten musste.

Schließlich sagte Max: »Genug! Über die Ursachen, die uns in die gegenwärtige Lage gebracht haben, werdet ihr wahrscheinlich immer unterschiedlicher Meinung sein. Aber die stehen auch nicht zur Debatte«, stellte er fest. »Hauptsache, ihr stimmt in folgenden drei Punkten überein: Erstens, die Freien Gebiete sind tatsächlich in Gefahr, und die Kommission könnte die Situation entschärfen. Zweitens: Ihr beide solltet in dieser Kommission sitzen, um das Ergebnis zu unseren Gunsten zu beeinflussen. Drittens: Ihr sprecht nur für euch selbst, und eure Entscheidungen sind für uns nicht bindend.«

»Und viertens«, fügte Hannes hinzu, »solltest du oder Helga oder sonst jemand aus eurem Kollektiv ebenfalls mitarbeiten, damit deutlich wird, dass alles, was das heutige Kulturleben modern und wertvoll macht, aus den Freien Gebieten kommt, sei es in der Malerei, beim Film, in der Literatur oder im Theater. Das dürfte eigentlich längst allen klar sein. Aber wir müssen es ihnen leider so lange immer wieder um die Ohren hauen, bis es auch wirklich jeder begriffen hat.«

»So spricht ein wahrer Demokrat«, entgegnete Helga trocken. »Aber du hast recht. Ich schätze, ich werde mich um meine Verantwortung nicht drücken können.«

»Es gibt noch einen fünften Punkt, auf den wir uns hoffentlich verständigen können«, sagte Dieter. »Mir macht diese Sache mit Hati Boran große Sorge. Wenn sich irgendetwas findet, das uns als Mitschuld ausgelegt werden kann, hätten wir in der Kommission und in den Augen der Öffentlichkeit denkbar schlechte Karten. Dass wir Vergewaltigung verurteilen, hilft uns dann auch nicht weiter.«

»Wir sollten also unser Möglichstes zur Aufklärung beitragen«, sagte Helga. »Falls wirklich einer von uns dahintersteckt, werden wir selbst Gericht halten und den Schuldigen der Polizei ausliefern.«

»Würdet ihr mit dem leitenden Ermittler zusammenarbeiten?«, fragte Hannes. »Er ist ein anständiger Kerl, das kann ich euch versichern.«

Helga warf einen Blick in die Runde. »Stimmen wir ab. Ich bin dafür«, sagte sie und hob eine Hand in die Höhe. Bis auf zwei, die sich enthielten, zeigten sich alle einverstanden.

»Dann wäre das entschieden, was uns betrifft. Ich werde mich bei den anderen Kommunen dafür einsetzen, dass auch sie kooperieren. Wie heißt dieser Bulle?«

»Bernd Aguilar«, antwortete Hannes.

»Den kenne ich von früher«, sagte Max. »Aus der Zeit, in der die ersten Kommunen gegründet wurden, '48 oder '49. Spanische Wurzeln, soweit ich weiß. Seine Eltern hatten eine Tapas-Bar in Stuttgart. Er wirkte damals immer irgendwie überdreht auf mich, ein wahrer Romantiker, Einzelgänger. Wundert mich, dass er Bulle geworden ist.«

»Nach einer sehr harten Zeit als Soldat in Afrika«, erklärte Hannes.

»Das passt. Er war schon immer ein Idealist«, meinte Max. »Trotzdem sollten wir vorsichtig sein. Wenn ich mich nicht irre, hat er auch verdeckt unter den Freiländern ermittelt. Es ging um Raub und Drogenkriminalität.«

»Dann hat er nicht zuletzt in unserem Sinne gehandelt. Wir können so etwas nicht dulden, ebenso wenig wie diese neuen Typen, die sich auf Datenklau und Identitätsdiebstahl spezialisiert haben. Manche sind auch gewalttätig und bringen uns noch mehr in Verruf.«

Einige Mitglieder des Kollektivs nickten beifällig, andere stießen sich heimlich an und verdrehten die Augen, als wollten sie sagen: »Jetzt geht das wieder los.« Einer der Jüngeren schüttelte den Kopf und runzelte die Stirn. Ihm schien die Freiheit wichtiger als die Bekämpfung von Straftaten.

»Apropos, es gäbe da noch etwas zu klären«, sagte Dieter, den Blick auf eine Reihe von Armbrüsten und Langbogen gerichtet, die über dem offenen Kamin an der Wand hingen. »Vom Pastor weiß ich, dass ihr über mögliche Szenarien gesprochen habt, wenn die Polizei mit Gewalt aufmarschiert. Ich glaube, viele würden sich zur Wehr setzen. Weil ich mich entschlossen habe, der Kommission beizutreten, werde ich nichts weiter dazu sagen. Aber ihr, Hannes und Helga, ihr müsst ihnen klarmachen, dass wir entschlossen sind, unsere Freiheit zu verteidigen.«

»Okay, bevor wir essen, sind noch ein paar Aufgaben zu erledigen«, sagte Helga. »Dieter kommt mit mir, die Hühner füttern und die Windräder checken. Hannes, du könntest den Zwillingen in der Küche helfen. Sie kochen heute. Was die anderen zu tun haben, steht auf dem Dienstplan.«

Wenig später saß Hannes am Kopf eines langen Tischs, flankiert von zwei jungen Leuten Anfang zwanzig, die sich tatsächlich erstaunlich ähnlich sahen. Beide waren schlank und hatten lange, leicht gewellte dunkle Haare, blasse Haut und hellblaue Augen. Sie stellten sich ihm als Lisa und Leo vor und machten sich unverzüglich daran, die Kartoffeln und Zwiebeln zu schälen, von denen große Haufen auf dem Tisch lagen. Hannes blieb es überlassen, die Möhren zu putzen. Auf dem Herd stand ein mächtiger Topf aus Gusseisen, der einen köstlichen Duft von vor sich hinköchelndem Fleisch verströmte.

»Sind Sie schon lange in der Filmkommune?«, fragte Hannes. Die Zwillinge tauschten Blicke, ein wenig nervös, als berieten sie sich immer untereinander, ehe sie Stellung bezogen.

»Nein, wir machen ein Praktikum«, antwortete Lisa. »Ob wir für den Job geeignet sind, wird sich erst herausstellen. Aber wir haben jetzt schon eine Menge über Filmschnitt und Vertonung gelernt.«

»Gibt es etwas Neues über diese Sängerin Hati?«, fragte Leo und warf wieder einen nervösen Seitenblick auf seine Schwester. »Geht es ihr wieder besser?«

»Von den Ärzten heißt es, sie sei außer Gefahr, aber soweit ich weiß, ist sie noch nicht vernehmungsfähig«, antwortete Hannes. Er schaute zum Herd hinüber. »Ich dachte, Helga und Max seien Vegetarier.«

»Das sind sie auch«, sagte Lisa. »Aber einige der neueren Mitglieder essen hin und wieder Fleisch, und einer von ihnen hat gestern ein Reh mit Pfeil und Bogen erlegt. Die Wälder sind voll davon.«

Hannes nickte. Auch er ließ sich manchmal Fleisch schmecken, nur Rindfleisch kam für ihn nicht in Frage. Seit den Hungeraufständen vor vierzig Jahren war die Aufzucht von Rindern für die Fleischproduktion stark zurückgegangen. Für ein Kilo Fleisch sechzehn Kilo Futter zu investieren galt vielen als geradezu obszön, zumal in den Vids immer wieder Bilder von hungernden Kindern zu sehen waren. Durch den wachsenden Bedarf an tierischen Proteinen schnellten die Preise für Getreide und Futterpflanzen noch weiter in die Höhe. Selbst die Lobbyisten der Bauernverbände kamen nicht mehr gegen das Argument an, dass in den USA jährlich Getreide, mit dem fünfhundert Millionen Menschen ernährt werden könnten, an Rinder verfüttert wurde und dass jede europäische Kuh tagtäglich Subventionen verschlang, die deutlich über dem Tageslohn eines Landarbeiters in Mali oder einem anderen afrikanischen Land lagen. Außer für den Luxusmarkt gab es inzwischen nur noch Fleisch von Milchkühen, die das Ende ihres produktiven Lebens erreicht hatten. Umso begehrter war Wildbret, vor allem des geringen Fett- und Cholesteringehalts wegen, aber auch deshalb, weil sich Wild von Pflanzen ernährte, die Menschen nicht nutzten.

Der Fleischkonsum erreichte nie wieder die früheren Ausmaße, auch dann nicht, als die Lebensmittelknappheit in den meisten Ländern überwunden war. Eine Ausnahme in dieser positiven Entwicklung bildete Afrika, doch der Grund war weniger der Mangel an Getreide als die Erschütterungen durch Kriege. In den Städten Europas, Chinas und Nordamerikas hatte sich die Anpflanzung von Hydrokulturen auf Dächern als äußerst ertragreich erwiesen. Hinzu kam, dass Pflanzen gezüchtet worden waren, die selbst in konstant sehr trockenem Klima – wie beispielsweise im Südwesten der Vereinigten Staaten und in Australien – gedeihen konnten. Außerdem war im Europa der 2020er

Jahre mit großem Aufwand und Erfolg der Ausbau von Recyclingstationen für Lebensmittelreste betrieben worden. War früher noch über ein Drittel der gekauften Lebensmittel im Verbrennungsmüll gelandet, wurden heute fünfundneunzig Prozent des organischen Abfalls für Viehfutter wiederaufbereitet und der Rest für die Produktion von Energie genutzt.

Inzwischen köchelte das geschälte und klein gehackte Gemüse auf dem Herd, der mit Holz befeuert wurde und das ganze Wohnhaus heizte. Lisa briet in einer Pfanne Speckschwarten und Zwiebeln an und öffnete die Klappe des Backofens, aus dem sie zwei große Laibe Gerstenbrot hervorholte. In diesem Moment kamen Helga und Dieter mit drei Salatköpfen von draußen herein. Helga begutachtete die Brote und das köchelnde Gemüse, rührte den Fleischeintopf um und goss ein wenig mehr Bier hinzu.

»Wenn du mit einem Belichtungsmesser ebenso gut zurechtkommst wie in der Küche, bist du bei uns herzlich willkommen«, sagte Helga. Im Unterschied zu ihr bemerkte Hannes sehr wohl, dass Lisa ihrem Bruder tröstend die Hand drückte, weil nicht auch er gelobt worden war. Lisa schien die stärkere der beiden zu sein und die Rolle der Beschützerin übernommen zu haben. Hannes fragte sich, wer von den Zwillingen wohl als Erster zur Welt gekommen war.

»Wie viel Salz soll ich an das Gemüse geben, Leo?«, fragte er. »Kräuter vielleicht auch? Sie können bestimmt besser kochen als ich. Wie hätten Sie es gern?«

»Möglichst einfach«, antwortete Leo zaghaft. Sein hübsches Gesicht hatte jenen typisch mürrischen Ausdruck eines Teenagers. Hannes fiel es schwer zu glauben, dass er bereits über zwanzig war. »Nur Salz, vielleicht ein bisschen Pfeffer. Ich weiß nicht.«

»Leo kocht nicht besonders gern«, sagte seine Schwester. »Aber er hat recht, Salz und ein bisschen Pfeffer, das reicht. Und das Gemüsewasser heben wir auf und reduzieren es später zu Brühe. Wir verwerten alles. Sogar das Wasser, in dem wir Eier kochen; damit gießen wir die Pflanzen im Garten. Es ist voller Mineralien. Haben Sie schon unser Bewässerungssystem gesehen? Wir fangen das Regenwasser auf und zapfen den Bach an.«

Hannes nickte und wandte sich an Leo. »Warum haben Sie sich nach Hati erkundigt? Befürchten Sie, dass die Freiländer für das, was ihr widerfahren ist, verantwortlich gemacht werden?«

»Ich mag ihre Musik«, antwortete Leo. »Sie hat eine tolle Stimme und schreibt gute Songs.« Er stockte. »Ich hatte gehofft, dass sie einmal eins meiner Lieder singt.«

»Kennen Sie Hati gut?«

Leo schüttelte den Kopf. »Wir haben sie nur ein paarmal im Hof gehört.«

»Du schreibst selbst Songs?«

»Und was für welche!«, sagte seine Schwester. »Er spielt auch Gitarre, vielleicht –« Sie unterbrach sich, merklich in Verlegenheit gebracht vom verärgerten Blick ihres Bruders.

»Wir können jetzt essen«, sagte Helga und schlug mit einem stoffumwickelten Klöppel auf den Gong, der neben dem Herd von der Decke hing.

Die Mitglieder des Filmkollektivs kamen plaudernd herbei und setzten sich mit sichtlichem Appetit an den Tisch.

Max holte einen großen Krug Bier aus der Vorratskammer und füllte einen zweiten mit Quellwasser. Lisa und Leo brachten die Kochtöpfe und stellten sie auf den Tisch. Hannes nahm in der Runde Platz. Der Duft des Fleischeintopfs ließ ihm das Wasser im Mund zusammenlaufen. Helga setzte sich an das Kopfende, wartete, bis es still geworden war, und schloss die Augen.

»Liebe Mutter Natur, wir danken dir für Speis und Trank, die Gemeinschaft, in der wir leben, für die Wärme, die uns die Sonne spendet, und den schönen Tag«, sagte sie und machte sich daran, das Essen zu servieren.

19

»*Die zahlreichen kriegerischen Auseinandersetzungen im Nahen und Mittleren Osten sowie an den Grenzen Russlands zu Beginn des 21. Jahrhunderts folgten einem bekannten Muster. Auf ganz ähnliche Weise hatten staatlich gesteuerte Gewalt, Plünderungen und Menschenhandel Zentralafrika nach dem Kollaps in Zaire oder weite Teile des Balkans während der letzten zehn Jahre des 20. Jahrhunderts heimgesucht. Es waren allesamt Stellvertreterkriege, angezettelt von einem benachbarten Staat, der eine solche politische Instabilität jenseits seiner Grenzen ausnutzte, um einen Rivalen zu stürzen. Indien, Russland und China, die drei großen Kontrahenten in Asien, waren entschlossen, einen offenen Schlagabtausch zu vermeiden, versuchten aber ebenso entschlossen zu verhindern, dass Südostasien beziehungsweise Zentralasien gänzlich in die Einflusssphäre der einen oder anderen Konkurrenzmacht geriet. Um das zu erreichen, versorgte man kleine Marionettenstaaten und regionale Warlords mit Geld aus dem Opiumhandel, die sich im Austausch gegen Waffen und mit diskreter Unterstützung nur allzu bereitwillig zur Verfügung stellten. Die unmittelbaren Opfer waren wie immer Zivilisten. Langfristig erodierten all jene Institutionen, ohne die eine Volkswirtschaft nicht auskommen kann:*

Schulen und Krankenhäuser, Straßen und Banken, Polizei und Rechtsprechung.«
Aus: Dr. Horst Schumacher, *Der Kampf um die Vorherrschaft in Asien*. Berlin: Institut für Internationale Beziehungen, 2059

Nach dem Essen gingen Hannes und Dieter hinaus auf die Terrasse, die einen Ausblick auf einen kleinen See und einen Fluss in der Ferne bot. Dieter steuerte auf eine der ramponierten Holzbänke ganz außen zu, die aussahen, als wären sie aus einer öffentlichen Parkanlage mitgenommen worden. Er setzte sich hin, begann sich eine Zigarette zu drehen, blickte zu Hannes auf und fragte: »Was meinst du, welches ist unser größtes Problem hier in den Freien Gebieten?«

»Kriminalität«, antwortete Hannes, ohne zu zögern. »Früher waren es Steuerhinterziehung, durchgebrannte Jugendliche oder auch Drogen. Aber heute ist es das organisierte Verbrechen.«

»Wenn wir also selbst für Ordnung sorgen könnten, wäre ein Großteil unseres Problems gelöst?«

»Ob es gelöst wäre, weiß ich nicht, aber es würde mit Sicherheit helfen.«

»Würdest du als Augenzeuge berichten, wenn wir genau das tun würden? Mit Vlogs und Reden vor dem Parlament?«

»Ja, natürlich.«

»Es könnte gefährlich werden. Manche dieser Typen sind schwer bewaffnet, nicht nur mit Pistolen und Gewehren, sondern auch mit Panzerfäusten und Granatwerfern.«

»Ich bin schon öfter Risiken eingegangen. Aber warum überlasst ihr das nicht der Polizei?«, fragte Hannes. »Die hat spezielle Kommandos für solche Aktionen.«

»Die Bundespolizei und diese nutzlose europäische Einwanderungsbehörde haben die Kriminellen doch erst ins Land gelassen«, entgegnete Dieter fuchtig. »Und woher haben sie wohl ihre Waffen? Viele davon sind deutsche Fabrikate und stammen aus Beständen der Bundeswehr, weshalb wir annehmen, dass irgendein niedriger Offizier in einem Zeughaus geschmiert wurde. Ehrlich gesagt sind wir von der Effizienz deiner Regierung nicht besonders beeindruckt. Wir würden vor dieser Kommission selbst Beschwerde führen und verlangen, dass ihr endlich Verantwortung für die Kriminellen übernehmt, die ihr uns aufgedrückt habt.«

»Das steht euch frei«, erwiderte Hannes. »Mir ist sehr daran gelegen, dass beide Seiten zu Wort kommen. Du kennst mich lange genug und müsstest mir vertrauen können.«

»Wir haben uns lange nicht gesehen, und in fünfzehn Jahren kann sich vieles ändern. Dass du in die Politik gehst, hätte ich mir damals nicht träumen lassen.«

»Das kam auch für mich überraschend«, gestand Hannes. »Journalismus war immer mein Ding, aber irgendwann begann es, mich zu frustrieren. Es kommt so wenig Konkretes dabei heraus. Jetzt kann ich schreiben, Filme drehen und als Parlamentarier einiges in Bewegung setzen. Und ich kann dabei mitwirken, dass diese Kommission gute Arbeit macht.«

»Du glaubst inzwischen also wirklich, dass das politische

System funktioniert?«, fragte Dieter mit spöttischem Unterton.

»Es kann nur dann funktionieren, wenn seine Bürger ihre demokratischen Rechte und Pflichten wahrnehmen und am Gemeinwesen partizipieren. Übrigens sind die meisten unserer Wahlkampfziele, mit denen wir vor sechzehn Jahren angetreten sind, verwirklicht worden.« Hannes hob die Hand und zählte an den Fingern auf. »Die CO_2-Emissionen sind auf einem Tiefststand; für Jugendliche stehen genug Arbeitsplätze und Lehrstellen zur Verfügung; unser Gesundheitssystem ist reformiert und die Lebenserwartung auf weit über neunzig Jahre gestiegen; die Menschen ernähren sich wesentlich gesünder; die Landwirtschaft kommt ohne Pestizide aus, und das Vieh wird nicht länger mit Hormonen und Antibiotika vollgepumpt.«

Hannes musste nun auch die zweite Hand zu Hilfe nehmen und zählte weiter auf: »Die Medien werden nicht länger von einer Handvoll übermächtiger Konzerne kontrolliert; die Steuerbelastung ist fairer verteilt, der Schulunterricht modern und kreativ. Die Wirtschaft wird nicht länger von einem aufgeblähten Bankensektor bedroht, und Frauen haben gleiche Chancen in Politik, Industrie und Gewerbe. Es gibt erstklassige Kindertagesstätten in ausreichender Zahl. In der Summe ist das eine Gesellschaft, auf die wir stolz sein können«, sagte Hannes.

»Ihre Gleichbehandlung haben sich die Frauen selbst erkämpft, indem sie sich die bestmögliche Ausbildung verschafften und härter arbeiteten«, entgegnete Dieter. »Und von den Medien halte ich nichts. In meinen Augen stehen sie für kulturelle Anarchie. Ernst zu nehmende Kunst entsteht ausschließlich in den Freien Gebieten. In anderen Teilen der Welt werden immer noch viel zu viele Treibhausgase in die Atmosphäre geschleudert, und die Kriege in Afrika versetzen diese Länder geradewegs zurück in die Steinzeit. Hier bei uns ist die Schere zwischen Arm und Reich noch weiter auseinandergegangen. Unsere Gesellschaft gleicht wieder der des wilhelminischen Deutschlands. Wir haben ein kleines Grüppchen Superreicher, eine wohlhabende Mittelschicht und eine Masse kleiner Leute am Rande des Existenzminimums.«

»So war's schon früher, wenn wir miteinander diskutiert haben«, sagte Hannes. »Für dich ist das Glas immer halbleer, für mich halbvoll.«

Aus Hannes' Sicht hatte sich jedenfalls vieles zum Guten gewendet. Zu der befürchteten Massenarbeitslosigkeit infolge einer immer weiter um sich greifenden Automatisierung war es nicht gekommen. Es hatte eine schwierige Übergangsphase gegeben, aber wieder einmal hatte sich erwiesen, wie anpassungsfähig Menschen waren. Sie verabscheuten Langeweile und fanden stets neue Aufgaben für sich. Zwar gab es mittlerweile in jeder Kleinstadt einen Wendtainer, der auf Knopfdruck Konsumwünsche befriedigte, doch das Design all dieser Produkte wurde längst nicht mehr von Wendt entworfen, sondern von selbständigen Designern, die prozentual am Verkauf beteiligt waren. Und um jeden dieser Wendtainer herum waren wiederum etliche Agenturen entstanden, die das, was aus dem Lieferschacht kam, den Vorstellungen der Kunden gemäß anpassten, gestalteten oder umgestalteten. In jeder Agentur arbeiteten Teams außerdem an neuen Produkten und Zubehör, die dann wiederum in den Wendtainern hergestellt werden konnten. Jeder größere Autovermieter beschäftigte inzwischen Personal, das sich ständig neue Ausstattungen für Fahrzeuge einfallen ließ.

Vorläufer solcher Geschäftsmodelle hatte es schon im 20. Jahrhundert gegeben, als der Einzelhandel von Supermärkten verdrängt worden war. Doch gerade weil sich die Supermärkte auf Grundversorgung und Massenware konzentrierten, konnten Kleinunternehmer Nischen entdecken und besetzen. So gab es auf einmal wieder Käseläden mit einem Angebot, an das ein Discounter in Quantität und Qualität nicht herankam. Man ging wieder zum Metzger, der sein Fleisch von vertrauenswürdigen landwirtschaftlichen Betrieben aus der Region bezog und auf die speziellen Wünsche der Kunden einging. Ähnliche Konzepte verhalfen kleinen Konditoreien oder Bäckereien zum Erfolg. Zusehends beliebter wurden auch Schneidereien, die mit ungewöhnlichen Stoffen und Schnitten abseits des Mainstreams Kunden anlockten. Exemplarisch war die Nachfrage nach besonderen Weinen. Supermärkte, die zwar recht gute Weine zu erschwinglichen Preisen, aber keine außergewöhnlichen verkauften, ließen Kundenwünsche offen, die dann von kleinen, individuellen Kellereien mit hochwertigen Erzeugnissen befriedigt werden konnten.

Die Zeiten, in denen Luxusgüter nur etwas für Reiche waren, schienen schon zu Beginn des 21. Jahrhunderts vorbei zu sein. Der Mittelstand entdeckte sie als Statussymbole, und 2012 wurden weltweit dreihundertfünfzig Milliarden Dollar damit umgesetzt. 2020 arbeiteten in Frankreich mehr Menschen im Luxusgütersektor als in der Fahrzeug-

und Luftfahrtindustrie zusammen. Der Markt belohnte individuelles Design und solide Handarbeit.

Es war ein Allgemeinplatz, dass im Zeitalter der Automatisierung neue Jobs nur noch im Bildungs- und Pflegesektor entstehen würden. Für die Schulbildung traf dies zu, da die dramatisch eingebrochenen Geburtenraten eine hochwertige Ausbildung des Nachwuchses verlangten. Der Unterricht in kleinen Klassen steigerte den Lernerfolg der einzelnen Schüler. Ein Mehr an gut qualifizierten und besser bezahlten Lehrern und Lehrerinnen trug der Einsicht Rechnung, dass es für eine Gesellschaft keine bessere Investition gab als die in die Gesundheit und Ausbildung ihrer jüngsten Mitglieder. Die Prognose aber, dass Altenpflege ein Wachstumssektor der Zukunft sei, hatte den enorm wachsenden Bedarf an Säuglings- und Kinderpflege nicht rechtzeitig erkannt. Anfang der 2030er Jahre in Schweden und England durchgeführte Studien hatten eindeutig belegt, dass die ersten Jahre eines Kindes im Hinblick auf Ausbildung und Zukunftschancen die mit Abstand wichtigsten für sein ganzes Leben waren.

Bisher war der Rolle der Mutter dabei die größte Bedeutung zugemessen worden. Sie war es, die hauptsächlich mit dem Kind sprach und so seinen Wortschatz vergrößerte, sie schärfte seine Wahrnehmung und ermunterte es zu Reaktionen. Nun aber zeigte sich, dass der Einfluss des Vaters und der anderer Kinder nicht minder wichtig für die Sozialisation eines Kindes war. Erste einschlägige Untersuchungen wurden in Krippen und Kindergärten durchgeführt, in denen Mütter nicht nur mit ihren eigenen Kindern interagierten, sondern auch mit den anderen Erwachsenen und

Kleinkindern im gleichen Raum. Die Bereitstellung von subventionierten Kindertagesstätten zur Entlastung berufstätiger Mütter war bereits auf einem guten Weg, als zwei entscheidende Durchbrüche gelangen. Zum einen wurde die Arbeit von Kindergärtnerinnen der von Lehrern gleichgestellt und eine entsprechende Ausbildung und Bezahlung selbstverständlich. Zum anderen ging man dazu über, diejenigen Mütter in die Betreuung einzubeziehen, die nicht anderweitig zu arbeiten brauchten. Ihr Einsatz an einem, zwei oder drei Tagen in der Woche erwies sich als äußerst förderlich für alle Kinder.

Eines der Wahlkampfversprechen der Progressiven Partei in Deutschland war gewesen, jedem Kind die kostenlose Betreuung in einer solchen Kindertagesstätte zu garantieren, und das von Geburt an. Die späteren Lernerfolge der Kinder stiegen sprunghaft an. Kleinkinderbetreuung wurde ein angesehener, nachgefragter Beruf und eine beachtliche Größe für den Arbeitsmarkt. Eine solche Reform voranbringen zu können war einer der Gründe gewesen, warum Hannes und seine ehemalige Geliebte Ruth in die Politik gegangen waren.

»Und wie geht es dir so, Dieter?«, fragte Hannes. »Bist du zufrieden mit deinem Leben in den Freien Gebieten? Ist es das, wofür du während der Revolution eingetreten bist?«

»Ich hatte keine genauen Vorstellungen von dem, was danach kommen sollte, und es war auch keine echte Revolution, eher ein kollektiver Wutanfall, der auf ein Patt hinausgelaufen ist. Ja, mir gefällt mein Leben. Ich bin Tierarzt geworden und kümmere mich um das Vieh in den Freien Gebieten.«

»Hast du Familie?«, wollte Hannes wissen.

Dieter seufzte, und es war deutlich, dass er sich zu einer Erklärung aufgerufen sah, die er schon allzu häufig hatte abgeben müssen. »Ja, aber keine Familie im herkömmlichen Sinne. Mir ist seit einiger Zeit klar, dass ich schwul bin. Ich habe hier einen Partner gefunden, der Vater ist, und seine Kinder sind inzwischen auch meine.«

Hannes nickte und ließ sich seine Überraschung nicht anmerken. Während seines Studiums war Dieter der Schwarm aller Frauen gewesen und von einer Affäre in die andere getaumelt. Dass er damals den Ruf gehabt hatte, ein Hallodri zu sein, mochte man kaum glauben, wenn man ihn heute sah, den besonnenen, ruhigen Mann, der großen Einfluss unter den Freiländern zu haben schien. Das Filmkollektiv, der Pastor und Klaus Schmitt schätzten ihn sehr, was Hannes beeindruckte. Dieter war immer schon eine Führungspersönlichkeit gewesen, aber jetzt schien er zu einem Mann herangereift zu sein, dem Menschen folgten, weil sie ihm vertrauten.

»Wie alt sind die Kinder?«, erkundigte sich Hannes.

»Du hast sie gerade kennengelernt, Lisa und Leo, die Zwillinge. Im Februar werden sie zweiundzwanzig«, antwortete Dieter. »Beide haben zwei Jahre an der Uni Marburg studiert, aber dann, vor einem Jahr, wollte der Junge zur Bundeswehr.

Er ist voller Wut auf alles und jeden, aber am meisten leidet er wohl unter dem Schicksal seiner Mutter«, fuhr Dieter fort und erklärte, dass sie kurz nach der Geburt der Kinder während eines Hilfseinsatzes in Afrika auf schreckliche Weise getötet worden war. Ihr Vater, Dieters Partner, hatte die Kinder nach Hause zurückgeholt. Um zu verhindern, dass sich der Junge auf Jahre bei der Bundeswehr verpflichtete, hatte Dieter Helga und Max gebeten, die Zwillinge in ihr Filmkollektiv aufzunehmen.

»Er hat Talent, schreibt und komponiert Songs. Helga lässt ihn Skripte verfassen und bringt seiner Schwester bei, wie man Texte redigiert«, sagte Dieter. »Anfang des Jahres wurde mein Partner getötet, jetzt trage ich allein die Verantwortung für die beiden.«

»Herrje, das tut mir leid. Da hast du ein Päckchen zu tragen«, sagte Hannes und legte mitfühlend seine Hand auf Dieters Arm. »Er wurde getötet? Wie kam das?«

»Er hieß mit Nachnamen Falke und war Arzt, ein paar Jahre älter als wir. Wir glauben, dass er erschossen wurde, als er Kriminelle daran hindern wollte, über einen Bauernhof herzufallen«, antwortete Dieter und blickte zu Boden. »Aber das wussten wir damals noch nicht. Wir fanden seine Leiche neben dem Bauern, der ebenfalls erschossen worden war. Der Hof war geplündert. Frau und Tochter des Bauern waren verschwunden, ebenso Falkes Pferd und sein Arztkoffer. Zu solchen Überfällen kommt es immer wieder, deshalb sind wir so sauer auf die Regierung. Sie hat diesen Abschaum ins Land gelassen.«

»Das tut mir leid«, sagte Hannes, obwohl er wusste, wie lahm solche Worte oft klangen. »Mir war nicht klar, dass die Lage hier so schlimm geworden ist.« Plötzlich kam ihm ein Gedanke. »Du sagst, ihr wusstet am Anfang gar nicht, was passiert ist. Hast du denn inzwischen einen Verdacht, wer Falke getötet haben könnte?«

»Ja, den haben wir.« Dieter richtete sich auf und stieß

drei Pfiffe aus, die wie ein Vogelruf klangen. Hinter den Bäumen rund dreißig Meter zur Rechten tauchte ein Mann auf. Die braune Hose und die Jacke, die er trug, schienen aus Armeebeständen zu stammen. Unter dem Schlapphut fielen blonde Haare bis auf die Schultern hinab. Er hatte eine Flinte geschultert. Dieter winkte ihn heran.

»Das ist Sascha, ein russischer Freund, der sich den Freiländern angeschlossen hat. Eigentlich ist er Pianist, aber jetzt sorgt er dafür, dass mir nichts passiert«, erklärte Dieter.

Hannes stand auf und gab dem jungen Mann die Hand. Er staunte über dessen lange, schlanke Finger und sein fast akzentfreies Deutsch, als er sagte, dass er Hannes' journalistische Arbeit verfolge und sich freue, ihn kennenzulernen, und dass Dieters Freund selbstverständlich auch sein Freund sei.

»Sascha stammt aus Saratow«, erklärte Dieter. »Er hat in Berlin Musik studiert und sich in eine Kommilitonin verliebt, die in den Freien Gebieten aufgewachsen ist. Es war der Hof ihrer Familie, auf dem Falke und der Vater getötet wurden und von dem ihre Mutter und die Schwester verschwanden. Sascha ist den Killern auf der Spur.«

»Wie?«, fragte Hannes.

»Ich spiele Klavier in den Russenkneipen, die in jeder Stadt zu finden sind, und sperre die Ohren auf. Betrunkenen Gästen kann man so manches ablauschen.«

»Russenkneipen?«, hakte Hannes nach.

Sascha schaute ihn an, als lebe Hannes auf dem Mond, runzelte die Stirn und sagte: »Irgendwo muss man ja anfangen.«

Russen waren, wie Hannes erfuhr, in den Freien Gebieten ein Synonym für alle Kriminellen. Die ersten waren aus der Ukraine, Russland und Zentralasien gekommen und verständigten sich untereinander auf Russisch. Neuerdings wurden Neuankömmlinge etwas freundlicher als Anarchos apostrophiert. Es handelte sich meist um entlassene Strafgefangene oder solche, die sich vor der Polizei versteckten, um Flüchtlinge, die in den Städten nicht hatten Fuß fassen können, aber auch um ausgebrannte Söldner aus fernen Kriegen und anderes globales Treibgut.

»Ich fing in den Russenkneipen der Städte an, die dem Bauernhof am nächsten liegen: Bielefeld, Herford, Bad Salzuflen, Lembo, Vlotho«, berichtete Sascha. »In Münster traf ich auf ein paar Kerle, die mit ihren Heldentaten prahlten, als sie genug Wodka intus hatten. Sie sagten, sie hätten einen Hof entdeckt, wo es auch ein Klavier für mich gebe. Sie könnten mir sogar ein Mädchen besorgen.«

»Saschas Freundin wusste, dass ich wegen Falke nach der Bande fahnde«, ergänzte Dieter. »Sie hat Sascha und mich einander vorgestellt. Wir machten uns also gemeinsam auf die Suche. Erbeutete Dinge, für die diese Typen keine Verwendung haben, werfen sie einfach weg. Auf dem Hof, der ihnen als Stützpunkt dient, habe ich unter anderem Falkes Arztkoffer gefunden. Wir werden sie dort stellen und beweisen, dass wir selbst für Ordnung sorgen können.«

»Glaubst du, die Russen wissen, mit wem sie es zu tun bekommen?«, fragte Hannes.

»Als ich Falkes Koffer sah, sind mir die Sicherungen durchgebrannt«, gestand Dieter mit ausdrucksloser Miene.

»Er ist rein ins Haus und hat um sich geschlagen«, erklärte Sascha. »Wären die Typen nicht total verkatert gewesen, hätte er seinen Wutanfall nicht überlebt. Jetzt wissen sie jedenfalls, wer er ist. Deshalb passe ich auf ihn auf.«

»Wie gesagt, er hat sich selbst zu meinem Bodyguard gemacht.« Dieter grinste ihm freundlich zu, und Hannes sah, dass die beiden offenbar Freundschaft geschlossen hatten.

»Im Gegenzug hat mir Dieter versprochen, nicht mehr pauschal von Russen zu reden, wenn diese Gangster gemeint sind. Wir bezeichnen sie jetzt als das, was sie sind, nämlich als Verbrecher.«

20

TrapWire^{TM}

TrapWire ist ein Programm zum Schutz vor Terrorismus und zur Verbrechensprävention, entwickelt, um an städtischen Brennpunkten verdächtiges Verhalten, zum Beispiel das Auskundschaften von Örtlichkeiten zur Vorbereitung eines Anschlags, zu identifizieren, aufzuzeichnen und zu analysieren. Bei der Zulassungsprüfung im Rahmen von Pilotprojekten wurde Wert gelegt auf Handhabbarkeit und Kompatibilität mit Anwendersystemen, Implementierung, Nutzen und Nachhaltigkeit sowie auf die Möglichkeit, das TrapWire-System als allgemeine Plattform für den Austausch und die Erfassung von Verdachtsmitteilungen (»suspicious activity report« – SAR) zu verwenden. Darüber hinaus bietet es die Möglichkeit, über Anforderungen an und Chancen für Forschung und Entwicklung zu diskutieren. Projektteilnehmer bewerteten das Verfahren, die Erhebungsmethode, die Fehleranfälligkeit sowie die Übungskomponenten übereinstimmend mit hohen Punktzahlen, was Mehrwert, Qualität, Expertise und Effektivität anbelangt. Den meisten TrapWire-Nutzern fiel es vergleichsweise leicht, Verdachtsmitteilungen einzugeben, zu verschlüsseln und untereinander auszutauschen. Der Systemalgorithmus zur sicherheitsrelevanten Einschätzung verdächtiger Vorgänge erwies sich als wirksam. Im Ergebnis scheint Trap-Wire durchaus geeignet, als Plattform und Archiv für SARS *zu dienen.*

TrapWire: A Review. *Technical Letter Report*, Mai 2010. Im Auftrag des U.S. Department of Energy under Contract DE-ACO5-76RL01830

Bernd stand in seiner Wohnung neben Roberto und trank seine erste Tasse Kaffee an diesem Tag, den Blick auf seinen Holoscreen gerichtet. Roberto hatte die Nacht über in minutiöser Kleinarbeit die Aufzeichnungen der Überwachungskameras auf dem Hof ausgewertet, insbesondere die Bilder des leeren Vorplatzes, die kurz vor der offenbar durch Manipulation in Gang gesetzten Endlosschleife entstanden waren, was zeitlich ungefähr mit dem Ende von Hatis erstem Set zusammenfiel. Bernd und Roberto versuchten nun, jeden zu identifizieren, den die Kameras bei der Ankunft aufgenommen hatten. Bernd sah Wendts Mercedes vorfahren, sah, wie sein Chauffeur ihm und Christina den Verschlag öffnete, dann den Wagen auf den Parkplatz steuerte und dort hielt. Er sah die Politikerin und den Journalisten das Restaurant betreten. Die Identität der Gäste, die Bernd nicht kannte, ermittelte Roberto mit Hilfe seines Gesichtserkennungsprogramms und verglich sie mit den Buchungen des Restaurants und den PerC-Nummern, von denen die Reservierungen vorgenommen worden waren.

»Ich brauche noch einen Kaffee«, sagte Bernd und ging

in die Küche, den am teuersten eingerichteten Raum seiner Wohnung, zu der außerdem ein kleines Schlafzimmer und ein größeres Wohnzimmer mit Balkon gehörten, auf dem gerade einmal zwei Stühle, ein Tisch und ein Grillgerät Platz hatten. Die Küche war sein ganzer Stolz. Allerdings bedauerte er, wohl nie das Vergnügen zu haben, auf einem altmodischen Gasherd kochen zu können. In den Städten gab es nur Elektrizität. Immerhin ließen sich die Induktionsplatten laut Hersteller so fein justieren wie Gasflammen, und das Brot oder die Brötchen, Flammkuchen und Schmorbraten, die Soufflés und Baisers, die er im Backofen zubereitete, gerieten zu seiner vollsten Zufriedenheit. In seiner zerstreuten Art, die sein AP Roberto als menschlich zu akzeptieren gelernt hatte, fragte Bernd sich nun, was er wohl für Christina kochen könnte, wenn sie ihm irgendwann einmal die Ehre gäbe.

Sie zum Dinner einzuladen wäre vielleicht ein bisschen zu gewagt. Darum machte er sich Gedanken über ein Mittagessen. Vielleicht eine Quiche, einen Salat und zum Dessert Obst? Nein, das wäre zu simpel. Er würde mehr Zeit und Sorgfalt aufwenden, was sie ruhig bemerken durfte. Eine Haselnuss-Meringue mit Himbeeren käme zum Beispiel in Frage, ein Tomatensalat mit Basilikum, frisch gepflückt von einem Topf auf seinem Balkon. Das ergäbe auch gleich ein Gesprächsthema, wie Essen und Kochen überhaupt, schließlich hatte er, als sie zusammen gewesen waren, nicht viel darauf gegeben. Natürlich würde die Jahreszeit darüber bestimmen, welche Kräuter zur Verfügung standen. Vielleicht sollte er den Tipp aus einer Kochsendung einmal ausprobieren: Basilikum in Eiswürfelbehältern einzufrieren.

Er schenkte sich eine weitere Tasse Kaffee ein, süßte ihn mit Honig und kehrte zu Roberto zurück, der geduldig vor dem Holoscreen mit seinen kristallklaren Bildern wartete. Bernd erinnerte sich, kurz nach seinem Wechsel in den Polizeidienst von einem altgedienten Beamten erfahren zu haben, dass die Überwachungskameras ihre Bilder früher auf Videobändern aufnahmen. Darauf, so der alte Kollege, hätte er nicht einmal seine eigene Mutter wiedererkannt. Wie viel besser waren dagegen doch die nachfolgenden Digitalkameras mit ihren lichtstarken Autofokuslinsen! Auf Drängen der Versicherungsunternehmen waren solche Kameras in den Städten mittlerweile allgegenwärtig; die Aufnahmen, die sie machten, waren extrem scharf und konnten fast beliebig vergrößert werden. Bernd hatte sich an deren Qualität längst gewöhnt, so allerdings auch die Straftäter, die sich deshalb maskierten oder sich Pads auf die Wangen klebten, um die Gesichtserkennung auszutricksen.

Und so war es letztlich doch nicht ganz so einfach, sämtliche Besucher des Hofes zu identifizieren. Manche der Freiländer trugen Mützen oder Kapuzen und versuchten, nicht aufzufallen. Sie kamen über das Feld und schlüpften durch die Hecke hinter der Scheune. Klaus hingegen war klar zu erkennen, als er vor die Küchentür trat und auf einen Mann zuging, dessen Gesicht und Körperhaltung Bernd irgendwie bekannt vorkamen. In einem Zimmer des Wohnhauses ging plötzlich Licht an, das für einen Moment dessen Gesicht erhellte.

»Mein Gott, das ist Dieter Manstein«, rief Bernd überrascht aus. »Er war 2048 einer der Anführer. Später hat man von ihm nichts mehr gehört, aber ich bin ihm einmal in einem Freien Gebiet begegnet. Er hat sich kaum verändert. Ich wusste gar nicht, dass Klaus und er befreundet sind.«

Die Bilder zeigten, wie die beiden Männer im Stall verschwanden und wenig später auf zwei Pferden davonritten.

»Was haben die bloß vor zu so später Stunde?«, murmelte Bernd vor sich hin. Roberto hielt die Aufzeichnung an, als ein dunkel gekleidetes Paar, das in der Dunkelheit kaum auszumachen war, ins Bild kam.

»Sieh dir die Frau an«, sagte Roberto. Er zoomte ihr Gesicht heran und rief in einem Fenster gleich daneben die Skizze aus Stirlings Notizbuch auf, die angeblich Wendts Urenkelin darstellte.

»Das ist sie, ganz bestimmt«, triumphierte Bernd. »Und wer könnte das da neben ihr sein, Mann oder Frau? Lässt sich anhand der Kleidung nicht unterscheiden. Kannst du noch näher rangehen? Nicht? Trotzdem, interessant, dass sie da war. Sie muss in einer der Kommunen etwas weiter nördlich leben. Ich werde Wendt fragen, ob er sie erreichen kann. Aber wer ist das neben ihr? Diese schlanke Gestalt kommt mir bekannt vor.«

Es war der Anwalt, der die Sexshop-Betreiberin in der Falschgeldsache vertrat. Er war um einiges älter als die aufreizend gekleidete Frau in seiner Begleitung, die sehr viel von ihren langen Beinen und einer sehr strammen Oberweite zeigte. Roberto wandte wieder sein Gesichtserkennungsprogramm an und gelangte so zu einem Einreisevisum für eine gewisse Ludmilla Taroschka, russische Staatsbürgerin, einundzwanzig Jahre alt, mit einem Studentenvisum für eine Business School, von der Bernd noch nie gehört hatte. Roberto identifizierte sie als die Mieterin eines Hotelfahrzeuges, das von Frau Taroschka um sechs Uhr abends abgeholt und am nächsten Tag nach Mannheim zurückgebracht worden war.

»Scheint eine Prostituierte zu sein«, bemerkte Bernd. »Das Visum könnte gefälscht sein. Check das doch mal bei dieser Business School.«

Das Institut gab es tatsächlich. Roberto stocherte weiter. Zum Verwaltungsrat gehörten auch die Sexshop-Betreiberin sowie deren Anwalt, was Bernd ein hämisches Grinsen entlockte. Roberto durchforstete die Datenbanken weiter und entdeckte, dass insgesamt zweiundvierzig junge Frauen aus Russland und Kasachstan mit Studentenvisa am Institut eingeschrieben waren. Sie wohnten, wie Roberto feststellte, an fünf verschiedenen Adressen in einem Vorort im Grünen.

»Bordelle, schätze ich«, sagte Bernd und schickte eine kurze Mitteilung an den zuständigen Ressortleiter der Ausländerbehörde, zusammen mit einer Kopie von Robertos Recherchen sowie Fotos des Anwalts und der jungen Frau. Vielleicht, dachte Bernd, würden ihm diese Erkenntnisse irgendwann zupasskommen, wenn er es noch einmal mit dem Anwalt zu tun bekäme.

»Hier ist noch etwas«, sagte Roberto und rief die Adresse einer Garage in Mannheim auf den Schirm, die von Ludmilla Taroschka angemietet worden war. »Wozu braucht sie eine Garage? Sie hat sie schon seit einem halben Jahr, und der Vertrag läuft über weitere dreißig Monate. Für zweitausend Euro pro Monat.«

Ein üppiger Preis, wie Bernd fand, zumal die Adresse zu einem heruntergekommenen Stadtviertel gehörte und so wenige Autos in Privatbesitz waren, dass es ein Überangebot an billigen Garagen gab, die meist nur als Lager genutzt wurden. Er berührte zwei Schaltflächen auf seinem PerC, worauf auf dem Holoscreen die nächste Polizeidienststelle rot aufleuchtete. Er ließ sich mit dem Dienststellenleiter verbinden, der ihm versprach, einen Blick auf die Garage zu werfen. Schnell war auch geklärt, dass es insgesamt drei Überwachungskameras in der Nähe gab: jeweils eine an den beiden nächsten Kreuzungen und eine, die auf den Hinterhof gerichtet war, installiert von einem Restaurant.

»Ich habe da so eine Ahnung«, sagte Bernd. »Schau dir doch mal die Aufzeichnungen dieser Kameras an. Ich bin gespannt, ob Frau Taroschka ihre Garage überhaupt nutzt. Und dann prüf bitte nach, ob es Kameras in der Straße gibt, in der sie wohnt.«

»Wie hängt das alles mit dem Überfall auf Hati Boran zusammen?«, fragte Roberto. »Ich kann dir nicht recht folgen.«

»Hati verschwindet zu einem Zeitpunkt vom Hof, als dort mehrere interessante Leute zusammenkommen«, antwortete Bernd. »Zum Beispiel ein Anwalt und eine mutmaßliche Prostituierte, beide stehen in direkter Verbindung mit einer vorbestraften Sexshop-Betreiberin, von der wir wissen, dass sie ihre eigenen, ganz speziellen Kontakte zu den Freiländern unterhält. Geh der Sache bitte nach. Das kannst du besser als ich.«

»Ich habe noch etwas anderes herausgefunden«, sagte Roberto, »eine Verbindung zu der Demonstration auf Wendts Gelände gestern Abend.« Er rief das Protokoll einer Vernehmung mit einem der festgesetzten Demonstranten auf. »Die Sexshop-Betreiberin, Frau Waage, wurde als diejenige identifiziert, die das Ganze angezettelt und bezahlt hat.«

»Wie? Wozu denn das? Hat sie womöglich Geld dafür bekommen? Könntest du mal ihre Bankkonten einsehen?«

»Nein, aber ich weiß von einer PerC-Mitteilung, dass Frau Waage von ihrem Anwalt einen sechsstelligen Euro-Betrag als Gegenleistung für Geldwechselgeschäfte gutgeschrieben bekommen hat.«

»Du hast dir doch nicht etwa ihre PerC-Mitteilungen angesehen? Ohne richterlichen Beschluss?«

»Doch, es gibt noch einen gültigen Beschluss aus den Ermittlungen in der Falschgeldsache«, erwiderte Roberto. »An die Daten des Anwalts komme ich nicht heran, aber wahrscheinlich hat auch er nur auf Anweisung gehandelt.«

Roberto ließ die Aufzeichnungen der Kamera vor Taroschkas Wohnhaus so schnell laufen, dass Bernd schwindlig wurde. Sie hatte regen Herrenbesuch, die meisten dieser Herren waren anscheinend unbesorgt, dass sie dort gesehen werden könnten. Diejenigen, die versuchten, ihre Gesichter unter Hüten oder Mützen zu verbergen, schaute sich Roberto genauer an und verglich sie mit Bildern einer Kamera, die die Straße aus einem anderen Blickwinkel überwachte. Der Anwalt tauchte regelmäßig auf, so auch Frau Waage. Von einem Mann war nur ein kleiner Teil des Gesichts zu erkennen. Er trug eine Baseballkappe, eine Sonnenbrille und einen Mundschutz wie im Krankenhaus.

»Sein Kopf könnte rasiert sein«, bemerkte Bernd. »Und diese affektierten Bewegungen kommen mir irgendwie bekannt vor.«

»Hier ist er noch mal, an der Garage in Mannheim«, sagte Roberto. »Die Gesichtserkennung gibt nichts her. Er ist zu gut getarnt.«

Die Aufzeichnungen der Restaurantkamera ließen erkennen, dass dem Mann mit der Baseballkappe drei weitere Männer folgten, die ebenfalls bei der Garage gewesen waren. Sie hatten Strickmützen auf dem Kopf und trugen identische Rucksäcke. Alle hielten sich die Hand vors Gesicht, als wollten sie sich kratzen oder über die Stirn reiben.

»Geh mal näher ran«, sagte Bernd mit konzentriertem Blick auf die Bilder.

»Ist das ein Tattoo da auf dem Handrücken?«, fragte er. »Sieht aus wie ein Emblem aus drei Totenschädeln.«

Roberto vergrößerte den Bildausschnitt und startete ein Suchprogramm, das die Tätowierung als eines von etlichen Erkennungszeichen der *Vory v zakone* identifizierte. Die »Diebe im Gesetz« waren die traditionelle russische Mafia, deren strikter Kodex von Gesetzlosigkeit und Unabhängigkeit schon seit dem Zarenreich bestand und auch die Sowjetzeit überdauert hatte. Die Tattoos wurden nur im Gefängnis gestochen, mit einer Tinte, die aus Ruß, Urin und Haarshampoo bestand. Als Nadel diente eine angespitzte Gitarren- oder Balalaikasaite, die am Schwingkopf eines elektrischen Rasierapparats befestigt wurde. Drei Schädel standen für drei Morde. Roberto überprüfte auch die Hände der anderen Männer. Einer von ihnen hatte sich ein blitzzackiges Doppel-S auf seine Knöchel tätowieren lassen. Eine kurze Recherche ergab, dass es nichts mit der berüchtigten Naziorganisation zu tun hatte. Es bedeutete vielmehr, dass sein Träger nie ein Geständnis abgelegt hatte.

»Es wird ernst«, meinte Bernd. »Schick die Fotos bitte an unsere Abteilung für organisiertes Verbrechen und an Europol. Mal sehen, was die dazu sagen können. Um welche Uhrzeit haben diese Typen die Garage verlassen? Möglich, dass Diebesgut darin versteckt liegt. Erkundige dich mal, ob es in jüngerer Zeit irgendwelche größeren Raubüberfälle in der Region gegeben hat.«

Roberto rief weitere Datenbanken ab. Wenn er elektronischen Spuren folgte, machte es den Eindruck, als verschleierten sich seine Augen und würden ihren Fokus verlieren, fast, als dächte er nach. Anfangs hatte sich Bernd von diesem Anblick irritieren lassen, jetzt war er daran gewöhnt.

»Ja, vor kurzem wurde ein Transportkonvoi überfallen«, antwortete Roberto. »Zwei Männer haben sich von Ultraleichtfliegern abgeseilt. Weniger als eine Stunde bevor diese Aufnahmen von der Garage entstanden sind. Ein Jogger hat die Aktion zufällig gefilmt, aber die Männer waren maskiert. Sie haben Pharmazeutika aus den USA erbeutet, die vom Rotterdamer Hafen in die Schweiz unterwegs waren und ein Vermögen wert sind. Europol ermittelt noch, scheint aber im Dunkeln zu tappen.«

»Vielleicht sind auf dem Newsvid wenn nicht die Gesichter, so wenigstens die Hände und Arme der Männer zu sehen. Oder ein Nackenausschnitt. Könnte sein, dass wir auch dort Tattoos entdecken. Wenn du fündig wirst, informiere die zuständigen Stellen.«

»Du sagtest, dir käme bekannt vor, wie sich einer der Verdächtigen bewegt«, erinnerte Roberto. »Könntest du das präzisieren?«

»Nein, tut mir leid, war nur ein flüchtiger Eindruck, und

mein Gedächtnis funktioniert längst nicht so gut wie deins«, antwortete Bernd, der über die feierliche Art, mit der Roberto kopfnickend sein Verständnis zum Ausdruck brachte, lächeln musste. »Aber vielleicht bringen uns ihre Schuhe oder ihre PerCs weiter. Viele dieser Typen haben eine Vorliebe für auffällige Sonderanfertigungen, die sich vielleicht zurückverfolgen lassen.«

»Ich schaue mir gerade die Aufzeichnungen sämtlicher Überwachungskameras der näheren Umgebung an. Einer der Männer ist an einer Abholstelle für Mietautos wiederaufgetaucht. Ich habe mir das Kennzeichen notiert und empfange gerade seine Kreditkartennummer. Er hat sich zum Mannheimer Hauptbahnhof bringen lassen. Ein Tscheche, 2036 in Prag geboren. Er heißt Zdenek Balusek und ist Europol bekannt, saß zwei Jahre wegen bewaffneten Raubüberfalls in einem litauischen Gefängnis ein; in Russland bekam er drei Jahre Haft wegen einer Messerstecherei.«

»Vielleicht hat er dort Kontakte zur Russenmafia geknüpft«, dachte Bernd laut nach. »Versuch bitte auch, den anderen auf die Spur zu kommen, insbesondere dem, der sein Gesicht maskiert hat. Er muss die Maske irgendwann, irgendwo abgenommen haben. Ich werde jetzt der Chefin einen kurzen Zwischenbericht geben. Russenmafia, russische Prostituierte, illegale Einwanderung, Falschgeld und Verbindungen zu den Freien Gebieten – selbst wenn es nichts mit unserem Fall zu tun hat, müssen wir dem nachgehen.«

21

Gegenstand des Robo-Brain-Projekts der Cornell University ist die Entwicklung eines Computerprogramms, das Daten aus frei zugänglichen Internetquellen, Computersimulationen und bereits vorliegenden Experimenten mit Robotern sammelt, verarbeitet und zu einem umfassenden Wissensfundus miteinander verknüpft. Mögliche Anwendungen wären zum Beispiel die Entwicklung von Prototypen für robotergestützte Recherchen, für Haushaltsroboter und selbstgesteuerte Fahrzeuge. Seit Juli 2014 hat das System eine Milliarde Bilder, 120 000 YouTube-Videos sowie hundert Millionen Bedienungsanleitungen und Handbücher kopiert, darüber hinaus sämtliche Daten, mit denen die Forscher der Cornell University die Vorgängermodelle gespeist haben. Durch die Aufarbeitung dieses Materials wird Robo-Brain in der Lage sein, einzelne Objekte und deren Verwendung zu identifizieren, menschliche Sprache und menschliches Verhalten zu dechiffrieren – und dieses Vermögen an andere Roboter weiterzugeben.

Computer Science Department, Cornell University, New York, Juli 2014

Christinas Augen funkelten zornig. »So eine Frechheit! Deren Unternehmen stellt Tötungsmaschinen her, und uns werfen sie Verantwortungslosigkeit vor?«

»Danke, dass Sie von ›uns‹ sprechen«, sagte Wendt lächelnd. Im Unterschied zu Christina schien er sich sehr viel weniger über den drohenden Rechtsstreit mit seinem amerikanischen Rivalen Tangelo zu sorgen. »Ich freue mich, Sie an Bord zu wissen.«

Sie saßen in Wendts Konferenzsaal in der obersten Etage des Verwaltungsgebäudes. Der auf drei Seiten verglaste Raum war hell und großzügig, die Glasscheiben dunkelten sich automatisch ab, wenn das Sonnenlicht zu intensiv wurde. Der Tisch, ein Riesenoval aus massiver Eiche, war ein Erbstück von Wendts Vater, und die Stühle stammten aus der ersten Wendtainer-Werkstatt, die jetzt im Museum im Erdgeschoss sieben Stockwerke tiefer zu bewundern war – immer noch funktionstüchtig.

Christina erinnerte sich, wie sie als Kind zum ersten Mal einen dieser Wendt-Container in Betrieb gesehen hatte. Sie stand mit ihren Eltern und fast allen anderen Einwohnern der Kleinstadt, in der sie lebten, auf dem Marktplatz Schlange, als dieses Sinnbild der Moderne plötzlich aufgetaucht war, umgeben von Fachwerkhäusern und dem alten barocken Rathaus. Von einem normalen Schiffscontainer unterschied ihn eigentlich nur, dass er strahlend sauber war und Fenster hatte, hinter denen man die Laserfräsen, hin- und herfahrende Druckköpfe und zahllose Farbbehälter sehen konnte. Auf einer Seite war das Dach des Containers nach oben verjüngt, um Schutz für einen großen Bildschirm zu bieten, auf dem man all die Farben, Muster und Materialien für das gewünschte Produkt auswählen konnte. Seitlich angebracht war ein primitives Zahlgerät für Geldkarten, wie sie damals noch verwendet wurden.

Ihre Eltern waren unschlüssig gewesen; klar war ihnen nur, dass sie etwas anderes auswählen würden als die Schmidts oder die Wolinskys von nebenan. Herr und Frau Schmidt entschieden sich für Gartenmöbel, ihre Tochter, die ein Jahr älter war als Christina, bat um eine Puppe. Ferdi, der grässliche Wolinsky-Junge, wollte ein schwarzblaues Trikot vom SV Waldhof Mannheim, was typisch für ihn war, wie sie fand. Seine Eltern bestellten sich Fahrradtaschen; wahrscheinlich träumten sie von einem Ausflug, der ihnen für ein paar Stunden die Gegenwart ihres anstrengenden Sohnes ersparen würde. Christinas Vater, dem eine kleine Installationsfirma gehörte, verlangte schließlich nach einer leichten, ausziehbaren Leiter. Ihre Mutter wählte ein Hemdblusenkleid aus Bambusfasern. Gebannt hatte die kleine Christina zugesehen, wie die verschiedenen Werkzeuge völlig ohne menschliches Dazutun simultan schnitten, woben, zu Pulver zerrieben, verflüssigten oder in Fasern auflösten und die so gewonnenen Werkstoffe dem großen Bottich zuführten, aus dem der 3-D-Drucker simultan die gewünschten Werkstücke generierte, von Hosen über Gartenschaufeln und Büchern bis zu Fahrrädern. Dem kleinen Mädchen von damals kam es wie ein Wunder vor. Was Christina sich damals gewünscht hatte, war noch heute in ihrem Besitz: eine kleine Blockflöte, die so präzise gefertigt war, dass jede Note perfekt erklang, und auf der sie mit Eifer zu spielen lernte – nach dem Übungsheft, das der Wendtainer gleich mit zum Instrument ausgedruckt hatte.

Was für seltsame Entwicklungen das Leben nahm, dachte sie. Das Kind von damals, das auf dem Marktplatz mit großen Augen die polierte Flöte bestaunt hatte, die plötzlich im Entnahmeschacht aufgetaucht war, hätte sich nicht träumen lassen, dass es dreißig Jahre später in der Chefetage des Konzerns sitzen würde, der dieses Wunder möglich gemacht hatte. Und bis vor kurzem hätte es Christina auch nicht für möglich gehalten, dass ein so innovatives und mächtiges Unternehmen ernsthaft in Gefahr geraten könnte.

»Wir haben fast den gesamten Gewinn der letzten zwei Jahre in die Entwicklung unserer jüngsten Robotergeneration investiert, deren Prototyp gerade von der Polizei getestet wird, und zwar gleichzeitig mit dem Modell, das Ihnen als Chauffeur diente, bis es der Vergewaltigung angeklagt wurde und spurlos verschwand«, erklärte die Direktorin der Finanzbuchhaltung schmallippig.

»Wollen Sie damit sagen, dass der AP, genannt Roberto, sowie Wendts Chauffeur Stirling die zwei einzigen Versionen dieses äußerst fortgeschrittenen Prototyps sind?«, fragte Christina.

»Ich bin so zuversichtlich, dass daraus was wird, dass ich gerade unser gesamtes Produktionsbudget darauf gesetzt habe«, antwortete Wendt, zu Christina gewandt.

»Dabei war der restliche Vorstand geschlossen dagegen«, empörte sich der Finanzchef. »Wenn das neue Modell nicht zugelassen wird, und davon sollten wir schon einmal ausgehen, egal, was unsere Anwälte sagen, haben wir ein großes Problem, ganz abgesehen von möglichen Schadenersatz- und Schmerzensgeldzahlungen, die fällig würden, wenn die junge Frau bleibende Schäden davonträgt. Um auch künftig liquide zu sein, betone ich darum noch einmal, dass wir uns einer militärischen Nutzung unserer Technologien nicht länger verschließen können. Die entsprechende Nachfrage ist enorm.«

Eines der Aufsichtsratsmitglieder, ein ehemaliger Investmentbanker, meldete sich zu Wort. »Ich komme nicht gern darauf zu sprechen, aber die Krise, in der wir uns befinden, zwingt mich, die immer noch offene Frage Ihrer Nachfolge aufs Tapet zu bringen, verehrter Herr Wendt. Wir hoffen zwar alle, dass sie nicht plötzlich akut wird, sollten aber trotzdem rechtzeitig eine Antwort parat haben. Keine börsennotierte Aktiengesellschaft könnte es sich leisten, eine solche Selbstherrlichkeit an den Tag zu legen.«

»Wie gut, dass noch alle Aktien von mir gehalten werden und ich mir über nervöse Anleger und Dividenden keine Gedanken machen muss«, entgegnete Wendt heiter. »Meine Nachfolge wird sich von selbst klären. Ich habe eine hochbegabte, kreative Tochter, deren Filme allgemein geschätzt werden, und einen Enkel, der seit Jahren für uns arbeitet. Darüber hinaus darf ich mich glücklich schätzen, einen Urenkel und eine Urenkelin zu haben, die beide so eigen, halsstarrig und abenteuerlustig sind, wie ich es in ihrem Alter war. Ich bin mir sicher, Sie alle wollen, dass ich Tangelo Paroli biete, und zwar mit allen Möglichkeiten, die uns zur Verfügung stehen. Und genau das werde ich tun. Vielen Dank, meine Damen und Herren. Frau Professor Dendias, würden Sie bitte noch einen Augenblick bleiben? –

Danke für Ihre Unterstützung, Christina«, sagte er, als sie allein waren. »Darauf würde ich gern auch in Zukunft bauen. Sie waren zu der heutigen Konferenz als mein Gast und als Spezialistin geladen. Es wäre schön, Sie nähmen an der nächsten als ordentliches Mitglied teil. Bitte denken Sie darüber nach. Sie würden fürstlich entlohnt.«

»Darum geht es mir nicht. Ich habe einen Job und dank der Einkünfte aus dem Verkauf meines Buches mehr Geld zur Verfügung, als ich brauche«, antwortete Christina. Im Stillen bedauerte sie Wendt, dessen Einsamkeit ihr vor dem meuternden Aufsichtsrat bewusst geworden war. Wie ein Tiger in Gefangenschaft, hatte sie gedacht. »Mich interessiert, welche Auswirkungen Ihre Robotik auf unsere Gesellschaft hat und wie wir damit umgehen. Bevor Sie mir Ihr Angebot unterbreiten, sollten Sie wissen, dass ich mich sehr intensiv mit diesem neuen Polizeiroboter beschäftigen werde, der von seinem Partner Roberto genannt wird.«

Christina war regelrecht schockiert gewesen, als sie die Leistungsprofile von Roberto und Stirling studiert hatte. Bislang war sie immer davon ausgegangen, dass der Tag, an dem ein von Menschen gemachtes Gehirn ebenso viele Neuronen und Synapsen wie das echte Menschengehirn aufweisen würde, noch in weiter, weiter Zukunft läge. Etwas Gleichwertiges zu schaffen erschien ihr allzu phantastisch. Schließlich bestand das Gehirn eines erwachsenen Menschen durchschnittlich aus rund hundert Milliarden Neuronen, von denen jedes einzelne wiederum über durchschnittlich siebentausend Synapsen verfügte. Ein dreijähriges Kind hatte an die zweihundert Billionen Synapsen und damit fast doppelt so viele wie ein Erwachsener. Christina versuchte, diese aberwitzige Zahl in ein Verhältnis zu setzen, um sich eine Vorstellung davon machen zu können, und rechnete im Kopf aus, dass sie in etwa dem Dreifachen des in Millimetern gemessenen Abstands zwischen Erde und Sonne entsprach.

Das erste künstliche Gehirn, das ähnlich funktionierte wie das des Menschen, wurde 2014 von IBM unter der Bezeichnung TrueNorth vorgestellt. Es handelte sich um einen Chip mit einer Prozessorleistung, die ungefähr einer Million Neuronen und 256 Millionen programmierbarer Synapsen entsprach. Nicht größer als eine Briefmarke, war er doch immer noch viel zu groß und sperrig, um den ehrfurchtgebietenden Versuch gelingen zu lassen, auf den alle aus waren: Konnte die bloße Kombination einer ausreichenden Menge Neuronen und Synapsen so etwas wie menschliches Bewusstsein hervorbringen? Würde irgendein magischer Funke überspringen, wenn es nur die geeignete Hardware gäbe? Könnte ausreichende Quantität auch einen Sprung in der Qualität bedeuten?

Diese Frage hatte auch einen theologischen Hintergrund. Manche Wissenschaftler hielten es für durchaus denkbar, ein quasi-menschliches Bewusstsein zu schaffen, einfach dadurch, dass man immer mehr Rechner mit riesigen Kapazitäten miteinander verknüpfte. Die meisten zweifelten jedoch daran, dass allein im Anhäufen von Hardware eine Antwort zu finden sei, wussten aber jenen zusätzlichen Faktor auch nicht zu erklären, der es Menschen möglich machte, Gedanken zu entwickeln und sich dessen bewusst zu sein. Religiöse Menschen hatten diese Schwierigkeiten nicht. Für sie war das Bewusstsein ein Geschenk Gottes, ein Aspekt der Seele, ein rätselhaftes Attribut, das allein Menschen vorbehalten war und der Bibel recht gab, die behauptete, Gott habe den Menschen nach seinem Bilde geschaffen.

Christina war im römisch-katholischen Glauben erzogen worden. Ihre Erinnerung reichte zurück bis zum Pontifikat des von ihr verehrten Papstes Franziskus. Bei ihrer Erstkommunion hatte sie einen Text von ihm vorgelesen bekommen. Darin hieß es: »Die Gnade gehört nicht zum Bewusstsein, sie ist das Lichtquantum, das wir in der Seele haben –«

Auch sie war immer der Ansicht gewesen, dass das Gehirn nicht bloß eine Maschine sein konnte, die Wissen anhäufte und Urteile fällte, sondern dass es auf irgendeine grundlegende, alle Vernunft übersteigende Weise erleuchtet sein musste – vielleicht war das Gnade, vielleicht war es der göttliche Funke. Mit diesem Konzept hatte sie viele Jahre gut leben können, bis sie in Afrika ihren Glauben verlor, irgendwo zwischen ihrem ersten Flüchtlingslager und ihrem ersten Kampfeinsatz. Eines Nachts – sie hatte nicht schlafen können – war ihr eine Auswahl von Schriften eines britischen Wissenschaftlers in die Hände gefallen, von dem sie zuvor nie gehört hatte. Die Lektüre war ihr mitten in der Nacht eigentlich zu komplex, aber weil sie nichts anderes zu lesen hatte, begann sie dennoch. Im Vorwort las sie, dass der Autor, ein gewisser Stephen Hawking, aufgrund einer degenerativen Erkrankung des motorischen Nervensystems an den Rollstuhl gefesselt, aber trotzdem imstande gewesen war, eine erste kohärente Theorie zu entwickeln, die Einsteins Gravitationstheorie und die Quantenmechanik miteinander in Einklang zu bringen vermochte.

Christina war fasziniert. Sie las die ganze Nacht hindurch und kam an eine Stelle, die ihr Denken nachhaltig beeinflusste. Sie bezog sich auf eine Podiumsdiskussion im Rahmen des Atheistischen Weltkongresses, der 2010 in Kopenhagen stattgefunden hatte. Auf die Frage eines Mannes aus Seattle antwortete Hawking mit den Worten: »Für mich ist das Gehirn im Wesentlichen ein Computer und das Bewusstsein eine Art Computerprogramm. Es stellt seinen Dienst ein, wenn der Computer heruntergefahren wird. Theoretisch könnte ein Bewusstsein in einem neuronalen Netzwerk nachgebildet werden, aber das wäre sehr schwierig, da alle Erinnerungen eines Menschen darin verarbeitet werden müssten.«

Die Vorstellung, dass das Bewusstsein einem Computerprogramm entsprach, ließ sie nicht mehr los, und es ärgerte sie regelrecht, dass ein solches Programm zwar theoretisch denkbar, aber nicht umsetzbar sein sollte. Was machte das menschliche Erinnerungsvermögen so komplex? Stellte die enorme Menge an Erfahrungen das Problem dar? Oder waren Erinnerungen einfach zu individuell, zu subjektiv und unzuverlässig, um sich nachbilden zu lassen? Wenn Erinnerungen die Essenz des Bewusstseins sein sollten, konnte ein Computerprogramm dann nicht, auf Grundlage einer ausreichenden Quantität an beliebigen gespeicherten Erinnerungsdaten, Selbstbewusstsein entwickeln? Und würde ein solches Pseudobewusstsein für Menschen, die ihm begegnen, glaubwürdig sein?

Alle diese Dinge gingen ihr immer wieder durch den Kopf. Christina bewarb sich um ein von der Armee gesponsertes Stipendium, schrieb sich für den Studiengang Künstliche Intelligenz ein und spezialisierte sich dann im neu eingerichteten Fachbereich »Soziologie der künstlichen Intelligenz«. Ihr Interesse galt dem Umgang mit Robotern in den Bereichen Medizin, Altenpflege und Militär und den zunehmend komplexer werdenden Interaktionen zwischen ihnen und den Menschen in diesen Bereichen. Die Ergebnisse fasste sie in ihrem Buch zusammen, dem sie nun das unerwartete Angebot von Wendt verdankte. Die Fragen, die sich ihr in jener Nacht unter afrikanischem Himmel erstmals gestellt hatten, waren offengeblieben, doch glaubte sie immer noch fest an die Möglichkeit ihrer Beantwortung.

Umso mehr lockte sie die Aussicht darauf, die am höchsten entwickelten und leistungsstärksten Roboter, die es je gegeben hatte, im Detail studieren zu können. Roberto und Stirling waren in jeder Hinsicht außergewöhnlich und die ersten, deren Anzahl an Neuronen und potentiellen Synapsen annähernd der von Menschen gleichkam. Es gab zwar schon Computer mit vergleichbaren Kapazitäten, doch sie waren fest eingebunden in Serverfarmen. Als Roboter konnten sich Roberto und Stirling hingegen frei bewegen, mit den gleichen Sinnesorganen wie Menschen ausgestattet und lernfähig. Wie Rolf Pfeifer, der zu seiner Zeit Ansehen als einer der einflussreichsten Robotik-Theoretiker und Designer von Roboy (einem in neun Monaten gebauten Roboterbaby, das pünktlich am 9. März 2013 das Licht der Welt erblickte) genossen hatte, vertrat sie die Auffassung, dass die menschliche Physis das Denken prägte und kognitive Fähigkeiten untrennbar mit der äußeren Struktur verbunden waren, die sie verkörperte.

Wendt hatte ihr vollen Zugriff auf seine eigene Datenbank für das Roboterprojekt gewährt. Christina war überwältigt von der Fülle der literarischen und cineastischen Erfahrungen, die den beiden Robotern aufgespielt worden waren. Doch obwohl sie anhand der Einträge nachvollziehen konnte, um welche Bücher und Filme es sich handelte, gab es nirgends Hinweise auf eine entsprechende wissenschaftliche Auswertung dieses Inputs. Offenbar waren ihre Reaktionen nie abgefragt worden, man hatte sie nicht gebeten, besonders eindrückliche Szenen zu benennen oder die Motive einzelner Protagonisten zu analysieren. Eine Information aber überraschte sie sehr. Sie war davon ausgegangen, dass die Roboter alles, was sie gesehen oder gelesen hatten, präsent hatten. Doch sowohl Roberto als auch Stirling hatten manche Filme zweimal sehen wollen. Darunter Franco Zeffirellis Adaption von Shakespeares *Romeo und Julia*, David Leans *Lawrence von Arabien*, Sönke Wortmanns *Das Wunder von Bern*, Mel Gibsons *Braveheart*, Marcel Carnés *Kinder des Olymp*, Alfred Hitchcocks *Fenster zum Hof*, Wolfgang Petersens *Das Boot*, Sergei Eisensteins *Alexander Newski*, Kurosawas *Rashomon*, John Fords *Zwölf Uhr mittags* und Charlie Chaplins *Goldrausch*. Dass es sich hauptsächlich um Klassiker handelte, fand Christina interessant. Aus dem 21. Jahrhundert war Elmar Imanovs *Die Schaukel des Sargmachers* vertreten sowie die brillante Filmbiographie über Hillary Clinton und Angela Merkel, mit der Scarlett Johansson als Regisseurin debütierte. Auch zwei der Vids von Hannes Molders über die Kriege in Afrika waren von den Robotern mehrfach angesehen worden. Gleich zwei Filme waren von Stanley Kubrick – *Spartacus* und *Dr. Seltsam* –, drei von Walt Disney: *Bambi*, *Fantasia* und *Schneewittchen und die sieben Zwerge*.

Christina war verblüfft. Was hatten diese Filme miteinander gemein? Was sagten sie über menschliche Erfahrungen aus, dass künstliche Intelligenzen sich so sehr für sie interessieren mochten? Versuchten sie etwa, so intensive Gefühle wie Liebe und Loyalität, Furcht und Trauer nachzuempfinden? Aber was fanden sie an Disney-Filmen? Gefielen ihnen die hübschen Bilder von *Fantasia* oder die Figuren in *Schneewittchen*, menschliche Wesen, die nicht echt, sondern gezeichnet, also so künstlich waren wie sie selbst? Reizte sie an *Bambi* vielleicht der rätselhafte Umstand, dass Menschen auf die großen braunen Augen einer kindlichen Kreatur offenbar mit Sympathie reagierten? Besser nachvollziehen konnte Christina das Interesse an *Zwölf Uhr mittags*. Grace Kelly spielte darin eine fromme, pazifistisch eingestellte Quäkerin, die einen Mord begeht, um ihren Mann zu retten. Verständlich, dass Roboter, programmiert darauf, Menschen keinen Schaden zuzufügen, davon fasziniert waren. Christina konnte es kaum erwarten, Roberto zu interviewen und dann Stirling, wenn er denn gefunden würde, dieselben Fragen zu stellen und die Antworten der beiden zu vergleichen. Beide hatten sich Dutzende von Filmen über Roboter angeschaut – so etwa Fritz Langs *Metropolis* oder George Lucas' *Krieg der Sterne* –, ohne sie ein zweites Mal sehen zu wollen. Ein einziger Durchlauf hatte ihnen auch im Fall der *Terminator*-Filme gereicht, und trotz seiner Parallelerfahrungen als AP schien Roberto nicht einmal an den *Robocop*-Filmen sonderlich interessiert gewesen zu sein. Wie war das für sie, wenn Roboter als Schurken beziehungsweise Helden oder als empfänglich gegenüber menschlichen Gefühlen dargestellt wurden?

Als Nächstes rief Christina die Titelliste der Musikstücke auf, die den beiden aufgespielt worden waren. Die Auswahl rangierte von Bach bis Bowie, Scott Joplin bis zu den Stones, von Wagner bis Weill. Zu manchen der Werke hatten sie Filme geladen, in denen bestimmte Musikstücke vorkamen, zum Beispiel Carl Orffs *Carmina Burana* – im Intro zu Michael Jacksons *Dangerous World Tour* und in *Glory,* einem amerikanischen Bürgerkriegsdrama, in dem eine Einheit schwarzer Freiwilliger einen Verzweiflungsangriff riskiert. Am häufigsten hatten sie sich die Szene in Disneys *Fantasia* vorspielen lassen, in der Strawinskys *Le Sacre du Printemps* erklang.

Wagners *Tannhäuser* oder Smetanas *Moldau* wollten sie von verschiedenen Orchestern und Dirigenten interpretiert hören, so auch Beethovens Neunte – mal unter Karajan, mal unter Bernstein, Toscanini und Furtwängler. Samuel Barbers *Adagio for Strings* hatte es ihnen offenbar besonders angetan: Obwohl sie den Film *Platoon* nur ein einziges Mal in Gänze sahen, ließen sie den Film sehr oft zurücklaufen, um die Szene mit dem *Adagio for Strings* immer wieder hören zu können, und sie fanden das *Adagio* auch in den Filmclips von John F. Kennedys Beisetzung, die sie sich aus demselben Grund ebenfalls mehrfach ansahen. Zu den wenigen Rock-Videos auf dieser Liste zählte *Tage wie diese* von den Toten Hosen, einmal live mitgeschnitten während eines Rockfestivals, ein anderes Mal aus Tausenden von Kehlen vor dem Brandenburger Tor gegrölt, als die Fußballnationalmannschaft für ihren Sieg bei der Weltmeisterschaft 2014 gefeiert worden war.

Zurückgelehnt in ihrem Sessel, erinnerte sich Christina

an den Song der Hosen mit seinem unverwechselbaren Gitarrenvorspiel. Er war auch eines von Bernds Lieblingsstücken gewesen, eines, das alle Soldaten in Afrika zu kennen schienen, nicht nur die deutschen. Wie das Lied *Lili Marleen* – während des Zweiten Weltkriegs hatte der Song zum Kulturgut nicht nur des Afrikakorps, sondern auch der britischen und amerikanischen Truppen gehört. Erstaunlich, dachte Christina, wie unmittelbar Musik menschliche Stimmungen und Erinnerungen anzusprechen vermochte. Wirkte sie womöglich ähnlich auch auf Roboter? Wenn ja, wie viel haben Roberto und Stirling dann wohl miteinander gemein? Wenn Hawking recht hatte und die Erinnerung ausschlaggebend für das individuelle Bewusstsein war, machten dann diese geteilten Erfahrungen von Musik und Filmen Roberto und Stirling gewissermaßen zu Brüdern?

22

Politische Herausforderungen der nächsten fünfzig Jahre
(OECD)

Dieses Papier benennt und analysiert einige entscheidende Herausforderungen, die im Laufe der nächsten fünfzig Jahre auf die OECD und verbündete Volkswirtschaften zukommen könnten, wenn die globalen Trends bezüglich Wachstum, Handel, Rohstoffverteilung und Umweltbelastungen anhalten. Das Weltwirtschaftswachstum zum Beispiel wird wahrscheinlich zurückgehen und zunehmend abhängig sein von Know-how und Technologie, während die Kosten für Umweltschäden ansteigen. Die zunehmende ökonomische Bedeutung von Know-how wird die Entlohnung spezieller Fähigkeiten befördern und damit zu noch größeren Einkommensunterschieden in den einzelnen Ländern führen. Während steigende Bruttoeinkünfte nicht automatisch Einkommensunterschiede nach sich ziehen, werden Regierungen deren Folgen wahrscheinlich nur in begrenztem Ausmaß abfedern können, da Handelsverflechtungen und eine zunehmende Mobilität der Steuerzahler, kombiniert mit erheblichen fiskalischen Problemen, solche Bemühungen behindern könnten. Das vorliegende Papier untersucht, inwieweit strukturpolitische Maßnahmen auf

nationaler Ebene geeignet wären, diese oder andere damit verbundene Herausforderungen zu meistern, verweist aber auf den wachsenden Bedarf an internationaler Koordination und Kooperation, um dieser Probleme in den kommenden fünfzig Jahren Herr zu werden.
  Henrik Braconier, Giuseppe Nicoletti, Ben Westmore, OECD (Organisation für wirtschaftliche Zusammenarbeit und Entwicklung), Paris, 2. Juli 2014

Klaus Schmitt schlenderte mit Sybill durch die Weinberge und schilderte ihr seine Eindrücke von der ersten Begegnung mit Roberto. Er habe das vertraute und zugleich irritierende Gefühl gehabt, sagte er, einer erwachsenen Person gegenüberzutreten, die er zuletzt als jemand Jüngeren, noch nicht so Entwickelten, gesehen hatte.

»Es scheint, als würde er sich mehrerer kognitiver Systeme gleichzeitig bedienen, dabei drei oder vier unterschiedliche Gedankengänge verfolgen und zwischen ihnen hin und her pendeln – genau wie wir das auch tun. Als ich den Namen Wendt erwähnte, spürte ich, dass Roberto sofort miteinander abglich, was ich über Wendt wusste, was in der Öffentlichkeit über Wendt bekannt war, was Bernd Aguilar über ihn wusste und was ihm selbst von seinen Besuchen bei ihm zu Hause, im Forschungszentrum und aus Gesprächen mit seinem Personal über ihn bekannt war. Gleichzeitig sichtete er diverse Datenbanken, Dokumentarfilme und Zeitungsberichte, die Auskunft über ihn gaben, und zwar so schnell, dass unsere Unterhaltung darüber kein einziges Mal ins Stocken geriet.«

»Das ist nicht zuletzt dein Verdienst«, sagte Sybill.

»Ja, aber wie nahtlos all diese Funktionen ineinandergreifen, ist schon erstaunlich. Mit dem Hinsetzen hapert's allerdings immer noch.«

Sybill lächelte. Sie kannte das alte Problem. Dazu aufgefordert, sich auf einen normalen Stuhl zu setzen, konnte ein Roboter in Sekundenbruchteilen den Standort und die Sitzhöhe des bezeichneten Stuhls analysieren und wusste auch genau, in welchem Moment er die Zugkräfte der Oberschenkel entspannen und sich der Sitzfläche anvertrauen konnte. Doch sobald er sich zum ersten Mal in einen Sessel oder auf ein Sofa setzen sollte, stand er vor einer echten Herausforderung. Der Akt des Sitzens war an sich schon diffizil, da sich dabei ein Großteil des Körpergewichts nicht mehr zentriert über den Füßen befand. Ein Roboter konnte nicht abschätzen, wann das Polster aufhören würde nachzugeben und Halt bieten würde, und nahm deshalb meist die Hände zu Hilfe, wie ältere oder gebrechliche Menschen.

»Seit neuestem hat er ein bemerkenswertes Lernprogramm, das auf Sinnesreizen basiert. Wenn er auf einem ihm vertrauten Stuhl Platz nehmen soll, stellt er sich recht geschickt an«, fuhr Klaus fort. »Als ich ihm einen Liegestuhl anbot, wusste er sofort, dass er dafür zu schwer war. Übrigens, er kann jetzt auch schwimmen – mit integrierten Schwimmflügeln, die sich automatisch aufblasen.«

»Hat er inzwischen auch Genitalien?«, fragte Sybill.

Klaus schüttelte den Kopf. »Nein, aber das ist nicht der Hauptunterschied zwischen ihm und Stirling. Jede neue Applikation für Roberto muss von Wendt und zugleich von der Polizeichefin genehmigt werden. Stirling hingegen kann auch von anderen, von Wendt dazu befugten Personen, wie zum Beispiel Mitgliedern seiner Familie programmiert werden.«

Sie gingen schweigend weiter und genossen den Anblick der von Schmetterlingen und Bienen umschwirrten Weinstöcke. Plötzlich fragte Sybill: »Bedauerst du manchmal, nicht mehr in der Forschung zu arbeiten wie früher?«

»Manchmal, ein bisschen. Aber das Leben mit dir und den Kindern und die Arbeit auf dem Hof gefallen mir besser. Ich denke gern an die Zeit im Labor zurück, aber ich habe dort erreicht, was ich wollte«, antwortete er. »Im Nachhinein war das wohl einfach eine Phase, die ich durchlaufen musste, so wie andere zur Bundeswehr gehen oder in Flüchtlingslagern helfen.«

Als sie sich bei ihm unterhakte, betrachtete er ihre vertrauten Züge und empfand so viel Zärtlichkeit für sie, dass er sich herabbeugte und ihr einen Kuss auf eine Augenbraue gab, die so blond war wie ihr Haar. Sie blieb stehen, legte die Arme um ihn und ihren Kopf an seine Brust.

»Ich wünschte, das Leben könnte ewig so weitergehen. Aber manchmal habe ich Angst, es geht nicht mal mehr so lange, bis unsere Kinder groß geworden sind.«

»Wie meinst du das?«, fragte Klaus überrascht. Sie löste sich von ihm und ging weiter.

»Du erinnerst dich doch noch an das, was den Werners passiert ist, oder?«

Er nickte. Die Werners waren Freunde, die einen Hof in der Nähe von Bad Dürkheim bewirtschafteten, der an ein Freies Gebiet angrenzte. Eines frühen Morgens waren sie überfallen worden und der gesamten Weinproduktion des

Vorjahres beraubt worden. Auf Pferdekarren hatten die Diebe ihre Beute fortgeschafft. Horst, vom Lärm in der Lagerhalle aufgeweckt, hatte nach dem Rechten sehen wollen und war zusammengeschlagen worden, eine gebrochene Nase und zwei gebrochene Finger waren das Ergebnis, man hatte ihm mehrfach auf die Hand getreten. Noch vor zwei oder drei Jahren waren solche Überfälle undenkbar gewesen, doch in den letzten Monaten häuften sie sich.

»Inzwischen ist es schon so weit, dass ich mich fürchte, wenn du nicht zu Hause bist«, sagte Sybill. »Die Freien Gebiete sind nicht mehr das, was sie einmal waren. Das Klima hat sich mit all den Kriminellen, die hier Unterschlupf suchen, deutlich verändert.«

»Früher hast du den Freiländern mehr Sympathie entgegengebracht. Wir haben unter den Mitgliedern der Kommunen immer noch jede Menge Freunde. Dieter wird schon dafür sorgen, dass uns nichts passiert.«

»Es geht nicht nur mir so, Klaus. Viele der Nachbarsfrauen haben ähnliche Ängste und machen Stimmung gegen die Freiländer und verlangen, dass ihre Höfe geräumt werden. Ich wünsche mir die Zeiten zurück, als man den Leuten trauen konnte, bevor all diese Kriminellen hier eingefallen sind.«

»Illegale Drogenküchen hat es immer wieder gegeben, Sybill. Bislang haben unsere Freunde selbst für Ordnung sorgen können, und ich bin mir sicher, das wird so bleiben.«

»Nein, Klaus, das glaube ich nicht. Die Veränderungen sind real, und sie machen mir Angst. Wir haben uns hier etwas aufgebaut, und ich will nicht, dass es vor die Hunde geht, und ich will mir auch keine Sorgen um die Sicherheit unserer Kinder machen müssen. Seit '48 sind sechzehn Jahre vergangen, und von den Idealen der Freiländer ist nicht mehr viel übrig geblieben. Ich finde, es wird Zeit, zur Normalität zurückzukehren.«

Normalität? Was sollte das sein, fragte sich Klaus, der auf Jahrzehnte rasender Veränderungen zurückblickte. Er erinnerte sich noch an die Zeiten, als sein Großvater einmal in der Woche seine Kontoauszüge überprüft hatte. Banken gab es längst nicht mehr, nur noch vollautomatisierte Schaltstellen für Geldverkehr und Abgaben. Holoscreens, Wendtainer, 3-D-Druckereien, fahrerlose Lastenkonvois und Gesundheitsimplantate – all das hatte er selbst kommen sehen. Klaus hätte sich als Kind nicht vorstellen können, dass Straßen schon bald mit Solarzellen belegt oder an den Universitäten mehr Studenten jenseits der sechzig eingeschrieben sein würden als solche unter dreißig. Oder dass Baumwolle ein knappes Luxusgut sein würde, weil Anbau und Verarbeitung viel zu viel Wasser verschlangen und Textilien deshalb aus Wolle, Leinen, Seide und Bambusfasern bestünden.

Er hatte vergeblich gehofft, dass es mit den Kriegen in Afrika ein Ende haben und eine Lösung für die Flüchtlinge gefunden würde, die auf dem Mittelmeer ihr Leben riskierten und in verzweifelten Vids vor den Augen der Welt ertranken. Aber er hatte wohl auch nicht damit gerechnet, dass so viele Menschen wieder Arbeit im traditionellen Handwerk und Kunstgewerbe finden würden, dass wieder gewebt und nach Maß geschreinert und auf den Dächern städtischer Gebäude Gemüse angebaut werden würde.

Im großen Ganzen fand Klaus, dass seine Generation

eine gute Welt aufgebaut hatte. Die drängendsten Probleme früherer Tage waren auf vernünftige Weise gelöst worden. Erneuerbare Energie konnte bequem und sicher in Flüssigbatterien gespeichert werden, die auf der Basis organischer Chinone funktionierten. Es gab keinen Mangel an Lebensmitteln mehr. Selbst Afrika hätte, wäre es nicht durch Kriege und korrupte Politik zerrüttet, seine Bevölkerung von den Produkten der eigenen Landwirtschaft ernähren können. Tragischerweise wurde in Afrika der Ausbau des Straßennetzes und der Lagermöglichkeiten nicht für die bessere Versorgung mit Lebensmitteln genutzt, sondern vornehmlich zur Bewegung von Truppen und Marodeuren.

In Europa, Asien und Nordamerika aber verzeichneten die massiven Anstrengungen für das Recycling nicht verzehrter Lebensmittel einen enormen Erfolg. Und dank des weit verbreiteten Einsatzes hoch entwickelter landwirtschaftlicher Anbautechniken waren die Erträge in den meisten Teilen der Welt auf europäischem Niveau, und zwar ohne weiterhin umweltschädliche Düngemittel im Übermaß einsetzen zu müssen, die vorher die Flüsse verschmutzt und die Böden ausgelaugt hatten. Alle Winzer, die Klaus kannte, und eine Vielzahl von Landwirten seiner Region hatten sich biodynamischen Methoden verschrieben.

Wasser gab es reichlich und brauchte nicht länger rationiert zu werden, was dem Einsatz von Tropfbewässerung und Kläranlagen zu verdanken war, die Brauchwasser wiederaufarbeiteten und Abwasser in organischen Dünger umwandelten. Klaus grinste in Erinnerung an den jungen Bauern und Ökonomen österreichisch-schweizerischer Herkunft, der buchstäblich die Nase voll gehabt hatte vom

Güllegestank auf seinem Hof und sich auf ein altes Hausmittel besann. Er versetzte die Gülle mit Sauerkrautsaft, dessen hoher Anteil an Milchsäurebakterien den Fäulnisprozess und damit die Bildung von Ammoniakgasen verhinderte, die unter anderem sauren Regen verursachten. Gleichzeitig blieben die Nährstoffe wie Phosphor, Schwefel und Stickstoff in der Gülle erhalten, was sie als Dünger umso wertvoller machte. Wären da nicht noch Afrika und der Nahe Osten, dachte Klaus, hätte die Welt das Zeitalter der fossilen Brennstoffe endgültig hinter sich gelassen. Die CO_2-Sättigung der Atmosphäre war nicht weiter angestiegen und könnte in naher Zukunft sogar fallen. Die Gletscher schmolzen zwar immer noch, der Meeresspiegel stieg weiter an, und in den Alpen gab es nur noch wenige schneesichere Skigebiete. Aber es war immerhin ermutigend, dass sich die Menschen dem hausgemachten Problem, das ihre Zukunft bedrohte, gestellt und Lösungswege gefunden hatten.

Klaus hatte nie Karl Marx gelesen, erinnerte sich aber an einen Satz des alten Philosophen, den sein Freund Dieter häufig zitiert hatte. Es sei, wie er sagte, die einzige Stelle, in der Marx skizziert habe, wie er sich seine kommunistische Utopie vorstellte. Es sei eine Gesellschaft, in der »... jeder nicht einen ausschließlichen Kreis der Tätigkeit hat, sondern sich in jedem beliebigen Zweige ausbilden kann, die Gesellschaft die allgemeine Produktion regelt und mir eben dadurch möglich macht, heute dies, morgen jenes zu tun, morgens zu jagen, nachmittags zu fischen, abends Viehzucht zu treiben, nach dem Essen zu kritisieren, wie ich gerade Lust habe, ohne je Jäger, Fischer, Hirt oder Kritiker zu werden«.

Klaus hatte immer Gefallen daran gefunden, dass dieser Gedanke aus Marx' *Deutscher Ideologie* stammte, einem Konvolut früher Manuskripte, das drei Jahre vor dem *Kommunistischen Manifest* entstanden war. Denn genau so gestaltete er sein Leben im modernen Deutschland. Er war Jäger und Landwirt nach Belieben, auch Musik- und Theaterkritiker, indem er junge Künstler aussuchte und sie auf seinem Hof auftreten ließ. Früher hatte er als Wissenschaftler und Forscher gearbeitet, jetzt war er stolz darauf, guten Wein herzustellen und ein Restaurant zu führen, das gesunde und schmackhafte Kost anbot. Vor allem aber war er Familienvater, der Frau und Kinder über alles liebte und umsorgte.

Klaus hatte allen Grund, mit seinem Leben in diesem Land zufrieden zu sein. Die Schulen waren gut, die Lehrer vorzüglich ausgebildet, und als diejenigen, denen die Zukunft des Landes anvertraut war, wurden sie auch angemessen bezahlt. Aus Bildungsreformen waren Schulen hervorgegangen, von denen Klaus als Kind nur hätte träumen können.

Jeder Schüler lernte heute ein Musikinstrument spielen und Noten lesen. An jeder Schule gab es Musiklehrer, einen Chor und Theaterpädagogen, die mit jeder Klasse einmal im Jahr ein Stück auf die Bühne brachten. Jede Schule hatte ihre eigene Küche, in der Jungen und Mädchen kochen lernten und über gesunde Ernährung aufgeklärt wurden. Wie alle Eltern freuten sich auch Sybill und Klaus auf das inzwischen traditionelle Fest zum Schuljahresende, bei dem die Schüler ihre Eltern und Lehrer mit einem Drei-Gänge-Menü bewirteten. Wie schön, dachte Klaus, dass aus seiner

Heimat wieder ein Land der Dichter und Musiker geworden war.

Es gab Werkstätten an den Schulen, in denen Mädchen und Jungen lernten, Holz und Metall zu bearbeiten, Fahrräder zu reparieren und Wände aus Ziegelsteinen zu errichten. Im Physiklabor löteten und überprüften die Schüler elektrische Schaltkreise; sie probierten sich an Computerprogrammen aus und bauten Radioempfänger zusammen. Zur Standardausstattung zählte auch ein Schulgarten samt Gewächshaus, in dem die Schüler das Gemüse und die Kräuter anbauten, die später in der Küche verarbeitet wurden. Aus den Früchten der Streuobstwiese pressten sie köstliche Säfte. Im Hühnergehege und im Schweinestall lernten die Kinder den Umgang mit Tieren, an die sie Tag für Tag die Essensreste aus der Küche verfütterten.

Die Eltern wurden ermuntert, sich nach Belieben am Schulgeschehen zu beteiligen. Manche boten sogar zusätzliche Kurse an. Klaus zum Beispiel lud jedes Jahr eine Abschlussklasse zu sich auf den Weinberg ein. Die Schüler halfen ihm bei der Weinlese, und er zeigte ihnen, wie die Trauben zu Maische verarbeitet, dann gekeltert und die Rückstände vom süßen Most getrennt wurden, den die natürlichen Hefesporen an den Wänden seiner Kellerei schließlich in Gärung versetzten. Er brachte ihnen bei, zwischen der Lagerung in Tanks und Fässern zu unterscheiden, und lud sie im Frühjahr wieder ein, um zuzusehen, wie der Wein verschnitten und in Flaschen abgefüllt wurde. Interessierten Schülern erlaubte er, Trauben so zu maischen, wie man es früher gemacht hatte, nämlich mit nackten Füßen. Sie durften dann in einem speziellen Fass ihren eigenen

Wein heranreifen lassen. Manche von ihnen machten später eine Lehre in einer Kellerei, und unter Klaus' Mitbewerbern auf dem Weinmarkt waren nicht wenige, die er während ihrer Schulzeit für das Winzerhandwerk begeistert hatte.

Jedes Jahr im April veranstalteten die Schulen einwöchige Klassenfahrten, an denen auch Eltern teilnehmen konnten. In ganz Deutschland traf man Schüler an, die täglich zehn bis fünfzehn Kilometer über Land wanderten. Sie lernten, Karten zu lesen, ihre Zelte aufzubauen, Latrinen auszuheben, sich selbst mit Trink- und Waschwasser zu versorgen und ihr Essen zuzubereiten. In den Flammen des Lagerfeuers rösteten sie ihre Stockbrote und unterhielten sich mit Geschichten. Und wenn sie am Morgen das Lager räumten, achtete jeder darauf, dass kein Abfall zurückblieb.

Klaus glaubte, dass da Schüler heranwuchsen, die besser aufs Leben vorbereitet sein würden, die vielseitiger und aufgeweckter waren als seine Generation, und es machte ihn zufrieden, an der Ausbildung nicht nur seiner, sondern auch der Kinder aus der Nachbarschaft mitwirken zu können. Er war stolz auf sie und darauf, was seine Region, das Land Baden-Württemberg und Europa erreicht hatten, trotz der weltweiten Finanzkrisen infolge der 2007 geplatzten Immobilienblase in den Vereinigten Staaten. Die Krise traf dann die Wall Street und die Weltwirtschaft im Jahr 2008, kam 2009 in den ersten Ländern der Eurozone an, ein Jahr später waren auch Frankreich und Italien betroffen. Die Eurozone stand vor Schuldenbergen und machte eine lange Phase der Stagnation durch, ausgerechnet zu einer Zeit, da aufgrund der zunehmenden Automatisierung immer mehr Arbeitsplätze abgebaut wurden und die durchweg überalterten Sozialstaaten an den Rand der Zahlungsunfähigkeit gerieten.

Klaus war in einer in ganz Europa von düsteren Prognosen und drohender Armut geprägten Zeit aufgewachsen, von der er selbst während seiner Kindheit auf dem Hof nicht viel mitbekommen hatte. Doch trotz zahlreicher Krisen und Scharmützel, trotz der Kriege in Afrika und im Nahen und Mittleren Osten hatten Europa und Nordamerika letztlich nur geringen Schaden genommen und sogar die Stürme nach den großen Unruhen von 2048 ohne Blutvergießen und autoritäre Zwangsmaßnahmen überstanden.

In der Folge wurde Deutschland, was die USA lange Zeit gewesen war, ein Land der Möglichkeiten für alle diejenigen, die lernen, arbeiten und erfolgreich sein wollten, und ein Auffangbecken für andere Europäer, die in ihrer Heimat keinen Job fanden. Dank einer ausgewogenen Asyl- und Einwanderungspolitik konnte die drohende Bevölkerungslücke durch Migration verhindert werden. Klaus' Land war in seiner Geschichte von schrecklichen Prüfungen heimgesucht worden: den Religionskriegen im 16. Jahrhundert, gefolgt vom Dreißigjährigen Krieg, den Eroberungszügen Napoleons und dem Drama der nationalen Vereinigung vor dem Ersten Weltkrieg. Dann kamen Faschismus, Hyperinflation und Massenarbeitslosigkeit, wieder Krieg und Terror und eine über vierzig Jahre währende Teilung des Landes. Wenn es Gott gibt, dachte Klaus, hatte er die Deutschen auf wirklich harte Proben gestellt.

Doch sie hatten sich nie unterkriegen lassen, noch immer waren ihre Ingenieurleistungen herausragend, ihre Opernhäuser und Universitäten von ausgezeichnetem Ruf. Sie waren die treibende ökonomische Kraft der Europäischen Union gewesen, hatten viele ihrer stabilsten Institutionen ins Leben gerufen und eine Vorreiterrolle beim Ausbau erneuerbarer Energien und eines Bildungssystems innegehabt, um das es vom restlichen Europa beneidet wurde.

Eine stattliche Bilanz, wie Klaus fand, doch als er mit Sybill vom Weinberg in Richtung des Hofs abstieg, machten ihm ihre Befürchtungen zu schaffen. Wie konnte er zufrieden sein, wenn seine Frau in ihrem eigenen Haus Angst haben musste? Und auch Dieters Einschätzung, dass die jüngsten kriminellen Umtriebe in den Freien Gebieten offenbar auf günstigen Nährboden fielen, war nicht von der Hand zu weisen. Klaus nahm von den Unkenrufen der Vids und Newsies immerhin so viel zur Kenntnis, dass die Menschen in ihrer wachsenden Besorgnis gegenüber den Freien Gebieten nach Maßnahmen verlangten. Was er von den Forderungen der Freiländer halten sollte, war ihm allerdings nicht so recht klar. Was er jedoch sicher wusste, war, dass sich die Freiländer gegen Übergriffe wehren würden.

23

Moravecs Paradox

»Es ist vergleichsweise einfach, Computer so einzurichten, dass sie Intelligenztests bestehen oder Schach spielen können, aber sehr schwer bis unmöglich, sie mit den Fähigkeiten eines einjährigen Kindes in puncto Wahrnehmung und Bewegung auszustatten. [...] Den hoch entwickelten, für Sinnesverarbeitung und Motorik zuständigen menschlichen Gehirnarealen sind eine Milliarde Jahre an Erfahrungen mit der Beschaffenheit der Welt eingeschrieben und wie man in ihr überlebt. Was wir Urteilsvermögen nennen, ist [...] nur das dünnste Furnier menschlicher Gedankentätigkeit, wirksam nur, weil es getragen wird von dem viel älteren und viel mächtigeren, wenngleich für gewöhnlich unbewusst angewandten sensomotorischen Wissen. Wir sind in Wahrnehmung und Bewegung olympische Heroen, so gut, dass wir Schwieriges leicht aussehen lassen. Abstraktes Denken ist dagegen ein relativ neuer Trick, vielleicht weniger als 100 000 Jahre alt. Abstrakt zu denken ist [...] im Grunde ganz und gar nicht schwer; es scheint nur so, wenn wir es versuchen.«

Aus: Hans Moravec, *Mind Children*. Boston: Harvard University Press, 1988. Hans Moravec ist Gründungsdirektor des Instituts für Robotik an der Carnegie Mellon University, Boston.

Bernd und Christina saßen in einem Dachgarten, der eigentlich eher ein Dach-Bauernhof war. An die Terrasse, auf der sie und andere Gäste ihre Feierabenddrinks genossen, grenzten Gemüsebeete. Zucchini reiften am Boden, der Spinat bildete üppige Blätter aus, Tomaten rankten an Spalieren, und dahinter strebten Zuckermaisholme in die Höhe, überragt noch von Kletterbohnen an langen Stangen. Auf der anderen Seite lag der Kräutergarten, in dem Basilikum und Schnittlauch, Salbei und Thymian, Estragon und Rosmarin wucherten. In ordentlichen Reihen waren Zwiebeln und Knoblauch gesetzt, und die Sonnenblumen dahinter hatten ihre Blütenkörbe der untergehenden Sonne zugewandt. Auf dem Tisch zwischen Bernd und Christina lag neben den Getränken ein Exemplar ihres Buchs, das sie auf seine Bitte hin mit schwungvoller Hand signiert und ihm mit den Worten »Für Bernd, einen sehr guten alten Freund« gewidmet hatte.

Unter ihnen breitete sich Heidelberg aus, und von ihrem Platz aus blickten sie über einen terrassierten grünen Hang auf die Stadt hinab, von dem sie wussten, dass es sich in Wirklichkeit um die über zehn Etagen absteigende Folge üppig begrünter Balkone des Gebäudes handelte, auf dessen Dach sie saßen.

Bernd schwelgte einen kurzen Moment in dem Gedanken, hier zu leben, doch obwohl er als Kommissar nicht schlecht verdiente und bescheidene Ansprüche hatte, wäre eine Wohnung in diesem Haus für ihn unerschwinglich. Christina hingegen würde sie sich dank ihrer neuen Position bei Wendt wohl ohne weiteres leisten können, doch diesen Anflug von Neid verdrängte er schnell. Er genoss ihre Gesellschaft und den guten Riesling, und immer wieder fielen ihm schöne Momente aus ihrer gemeinsamen Vergangenheit ein. Es war nicht nur sexuelle Anziehung gewesen, die sie in Afrika zusammengebracht hatte, sondern schlicht und einfach auch das Gefühl, einander zu mögen.

»Wie geht es ihr? Kann sie schon vernommen werden?«, fragte Christina. Bernd kam gerade aus dem Krankenhaus, wo er zum ersten Mal Gelegenheit gehabt hatte, Hati Boran zu sehen.

»Sie scheint über das Schlimmste hinweg zu sein, kann sich aber angeblich nicht daran erinnern, was in der Pause nach ihrem ersten Auftritt passiert ist, nur dass sie plötzlich einen heftigen Schmerz verspürt hatte. Das muss der Moment gewesen sein, als man den Laser auf ihr Implantat gerichtet hat. Sie weiß nicht, wie und von wem sie verschleppt worden ist, und ob sie tatsächlich vergewaltigt wurde, scheint man nicht mehr eindeutig feststellen zu können. Bevor der Krankenwagen kam, hatte Johanns Frau, eine Hebamme der Freiländer, sie schon versorgt. Es konnte jedenfalls keine Fremd-DNA sichergestellt werden. Die Ärzte sagen, es sei ganz normal, dass sie sich an nichts erinnert. Offenbar hat man ihr aber eine hohe Dosis Beruhigungsmittel verabreicht. Mehr lässt sich zurzeit nicht sagen.«

»Armes Mädchen«, seufzte Christina. »Es muss schrecklich sein, wenn einem etwas passiert und man nicht einmal genau weiß, was.«

Wie gut sie aussah, nur ein bisschen müde vielleicht, dachte Bernd. Wie er hatte auch sie seit ihrer gemeinsamen Zeit offenbar kein Gramm zugenommen. Sie war immer schon ein sportlicher Typ gewesen und schien geradezu vor

Gesundheit zu strotzen. Einige andere Frauen hatten ihm gesagt, dass ihm die grauen Schläfen gut zu Gesicht standen, obwohl er sich selbst dadurch zehn Jahre älter fühlte als Christina. Sie trug ein seidenes Etuikleid, das weiß und hellblau gestreift war und ihre schlanke Figur betonte.

»Was genau wird deine Aufgabe bei Wendt sein?«, fragte Bernd.

»Bisher unterstütze ich ihn vor allem in seiner Weigerung, seine Roboter in Waffen umzuwandeln. Im Vorstand gibt es offenbar eine Mehrheit, die meint, dies sei der nächste logische Schritt, zumal die Amerikaner ihn schon vollzogen haben. Ich finde, er hat recht mit seiner Befürchtung, dass es zu einem scheußlichen Wettrüsten kommen könnte, vielleicht nicht mit den Amerikanern, aber wer weiß… Du hast doch bestimmt von den Gerüchten gehört, nicht wahr?«

»Es sind wohl mehr als nur Gerüchte«, erwiderte er. »Erinnerst du dich an Grollstein, unseren Bekannten aus Hamburg, der sich tot gestellt hat, als damals in Afrika sein Flüchtlingslager überfallen wurde, und nur deshalb am Leben geblieben ist? Er hat gerade seinen Dienst quittiert und mich gefragt, ob er bei der Polizei unterkommen könnte. Er behauptet, kürzlich einen zerschossenen Cyborg mit speziellen prothetischen Gliedern und asiatischen Gesichtszügen entdeckt zu haben. Offenbar war er der Leibwächter eines Warlords aus Katanga. Grollstein hat Fotos von ihm gemacht und sie dem BND zugeschickt, doch dort will man von nichts wissen.«

»Gibt es nicht ein internationales Abkommen gegen Cyborgs?«

»Ja, genauso wie Landminen und Clusterbomben geächtet werden.« Er seufzte und schüttelte den Kopf. »Trotzdem kommen sie in Afrika zum Einsatz. Ich fürchte, was Cyborgs anbelangt, sind die Kontrollen ebenso unwirksam.«

Christina nickte. »Wendt hat mir ein Vid gezeigt, das ihm über seine Sicherheitsbeauftragten aus einer russischen Quelle zugespielt worden ist. Darin sind weibliche Sexroboter zu sehen. Ziemlich unappetitlich das Ganze.«

»Du weißt doch noch, wie es hieß, dass erst Pornographie die Popularität des Internets im vergangenen Jahrhundert so richtig befördert hat«, sagte Bernd. »Und habe ich in deinem Buch nicht von diesem primitiven weiblichen Sexroboter gelesen, der vor fünfzig Jahren in Amerika auf den Markt kam?«

»Das hast du ganz sicher«, antwortete Christina. »Sie wurde Roxxxy genannt, kostete siebentausend Dollar und hatte rund fünfzig einfache Sätze auf Lager, mit denen sie ihrem menschlichen Partner Honig ums Maul schmierte. Es gab auch eine männliche Version namens Rambo. Er war sogar noch teurer, weil er wahlweise drei unterschiedliche Geschwindigkeiten vorlegen konnte und bewegliche Lippen hatte, die nicht wie bei Roxxxy zu einem permanenten Schmollmund fixiert waren.«

Bernd lachte laut auf und steckte Christina mit seiner Heiterkeit an.

»Die Japaner waren in der Hinsicht sehr viel besser«, fuhr sie fort, als sie sich wieder beruhigt hatten. »Sie bauten Puppen, deren Augenlider und Augenbrauen sich synchron zu den Lippen bewegten, wenn sie sprachen, und sie waren auch die ersten, bei denen die Hautfarbe natürlich wirkte.«

»Du hast in dem Zusammenhang einen Ausdruck gebraucht, der verwendet wird, wenn Menschen sich gegenüber allzu realistischen Attrappen unwohl fühlen. Wie lautete der noch gleich?«

»*Uncanny Valley*«, antwortete Christina. »Unheimliches Tal. Gemeint ist der Abschwung in der graphischen Darstellung typischer menschlicher Reaktionen auf Roboter. Den Begriff hat 1970 ein Japaner namens Masahiro Mori geprägt. Er beschreibt unsere Ablehnung von menschenähnlichen Gestalten, die nicht mehr bloß künstlich, aber auch noch nicht wirklich realistisch aussehen. Der Graph zeigt, dass man anfangs Robotern gegenüber interessiert oder sogar wohlwollend ist, sobald sie jedoch menschliche Züge aufweisen, kommt es paradoxerweise zu einem dramatischen Abfall in der emotionalen Akzeptanz. Eine ähnliche Reaktion findet sich zum Beispiel beim Anblick einer Leiche. Doch da stand die Entwicklung von Humanoiden noch ganz am Anfang. Heute haben wir uns an den Anblick von Robotern gewöhnt, und das Tal ist deutlich weniger unheimlich. Du und Roberto, ihr seid das beste Beispiel dafür. Du hast dich ›gewöhnt an sein Gesicht‹, wie es in *My Fair Lady* heißt. Sein Gesicht ist dir mittlerweile vertraut.«

Bernd nickte. »Ja, aber manches andere verursacht auch bei mir noch solche Momente«, entgegnete er. »Roberto hat immer noch Probleme mit der Koordination, wenn er sich in ein Auto setzen will, das er noch nicht kennt, oder wenn es regnet und er einen Mantel anzieht. Knöpfe zu schließen ist ihm fast unmöglich, weshalb er nur Kleidung und Schuhe mit Klettverschlüssen oder Druckknöpfen trägt.«

»Und sein Verhalten?«, fragte sie. »Gibt es Dinge, die dich an ihm irritieren?«

Bernd stockte. Er scheute sich ein wenig, mit einer ehemaligen Geliebten über dieses Thema zu sprechen. Auch wenn er sich keine falschen Hoffnungen machte, träumte er doch davon, dass zwischen ihnen wieder die gleiche Nähe wie damals entstehen könnte. Aber nein, das war wohl ausgeschlossen. Sie war inzwischen Professorin und würde demnächst zum Vorstand eines der größten europäischen Konzerne gehören. Als einfacher Polizist hatte er ihr wenig zu bieten. Bernd fiel unsanft auf den Boden der Realität zurück.

»Ich weiß nicht, wie es nach seiner Generalüberholung ist, aber da gab es früher schon etwas Merkwürdiges: Sooft ich mich mit einer Frau getroffen habe, war er zur Stelle und beobachtete uns heimlich«, sagte Bernd und sah, wie Christina große Augen machte.

»Wenn es etwas Ernstes war«, fuhr er fort, »und ich blieb über Nacht, wartete er draußen auf der Straße, bis ich morgens aus dem Haus kam. Er hielt sich zwar irgendwo diskret versteckt, schien aber immer Wert darauf zu legen, dass ich seine Gegenwart bemerkte.«

»Seltsam«, sagte Christina. »Das könnte man ja fast als Stalking bezeichnen. Glaubst du, er ist eifersüchtig?«

»Keine Ahnung. Aber wohl eher nicht. Mir scheint, er will mich wissen lassen, dass er für meine Sicherheit garantiert und ich mich entspannen kann.«

»Stört dich das?«

»Ich fand es ein bisschen unheimlich, aber inzwischen habe ich mich daran gewöhnt. Man gewöhnt sich an alles. Und wie er sich vor mich geworfen hat, als auf mich geschossen wurde –« Bernd unterbrach sich und zuckte mit den Schultern. »Wahrscheinlich steht er auch jetzt unten auf der Straße und wartet auf mich. Er kann mein Implantat orten und weiß jederzeit, wo er mich findet. Und mit wem ich zusammen bin.«

»Er hat also dein Liebesleben lückenlos aufgezeichnet.« Christina nahm einen Schluck von ihrem Wein und blinzelte amüsiert über den Rand des Glases. »Ist dir das peinlich?«

»Keine Spur«, antwortete er grinsend. »So aufregend ist es nicht. Seit einiger Zeit gibt es niemanden, der mir wirklich wichtig wäre. Leider.«

»Niemanden außer Roberto?«

Bernd verzog das Gesicht. Er beugte sich nach vorn und hob die Hände, als versuchte er, nach passenden Worten zu greifen. Christina wünschte sich im Stillen die Korrektur »niemanden außer dir«, und war ein wenig enttäuscht, als er sagte: »Roberto ist absolut loyal, und das schätze ich an ihm. Es wäre doch auch schäbig, wenn ich mich darüber beklagen würde.«

»Aber ...?«, hakte sie nach und lächelte ein wenig.

»Aber ich wäre auch gern mal für mich allein, mal wirklich außer Dienst. Und ich bin auch wirklich keine Zielscheibe. Dass auf mich geschossen wurde, war so außerhalb des zu Erwartenden, dass ich nicht einmal eine schusssichere Weste getragen habe.«

Christina fröstelte. »Erinnerst du dich daran, wie sehr

unsere Schutzwesten in Afrika gestunken haben? Und dass wir morgens unsere Stiefel von Skorpionen befreien mussten? Aber erzähl mir bitte mehr von Roberto. Was hat sich seit seinem Upgrade an ihm verändert?«

»Er verarbeitet Daten um etliches schneller und traut sich offenbar sehr viel mehr zu.« Bernd erklärte, dass Roberto jetzt den Zweck mancher ihm übertragenen Aufgaben hinterfragte und unzusammenhängende Informationen kreativer miteinander verknüpfte. »Wie wir scheint er dahintergekommen zu sein, dass zwei und zwei auch manchmal fünf ergeben kann. Von Intuition würde ich noch nicht sprechen, aber seine Datenanalysen sind sehr viel komplexer geworden.«

»Würdest du sagen, dass ihm menschliche Beweggründe verständlicher sind? Die Art, wie wir ticken?« Christina berichtete, dass sie sich die Liste der Romane, Filme und Musikstücke angesehen hatte, mit denen Roberto und Stirling gespeist worden waren, und dass sie sich für das eine oder andere besonders interessiert hatten.

»Ja, ich glaube, Roberto versteht sehr viel mehr. Es macht mir fast Angst. Die meisten Menschen, mit denen wir es als Polizisten zu tun haben, entsprechen nicht unbedingt der Norm. Es sind Kriminelle, zwielichtige Typen, skrupellose Anwälte, auch Mörder. Manchmal wünschte ich, es gäbe so etwas wie ein mentales Bad, das man nehmen und sich davon läutern lassen könnte. Umso wohler tut es, mit normalen, anständigen Leuten Umgang zu haben, die ein gutes Leben zu führen versuchen.« Bernd dachte an Klaus und Sybill, an ihre Verbindung, die so eng war, dass sie allein über Blicke Informationen austauschen konnten.

»Glaubst du, Roberto könnte in einen Konflikt geraten, weil das, was er aus Filmen und Romanen über uns Menschen kennt, nicht den weniger erbaulichen Erfahrungen mit der kriminellen Halbwelt entspricht?«

»Nun ja, uns geht es in dieser Hinsicht ja nicht viel anders«, erwiderte Bernd. »Deshalb tun sich auch manche Kollegen schwer, ein normales Familienleben zu führen, was vielleicht auch erklärt, warum die Selbstmordrate unter Polizisten ziemlich hoch ist. Wenn ich Probleme damit habe, dann hat sie wahrscheinlich auch Roberto.«

»Damit sollte ich mich mal eingehender beschäftigen, es wäre ein interessanter Forschungsansatz«, sagte Christina. »Aber inzwischen sollte er wissen, dass nicht alle Menschen kriminell sind und die meisten ein ganz normales Leben führen, das schützenswert ist.«

»Wie schön, mit dir hier zusammen zu sein«, sagte Bernd. »Obwohl du auch nicht gerade als normal durchgehst. Dafür bist du viel zu begabt. Aber ich genieße es, entspannt mit dir anzustoßen und zu reden.«

Christina lächelte. »Und das, obwohl ich dir in deiner Freizeit Fachgespräche zumute?«

»Darauf lasse ich mich gern ein. Es hilft, Abstand zu gewinnen und sich über einige Dinge klar zu werden. Außerdem ist es ein Fachgespräch mit einer Frau, die nicht nur blitzgescheit, sondern auch jemand ist, den ich nun mal sehr mag.«

»Das geht mir genauso. Ich hatte heute ein ähnliches Gespräch mit Fred Wendt, einem Mann, den ich schon immer bewundert habe. Er zeigte mir den Text eines Referats, den er 2014 für ein Seminar geschrieben hat. Das Ganze schien eine Art Projekt zu sein, bei dem Vertreter aus Politik und Wirtschaft Szenarien entwarfen, wie Deutschland in fünfzig Jahren, also heute, aussehen könnte.«

Es sei nicht der Anspruch gewesen, die Zukunft vorherzusehen, erklärte Christina. Doch man war sich damals bewusst geworden, dass die deutsche Infrastruktur – Straßen, Schienenwege, Energieversorgung, Häfen, Raffinerien, Telefonleitungen, Bildungswesen, Wohnungsbau und so weiter – zu einem großen Teil noch aus der Zeit des Wiederaufbaus nach dem Zweiten Weltkrieg stammte. Nun stand seine Generation vor der Aufgabe, darüber nachzudenken, welche strukturellen Maßnahmen notwendig sein würden, um Deutschland auf die nächsten vierzig, fünfzig Jahre vorzubereiten.

Voraussetzung dafür waren möglichst präzise demographische Prognosen, Aussagen über die voraussichtlichen Geburten- und Einwanderungsraten, über die durchschnittliche Lebenserwartung und die zu erwartende Anzahl Menschen im Rentenalter, darüber, ob sie ihren Ruhestand in ihrer Heimat oder im sonnigen Süden verbringen würden wie so viele amerikanische Senioren. Außerdem galt es, sich Gedanken über die zukünftige Energieversorgung zu machen und eine Vorhersage darüber zu treffen, mit welchen Mitteln Strom erzeugt, wie er transportiert werden würde und in welchen Mengen er möglicherweise einzukaufen wäre. Der Ausbau von Wind- und Solaranlagen ging zu Beginn des 21. Jahrhunderts so rasch voran, dass sich die großen Energieversorger fragen mussten, welche Rolle sie in Zukunft spielen sollten. Würden sie nach wie vor schwerpunktmäßig Strom erzeugen oder würden sie vorrangig nur noch für den Transport und die Verteilung des Stroms zuständig sein?

»Wendt hat mir erzählt, dass er damals in dem Seminar eine Fusion der Deutschen Bank mit der Deutschen Telekom oder zumindest eine Partnerschaft vorgeschlagen hat«, sagte Christina. Manche Telefongesellschaften hatten sich bereits 2014 darauf einzustellen versucht, dass aller Wahrscheinlichkeit nach spätestens 2020 die Hälfte aller finanziellen Transaktionen über Smartphones getätigt werden würden. Die Banken und Sparkassen fürchteten deshalb um ihr Kerngeschäft und die Kontrolle über den Geldverkehr. Außerdem stellte sich die Frage, inwiefern das Steuersystem reformiert werden musste und wie in Zukunft betriebliche Investitionen finanziert werden sollten, wenn die Banken schwächer wurden.

Den Banken selbst machte immer noch die erste große Finanzkrise des Jahrhunderts von 2008 zu schaffen, die ihre Kurse in den Keller stürzen ließen. Dafür, dass sie mit zweifelhaften Hypotheken gehandelt hatten, waren allein die US-Banken mit einer Geldbuße von über hundert Milliarden Dollar belegt worden. Bestraft wurden darüber hinaus betrügerische Manipulationen der Referenzzinssätze LIBOR und EURIBOR, ausgerechnet zu einem Zeitpunkt, da sie staatlicherseits dazu aufgefordert worden waren, ihre Kapitalreserven aufzustocken, was zur Folge hatte, dass weniger Kredite vergeben wurden. Während Banker und Ökonomen in besagtem Seminar 2014 miteinander berieten, traten neue Regulierungen in Kraft, die einer weiteren Finanzkrise vorbeugen sollten. Einige von ihnen erwiesen sich jedoch als kontraproduktiv, da sie es den Banken erschwerten, sich gegenseitig aus der Klemme zu helfen. Eine der Neuverordnungen schrieb vor, dass Aktionäre und Eigentümer von Obligationen als Erste Verluste hinzunehmen hatten, wodurch Bankaktien noch unattraktiver wurden. Umso mehr Kapital floss ins weniger streng regulierte Schattenbanksystem, das mit hochriskanten und besonders krisenanfälligen Papieren handelte.

Zentralbanken und Regierungen zogen ihre Lehren aus den wiederholten Krisen. Sie besannen sich auf althergebrachte Prinzipien und forderten Kreditinstitute auf, eine Trennung von Investmentbanking und Privatkundengeschäft vorzunehmen. Man setzte wieder auf regionale Bankmanager, die sich verstärkt den Kunden vor Ort widmeten und eigenverantwortlich Darlehen vergaben, anstatt alle Kredite zentral über eine computergestützte Checkliste zu verwalten. Hypothekenbanken streckten nur noch die Summe an Geld vor, die dem Schätzwert der beliehenen Immobilie beziehungsweise dem dreifachen Jahresgehalt des Kreditnehmers entsprach, und verlangten zehn Prozent des Immobilienwertes als Pfand.

Das Seminar von damals gab auch Anstöße zur Bildungsreform. Die hierfür zuständigen Regierungen und Ministerien nahmen die begründeten Sorgen der Wirtschaft um qualifizierte Arbeitskräfte ernst. Gefragt waren weniger spezifische Fertigkeiten beziehungsweise das von den Schulen vermittelte Grundwissen als vielmehr die grundsätzliche Bereitschaft und Fähigkeit, neue Herausforderungen anzunehmen und neue Sachkompetenzen zu erwerben. Die Industrie ging davon aus, dass Arbeitnehmer künftig im Laufe ihres Berufslebens vier, fünf oder sechs verschiedene

Jobs oder gar Berufe haben und dass im Zuge der Automatisierung immer wieder neue Technologien zum Einsatz gebracht würden. Deutschland hatte immer auf seine Industrie gebaut und den Dienstleistungssektor vernachlässigt, der nun aber sehr viel mehr Menschen beschäftigte. Der traditionelle Weg der Ausbildung durch Schule und Hochschule zog gewissermaßen die Adoleszenzphase in die Länge und gründete auf der Fehlannahme, dass sich die vielen Jahre des Lernens auszahlen und für das ganze Berufsleben vorbereiten würden. Wäre es nicht womöglich effektiver, in einer zukünftigen Universität statt drei- oder vierjähriger kompakter Studiengänge ein Studium anzubieten, das sich über drei, vier, fünf oder auch sechs Jahrzehnte erstreckte, dafür aber pro Jahrzehnt nur ein Jahr Studium beinhalten würde? Hochschullehrer müssten sich dann ebenfalls kontinuierlich weiterqualifizieren, um immer auf dem neuesten Stand ihrer Fachrichtung zu sein, hätten aber auch die Möglichkeit, zeitweise in der Industrie oder in einem Unternehmen ihrer Fachrichtung zu arbeiten. Auf diese Weise hätten sie auch die Möglichkeit, immer wieder außerhalb der Universität praktische Erfahrungen zu sammeln, beispielsweise in der Politik, der Wirtschaft oder im Gesundheitswesen, um so die sich ständig verändernden Verhältnisse aus nächster Nähe zu erleben und diese Erfahrungen in ihre Lehrtätigkeit mit einfließen zu lassen.

»Unter den Seminarteilnehmern ging damals die Sorge um, dass Deutschland womöglich kein neues Ziel – wie ganz früher den Wiederaufbau oder die Bewältigung der Wiedervereinigung – mehr vor Augen habe«, fuhr Christina fort. »Man fragte sich, ob es damit getan sei, wirtschaftlich gut aufgestellt, ja sogar Exportweltmeister zu sein und auf nachhaltige Energien umgerüstet zu haben. Würde Deutschland, anders als London oder Kalifornien, vielleicht zu langweilig sein, um hochqualifizierte Fachkräfte aus dem Ausland anzulocken? Noch frustrierender war, dass nach einem Ranking unter den zehn weltbesten Universitäten drei britische und sieben amerikanische rangierten, aber keine einzige deutsche, nicht einmal unter den ersten fünfzig.

Würde Deutschland einmalig bleiben, was seinen Lebensstil und seine Kultur anbelangte?, fragte man sich und versuchte aufzuzählen, was Deutschland zu dem machte, was es war: angefangen bei seinen Opernhäusern und Konzertsälen bis hin zu den Forschungsinstituten, von seinen föderativen Strukturen bis hin zu den traditionellen Ausbildungsberufen und der Wertschätzung für das Handwerk.

Alle stimmten darin überein, dass der gesunde Mittelstand und die Familienunternehmen, die fest an ihren Standort gebunden waren, zu Deutschlands wirtschaftlichen Schlüsselkompetenzen zählten. Nüchterne Geschäftsmänner und -frauen gerieten geradezu ins Schwärmen, wenn sie stolz von der Geschichte ihrer Unternehmen berichteten, die oft über hundert Jahre alt waren, weil sie nicht schnellen Profiten nachjagten, sondern langfristig planten, um auch über die nächsten hundert oder zweihundert Jahre bestehen zu können. Aber noch während Hymnen auf den Mittelstand gesungen wurden, veränderte sich das Bankensystem nachhaltig, und die Investitionsmodelle, auf die sich die mittelständischen Betriebe stützten, erodierten.«

»Wie gut waren die Prognosen darüber, wie wir heute leben?«, fragte Bernd.

»Vieles hat sich bewahrheitet. Zum Beispiel das Aufkommen von PerCs und selbststeuernden Fahrzeugen, auch was den Einfluss dezentraler 3-D-Druckbetriebe angeht und die Wiederbelebung lokaler Produktion«, antwortete Christina. »Die rasante Entwicklung der Automatisierung war damals schon abzusehen, nur sah man in Bezug auf Roboter vor allem die Gefahr der Massenarbeitslosigkeit. Man konnte sich nicht vorstellen, woher neue Jobs kommen sollten.«

»Und in welchen Punkten lag man daneben?«

»Da gab es nicht viele. Wie gesagt, die Prognosen über die technologische Entwicklung waren sehr gut, auch was die neuen Energiesysteme betraf. Man folgerte völlig richtig, dass die Telefonie den Geldverkehr und das Bankenwesen revolutionieren würde. Unterschätzt hat man allerdings das Ausmaß, in dem sich Innovationen wechselseitig befruchten und zu völlig überraschenden Ergebnissen führen, wie zum Beispiel bei der Robotik und der Raumfahrttechnologie. Falsch bewertet wurde auch der menschliche Faktor, was von praktisch denkenden Unternehmern wohl nicht anders zu erwarten war. Man wusste, dass immer mehr Menschen in Single-Haushalten leben würden, aber ich bin mir nicht sicher, ob man sich auch wirklich Gedanken darüber machte, welche psychischen Auswirkungen dieser Umstand hatte. Nun ja, vielleicht drängt sich bei dieser Einschätzung auch mein eigenes Steckenpferd in den Vordergrund. Langweile ich dich?«

»Überhaupt nicht. Ich habe mich schon lange nicht mehr

so gut unterhalten. Erzähl mir mehr von deinem Steckenpferd.«

»Fakt ist, dass die überwiegende Mehrheit unserer Bevölkerung inzwischen allein lebt. Deutschland war eines der ersten Länder weltweit, in dem die durchschnittliche Größe eines Haushalts unter zwei Personen lag. Zu diesem Ergebnis kam bereits eine Erhebung im Jahr 2013. Nur in Schweden, Dänemark und der Schweiz sah es ähnlich aus. Stell dir das mal vor. So etwas hatte es in der Geschichte der Menschheit noch nie gegeben.

Wir sind evolutionshistorisch auf eine solche Art zu leben nicht vorbereitet; sie widerspricht unseren Instinkten«, fuhr Christina fort, und ihre Augen verrieten, wie sehr sie dieses Thema interessierte. »Familie, Sippe, Stamm – sie waren immer zentral für unser Selbstverständnis. Man bedenke bloß, welchen Einfluss das nicht nur auf die Geburtenrate hat, sondern vor allem auch auf unsere Soziabilität und Sexualität. Unser soziales Gefüge hat sich entwickelt aus Elternschaft, dem heiligen Stand der Ehe und dadurch bedingt sexuellen Tabus sowie Eigentums- und Erbfolgeregelungen. Überleg mal, was es bedeutet, wenn das Engagement für den Nächsten, wenn Loyalität und Bindungsfähigkeit unterentwickelt bleiben. Schau dich an, Bernd! Du bist so ein Mensch der Zukunft. Deine engste Beziehung ist die zu einem Roboter.«

Bernd hörte ihr aufmerksam zu, auch wenn ihn die Wahrheit ihrer letzten Bemerkung hart traf. Und ausgerechnet in diesem Moment meldete sich Roberto über seinen PerC.

»Der Mann mit dem kahl rasierten Kopf und dem auffälligen Gang ist soeben vor Frau Taroschkas Wohnung aufgetaucht«, meldete Roberto. »Ich fahre sofort hin. Kommst du nach?« Roberto hatte in regelmäßigen Abständen die Aufzeichnungen der Überwachungskameras überprüft, die vor dem Haus und der verdächtigen Garage installiert waren.

»Sobald ich kann. Erkundige dich in der Zwischenzeit beim Ausländeramt. Frag nach, ob man dort schon etwas über diese Business School herausgefunden hat, an der die Frauen eingeschrieben sein sollen.«

»Das habe ich schon getan. Der Schule wurde bereits die Zulassung entzogen und Strafanzeige gegen die Leitung gestellt.«

»Dann besorg uns doch gleich mal einen Durchsuchungsbeschluss für Taroschkas Wohnung.« Bernd schaltete seinen PerC aus und zuckte mit den Achseln. »Verzeih bitte, Christina, ich muss leider sofort los. Aber ich habe den Abend wirklich genossen, und ich hoffe, wir können das bald wiederholen. Darf ich mal abends für dich kochen, irgendwann?«

»Sehr gern«, erwiderte sie und stand auf. »Vergiss dein Buch nicht.« Sie reichte es ihm und gab ihm einen zärtlichen Kuss auf beide Wangen. Fröhlich pfeifend fuhr Bernd mit dem Fahrstuhl nach unten, Christinas Parfüm noch immer in der Nase. Als er leichtfüßig auf die Straße hinauslief, wurde ihm bewusst, was es war, was er da vor sich hin summte: »Und tanz vor Freude über den Asphalt«, den Anfang von *Tage wie diese* der Toten Hosen.

24

»*Alle drei großen Einwanderungsbewegungen nach Amerika im 19. und beginnenden 20. Jahrhundert bedeuteten Innovation für das Land. Im späten 19. Jahrhundert dominierten irische Gangster das organisierte Verbrechen in den Städten des Nordostens. Ihnen folgten jüdische Gangster – unter anderem Meyer Lansky, Arnold Rothstein und Dutch Schultz. Dann kamen die Italiener an die Reihe. Sie zählten zu den ärmsten und am wenigsten gebildeten unter den Einwanderern ihrer Zeit. Kriminalität war für sie eine der wenigen Optionen für den Aufstieg. Die sogenannte ›krumme Leiter‹ und das ›Familienunternehmen‹ waren unter den gegebenen Umständen nicht als Rebellion zu verstehen. Sie verweigerten sich nicht der Gesellschaft, sie wollten ihr beitreten.*«

Malcolm Gladwell, »The Crooked Ladder«, in: *The New Yorker*, 12. August 2014

Talya Horn, Ehefrau des amerikanischen Tycoons Winston Horn und Hati Borans ältere Schwester, stürmte wie eine Galeone unter vollen Segeln in Ruths Büro, aus allen Kanonen feuernd. Sie war ziemlich füllig und trug ein wallendes rotes Gewand. Das lange schwarze Haar war am

Oberkopf mit einer Spange zusammengefasst und floss von dort wie Lavaströme über ihre Schultern. Ihre Augen waren so stark geschminkt, wie Ruth es nur von Opernbühnen her kannte.

»Warum sind diese Personen noch nicht verhaftet worden?«, fragte Frau Horn und warf eine Mappe voller Dokumente und Vid-Chips auf Ruths Schreibtisch. »Sobald die Büros dieses Piraten in den USA heute öffnen, werden wir jedem von Wendts Angestellten eine Klage anhängen und Schadenersatz verlangen.«

»Guten Morgen, Frau Horn«, sagte Ruth höflich, erhob sich ein paar Zentimeter von ihrem Stuhl hinter dem Schreibtisch und streckte ihr die Hand zum Gruß hin. »Ich bin froh, dass ich mir Zeit für Sie nehmen konnte, und freue mich, dass es Ihrer Schwester schon wieder besser geht. Wenn ich richtig verstanden habe, wird sie morgen aus dem Krankenhaus entlassen. Wenn Sie mir jetzt bitte im Einzelnen erklären können, was Sie beunruhigt.«

»Industriespionage der übelsten Art«, antwortete Talya Horn. »Einer unserer besten Wissenschaftler wurde bestochen. Sein Geständnis ist auf einem der Vids festgehalten.« Sie zeigte auf den Aktenordner. »Und raten Sie mal, worauf es der untadelige Herr Dr. Wendt abgesehen hat, derselbe, der sich moralisch aufbläst und die Nase darüber rümpft, wenn wir unsere Technologie in den Dienst der Landesverteidigung stellen? Er will sich unser System zur Koordination von Waffen im Einsatz unter den Nagel reißen. Das gibt Ärger, glauben Sie mir. Sie und Ihre Regierung werden von der CIA, der NSA, dem Pentagon, dem Kongress und dem Weißen Haus hören. Sogar die liberalen Waschlappen der *New York Times* sind empört. Mein Mann ist zurzeit in Washington und schlägt Alarm, was ihm nicht schwerfallen dürfte.«

»Gütiger Himmel«, entgegnete Ruth ruhig. »Das klingt alles schrecklich dramatisch und beispiellos, als hätte in der Vergangenheit keine dieser Institutionen je die deutsche Regierung bespitzelt.«

»Sie verstehen mich schon richtig. Die Beweise sprechen für sich.« Talya schlug die Mappe auf und tippte mit einem langen, rot lackierten Fingernagel auf ein Dokument nach dem anderen. »Hier, eine Mitschrift des Geständnisses von Jepson, der Nummer zwei des Forschungsbüros von Tangelo, hier mehrere Fotos, die ihn und Wendts Sicherheitschef auf den Bahamas zeigen. Das hier sind Kopien von Überschreibungsurkunden; einmal geht es um ein luxuriöses Chalet in Vail in Colorado, ein weiteres Mal um ein Penthouse auf der Île Saint-Louis in Paris. Damit wurde Jepson geschmiert. Ist doch sehr viel eleganter als Bargeld, oder? Frauen sollen auch im Spiel gewesen sein.

Das hier ist eine Spezifikation der Diebesbeute«, fuhr Talya fort. »Hier die Bestätigung der Bezirksstaatsanwaltschaft, dass ein Haftbefehl samt Auslieferungsantrag gegen Wendts Sicherheitschef Gerd Schulmann erlassen und Deutschland um seine Auslieferung ersucht wurde. Dass er früher für Europol gearbeitet hat, macht die Sache umso peinlicher. Und hier haben wir den Versandbeleg, der nachweist, wie die spätere Beute aus den USA herausgeschmuggelt wurde, nämlich in einem Frachtcontainer mit Medikamenten, der dann auf einer Ihrer Autobahnen überfallen wurde. Auf dieser Liste hier sehen Sie, dass unser Wirtschaftsministerium die Ausfuhr ausdrücklich verboten hat. Und da wäre noch eine Kopie des Haftbefehls gegen einen russischen Staatsbürger, der den Schmuggel in die Wege geleitet und die Sachen in Empfang genommen hat.«

»Aha«, reagierte Ruth ungerührt. »Hat Ihr Mr. Jepson denn auch eine Strafanzeige zu erwarten?«

»Sein Geständnis hat sich strafmildernd ausgewirkt. Ins Gefängnis muss er trotzdem, wenn auch nicht für sehr lange, längst nicht so lange, wie er es eigentlich verdient, aber ein Aufenthalt dort soll ja sehr gefährlich sein«, antwortete Talya und lächelte maliziös.

»Haben Sie mit Herrn Wendt schon persönlich Kontakt aufgenommen?«

»Nein, weil wir uns mit der deutschen Rechtslage nicht so gut auskennen, hielten wir es für besser, uns zuerst an Sie zu wenden. Wie man mir sagte, sind Sie eine vernünftige Frau, die ein offenes Ohr für uns haben wird. Es heißt auch, dass Sie gute Aussichten darauf haben, ins Kanzleramt gewählt zu werden – wenn denn kein Schatten auf Ihr Ressort oder auf eins der Kronjuwelen der deutschen Industrie fällt.«

Ruth zog die Augenbrauen hoch. Die Frau hatte ihre Hausaufgaben gemacht, zweifellos unter dem Tutorium ihres Bruders, von dem sie wahrscheinlich wusste, welche politischen Auswirkungen ein Angriff auf Wendt haben würde und in welche Richtung Ruths Ambitionen gingen. Sie wählte ihre Worte mit Bedacht. »Ist Ihnen klar, dass Sie mir bisher nichts vorgelegt haben, was auf eine auf deutschem Boden begangene Straftat hinweisen würde?«

»Falsch. Wie gesagt, der Überfall auf den Frachtkonvoi

fand auf einer Ihrer Autobahnen statt. Aus einem Container wurden jede Menge Medikamente entwendet. Unser Steuerungssystem war nur das Sahnehäubchen obendrauf.«

»Verstehe«, erwiderte Ruth. »Ich bin mir sicher, unsere Polizei wird Ihre Hinweise dankbar zur Kenntnis nehmen. Sind Sie nur deshalb zu mir gekommen, oder kann ich sonst noch etwas für Sie tun?«

»Wir werden Wendt vor jedes zuständige Gericht bringen, und das sollten Sie wissen. Der Schadenersatz, den er leisten muss, könnte den Konzern zu Fall bringen. Es stehen also jede Menge Arbeitsplätze auf dem Spiel. Wäre es demnach nicht auch in Ihrem Interesse, wenn wir eine andere Regelung finden könnten, auf Regierungsebene, meine ich?«

Ruth atmete bewusst ruhig und versuchte, sich nichts anmerken zu lassen. Die Frau, die ihr gegenübersaß, wirkte kühl und entschlossen. Es schien, als spielte sie Poker um einen sehr hohen Einsatz. Ruth war bereit mitzuhalten.

»Wir sind hier nur für Baden-Württemberg verantwortlich«, sagte sie. »Die Bundesregierung sitzt in Berlin.«

»Ich weiß. Ich bin hier aufgewachsen, und deshalb ist mir daran gelegen, von Ihnen zu erfahren, was Ihre Regierung von einer möglichen Fusion zwischen Wendt und Tangelo halten würde.«

»Fusion?«, fragte Ruth, nun doch etwas fassungslos. »Wendt ist doppelt so groß wie Ihr Konzern.«

»Nach den anstehenden Prozessen nicht mehr«, blaffte Talya, sehr viel weniger elegant als noch bei ihrem Einzug ins Büro. »Wir haben zwei Möglichkeiten. Entweder wir schlagen den einfachen Weg ein oder den etwas beschwerlicheren. Wenn Ihre Regierung der Meinung ist, dass Wendt als nationale Institution oder als strategischer Faktor geschützt werden muss, hat es keinen Sinn, überhaupt an eine Einigung zu denken.«

»Für Berlin kann ich nicht sprechen, und bevor ich im Namen meiner Regierung Stellung beziehe, müsste ich mich mit meinen Kollegen beraten«, erklärte Ruth und warf noch einmal einen Blick auf die angeblichen Beweisdokumente. »Ich könnte mir allerdings vorstellen, dass wir unter der Voraussetzung von Arbeitsplatzgarantien, Investitionssicherheit und Kontinuität des Standorts eine Verhandlungsbasis hätten.«

»Vergessen Sie nicht, ich bin in Deutschland zur Welt gekommen«, sagte Talya. Sie beugte sich vor und senkte die Stimme. »Ich weiß, dass Sie weder für Berlin noch für Brüssel sprechen können, die beide wohl auch ein Wörtchen mitreden wollen. Aber Sie können mir sehr genau sagen, was Ihrer Einschätzung nach politisch möglich wäre.«

»Ich nehme an, dass Ihr Vorschlag die Zustimmung Ihres Mannes, Winston Horn, hat?«, fragte Ruth.

Talya zog einen verschlossenen Umschlag aus der Mappe. »Darin finden Sie eine Handlungsvollmacht, unterzeichnet von meinem Mann, der sowohl Chairman als auch CEO von Tangelo ist, sowie vom Leiter unserer Finanzabteilung und dem Leiter unserer Rechtsabteilung. Ich bin Deputy Chairman des Konzerns. Das Dokument ermächtigt mich, im Namen der Tangelo-Gruppe in der Sache Wendt und allen daraus resultierenden Angelegenheiten in Deutschland und in Europa tätig zu werden.«

Ruth nahm sich viel Zeit, den Umschlag zu öffnen und

die Vollmacht genauestens zu prüfen. Dem englischen Text war eine deutsche Übersetzung beigefügt, als gerichtsverwertbar beglaubigt vom deutschen Generalkonsulat in San Francisco. Berlin ahnte also wahrscheinlich schon, dass etwas in der Luft lag. Vor dem Hintergrund des öffentlichen Aufsehens um Hati Boran und der drohenden Klage gegen Wendt musste diese für Talya Horn ausgestellte Handlungsvollmacht Alarm ausgelöst haben.

Ruth drängten sich gleichzeitig zwei Gedanken auf, die nicht so recht zusammenzupassen schienen. Der erste war, dass der Überfall auf Hati Tangelo überaus gelegen kam, da die Gruppe ja wohl schon seit längerem dem Verdacht auf Industriespionage nachging. Ruth hatte das Gefühl, dass mehr dahintersteckte, also war Vorsicht geboten. Und eine Politikerin, so der zweite Gedanke, die für eine Lösung des Wendt'schen Problems eintrat und damit Arbeitsplätze und den Wohlstand, den Wendt der Region gebracht hatte, zu sichern vermochte, war in einer durchaus beneidenswerten Position. Daraus ließen sich politische Vorteile schlagen, wenn auch unter erheblichen Risiken. Auch in der Hinsicht musste Ruth äußerst vorsichtig sein.

»Ich glaube, es ist an der Zeit für ein Gespräch mit Fred Wendt«, sagte sie. »Gehen Sie auf ihn zu, oder hätten Sie es lieber, wenn ich ein Treffen zwischen Ihnen vereinbare? Wie auch immer, wir sollten uns beide darüber im Klaren sein, dass Vertraulichkeit geboten ist. Es wäre für niemanden von Vorteil, wenn die Öffentlichkeit schon jetzt von Ihren Anschuldigungen erführe. Stimmen Sie mir zu?«

»Die Klageerhebung ließe sich noch ein wenig hinauszögern«, antwortete Talya. »Und es wäre mir sehr recht, wenn

Sie Wendt zu sich ins Büro bitten und ihm die Lage erklären würden. Aber ich möchte, dass das Ganze heute noch passiert.«

Ruth nahm ihren PerC zur Hand und wählte Wendts Privatnummer.

Als Bernd vor Ludmilla Taroschkas Haus eintraf, standen zwei Streifenwagen vor der Tür. Ein Kommissar der Ausländerbehörde war in Begleitung eines Polizeibeamten schon mit einem Durchsuchungsbeschluss zur Stelle. Roberto hatte offenbar Dampf gemacht. Bernd nickte ihm anerkennend zu.

»Vor wenigen Minuten hat einer meiner Mitarbeiter Frau Waage festgenommen. Wir werden uns jetzt ihrem Anwalt widmen«, sagte der Kommissar. »Übrigens, danke für den Hinweis.«

»*Ich* habe zu danken, dass Sie so schnell reagiert haben«, erwiderte Bernd. »Prostitution ist nicht illegal, also war die Immigrationssache der einzige Weg, um an sie heranzukommen. Sie können alle mitnehmen, die im Haus sind, bis auf einen der Kunden. Dünn, kahl rasierter Kopf. Sein Name ist Keil. Ich möchte ihn in einer anderen Sache vernehmen.«

»Wenn er mit dem falschen Institut nichts zu tun hat, interessiert er mich nicht«, entgegnete der Kommissar.

»Jemand, der in solchen Häusern verkehrt und keinen Dreck am Stecken hätte, ist mir noch nicht untergekommen«, sagte der andere Polizeibeamte. »Wenn es nicht Kinderpornographie ist, dann sind es Snuff-Movies oder Drogen.«

Bernd und Roberto blieben draußen, während die Beamten ins Haus gingen. Wenige Minuten später führte der Polizist einen sichtlich eingeschüchterten Mann heraus. Er war barfuß, hielt seine Schuhe in der Hand, und das Hemd hing ihm aus der Hose. Die geschminkten Augen und Lippen waren verschmiert.

»Hallo, Doktor Keil«, grüßte Bernd. »Wir fahren gleich ins Präsidium. Da können Sie sich waschen und Ihre Schuhe anziehen. Aber wie wär's, wenn wir erst einmal ein bisschen plaudern und ein paar Fotos machen? Die Vids freuen sich immer, prominente Bürger in ungewöhnlicher Aufmachung zu sehen. Nimm seine Schuhe, Roberto, und leg ihm Handschellen an. Ich schätze, Doktor Keil kennt das schon.«

Bernd hatte angenommen, Wendts Forschungsdirektor würde gesprächig sein. Aber als er ihm nach dessen erkennungsdienstlicher Behandlung im Vernehmungszimmer gegenübersaß, verweigerte Keil die Aussage und verlangte einen Anwalt.

»Darauf haben Sie Anspruch, durchaus«, sagte Bernd nach längerem Schweigen. »Möchten Sie vielleicht auch Ihren Kollegen Gerd Schulmann zurate ziehen?«

Bernd hatte gehofft, der Name des Sicherheitschefs könnte Keil zum Reden bringen, hatte aber nicht mit dessen entsetzter Reaktion gerechnet. »Himmel, Sie haben doch nicht etwa auch Gerd festgenommen?«, platzte es aus ihm heraus.

»Oh doch«, antwortete Bernd improvisierend und versuchte, Keil vorzumachen, dass er bereits alles wüsste. »Die ganze Bagage – allen voran Zdenek, den Tschechen. Dass Sie, Herr Doktor, mit der russischen Mafia zusammenarbeiten, verwundert mich. Roberto, zeig ihm die Fotos seiner Freunde aus der Garage, insbesondere das, auf dem das Tattoo zu sehen ist. Das mit den drei Totenschädeln. Drei Morde heißt das, nicht wahr? Oder verwechsle ich das jetzt mit dem Tattoo für einen Mord an einem Mitinhaftierten? Ich hoffe für Sie, dass Sie keinem Ihrer Spielgefährten auf den Schlips getreten sind. Die können nämlich sehr nachtragend sein. Wenn Sie uns helfen, kann ich dafür sorgen, dass Sie mit keinem von ihnen die Zelle teilen müssen. Vielleicht sogar in ein anderes Gefängnis kommen. Also los, reden wir über den Konvoi. Woher wussten Sie eigentlich, was mit ihm transportiert wurde?«

Roberto signalisierte, dass er eine wichtige Nachricht empfangen hatte, und zeigte Bernd den Bildschirm, ohne dass Keil Einblick nehmen konnte. Die Polizeichefin hatte offenbar erfahren, dass Wendts Forschungsdirektor festgenommen worden war, und verlangte, dass sich Bernd sofort bei ihr meldete. Verflucht, dachte Bernd. Er konnte es nicht leiden, während einer Vernehmung gestört zu werden. Es war psychologisch wichtig, den Rhythmus von Fragen und Drohungen einzuhalten und hin und wieder vage Versprechungen auf Milde im Gegenzug für ein Geständnis einfließen zu lassen.

»Zeig ihm die Tattoos, Roberto.« Er ging zur Tür, wo er sich noch einmal umdrehte, Keil ins Auge fasste und sagte: »Einer Ihrer russischen Freunde hat angefangen zu singen. Das werde ich mir mal anhören. Wäre es nicht jammerschade, wenn er sich aus der Affäre zöge und Sie alles allein ausbaden müssten? Ich jedenfalls würde lieber mit Ihnen ins Geschäft kommen. Denken Sie darüber nach.«

Bernd zog die Tür hinter sich zu und rief seine Vorgesetzte an. Doch die wollte ihn unter vier Augen sprechen, sofort. Bernd machte sich auf den Weg nach oben.

»Ich habe Ihren Bericht über das Garagenlager und die mutmaßliche Beteiligung der Russenmafia am Überfall auf den Konvoi gelesen. Jetzt höre ich, dass Sie den Leiter des Wendt'schen Forschungszentrums in einem von illegalen Russen geführten Bordell festgenommen haben. Wie kommen Sie auf diesen Link zu Wendt?«

Bernd erklärte, dass mit Hilfe einer Überwachungskamera, die auf die Garage gerichtet war, Keil und Mitglieder der russischen Mafia identifiziert worden seien, und zwar rund eine Stunde nach dem Überfall auf den Konvoi. Indirekt habe Keil nun auch zugegeben, dass Wendts Sicherheitschef mit von der Partie war.

»Na schön, setzen Sie die Vernehmung fort. Mal schauen, was dabei herauskommt. Ich habe Sie gerufen, weil mich soeben Ministerin von Thoma gefragt hat, ob uns aus Amerika schon ein Antrag auf Auslieferung von Gerd Schulmann vorläge. Zufällig weiß ich von einem Freund aus dem Ministerium, dass von Thoma, kurz bevor sie mich anrief, Besuch von Hati Borans Schwester hatte. Sie ist mit dem Vorstandsvorsitzenden von Tangelo verheiratet, Wendts schärfstem Rivalen.«

»Und? Liegt ein Auslieferungsantrag vor?«

»Noch nicht, aber ich hatte noch einen anderen Anruf, von einer alten Bekannten bei Europol, die mich fragte, was denn da eigentlich in Wendts Forschungszentrum vorgehe. Sie wissen ja, wie eng Europol und das FBI zusammenarbeiten. Offenbar ist da was durchgesickert. Worum zum Teufel geht es hier eigentlich?«

»Das weiß ich auch noch nicht. Übrigens war Schulmann früher selbst bei Europol. Kein Wunder, dass man dort interessiert ist.«

»Aus dem Konvoi wurden doch, wenn ich richtig informiert bin, pharmazeutische Präparate geraubt, oder?«

»Neobiotika. Diese Medikamente, die unwirksam gewordene Antibiotika ersetzen sollen«, antwortete Bernd. »Aber von Tangelo können sie nicht sein. Tangelo produziert Roboter und Waffensysteme. Wie das alles zusammenhängt, ist mir noch ein Rätsel. Vielleicht geht Schulmann einer Nebentätigkeit nach.«

»Oder die Medikamente waren die Tarnung für etwas anderes«, erwiderte sie, was Bernd wieder einmal daran erinnerte, dass sie nicht von ungefähr das Präsidium leitete. »Wenn sowohl der Forschungsdirektor als auch der Sicherheitschef involviert sind, kann ich mir vorstellen, dass Wendt Bescheid wusste. Vielleicht hat Tangelo ein neues Produkt entwickelt, an das er heranwollte.«

»Sollten wir nicht trotzdem unterscheiden zwischen Wendt und zweien seiner leitenden Mitarbeiter, die möglicherweise ihr eigenes Süppchen kochen?«

Seine Chefin schaute ihn skeptisch an. »Vielleicht«, antwortete sie zurückhaltend. »Aber es würde mich doch sehr wundern, wenn in seinem Unternehmen irgendetwas vor sich ginge, wovon der Alte nichts wüsste und was er nicht ausdrücklich gebilligt hätte.«

»Ich würde jetzt gern wieder runtergehen und Keil zum Sprechen bringen. Was für einen Deal kann ich ihm anbieten?«

»Welche Anklage droht ihm denn?«

»Beihilfe, Hehlerei, Missbrauch Minderjähriger«, zählte Bernd auf. »Wir haben in dem Bordell zwei Pässe von Mädchen unter fünfzehn Jahren gefunden. Die Studentenvisa haben sie mit gefälschten Papieren beantragt, die sie als zwanzigjährig ausweisen.«

»Können Sie beweisen, dass er Sex mit minderjährigen Mädchen hatte?«

Bernd nickte. »Die DNA-Spuren, die bei der Festnahme festgestellt wurden, sind eindeutig.«

»Hat Keil bereits einen anwaltlichen Beistand?«

Bernd schüttelte den Kopf.

»Dann sorgen Sie dafür. Wir sollten uns streng an die Vorschriften halten. Diese internationalen Verwicklungen sind ein solcher Graus. Was da an Papierkram auf uns zukommt…«

25

Es zeigt sich an dieser Stelle, dass, so lange Menschen ohne eine gemeinsame Macht leben, die sie alle in Bann hält, sie sich in dem Zustand befinden, den man Krieg nennt; und dabei handelt es sich um einen Krieg aller Menschen gegen alle Menschen. [...] In einem solchen Zustand hat menschlicher Fleiß keinen Platz; denn die Früchte, die er ernten könnte, sind ungewiss; und konsequenterweise gibt es da keine Landwirtschaft, keine Seefahrt, keinen Gebrauch von Luxusgegenständen, die von Übersee eingeführt werden müssen; keine bequemen Gebäude; keine Maschinen, mit denen sich größere Lasten bewegen lassen; kein Wissen über die Gestalt der Erde; keine Geschichtsschreibung; keine menschlichen Erfindungen; keine Wissenschaften; keine Gesellschaft, und was das Schlimmste ist, fortwährende Angst und die ständige Gefahr eines gewaltsamen Todes; und das Leben des Menschen ist einsam, arm, elend, nicht besser als das eines Tieres und kurz.

Thomas Hobbes, *Der Leviathan*, Teil eins, 13. Kapitel, 1651

Hannes war erschöpft. Gesäß und Schenkel schmerzten vom Fahrradfahren über die rauhen Pisten der Freien Gebiete. Außerdem hatte er sich im Regen verkühlt, und dass er vom Kopf bis zu den Füßen verdreckt war, gefiel ihm überhaupt nicht. Im Unterschied zu den Tagen als Journalist, als saubere Kleidung noch ein Luxus gewesen war, wechselte er täglich Socken und Unterwäsche, duschte und rasierte sich jeden Morgen. Dass er sich jetzt fragte, ob er wohl verweichlicht sei oder älter werde, machte ihn noch missmutiger. In den Kommunen, die er mit Dieter besucht hatte, war er alles andere als freundlich empfangen worden. Er vermutete, dass man ihn vielleicht sogar verprügelt oder die Hunde auf ihn gehetzt und davongejagt hätte, wäre Dieter nicht dabei gewesen.

In einer mehr schlecht als recht restaurierten Burg war eine Art neofeudaler Hof eingerichtet worden. Dort residierte eine Frau, die sich selbst als Gräfin bezeichnete, mittelalterliche Gewänder trug und junge Männer um sich geschart hatte, die, mit Brustschilden gepanzert, Schwertkämpfe auf dem Exerzierplatz austrugen und mit Armbrüsten schießen übten. Dank Dieters Vermittlung waren sie zum Abendessen eingeladen worden. Sie hatten mit dem gesamten Hofstaat an einem langen Holztisch gesessen und einen schrecklichen Fraß auf einer dicken Scheibe Brot statt eines Tellers vorgesetzt bekommen, der ausschließlich mit den Messern gegessen wurde, von denen offenbar jeder eins bei sich trug. Den Hunden, die um den Tisch herumliefen, wurden immer wieder Fleischbrocken hingeworfen, was jedes Mal zu einem scheußlichen Gekläffe führte. Die Gräfin reagierte nur mit einem Schulterzucken auf seine Warnung, dass die Freien Gebiete womöglich geräumt würden, und sagte: »Hat Er meine Bogenschützen nicht gesehen?«

Auf einem Bauernhof hatte ein grober, grauhaariger Kerl Hannes und Dieter mit einer Mistforke auf Abstand gehalten, während seine diversen Frauen eine Hundemeute zurückhielten, die nur darauf zu warten schien, über sie herfallen zu dürfen. Als die beiden Freunde abzogen, wurden sie von einer Horde Kinder mit Steinen beworfen. Die Mitglieder einer buddhistischen Kommune ignorierten sie schlichtweg und würdigten sie keines Blickes.

An den meisten Orten aber wurden sie willkommen geheißen. Sie waren zu Gast auf einem gepflegten Hof, auf dem mehrere Familien lebten, Gemüse und Getreide anbauten, Bier brauten und einen vorzüglichen Ziegenkäse herstellten, den sie auf einem nahen Markt verkauften oder gegen Seife, Bücher und andere Luxusgegenstände tauschten. Sie nahmen Hannes' Warnung immerhin ernst. Ein Vater mit seinem Kind auf dem Schoß, das ihn am Bart zupfte, erklärte sich bereit, vor der Kommission zu erscheinen und Stellung zu beziehen.

Wie Dieter versprochen hatte, erreichten sie dann endlich einen Ort, an dem es Duschen und heißes Wasser gab, gutes Essen und eine wohltuende Salbe für Hannes' wundgescheuertes Hinterteil. Es war eine Art klösterliches Krankenhaus, das sich auf alternative Heilverfahren spezialisiert hatte. Windräder und Solarpaneele sorgten für Elektrizität und Wärme in den dicken Gemäuern des alten Klosters, das die Schwestern besetzt hatten. Sie mochten Nonnen sein, doch sie wussten sich zu verteidigen. Während Dieter und Hannes vor dem eisenbeschlagenen Tor standen und darauf warteten, dass die Äbtissin ihnen Eintritt gewährte, wurden sie von zwei Frauen mittleren Alters in weißen Roben in Schach gehalten, die von der Brustwehr über ihnen mit Armbrüsten auf sie zielten. Die Äbtissin empfing sie schließlich durchaus freundlich. Sie bot ihnen an, sich in einem spartanischen Badezimmer frisch zu machen, lud sie zum Essen ein und ließ ihnen einen Schlafplatz in einer kargen Zelle herrichten. Als ihnen im Refektorium Brot, Käse und Salat aus dem Garten gereicht wurden, erkannte Hannes zu seiner freudigen Überraschung unter den Gästen zwei ehemalige Kommilitonen wieder. Sie grüßten ihn herzlich, aber mit ernster Miene. Otto, der mit Hannes Geschichte studiert hatte, war Imker geworden, der Honig und selbst gebrauten Met auf den umliegenden Märkten verkaufte. Er war mit seinem Sohn gekommen, einem stämmigen Burschen von vielleicht vierzehn Jahren. Der andere, Rudi, der sein Jurastudium vorzeitig aufgegeben hatte, stellte nun Armbrüste her, nicht nur für die Jagd, sondern auch für die Rüstkammer des Klosters. Eine kleine Armbrust, nicht größer als eine Hand, hing an seinem Gürtel.

An seinem Stuhl lehnte der leicht abgewandelte Nachbau eines mittelalterlichen genuesischen Hornbogens. Der Schütze stellte sich mit beiden Füßen auf den Bogen, ging in die Hocke, legte die Sehne in einen Haken, der an seinem Leibgurt hing, und spannte den Bogen, indem er aufstand, so weit, bis der Pfeil eingelegt werden konnte. Die Schwungarme des Bogens bestanden aus Eibenholz, waren mit Hornstreifen und Tiersehnen verstärkt und mit einer Harzschicht überzogen. Hannes musste sich gehörig anstrengen, doch er schaffte es, den Bogen zu spannen. Der Metallbolzen, ungefähr fünfundzwanzig Zentimeter lang, hatte eine scharfe Spitze.

»Noch aus vierzig Metern Entfernung durchschlägt er jedes Kettenhemd, aus zwanzig selbst den besten Plattenharnisch. Und aus weniger als zehn Metern geht er sogar durch moderne Körperpanzer«, erklärte Rudi stolz. »Der Bogen hat eine Reichweite von zweihundert Metern, ist aber nur bis maximal hundert Meter tödlich.«

»Und die kleine Armbrust an deinem Gürtel?«, fragte Hannes.

»Tödlich bis auf zwanzig Meter«, antwortete Rudi.

Während der Mahlzeit, der eine Bibellesung und ein gemeinsam gesprochenes Gebet vorausgegangen waren, hörte sich die Äbtissin aufmerksam an, was Hannes über die Probleme zu sagen hatte, die auf die Freien Gebiete zukamen. Als er mit den Worten schloss, dass er auf eine Lösung durch die Kommission hoffe, nickte sie, schloss die Augen und führte die Hände wie zum Gebet zusammen. Es dauerte eine Weile, bis sie antwortete.

»Ich möchte vorausschicken, dass ich die Sorgen der Menschen jenseits unserer Grenzen durchaus verstehe und teile. Die Freien Gebiete sind heute nicht mehr so friedlich wie früher«, sagte sie. »Selbst hier im Kloster sind wir immer wieder Opfer von Gewalt geworden, weshalb wir nun unsere Tore bewachen. Unsere Äcker wurden geplündert, und unsere Schwestern wagen nicht mehr, Kranke auf anderen Höfen aufzusuchen, weil zwei von ihnen überfallen und vergewaltigt worden sind und ihre Maultiere und die Medikamente, die sie bei sich hatten, gestohlen wurden. Unsere Schule nimmt nur noch Internatsschüler an, weil es für die Kinder zu gefährlich wäre, abends allein nach Hause zu gehen.«

»Schlimm zu hören«, sagte Hannes. »Wie lange geht das schon so?«

»Es hat über einen langen Zeitraum immer weiter zugenommen, aber seit etwa einem Jahr fühlen wir uns ernstlich bedroht. Ich hätte mir nie träumen lassen, dass ich einmal gezwungen sein würde, meine Schwestern an Waffen auszubilden, aber inzwischen bleibt uns keine andere Wahl.

Ich glaube zu verstehen, wofür Sie sich einsetzen, und bin Ihnen dankbar dafür, aber es ist nicht wirklich ein Problem, das uns berührt«, fuhr sie fort. »Unsere Arbeit und unser Gottesdienst werden fortbestehen, unabhängig davon, ob die Freien Gebiete aufgegeben werden müssen oder nicht. Ich bin gern bereit, meine Ansichten vor Ihrer Kommission zum Ausdruck zu bringen, fürchte aber, dass Ihnen nicht gefällt, was ich zu sagen hätte. Ich glaube, die Freien Gebiete haben sich überlebt.«

Den Schwesternorden, so erklärte sie, habe es schon lange vor 2048 gegeben, jenem außergewöhnlichen Jahr, in dessen Folge zahllose junge Menschen, enttäuscht von der Gesellschaft, in die spärlich besiedelten Landschaftsschutzgebiete gezogen waren, um dort autonom leben zu können. Aber natürlich seien sie weiterhin auf medizinische Betreuung angewiesen gewesen, auf Schulen für ihre Kinder und letztlich auch auf Gottes Wort. Darauf habe sich das Kloster eingestellt, und die Schwestern seien ihren neuen Aufgaben mit Freude nachgekommen. Aber Deutschland verändere sich, seine Bevölkerung werde wohlhabender und toleranter. Es sei nunmehr, sagte sie, ein dynamisches, attraktives Land, wovon sie sich auf ihren regelmäßigen Reisen zu Synoden und Kirchenkonferenzen immer wieder überzeugen könne. Viele der Aussteiger von damals hätten ihre Sachen gepackt und seien wieder in die Städte zurückgekehrt. Ihren Platz nähmen jetzt Flüchtlinge aus anderen Ländern ein, aber auch kriminelle Elemente, die mit den Idealen von damals nicht mehr viel im Sinn hätten. Sie wollten sich einfach nur der Gerichtsbarkeit entziehen.

»Ich übertreibe vielleicht, aber nach den schmerzlichen Vorfällen, von denen ich sprach, haben wir genau diese Entwicklungen untereinander erschöpfend diskutiert«, sagte sie. »Wenn wir eine Stimme in dieser Sache hätten, würden die meisten von uns dafür plädieren, dass die Freien Gebiete wieder von öffentlichen Institutionen kontrolliert werden. Soll ich das Ihrer Kommission mitteilen?«

»Es wäre nicht sehr ehrenhaft von mir, wenn ich eine solche Einschätzung nicht zu würdigen wüsste«, antwortete Hannes. »Ihre Ansichten und Erfahrungen sind wichtig. Darf ich Sie fragen, ob es auch Aspekte der Freien Gebiete gibt, die Sie bewahrt wissen möchten?«

»Natürlich. Wo sonst sollen Familien ein einfaches Leben in Harmonie mit der Natur führen, wenn sie die Städte und die Konsumgesellschaft hinter sich lassen möchten, die einen Großteil Deutschlands kennzeichnen? Und für religiöse Gemeinschaften wie der unseren ist es naheliegend, an einem friedlichen, entlegenen Ort tätigen Glauben zu pflegen. Umso weniger kann ich akzeptieren, dass sich in unserer Umgebung kriminelle Elemente breitmachen.«

»Darum sind wir hier«, sagte Rudi, und Otto nickte grimmig. »Die anderen observieren die Farm der Mafiosi, wo sich zurzeit nur fünf Männer aufhalten.«

»Zusammen mit den drei jungen Frauen, die sie gekidnappt haben«, ergänzte Otto. »Ich will mir gar nicht vorstellen, was sie durchmachen. Eine von ihnen ist meine Nichte.«

»Hannes, ich hätte dir vielleicht sagen sollen, dass wir etwas vorhaben«, sagte Dieter. »Aber ich wollte, dass du dich mit eigenen Augen davon überzeugst, wie wir hier in den Freien Gebieten für Recht und Ordnung zu sorgen versuchen.«

»Wie kommuniziert ihr eigentlich ohne PerCs? Wie war es möglich, Rudi und Otto hierherzuholen?«, fragte Hannes.

»Sie haben doch bestimmt den Taubenturm gesehen, als Sie gekommen sind«, antwortete die Äbtissin mit einem breiten Lächeln. »Unsere Vögel sind nicht bloß für die Pfanne bestimmt. Mit ihrer Hilfe tauschen wir Nachrichten aus. Dieses Vorhaben, das die Männer planen, hat übrigens meinen Segen. Das letzte Mal, als die Russen sich hier blicken ließen, haben sie gedroht, uns auszuräuchern.«

»Sind es wirklich Russen, von denen Sie bedroht werden?«, fragte Hannes. Er wusste, dass sich die russische Föderation von Putins gescheitertem Versuch, die alte Sowjetunion wiederherzustellen, nicht wieder erholt hatte und wegen der rückläufigen Einnahmen aus den Erdöl- und Gaslieferungen fast bankrottgegangen wäre.

»Wir nennen sie so, weil sie russisch miteinander sprechen und angeblich mit der russischen Mafia unter einer Decke stecken, aber genau weiß das niemand«, antwortete Dieter. Es seien verschiedene Volksgruppen vertreten, Mongolen, Kasachen, Usbeken, Perser und auch einige Afghanen, allesamt militärisch ausgebildete Freischärler, emporgeschwemmt von den zentralasiatischen Kriegen und nach dem Zusammenbruch der russischen Föderation zurückgeblieben. Man habe sogar Burmesen und Laoten unter ihnen ausgemacht, ehemalige Kämpfer der Wasserkriege am Mekong.

»Söldner, Legionäre, Auftragskiller der Mafia – nenn sie, wie du willst«, sagte Otto. »Sie haben einen im vergangenen Jahr aufgegebenen Hof besetzt und machen die Gegend unsicher. Inzwischen erpressen sie sogar Schutzgeld. Das lassen wir uns nicht länger bieten und greifen deshalb morgen kurz vor Sonnenaufgang an.«

Sie hatten nur vier Stunden geschlafen, als die Äbtissin sie weckte. Nach einer Tasse Kräutertee, Brot und Käse brachen sie auf, begleitet von zwei mit Armbrüsten bewaffneten Schwestern. Im Mondlicht, das durch das Laubdach des Waldes sickerte, sah Hannes nicht viel mehr als seinen Vordermann, und obwohl er sich für einigermaßen fit hielt, fiel es ihm immer schwerer, Schritt zu halten. Nach langem Anstieg traten sie aus dem dichten Wald hinaus auf eine weite Hochebene, die im Dunkeln gespenstisch leer wirkte. Wären am Himmel nicht Satelliten auf ihren vertrauten Bahnen zu erkennen gewesen, Hannes hätte sich ins Mittelalter zurückversetzt gefühlt.

Als der Hof der Mafiosi fast erreicht war, hob Dieter den Arm, um die Gruppe zum Anhalten aufzufordern, und schrie wie ein Käuzchen, worauf in einiger Entfernung ein ähnlicher Ruf laut wurde. Wenig später tauchte wie aus dem Nichts und auf einen Stab gestützt ein großgewachsener Mann in langem Umhang auf. In weitem Bogen führte er sie auf eine schüttere Hecke zu. Erst als sie dort in Deckung gingen, bemerkte Hannes, dass es der Pastor war, der ihm nun grüßend zunickte. Mit dem Stab lenkte er Hannes' Aufmerksamkeit auf das kleine Gehöft in der Nähe. Anfangs sah Hannes nur das sich in den einzelnen Fensterscheiben spiegelnde Mondlicht, erkannte allmählich aber auch die Umrisse des Hauses rund fünfzig Meter entfernt. Schließlich machte er eine in sich zusammengesunkene Gestalt aus, die neben der Eingangstür auf einem Stuhl saß.

»Nur ein Wachposten, und der schläft«, flüsterte Dieter und berührte Rudi sacht am Unterarm. Rudi streifte sich die Armbrust von der Schulter und trat in den Bogen, um die Sehne zu spannen. Dieter deutete auf einen schlanken jungen Mann, den Hannes vom Filmkollektiv her zu kennen glaubte. Er hatte einen Rucksack auf dem Rücken und nahm ein Ende einer langen hölzernen Leiter auf, ein weiterer junger Mann das andere. Sie waren offenbar bereit, das Haus zu stürmen.

Den linken Fuß ein Stück vorgesetzt, stand Rudi mit der angelegten Armbrust aufrecht hinter der Hecke und zielte auf den schlafenden Wachposten. Hannes hörte ein Klicken und ein Zischen wie von einem scharfen Windstoß, unmittelbar darauf einen dumpfen Aufprall. Der Wachposten kippte vom Stuhl.

Die jungen Männer mit der Leiter rannten los und richteten sie an der Hauswand auf. Einer von ihnen kletterte wieselflink hinauf aufs Dach und auf einen rauchenden Schornstein zu. Er streifte den Rucksack ab, zog etwas daraus hervor, das wie ein Kleiderbündel aussah, und verstopfte damit die Esse.

Auf sein Handzeichen hin stürmten die anderen Männer vor und verteilten sich unter den Fenstern, wo sie ihre Rucksäcke ausleerten, Zunder und Reisig aufhäuften und mit altmodischen Streichhölzern Feuer legten, wie sie in den Freien Gebieten immer noch in Gebrauch waren. Andere Männer kamen mit Armen voller Knüppelholz und warfen es in die Flammen, die bald hoch auflodertern. Vor jedem der Fenster blieb ein Mann zurück, um Wache zu halten, die anderen bezogen zu beiden Seiten der Haustür Stellung.

Kurz darauf taumelte ein Mann ins Freie, die Hände schützend über die Augen gelegt. Hinter ihm quoll Rauch aus dem Haus. Er stolperte über den gestürzten Wachposten, und bevor er das Gleichgewicht wiedergewonnen hatte, schlug einer der Männer draußen mit einem langen Gegenstand, der im Feuerschein gespenstisch glomm, auf seine Beine ein. Der Nächste, der aus dem Haus gestürmt kam, feuerte ein Maschinengewehr aus der Hüfte ab. Von einem Armbrustbolzen in den Bauch getroffen, ließ er das Gewehr fallen und ging zu Boden. Schnell wurde die Waffe von einem der Freiländer sichergestellt.

Ein dritter Mann kroch nun durch die Eingangstür ins Freie und schoss blindlings mit einer Pistole um sich. Ein Bolzen durchschlug seinen Hals, während die längliche Waffe auf seine Arme niederfuhr. Schreiend fiel er aufs Gesicht. Einer der Freiländer wickelte sich einen Schal um Nase und Mund und drang in das Haus ein, um nach den Frauen zu suchen. Andere folgten ihm.

»Passt auf, da ist noch einer!«, rief der Pastor, als eines der Fenster zerbarst und ein Mann hindurchhechtete, der sich mit einer Decke in beiden Händen vor den Glassplittern zu schützen versuchte. Noch während er sich am Boden abrollte, war einer der Angreifer zur Stelle, drosch mit einem schweren Knüppel auf seinen Kopf ein und entwand ihm eine Maschinenpistole.

Diejenigen, die ins Haus gerannt waren, eilten hustend und nach Luft schnappend wieder ins Freie, zusammen mit den drei Frauen, die von den Mafiosi gekidnappt worden waren. Zwei Schwestern führten sie zum Brunnen, wo man bereits mit Eimern frisches Wasser für sie geschöpft hatte. Hannes erkannte plötzlich das Zwillingspaar wieder, Leo und Lisa aus dem Filmkollektiv, den mürrischen Jungen, der sich nach Hati Boran erkundigt hatte, und seine sehr viel freundlichere Schwester.

Die erste Morgenröte streifte im Osten den Horizont. Der Wachposten und der Mann, den ein Armbrustbolzen am Hals erwischt hatte, waren tot, ein dritter starb an den Folgen des Bauchschusses, als Dieter und Rudi seine Wunde untersuchen wollten.

Zwei der Männer lebten noch, der eine mit Schnittwunden am Bein, der andere, der aus dem Fenster gesprungen war, offenbar mit schweren Kopfverletzungen. Eine der Schwestern, die den Bewusstlosen untersuchte, schüttelte den Kopf und meinte, dass er den Transport ins Kloster wohl nicht überleben würde. Otto und Rudi schafften ihn trotzdem auf den Karren, der für die verschleppten Frauen mitgebracht worden war.

Erst jetzt sah Hannes die Waffen, mit denen die Freiländer gekämpft hatten. Sie sahen aus wie mittelalterliche Hellebarden. Auf dem zirka anderthalb Meter langen Holzstab steckte ein spitzer Metallaufsatz, gleich darunter befand sich ein breites Beil, das sich auf der anderen Seite zu einer kurzen Klinge verjüngte. Sie war dazu gedacht, einen Reiter aus dem Sattel zu ziehen, der dann entweder mit der Spitze aufgespießt oder mit dem Beil erschlagen wurde.

Die Beine des Opfers waren offensichtlich gebrochen, eins am Schienbein, das andere am Knie. Der Mann war bei Bewusstsein und schluchzte vor Schmerzen. Dieter begann ihm in gebrochenem Russisch Fragen zu stellen. Im Schein der Flammen, die durch die Fenster und das Dach des Hauses emporschlugen, sah es aus, als sei er asiatischer, vielleicht mongolischer Herkunft. Er antwortete auf Russisch: *Twoju mat* – Fick deine Mutter!

Als Dieter das Bein unterhalb des gebrochenen Knies in beide Hände nahm und zur Seite verdrehte, wollte Hannes eingreifen. Doch der Pastor hielt ihn zurück. Dieter wiederholte seine Frage, bekam eine Antwort und setzte das Verhör fort. Und sooft es ins Stocken geriet, half er mit brutaler Gewalt nach.

Mit den Schwestern bestiegen die drei Frauen den Karren. Otto kletterte auf den Kutschbock.

»Den nehmen wir auch mit«, sagte Dieter und deutete auf den verletzten Mongolen. »Ich habe ihm versprochen, dass wir ihn im Kloster am Leben erhalten, sofern er die Wahrheit gesagt hat. Wenn nicht, nehme ich mir sein Knie noch einmal vor.«

»Was hast du denn rausbekommen?«, fragte Hannes.

Dieter deutete auf Leo und Lisa. »Sie sind hinter den beiden her, weil seine Komplizen wissen, wer sie sind.«

»Es sind Wendts Urenkel«, erklärte der Pastor. »Die Russen haben vor, sie zu kidnappen und Lösegeld für sie zu fordern. Irgendjemand muss ihnen gesteckt haben, dass die beiden zum Hof wollten, um sich dort mit dem Alten zu treffen. Die anderen Russen sind auf dem Weg dorthin.«

»Wendt hat Urenkel?«, staunte Hannes und musterte das junge Geschwisterpaar, die zukünftigen Erben eines Weltkonzerns im Wert von zig Milliarden Euro. Vermutlich würde Wendt jede Summe für sie zahlen. Ob sie überhaupt ahnten, was auf dem Spiel stand? Plötzlich kam Hannes ein anderer Gedanke. »Der Hof liegt über zweihundert Kilometer weit entfernt«, sagte er. »Wie kommen die Mafiosi dahin?«

»Sie mieten sich ein Auto und sind in wenigen Stunden dort«, antwortete der Pastor. »Dass sie mobil sind, haben sie schon bewiesen. Zum Beispiel pendeln sie zwischen ihren Stützpunkten in Thüringen und im Schwarzwald hin und her.«

»Wenn die Russen zum Hof unterwegs sind, wären die beiden hier am sichersten aufgehoben.«

Der Pastor schüttelte den Kopf. »Der Grund, weshalb sie dorthin wollten, war eine Nachricht von Wendts Tochter aus Amerika. Sie sagt, Leo und Lisa müssten Wendt um jeden Preis treffen. Ich nehme an, er wird für ihre und seine Sicherheit Vorsorge treffen. Keine Ahnung, was dahintersteckt, aber die beiden gehören zu uns. Und wenn sie ihren Urgroßvater sehen wollen, helfen wir ihnen dabei.«

Hannes nahm an, dass sich der Pastor und Dieter im Klaren darüber waren, wie einflussreich Wendt war. Einen so mächtigen Mann wie ihn zum Freund zu haben wäre für die Freiländer von unschätzbarem Wert.

»Nun, wenn die beiden zum Hof müssen, bringe ich sie hin. Ich habe meinen PerC dabei und könnte einen Wagen mieten«, sagte er. »Wie weit ist es bis zum nächsten Autoverleih?«

»Der nächste Verleih liegt Kilometer entfernt in der anderen Richtung«, widersprach Dieter. »Wir machen das anders. Auf der alten A44, die ganz in der Nähe vorbeiführt, verkehren regelmäßig Frachtkonvois. Wenn wir Glück haben, erwischen wir einen, der uns bis nach Bad Hersfeld bringt, dort steigen wir dann um. Wir brauchen nur ein paar Seile.«

Eine Stunde später standen Hannes, Dieter, der Pastor und die beiden Geschwister auf einer Autobahnbrücke nahe Barntrup. Dieter hatte zwei Seilenden um das Geländer geschlungen und dann mit Leo und Hannes einen umgestürzten Baum vom Waldrand auf die Fahrbahn geschleppt, der zu groß war, als dass man gefahrlos über ihn hätte hinwegfahren können. Die Sensoren des Fahrzeugs an der Spitze würden den Konvoi automatisch abbremsen und ihn vorsichtig an der Blockade vorbeimanövrieren. Als der Konvoi heranrollte und unter der Brücke fast zum Stehen kam, seilten sich Leo und Lisa auf das Dach des ersten Containers ab.

Unten angekommen, strafften sie die Seile, um den Pastor und Dieter rasch folgen zu lassen. Beide schienen in dieser Klettertechnik versiert zu sein. Etwas schwerer tat sich Hannes, der Angst hatte, sich am Seil die Hände zu verbrennen. Er schaffte es trotzdem in allerletzter Sekunde, weil Dieter nachhalf und ihn an den Füßen herabzerrte, ehe der Container wieder Fahrt aufnahm. Blitzschnell löste Dieter noch die Schlinge vom Brückengeländer und holte das Seil ein, wobei er sich so weit nach hinten hinauslehnte, dass der

Pastor ihn am Hosenbund zurückhalten musste. Das Seil würden sie später noch für den Abstieg vom Containerdach brauchen.

Wie alle Fahrzeuge an der Spitze eines Konvois hatte der Container eine stromlinienförmige Verkleidung, die vorn über das Dach ragte. In deren Windschatten nahmen die fünf blinden Passagiere Platz für die Fahrt nach Düsseldorf.

Hannes blickte über den Rand der steil abfallenden Containerwand auf die Straße hinab und fragte: »Wie sollen wir hier runterkommen, wenn wir am Ziel sind?«

Dieter lachte. »Es macht Spaß, so viel kann ich dir schon jetzt versprechen.«

26

Du kennst meine religiösen Ansichten. Ich bin weder orthodox noch glaube ich an die römisch-katholische Kirche. Wenn es denn einen Plan gibt, der unser würdig ist, müsste es meiner Meinung nach ein solcher sein, der den Menschen verwandelt und unbekannten Zonen zuführt. Das Gesetz der Schöpfung erscheint mir minderwertig; es sollte das Gesetz überlegener Schöpfung gelten.

Honoré de Balzac in einem Brief an Ewelina Hańska, 31. Mai 1837

Die Verhaftung seines Forschungsdirektors und das Verschwinden seines Sicherheitschefs beunruhigten Wendt sehr, doch er war viel zu beherrscht, um in Panik zu geraten. Seine unmittelbare Sorge galt seinen Urenkeln Lisa und Leo, denn wer dermaßen entschieden gegen die Interessen seines Unternehmens intrigierte, würde, so kalkulierte er, sich auf seine Nachfolge konzentrieren, also seine Erben. Wendt wusste, dass seine unverändert gute Gesundheit sowohl den Vorstand als auch die Geschäftsführung frustrierte. Sie rebellierten gegen seine uneingeschränkte Macht im Unternehmen und ärgerten sich über seine Weigerung, den Namen Wendt für Waffengeschäfte herzugeben.

Sie können meinen Tod nicht erwarten, dachte Wendt. Er war zwar alles andere als lebensmüde, hielt sich aber im Unterschied zu seinem Unternehmen sehr wohl für ersetzbar. Verantwortlich geführt, würde die Wendt-Gruppe, wenn nicht ewig, so aber doch noch Jahrhunderte bestehen können. Und dafür sollten seine Erben Sorge tragen, für das Geschäft, das er von seinem Vater geerbt hatte, zusammen mit dem Vertrauen in die Nachkommenschaft. Das Wendt'sche Erbe musste also geschützt werden, nicht zuletzt auch im Interesse Baden-Württembergs und Deutschlands. Eine Revolte seiner leitenden Mitarbeiter müsste also darauf abzielen, die Erbfolge zu umgehen. Es wäre für sie nicht damit getan, ihn aus seinem Chefsessel zu verdrängen.

Um mit seinen Urenkeln Kontakt aufzunehmen, hatte er sich an seine Tochter in Amerika gewandt. Als bekannte Filmemacherin stand sie in Verbindung mit den unabhängigen Dokumentarfilmern, die sie schon dreimal für einen Oscar nominiert hatte, einmal sogar mit Erfolg. Mitten in der Nacht klingelte sie Helga aus dem Bett, als diese friedlich in Max' Armen schlief, und bat sie um sicheres Geleit für Leo und Lisa zum Hof von Klaus Schmitt. Es schien ihm der geeignete Ort, gerade jetzt, wo sich die Ereignisse überstürzten, zumal es der einzige Ort war, zu dem sie sich vorwagten, da er unmittelbar an der Grenze zu den Freien Gebieten lag.

Es war nicht das erste Mal, dass Wendt um sein Leben oder das seiner Angehörigen bangen musste. In den 1970er Jahren hatte sein Vater nach dem ersten Anschlag der Roten Armee Fraktion auf einen Vertreter der Industrie von der Polizei Personenschutz erhalten. Wendt selbst war in den

2030er Jahren von einer religiösen Sekte öffentlich zum Tod verurteilt worden, die in seinen Robotern ein Werk des Teufels sah. Er hatte darüber gelacht, doch dann war auf seinen Wagen geschossen und einer seiner Mitarbeiter getötet worden. Wie sich später herausstellte, hatte man ihn für Wendt gehalten, der zu dieser Zeit noch in einem Meeting saß. Es waren nicht bloß nostalgische Gründe, die Wendt an seinem alten Mercedes festhalten ließen; der Wagen war so stark gepanzert, dass ihn allenfalls eine Mörsergranate aufzubrechen vermochte. 2048, im Jahr der Tumulte, hatte es einen weiteren Anschlag auf ihn gegeben, dem seine dritte Ehefrau zum Opfer gefallen war, eine sanfte, häusliche Frau, die ihren Garten liebte und um die Wendt immer noch trauerte. Darum nahm er solche Drohungen sehr ernst. Er kündigte sich bei Klaus an und stellte ein Team aus ehemaligen SEK-Mitgliedern als Leibwächter in seinen Dienst. Dann fuhr er – ohne Chauffeur – in seinem Mercedes zum Hof.

Die einzige andere Person, die er sich jetzt an seiner Seite gewünscht hätte, war Christina, doch ihr PerC informierte ihn darüber, dass sie eine Vorlesung hielt und sich später zurückmelden werde. Wendt rief daraufhin einen alten Freund namens Joachim an, einen pensionierten Richter am Bundesverfassungsgericht, den er gelegentlich in Rechts- und Strategiefragen zurate zog. Von den Vorwürfen gegen seinen Forschungsdirektor und den Sicherheitschef erschüttert, wusste er nicht mehr, inwieweit er seinem Chefjuristen noch trauen konnte. Darum bevollmächtigte er Joachim, ihn in dieser Notsituation zu vertreten. Er erklärte ihm die Lage, überwies per PerC hunderttausend Euro als

Voraushonorar, um den Vertrag wirksam werden zu lassen, und überließ es Joachim, der Polizei Auskunft zu geben.

Auf dem Hof angekommen, eilte Klaus auf ihn zu. »Helga hat sich gemeldet. Sie sagt, Lisa und Leo seien nicht bei ihnen, aber sie habe ihnen die Nachricht weitergeleitet und deutlich gemacht, wie dringend dieses Treffen ist. Wollen Sie mir sagen, was da in Ihrem Unternehmen vor sich geht? Kann man von einer Revolte sprechen?«

»So sieht es fast aus«, antwortete Wendt. »Erinnern Sie sich noch an das letzte Mal? Wir haben es durchgestanden, und das wird uns auch diesmal gelingen.«

Er spielte auf einen Vorfall in den späten 2030er Jahren an, als das Unternehmen mit seinen Steuerungssystemen für vollautomatisierte Fahrzeuge hohe Gewinne gemacht hatte. Wendt war entschlossen gewesen, das Geld in die Entwicklung von Roboterastronauten zu investieren, weil sich der Einsatz von menschlichen Raumfahrern nicht rechnete. Zu hoch waren die Kosten für die Bereitstellung von Lebensmitteln, Wasser und Atemluft. Und der Abbau von Mineralien, Energieerzeugung und Konstruktionsarbeiten in Vakuumatmosphäre ließen sich nach Wendts Überzeugung durchaus und sehr viel besser von Robotern ausführen. Ja, er glaubte, dass Menschen nur dann eine Zukunft im All haben würden, wenn Roboter vorher für Unterkünfte, Energie und Verpflegung gesorgt hätten.

In Kooperation mit einem privaten amerikanischen Raumfahrtunternehmen hatte Wendt 2045 tatsächlich einen ersten Bergbaubetrieb im Asteroidengürtel eingerichtet. Ein Jahr später beauftragte ihn die europäische Raumfahrtbehörde, mit Hilfe von Robotern eine Basisstation auf dem Mond zu errichten. Vom Mond aus Weltraummissionen zu starten, ohne zuerst mit enormem Energieaufwand die Schwerkraft der Erde überwinden zu müssen, war sehr viel effizienter. Roboter waren bei dieser Arbeit weder auf Versorgung noch im Notfall auf Rettung angewiesen. Ungestört von den Tumulten und Verwerfungen im Revolutionsjahr 2048 bauten sie Raumstationen, gewannen Rohstoffe und führten wissenschaftliche Experimente durch. Bis zum Jahr 2050 war das Asteroidkatapult fertiggestellt worden, das kostbare Mineralien und Erzeugnisse der Vakuumfertigung auf die Erde schleudern konnte, programmiert auf Landungen im Ozean, wo sie von Wendts Flotte aus dem Wasser gefischt wurden. Zehn Jahre später produzierten hydroponische Mondfarmen, die Roboter zur Verpflegung zukünftiger Siedler angelegt hatten, einen Überschuss an Lebensmitteln, der zur Erde katapultiert werden konnte. Hervorgegangen aus dem europäischen Spacebus-Projekt, entwickelte sich eine vollkommen neue Industrie, die sich die Vorteile der Vakuumproduktion auf dem Mond zunutze machte.

All dies bestätigte im Nachhinein, dass Wendt mit seinen Prognosen richtig und sein Vorstand falschgelegen hatte, der sein teures Raumroboterprogramm nicht mittragen wollte. Mit einem unerwarteten Schachzug aber – er hatte seine Mehrheitsanteile an dem neuen Wendt'schen Weltraumunternehmen der von ihm gegründeten Familienstiftung überschrieben – war es ihm damals gelungen, seine Widersacher auszumanövrieren. Diese Anteile waren für seine beiden Urenkel Leo und Lisa treuhänderisch verwaltet worden, die, inzwischen volljährig, ihre Rechte in Anspruch nehmen konnten. Sie hatten nun in allen Belangen der Wendt-Gruppe ein entscheidendes Wort mitzureden.

»Wer ist das?«, fragte Klaus, als die Sicherheitskräfte aus den beiden Fahrzeugen stiegen, die Wendts Mercedes gefolgt waren, und nun ihre schweren Waffen entluden. »Und wie zum Teufel sind die an Mörser und Granatwerfer herangekommen?«

»Ich habe sie zu meinem Schutz mitgebracht«, antwortete Wendt. »Und was ihr Arsenal anbelangt, würde ich an Ihrer Stelle nicht weiter nachfragen. Ich tue es auch nicht. Aber wir müssen wohl davon ausgehen, dass unsere Gegner mindestens ebenso schwer bewaffnet sind.«

»Bevor Sie aus meinem Hof ein Schlachtfeld machen, will ich meine Frau und meine Kinder in Sicherheit bringen. Geben Sie mir einen von Ihren Wagen und ein paar Ihrer Bodyguards«, verlangte Klaus.

Wendt nickte und nahm einen privaten Anruf auf seinem PerC entgegen. Der Holoscreen zeigte Christina. Sie stand vor einer Bildschirmwand in einem Vorlesungssaal, im Hintergrund verließen Studenten den Raum.

»Danke für Ihren Rückruf«, sagte er. »Würden Sie mir bitte einen großen Gefallen tun und sofort zum Hof kommen? Ich brauche Ihren Rat, und es gibt hier etwas, was Sie sehen sollten. Aber es könnte gefährlich werden.«

»Gefährlich? Wieso?«

Wendt erklärte mit wenigen Worten, was Sache war, und fügte hinzu: »Ich glaube, wir sind hier relativ sicher.« Er drehte seinen PerC so, dass Christina seine Schutztruppe sehen konnte.

»Werden Sie sie in Ihre Pläne für die Nachfolge einweihen?«, fragte Klaus, als Wendt die Verbindung getrennt hatte.

»Abgesehen von Ihnen ist sie die Einzige, die mir jetzt helfen kann«, antwortete Wendt und orderte zusätzliche Sicherheitskräfte für die Familie Schmitt.

Unterdessen überlegte Christina, ob sie Bernd anrufen sollte. Sie bestellte ein Fahrzeug, das sie zum Hof bringen sollte, auf dem Weg dorthin wollte sie kurz an ihrer Wohnung anhalten, um sich umzuziehen und eine Tasche mit dem Nötigsten zu packen.

Seit gestern Abend musste sie immer wieder an Bernd denken, daran, wie sehr er sich verändert hatte und sich zugleich doch vieles von dem begeisterungsfähigen und gut aussehenden jungen Soldaten bewahrt zu haben schien, in den sie sich vor über einem Jahrzehnt verliebt hatte. Im Laufe der Jahre hatte sie sich manchmal gefragt, warum keine ihrer Affären so befriedigend und interessant gewesen war wie die mit Bernd, obwohl sie sehr viel gebildetere und erfolgreichere Liebhaber gehabt hatte, nach herkömmlichen Standards also geeignetere Partner als den jungen Aussteiger und ehemaligen Freiländer, der trotzdem so viel Raum in ihren Erinnerungen einnahm. Vielleicht, dachte sie, lag es daran, dass er sie für das geliebt hatte, was sie damals war, und nicht mit Blick auf ihr Renommee oder den Status, den sie später erreichen sollte. Lächelnd gestand sie sich ein, dass wohl auch die Leidenschaftlichkeit ihrer Begegnung eine Rolle gespielt hatte, obwohl sie vermutlich zum großen Teil auch aus der Angst und den Spannungen resultiert war, denen sie im Flüchtlingslager ausgesetzt gewesen waren.

Das Wiedersehen mit ihm hatte sie stärker aufgewühlt als erwartet. Christina war klug genug, um den Gefühlsregungen, die mit der Begegnung mit einem ehemaligen Geliebten unweigerlich einhergingen, nicht allzu viel Bedeutung beizumessen. Dass sie ein wenig nervös gewesen war und sich gefragt hatte, welche Wirkung sie noch auf ihn haben würde oder wie viel Bedeutung er selbst ihrer gemeinsamen Vergangenheit noch beimaß, war nur verständlich. Aber dass sie ihn noch immer so außergewöhnlich anziehend fand, dass sie mit seinem Bild vor Augen eingeschlafen und am nächsten Morgen wieder erwacht war, hatte sie nicht wenig überrascht. So auch seine Einladung zum Abendessen. Was sollte sie bloß anziehen? Aber das zu klären war nicht der Grund, warum sie seine Nummer wählte.

»Bernd, es ist etwas passiert, was dich als Polizist interessieren wird«, sagte sie, sobald sein Bild auf ihrem Holoscreen erschien. »Eben hat mich Wendt angerufen. Er will, dass ich zum Hof komme. Es sei gefährlich, sagt er. Er hat eine Gruppe Bewaffneter bei sich. Ich weiß nicht, was dahintersteckt, aber er klang sehr ernst, und deshalb fahre ich gleich los.«

»Bewaffnete?«, fragte Bernd. »Das gefällt mir gar nicht. Hat er gesagt, was er von dir will?«

»Er braucht meinen Rat und will mir etwas zeigen. Ich rufe dich an, sobald ich mehr weiß, ja? Ich leite dir die Bilder dieser Privatarmee von Wendts Anruf weiter. Auf den Uniformen stehen hinten zwei Buchstaben, sie sehen aus wie ein H und ein S.«

»Ja, ruf mich wieder an. Ich versuche inzwischen herauszufinden, was es damit auf sich hat«, antwortete er und wandte sich automatisch an Roberto. Sie waren in seinem Büro, und Bernd ging die gegen Keil erhobenen Vorwürfe durch, während Roberto die Fahndung nach Wendts Sicherheitschef Gerd Schulmann überwachte.

»H-S steht für ›Häusliche Sicherheit‹«, erklärte Roberto. »Das ist eine im Handelsregister eingetragene Firma, die Personenschutz anbietet. Ihre Mitarbeiter sind ausnahmslos ehemalige Militärangehörige und autorisiert, Waffen zu tragen. Wendt hat soeben einen Vertrag mit dieser Firma abgeschlossen und zwei, nein, drei Sicherheitsteams angefordert mit der Begründung, dass er persönlich bedroht werde. Augenblick, da kommt gerade was durch. Unser Dezernat will Wendt zu einer Vernehmung vorladen. Es geht um eine Anzeige wegen Industriespionage. Die Vorladung ist vom Innenministerium und der Polizeichefin persönlich autorisiert.«

»Danke«, sagte Bernd. Er informierte seine Vorgesetzte über Christinas Anruf und bat um Instruktionen. Er solle alles stehen und liegen lassen und sofort zum Hof fahren, um Wendt zu vernehmen, forderte sie ihn auf. Sie selbst werde sofort mit H-S Kontakt aufnehmen und dafür sorgen, dass Bernd von den Sicherheitskräften nicht daran gehindert werde, Wendt persönlich zu befragen. »Es wäre gut, wenn Wendt seinen Anwalt dabeihat. Ich werde eine Drohne zum Hof schicken, die alles aufzeichnet«, fügte sie hinzu. Bernd holte seine Dienstwaffe aus seinem Spind, ließ sich eine Schutzweste geben und eilte zu seinem Fahrzeug. Seltsam, dachte er, dass er Wendt ausgerechnet in dem Geländewagen befragen würde, den dieser der Polizei gestiftet hatte.

»Ich verstehe nicht«, sagte Roberto, der neben ihm Platz

nahm und die Zielkoordinaten in das Steuerungssystem tippte. »Keil hat doch ausgesagt, dass Wendt von dieser Spionagegeschichte nichts wusste. Sollen wir ihn beschützen oder festnehmen?«

»Wir werden ihm nur ein paar Fragen stellen. Entschieden wird offenbar an sehr viel höherer Stelle«, erwiderte Bernd. »Die Innenministerin hat sich eingeschaltet. Und unserer Chefin ist Keils Aussage natürlich bekannt.«

Die bundesweite Fahndung nach Gerd Schulmann war aufgrund dieser Aussage eingeleitet worden. Roberto hatte in den Datenbanken weitere Informationen über ihn gefunden. Dass Schulmann bereits einundsiebzig Jahre alt war, sah man ihm nicht an. Er war 1993 in Erfurt als Sohn eines Verkehrspolizisten zur Welt gekommen, der bis zur Wende der Verkehrspolizei angehört hatte. Gerd, sein einziger Sohn, war 2012 der thüringischen Landespolizei beigetreten. Dank seiner guten Französisch- und Englischkenntnisse und der Unterstützung von Freunden seines Vaters hatte er schnell Karriere und seinen Abschluss an der Polizeiakademie gemacht.

2020 übernahm ihn Europol, wo er in der OC-SCAN-Abteilung arbeitete, der zentralen Stelle für die Bekämpfung organisierter Kriminalität in Europa. Weil er dort hautnah miterlebte, wie dramatisch die Bedrohung durch die russische Mafia zunahm, beschloss er, Russisch zu lernen, und belegte einen Intensivkurs. Er heiratete seine Lehrerin, eine in Sergijew Possad geborene und aufgewachsene Russin mit holländischem Pass. 2030 übertrug man ihm als einem Experten die Verantwortung für das Russendezernat. Fünf Jahre später leitete er die OC-SCAN-Abteilung, und nach weiteren fünf Jahren hatte er die Abteilung O2, das Operative Zentrum für organisiertes Verbrechen, unter sich.

Dieser Aufstieg war wohl nicht allein auf seine Verdienste zurückzuführen, was er selbst gern glaubte, sondern vor allem auf die Tatsache, dass Europol immer größer wurde. Als er seinen Dienst dort angetreten hatte, bestand der gesamte Mitarbeiterstab aus kaum mehr als tausend Personen. Er war auf über viertausend angewachsen, als Schulmann die O2-Leitung übernahm. Alle, die mit ihm angefangen hatten, waren ebenfalls mehrmals befördert worden, denn es gab jede Menge neuer Stellen zu besetzen. Doch dann ging es für ihn nicht mehr weiter nach oben. Trotz wiederholter Anträge auf eine Übernahme in die Europol-Verwaltungsspitze blieb er auf seinem O2-Posten. Dann ertrank sein einziges Kind, eine Tochter, bei einem tragischen Segelunfall, und seine Ehe zerbrach im darauffolgenden Jahr. Verbittert darüber, dass er für höhere Ämter nicht in Betracht kam, reichte Schulmann 2058 seine Kündigung ein und wurde Sicherheitschef bei einem großen deutschen Logistikunternehmen. Schulmann war es gelungen, ein polnisches Syndikat zu zerschlagen, das die Entführung von Trucks und Konvois zu einer hohen Kunst verfeinert hatte. So war der Geschäftsführer auf ihn aufmerksam geworden, der außerdem Wendts Aufsichtsrat angehörte, und empfahl Schulmann 2061 für die Stelle bei Wendt.

»Das passt alles ein bisschen zu gut zusammen«, sagte Bernd. »Er kennt sich bestens aus mit der Russenmafia, die hinter dem Raubüberfall auf der Autobahn steckt und die Prostituierten ins Land geschleust hat.«

»Es wäre logisch«, erwiderte Roberto. »Er hat einschlägige Erfahrungen und spricht Russisch. Vielleicht wurde er sogar gezwungen, die Seiten zu wechseln.«

»Wo hält sich seine Exfrau zurzeit auf?«, fragte Bernd. »Wenn sie nach Russland zurückgekehrt ist, könnte es sein, dass sie als Druckmittel gegen ihn eingesetzt wird.«

»Sie ist tot. Hat ein Jahr nach der Scheidung Suizid begangen. Mit Schlaftabletten und einer Flasche Wodka am Strand von Scheveningen, wo ihre Tochter ums Leben kam«, wusste Roberto zu berichten. »Gerd Schulmann sind daraufhin drei Monate Trauerurlaub zugestanden worden.«

Bernd empfand einen Anflug von Mitleid, was ungewöhnlich für ihn und vielleicht mit dem Wiedersehen mit Christina zu erklären war. Aber er durfte sich jetzt nicht ablenken lassen. »Würdest du dich bitte mal erkundigen, ob Schulmann während dieser drei Monate irgendwelche Reisen unternommen hat, und wenn ja, wohin?«

Roberto schien verwundert. »Ich starte eine Suche, aber die Sache liegt lange zurück, fast zwanzig Jahre.«

»Sagst du mir nicht immer, Daten sterben nicht?«, frotzelte Bernd, als der Geländewagen in die Zufahrt zum Hof einbog. Er schaltete das Blaulicht ein, als er neben einer improvisierten Barriere einen bewaffneten Mann in schwarzer Uniform und mit einem Helm auf dem Kopf stehen sah. Das Fahrzeug bremste vor der Sperre automatisch ab. Der Wachposten überprüfte Bernds Identität, worauf Bernd auch dessen Ausweis zu sehen verlangte und ihn aufforderte, seinen Vorgesetzten zu rufen.

»Wo ist Fred Wendt, und wo ist Klaus Schmitt?«, fragte Bernd nach Abschluss der Formalitäten. Der Teamchef war inzwischen zu ihnen getreten.

»Sie sind beide im Haus. Wendt sitzt im Arbeitszimmer, und Schmitt schaut sich im Keller die Vorräte an«, antwortete er, ein schlanker, athletischer Mann Anfang fünfzig, der sich mit dem Namen Johann Geibel, ehemals Hauptmann bei der SEK, vorgestellt hatte. »Schmitts Frau und die Kinder haben vor einer Stunde den Hof verlassen.«

»Mit welchen Problemen rechnen Sie?«

»Massive Bedrohung einzelner Personen, wahrscheinlich Waffengebrauch, vielleicht Geiselnahme. Wir haben Ihr Dezernat entsprechend unterrichtet. Ihre Kollegen wissen also so viel wie wir.«

»Das bezweifle ich«, sagte Bernd grinsend. »Erzählen Sie mir mal, was nicht im Papierkram steht.«

»Es scheint da zu einem heftigen Konkurrenzkampf mit einer amerikanischen Firmengruppe gekommen zu sein. Der alte Wendt steht unter Druck und sorgt sich um seine Erben. Zwei junge Freiländer, die angeblich auf dem Weg hierher sind – es sei denn, sie werden unterwegs gekidnappt. Das hat einer meiner Männer von der Kellnerin erfahren. Alles andere konnten wir uns aus einem Anruf Schmitts zusammenreimen, der einen Freund gebeten hat, seine Familie bei sich aufzunehmen.«

»Wenn Sie den Anruf abhören konnten, konnten das wahrscheinlich auch andere«, gab Bernd zu bedenken.

Geibel schüttelte den Kopf. »Dann müsste deren Ausrüstung fortschrittlicher sein als unsere, und das bezweifle ich.«

»Ist schon eine junge Frau mit dem Namen Christina Dendias hier eingetroffen, eine Professorin, die mit Wendt zusammenarbeitet?«

»Noch nicht«, antwortete Geibel kopfschüttelnd. »Bis auf Ihr Fahrzeug und dem, das Familie Schmitt abgeholt hat, ist hier kein Wagen aufgekreuzt.«

»Sie müsste eigentlich schon hier sein.« Beunruhigt wandte sich Bernd an Roberto. »Check mal die Autovermietungen. Sie war in der Uni, als sie mich angerufen hat, vor zwanzig Minuten ungefähr.«

»Angerufen hat sie dich vor genau zweiunddreißig Minuten«, korrigierte Roberto. »Drei Minuten später wurde ihre Bestellung eines Mietfahrzeugs gecancelt, und zwar von einer Nummer der Uni aus. Gib mir mal deinen PerC.«

Bernd reichte ihm das Gerät und sah zu, wie sein AP einen Fingerfortsatz in die Schnittstelle steckte. Es gruselte ihn immer bei diesem Anblick.

»Dein Anschluss ist sicher, aber auf ihrer Seite hat es Fluktuationen gegeben, die auf einen Lauschangriff schließen lassen«, sagte Roberto. »Wenn dem so ist, wird man an anderer Stelle wissen, dass sie auf Wendts Bitte hin zum Hof fahren wollte. Und dann hat man ihren Mietwagen abbestellt.«

»Vielleicht ist sie dann nichtsahnend in ein Auto gestiegen, das man ihr stattdessen vorbeigeschickt hat«, befürchtete Bernd. »Versuch sie zu erreichen. Und dann schau mal in den Aufzeichnungen der Überwachungskameras vor der Uni nach. Vielleicht sehen wir, was passiert ist, ob sie zurück ins Haus gegangen oder in ein anderes Fahrzeug gestiegen ist.«

Doch wie sich herausstellte, war Christinas PerC ausgeschaltet, und das Fahrzeug, das sie vor dem Soziologischen Institut abgeholt hatte, war, wie ein Streifenwagen meldete, unter einer Überführung abgestellt worden, in einem Bereich ohne Kamera. Der perfekte Ort für einen Fahrzeugtausch. Roberto gab eine Suchmeldung heraus und überprüfte mit Hilfe der Überwachungskameras die Umgebung. Bernd bat ihn, eine Drohne anzufordern.

Er wollte gerade die Polizeichefin informieren, als sein PerC einen Anruf aus dem Polizeinetz meldete. Es war der Streifenbeamte, der das verlassene Mietauto entdeckt hatte. Die Karte, mit der es bezahlt worden war, war gefälscht, die Kamera im Innenraum des Fahrzeugs mit Farbe besprüht. Und auf dem Boden fand sich eine Tasche mit etwas Damenkleidung und Toilettenartikeln.

»Oh nein«, stöhnte Bernd und wurde aschfahl im Gesicht. »Sie haben Christina.«

27

»Handel und Industrie können in einem Staat selten lange blühen, wenn die Rechtspflege nicht wohlgeordnet ist, das Volk sich nicht im Besitz seines Eigentums gesichert fühlt, die Erfüllung der Verträge nicht durch Gesetze aufrechterhalten wird und die Macht des Staates nicht jeden Schuldner, der zahlen kann, auch wirklich zum Bezahlen anhält. Kurz, Handel und Industrie können selten in einem Staat blühen, wenn nicht ein gewisser Grad von Vertrauen auf die Gerechtigkeit der Regierung vorhanden ist.«
Adam Smith, *Wohlstand der Nationen*, 5. Buch, 3. Kapitel »Staatsschulden«. Hrsg. von Dr. Heinrich Schmidt. Köln: Anaconda Verlag 2009, 2013, S. 946

Als Bernd das Arbeitszimmer betrat, telefonierte Wendt gerade und redete wütend auf einen älteren Mann ein, der ihm auf dem Holoscreen betreten entgegenblickte. Vor Wendt lag ein Skript mit zahlreichen Durchstreichungen und Ausrufezeichen. Roberto überflog es mit großem Interesse.

»Können Sie nicht zumindest einen Aufschub bewirken, Joachim?«, fragte Wendt und gab Bernd mit einer Handbewegung zu verstehen, dass er sich noch eine Weile gedulden sollte. »Es lassen sich doch mit Sicherheit Rechtsmittel einlegen. Als Mitverfasser des verdammten Kommentars zum HGB wird Ihnen doch bestimmt etwas einfallen!«

Bernd nahm das Blatt Papier, auf dem Wendt herumgekritzelt hatte, ließ sich von ihm den Stift geben und schrieb in Großbuchstaben auf die Rückseite: Christina wurde entführt. Wendt las es und war sichtlich entsetzt.

»Ich versuche es, aber das braucht Zeit«, erwiderte Joachim über den Schirm. »Tangelos Anwälte haben eine einstweilige Verfügung in Amerika erwirkt, mit dem Ergebnis, dass unsere Bankkonten dort eingefroren wurden.«

»Aber das betrifft doch unsere hiesigen Konten und die in London nicht«, entgegnete Wendt und schrieb auf das Blatt: Einen Moment bitte.

»Darüber haben wir doch schon gesprochen«, entgegnete Joachim. »Seit Inkrafttreten der neuen Geldwäsche-Paragraphen fürchten europäische Banken massive Strafen seitens der USA. Deshalb wurden auch hier Ihre Konten gesperrt. Ich habe einen alten Freund in Washington. Sobald unsere Beschwerde eingegangen ist, und das wird noch heute der Fall sein, können wir versuchen zu retten, was zu retten ist. Fürs Erste aber sind uns die Hände gebunden.«

»Was ist mit meinen Kreditkarten?«, fragte Wendt. »Ich hätte noch eine aus Singapur, mit der ich bezahle, wenn ich in Asien bin.«

»Damit kommen wir auch nicht weiter. Sie ist von Visa-Vodafone, untersteht also ebenfalls amerikanischem Recht. Das heißt, sie ist gesperrt.« Joachim lächelte matt. »Zum Glück sind die Zehntausend, die Sie mir als Vorschuss auf mein Honorar überwiesen haben, noch durchgegangen.

Damit bin ich offiziell berechtigt, Sie zu vertreten. Keine Sorge, ich bringe die Sache in Ordnung. Sie müssen sich nur ein bisschen gedulden.«

Der Screen löste sich auf, und Wendt starrte ins Leere. Bernd wollte ihn gerade ansprechen, als es heftig an der Tür klopfte und Ex-Hauptmann Geibel eintrat.

»Entschuldigen Sie, Herr Wendt, aber ich wurde gerade von unserem Büro aufgefordert, meine Männer abzuziehen«, sagte er. »Anscheinend gibt's Schwierigkeiten mit der Bezahlung für den Auftrag. Unsere Firma wird erst tätig, wenn bezahlt wurde. Die Kollegen, die mit Schmitts Frau und Kindern unterwegs sind, werden Ihren Auftrag noch ausführen, dann aber ebenfalls abrücken.«

»Sie lassen mich hier schutzlos zurück?«, fragte Wendt, der, verstört wie er war, sein wahres Alter erkennen ließ.

»Tut mir leid, aber so lautet meine Order.« Geibel salutierte und machte auf dem Absatz kehrt.

Wendt warf einen verwirrten Blick auf Bernd. »Noch einen Moment bitte«, entschuldigte er sich und tippte auf seinen PerC, um einen weiteren Anruf zu tätigen.

»Anders, ich brauche Ihre Hilfe«, sagte er. »Ich stecke in einem Rechtsstreit in den Vereinigten Staaten, und nun wurden meine Konten gesperrt. Joachim kümmert sich darum. Könnten Sie bitte bei H-S anrufen und meine Rechnung begleichen? Ich werde die Firma nicht länger als ein paar Tage in Anspruch nehmen. Sie verlangt fünfundzwanzigtausend pro Tag. Alles Weitere erfahren Sie von Joachim. Danke.«

»Was ist mit Christina?«, fragte Wendt, nachdem er seinen PerC weggesteckt hatte. »Sie wurde entführt?«

»Ihr PerC wurde offenbar abgehört. Irgendjemand hat über eine Nummer der Universität den Mietwagen abbestellt, den sie für die Fahrt hierher geordert hatte. Sie wurde von einem anderen Fahrzeug abgeholt, das die Polizei wenig später verlassen vorgefunden hat. Mit ihrer Tasche. Wir haben eine Drohne aufsteigen lassen und überprüfen sämtliche Fahrzeuge in der Umgebung. Kann es sein, dass Sie, Herr Wendt, der Grund für ihre Entführung sind? Sie haben offenbar ernst zu nehmende Feinde.«

»Das stimmt, ja, aber ich wüsste nicht, wodurch ich Christina in Gefahr gebracht haben könnte. Ich habe sie nur gebeten, mir im Vorstand zur Seite zu stehen, weil man mich aus dem Unternehmen drängen will, das mein Vater und ich aufgebaut haben. Aber ich kann Ihnen bei der Suche nach Christina nicht helfen, sie haben ja gehört, dass ich gerade um mein finanzielles Überleben kämpfe. Sind Sie deshalb gekommen?«

»Nein. Sie sollten besser Ihren Anwalt wieder auf den Schirm holen«, sagte Bernd. »Ich habe den Auftrag, Sie zu vernehmen. Es geht um den Vorwurf der Industriespionage.« Er erklärte die Sachlage und fügte hinzu, dass der Forschungsdirektor der Wendt-Gruppe festgenommen worden sei und ein Geständnis abgelegt habe, das auch Schulmann belaste, nach dem jetzt gefahndet werde.

»Von Spionageaktivitäten weiß ich nichts«, erwiderte Wendt und blickte von Bernd zu Roberto und zurück. »Mein Anwalt hat jetzt Wichtigeres zu tun als uns zuzuhören. Stellen Sie Ihre Fragen, ich werde sie so gut ich kann beantworten. Versucht Keil, mir am Zeug zu flicken?«

»Dazu kann ich nichts sagen«, antwortete Bernd. »Aber

ich glaube, wenn er das versucht hätte, würden wir uns jetzt im Präsidium unterhalten, und zwar im Beisein Ihres Anwalts.«

Wendt beschrieb Keils Karriere. Er habe als junger Forscher vor über dreißig Jahren in seinem Unternehmen angefangen und sich hochgearbeitet. Er sei unverheiratet, gutbezahlt und dank seiner Anteile an den Erträgen aus den Patenten, die er mitentwickelt habe, auch recht vermögend.

»Er ist hochintelligent, kreativ, fleißig und loyal, wie ich immer dachte. Einen besseren Angestellten kann man sich eigentlich nicht wünschen.«

»Und Schulmann?«, fragte Bernd.

»Er kam mit besten Empfehlungen sowohl von Europol als auch von seinem letzten Arbeitgeber. Ich kann nicht behaupten, dass er mir sympathisch ist, aber als Sympathieträger wurde er auch nicht eingestellt. Er scheint kompetent zu sein, ist sehr vorsichtig, wenn es um neue Mitarbeiter geht. Er wittert ständig irgendwelche Sicherheitsrisiken und scheut sich nicht, mir zu widersprechen. Was ich durchaus schätze. Außerdem weiß er bestens Bescheid über die Russenmafia, die wir als ernste Gefahr einstufen. Wenn sie an unsere jüngsten Robotermodelle herankäme und sie bewaffnen würde –« Wendt brach ab.

»Hat er nur defensive Aufgaben oder trifft er gelegentlich auch offensive Maßnahmen?«

»Wir spionieren unsere Mitbewerber nicht aus, wenn es das ist, was Sie meinen. Aber natürlich versuchen wir, uns zu schützen. Manchmal bezieht Schulmann nützliche Informationen aus informellen Kreisen. Vor kurzem hat er zum Beispiel ein in Russland produziertes Vid erhalten, aus dem klar ersichtlich war, dass an sogenannten Fembots gearbeitet wird, Robotern in Frauengestalt für sexuelle Zwecke. Wir vermuten allerdings, dass es sich in Wirklichkeit um Cyborgs handelt, also um Frauen, die modifiziert wurden. Christina hat dieses Vid auch gesehen und ist derselben Meinung.«

»Um Himmels willen«, erschrak Bernd. »Könnte sie deswegen entführt worden sein? Weil sie für die Leute, die so etwas produzieren, eine Gefahr darstellt?«

»Das bezweifle ich. Sie hat dieses verdammte Vid nur gesehen. Besorgt hatte es, wie gesagt, Schulmann.«

»Aber er weiß, dass sie davon weiß, nicht wahr?«

Wendt nickte. »Wenn Lösegeld für sie verlangt wird, werde ich natürlich zahlen... Vorausgesetzt, ich habe wieder Zugriff auf meine Konten.«

»Wenn ich richtig verstanden habe, machen Sie sich Sorgen, dass die Mafia an Ihre jüngsten Robotermodelle herankommen könnte. Meinen Sie damit Modelle wie meinen AP?«, fragte Bernd. Wendt richtete seinen Blick auf Roberto und nickte.

»Aber wollen Sie diese Modelle nicht an Polizeidienste in ganz Europa verkaufen?«, fuhr Bernd fort. »Wie wollen Sie dafür garantieren, wenn sie erst einmal ausgeliefert sind? Dann könnten sie doch ganz einfach modifiziert und bewaffnet werden.«

»So einfach ist das nicht, aber auch nicht unmöglich«, erwiderte Wendt. »Wir haben in die Programmierung Vorkehrungen eingebaut, die eine Umrüstung so gut wie ausschließen. Theoretisch lassen sich diese Vorkehrungen natürlich umgehen, aber jeder Versuch einer Manipulation wird dazu führen, dass der Roboter nicht mehr funktioniert. Er würde so etwas wie einen Nervenzusammenbruch erleiden.«

»Haben Sie sich mit Frau Professor Dendias darüber unterhalten?«, fragte Bernd.

»Du warst dabei, als sie das Trolley-Dilemma angesprochen hat«, schaltete sich Roberto ein. »Klaus hat ja damals bei mir ein System-Screening durchgeführt, um sicherzugehen, dass sich niemand unbefugt daran zu schaffen gemacht hatte. – Unter bestimmten Umständen, die aber wohl auch nur theoretisch denkbar sind, könnte ich einem Menschen Schaden zufügen, falls der Fokus meiner Loyalität in ernste Gefahr gerät. Mir würde eine Entscheidung abverlangt, der ich wahrscheinlich nicht gewachsen bin. Man stelle sich vor: Ein Pazifist, dessen friedfertige Haltung tief in seinem religiösen Glauben verwurzelt ist und der trotzdem gewalttätig wird, um einen geliebten anderen Menschen zu schützen. Die Schuld, die er auf sich lädt, könnte zu einer psychischen Katastrophe führen. Ähnlich würde es mir ergehen. Ein gewaltsamer Akt, und ich würde kollabieren. Deshalb kann ich mir kaum vorstellen, wie sich programmierte Protokolle ausschalten ließen, um aus einem Automaten wie mir eine Kampfmaschine zu machen.«

Wendts PerC klingelte. Er nahm den Anruf entgegen und rief: »Ja, Anders. Haben Sie die Schutztruppe wieder in Bewegung gesetzt?«

»Tut mir leid, Herr Wendt«, antwortete eine körperlose Stimme. »Aber Ihr Anwalt sagt selbst, dass ich damit mein eigenes Unternehmen gefährden würde. Diese einstweilige Verfügung betrifft alle Ihre Aktiva, also auch Ihr Kreditkonto bei H-S. Sie müssen wohl oder übel das Ende Ihres Rechtsstreits abwarten.«

Die Verbindung brach ab. Wendt starrte auf das Display, bis die Beleuchtung erlosch. Er schloss die Augen, holte tief Luft und richtete sich auf, mit zusammengebissenen Zähnen und entschlossenem Blick.

»Ich darf als steuerzahlender Bürger dieses Landes davon ausgehen, dass die Polizei verpflichtet ist, mich vor gewaltsamen Übergriffen zu schützen?«

»Durchaus«, antwortete Bernd, »so wie jeder andere auch.«

»Ich habe Grund zu der Annahme, dass mein Leben und das meiner Erben in Gefahr ist«, fuhr Wendt ruhig fort. »Sie sind auf dem Weg hierher in dem Glauben, dass ich für ihre Sicherheit garantieren kann. Ich bin dazu nicht mehr imstande, wie Sie wissen. Also wird es an Ihnen und Ihren Kollegen sein, uns zu beschützen.«

»Wieso vermuten Sie, dass Ihr Leben in Gefahr ist?«, fragte Bernd gelassen.

»Meinem Unternehmen droht eine feindliche Übernahme, die nur gelingen kann, wenn ich und meine Erben vorher aus dem Weg geräumt werden«, antwortete Wendt, ohne eine Miene zu verziehen. »Teile des Vorstands und einige leitende Angestellte, namentlich die Herren Keil und Schulmann, wollen mich abservieren. Aber solange ich lebe, werden sie damit nicht durchkommen. Sie, lieber Hauptkommissar, wissen von Schulmanns Verbindungen zur russischen Mafia und kennen wahrscheinlich auch deren Geschäftsmethoden.«

»Sie behaupten, dass Ihnen Vorstandsmitglieder und leitende Angestellte Ihres Unternehmens nach dem Leben trachten und Mafiakiller auf Sie ansetzen wollen?« Bernd verhehlte seine Skepsis nicht.

»Davon muss ich leider ausgehen. Aus diesem Grund hatte ich einen teuren Sicherheitsdienst verpflichtet, der sich aber nun zurückgezogen hat. Also ersuche ich offiziell um Schutz durch die Polizei«, sagte Wendt. »Ihr AP zeichnet dieses Gespräch auf, nicht wahr?«

»Ja«, antwortete Roberto. »Gemäß den Vorschriften bei Anzeigen von gewalttätigen Übergriffen wurde das Gespräch routinemäßig aufgenommen und mit einem Dringlichkeitsvermerk der Polizeichefin zur Kenntnis weitergeleitet. Übrigens gehen die Aufzeichnungen auf direktem Weg an die Polizeichefin, vermerkt mit der Bitte, sie sofort zur Kenntnis zu nehmen. So halten wir es immer, wenn Gefahr im Verzug ist.«

Plötzlich flog die Tür auf. Klaus Schmitt stand im Rahmen und ließ seinen Blick zwischen den dreien hin- und herwandern.

»Die Schutztruppe ist verschwunden«, sagte er. »Was ist hier los?«

Wendt erklärte es ihm und entschuldigte sich.

»Und was ist mit den Männern, die auf Sybill und die Kinder aufpassen sollen?«

»Auch die werden abgezogen, sobald Ihre Familie in Sicherheit ist.«

»Und das sagen Sie mir erst jetzt?«, empörte sich Klaus. »Seit wann wissen Sie davon?«

»Ich weiß es auch erst seit wenigen Minuten. Wir sind selbst bestürzt, schließlich geht es auch um meine eigene

Familie, und wir suchen jetzt nach einer Alternative, bislang leider ohne Erfolg«, entgegnete Wendt. »Ich fürchte, ich habe Ihr Vertrauen missbraucht. Das ist unverzeihlich.«

»Allerdings.« Klaus drehte sich auf dem Absatz um und wollte gehen.

»Bitte«, sagte Roberto und hielt ihn am Arm zurück. »Wir können Ihrer Familie Polizeischutz gewähren oder sie zumindest ins Präsidium bringen lassen. Stehen Sie mit ihr in Kontakt?«

»Ich werde niemandem verraten, wo Sybill und die Kinder sind«, blaffte Klaus und versuchte, sich von Roberto loszureißen. Doch der ließ nicht locker.

»Die Adresse, an der sie sich aufhalten, steht im Protokoll der Sicherheitsfirma«, sagte Roberto. »Das habe ich bereits eruiert. Sie sind bei Ihrem Bruder in der Pfalz, in Landau. Wenn ich das herausfinden kann, können es andere auch. Soll ich die Kollegen in Landau alarmieren? Ich könnte dafür sorgen, dass Ihrer Familie unverzüglich Personenschutz gewährt wird.«

Klaus hielt inne und schaute in Robertos Augen, als versuchte er, irgendetwas darin zu lesen. Plötzlich ließ seine Anspannung nach. »Gütiger Himmel. Ja, tu das. Sorg für ihre Sicherheit.« Er zog seinen PerC aus der Tasche. »Ich rufe Sybill an und sage ihr Bescheid. Dann fahre ich nach Landau.«

»Es könnte Ihnen jemand folgen. Und benutzen Sie Ihren PerC lieber nicht«, sagte Roberto. »Wer weiß, ob er sicher ist. Sprechen Sie durch mich.«

Er aktivierte seinen PerC-Screen und bedeutete Klaus,

ins Bild zu kommen. Klaus warf einen fragenden Blick auf Wendt, der ihn ausdruckslos anstarrte. Dann rieb sich Klaus mit beiden Händen über das Gesicht und versuchte, sich zusammenzunehmen, während sich Sybills Hologramm aufbaute.

28

In seinen berühmten Gedankenexperimenten zum Thema kybernetische Vehikel stellte Valentin von Braitenberg fest, dass einfache Reizreaktionsmuster in Organismen den Anschein komplexen Verhaltens erwecken können, das dem naiven Beobachter als von Emotionen wie Furcht, Aggressionen und sogar Liebe geleitet vorkommt (Braitenberg, Vehikel. Experimente mit künstlichen Wesen. Münster: LIT Verlag 2003). *Tatsächlich scheinen Menschen zu Anthropomorphisierungen zu neigen, motiviert von dem tiefsitzenden Bedürfnis, Voraussagen treffen zu können. Dieses Bedürfnis verleitet uns, Muster zu erkennen oder auch Wechselbeziehungen von Ursache und Wirkung, ja sogar Emotionen in animierten Entitäten, seien sie natürlich oder artifiziell. Könnte es vielleicht Gründe geben, die nahelegen, Emotionen in artifizielle Entitäten zu »implementieren«, zum Beispiel in Roboter? Wie ließen sich solche Emotionen erzeugen? Und was wären die ethischen Implikationen der Schaffung »emotionaler« Roboter?*

Nitsch, V. & Popp, M., »Emotions in Robot Psychology«, in: *Biological Cybernetics*, 28. März 2014, US National Institute of Health

Noch auf dem Dach des rollenden Konvoicontainers entwarf Hannes seinen Vlog. Er hatte zwar den Überfall selbst nicht gefilmt, aber Bilder des brennenden Bauernhauses, der sichergestellten Waffen, des verwundeten Russen und der Schwestern mit ihren Armbrüsten eingefangen. Die Meldung *Freiländer kämpfen gegen Mafiosi zur Rettung der Freien Gebiete* setzte er als Newsie ab und ließ gleich darauf den sehr viel ausführlicheren Vlog folgen. Der enthielt Interviews mit den geretteten jungen Frauen, die von den brutalen Übergriffen der Russen berichteten und sich bei ihren Rettern bedankten, und auch ein kurzes Gespräch mit Dieter.

Hannes' Vlog beweise, sagte er, dass die Freien Gebiete in der Lage seien, sich selbst zu verteidigen und für Ordnung zu sorgen; allerdings machten ihnen die laxen Einwanderungsbestimmungen des deutschen Staates zu schaffen, der Kriminelle einreisen lasse, die sich sofort auf den Weg in die Freien Gebiete machten.

»Wir sind Freiländer, keine Gesetzlosen. Unser größtes Problem besteht darin, dass Deutschland sich nicht für einen begrenzten Zuzug aus dem Ausland starkmacht«, sagte Dieter in die Kamera und fügte hinzu, dass er dieses Thema in der neuen Kommission ansprechen werde.

Der Vlog verbreitete sich wie ein Lauffeuer. Ständig piepte sein PerC; er erhielt zahllose Kommentare und Anfragen von anderen Vloggern und Newsies mit der Bitte um Interviews. Er fragte den Pastor, ob er ein Interview zu geben bereit sei, doch der Alte schüttelte den Kopf und sagte nur: »Eins nach dem anderen.« Hannes verstand. Die Nachricht von der Rückkehr des Pastors würde wahrscheinlich den Überfall auf den Bauernhof in den Hintergrund drängen.

Ein besonderes Klingelzeichen meldete einen Anruf auf seiner Privatnummer. Im Display sah er, dass Ruth ihn sprechen wollte.

»Wo steckst du eigentlich?«, fragte sie, als Hannes den Anruf entgegennahm. Ruth musste die Landschaft an ihm vorbeirauschen sehen.

»Ich bin unterwegs mit einem Konvoi, auf dem Weg zu dir.« Er wählte seine Worte mit Bedacht, weil sie an ihrem Schreibtisch im Ministerium saß. »Ich nehme an, du hast mein Vid gesehen.«

»Natürlich. Alles in Ordnung mit dir? Bist du unverletzt? Du sagst, es habe eine Schießerei gegeben.«

»Auf unserer Seite wurde zum Glück niemand verletzt«, erwiderte er. Hannes konnte einen gewissen Stolz nicht verhehlen. In einer englischen Sage hatte er einmal gelesen, dass jeder Mann gering von sich dachte, der nie als Soldat gedient hatte. »Sind dir die Armbrüste aufgefallen? Dieter hat auf einem lautlosen Angriff bestanden.«

»Was sind das für Leute, mit denen du zusammen bist?«, wollte sie wissen. »Dieter erkenne ich ja, aber die anderen haben ihre Gesichter weggedreht.«

»Du wirst mir nicht glauben, wenn ich's dir sage.« Er grinste in Gedanken daran, wie überrascht sie sein würde, wenn er den Pastor erwähnte. Und wenn er von Wendts Erben berichtete, würde sie wahrscheinlich vom Stuhl fallen.

»Genieß deinen Triumph, solange du kannst«, sagte sie. »Es wird in Kürze ganz andere Schlagzeilen geben, gegen die du mit deiner Geschichte nicht ankommst. Wendt scheint in großen Schwierigkeiten zu sein. In den USA wird Klage gegen ihn erhoben, und wir erwarten einen Auslieferungsantrag. Tangelo wirft ihm Industriespionage vor. Seine Konten wurden bereits eingefroren. Die Polizei will ihn vernehmen.«

Hannes reduzierte die Holoscreen-Größe auf ein privates Format, das seine Begleiter ausblendete, die bei Ruths Worten mit den Köpfen herumgefahren waren. Lisa, sichtlich schockiert, stand auf, wurde aber vom Pastor zurückgehalten.

»Ein Riesenschlamassel«, fuhr Ruth fort. »Wendts Forschungsdirektor sitzt bereits in U-Haft, und nach seinem Sicherheitschef wird gefahndet. Er scheint mit der Russenmafia unter einer Decke zu stecken. Wendts Rolle in dieser ganzen Geschichte ist noch unklar, aber ich versuche zu helfen, wo ich kann, und hoffe, dass sich Tangelo auf einen Deal einlässt.«

»Du hast mein Vid gesehen«, entgegnete Hannes. »Die Leute, die wir da gerade überwältigt haben, sind angeblich Mitglieder der Russenmafia, und wir haben erfahren, dass weitere auf Wendt angesetzt sind. Er soll auf dem Hof sein, da, wo wir zu Abend gegessen haben. Siehst du einen möglichen Zusammenhang?«

»Woher soll ich das wissen? Das ist Sache der Polizei«, antwortete Ruth müde und strich sich eine Haarsträhne aus der Stirn. »Meine Aufgabe ist es, Arbeitsplätze und das Forschungszentrum eines unserer wichtigsten Arbeitgeber in der Region zu retten. Er ist einer der wenigen, die für uns von wirklich strategischer Bedeutung sind. Ich erwarte einen Anruf aus dem Kanzleramt. Wenn ich unsere Verbindung plötzlich abbrechen muss, weißt du warum.«

»Verstehe«, sagte Hannes. »Ich tue, was ich kann.«

»Gut, das ist auch der Grund, warum ich anrufe. Ich will, dass du so bald wie möglich nach Brüssel fährst und Lobbyarbeit leistest«, erklärte Ruth entschieden. »Wir brauchen die Unterstützung des Europäischen Parlaments, von ganz Europa, wenn wir Wendt retten und verhindern wollen, dass die Amerikaner seinen Konzern zerschlagen. Mir scheint, sie wollen uns die Butter vom Brot nehmen. Berichte darüber, sobald es geht. Aber halt mich in jedem Fall raus. Beruf dich einfach auf informierte Kreise.«

Nachdem sie sich verabschiedet hatte, schaute Hannes in eine Runde ernster Gesichter. Sie hatten alles mitgehört. Nach längerem Schweigen und einem vorsichtigen Blick auf Dieter, Leo und Lisa, denen er nicht zuvorkommen wollte, räusperte sich der Pastor und sagte, an die Geschwister gewandt: »Er ist euer Urgroßvater, und ihr habt ihm gegenüber eine besondere Pflicht. Seine Firma ist euer Erbe, eine Verpflichtung, der ihr euch nicht mit Anstand entziehen könnt. Ihr könnt stolz darauf sein, ein Teil eines Familienunternehmens zu sein, das vor langer Zeit gegründet wurde und das seit jeher ein guter und verantwortungsvoller Arbeitgeber war und ist. Der Fortbestand dieses Unternehmens und seine wirtschaftliche Solidität sind für eine sehr große Zahl von Menschen außerordentlich wichtig, und ihr werdet erleben, dass das Unternehmen jedem von euch Möglichkeiten an die Hand gibt, Gutes zu tun, für all eure Freunde in den Freien Gebieten. Ihr könnt damit viel bewirken; die Alternativen, die sich für das Unternehmen ansonsten ergeben würden, könnten hingegen viel Schaden anrichten.«

»Aber Sie verabscheuen doch Robotertechnologie«, bemerkte Leo, ohne den Alten anzusehen.

Der Pastor streckte den Arm aus, fasste mit seiner Hand unter Leos Kinn und drehte seinen Kopf so, dass der Junge ihm in die Augen blicken musste. »Alle, die mit Robotik zu tun haben, entwickeln unter anderem Waffensysteme«, erwiderte er. »Alle bis auf das Unternehmen deines Urgroßvaters.«

Der Pastor taxierte Leo mit starrem, durchdringendem Blick. Hannes fand ihn übertrieben scharf und lang. Schließlich ließ der Pastor die Hand sinken und wandte sich ab. Der Junge saß bleich und wie von einer großen Last niedergedrückt auf dem Containerdach. Auf Hannes machte er den Eindruck eines Teenagers, obwohl er wusste, dass Leo Anfang zwanzig war. Schließlich legte seine Schwester ihm einen Arm um die Schultern und zog ihn an sich. Sie hockten noch eng beieinander, als der Konvoi das Ende einer langen Fahrzeugschlange vor der Wiegestation in Dortmund erreichte.

Als sie sich diesmal abseilten, war Hannes weniger nervös und schaffte es in wenigen Sekunden. Über seinen PerC ließ er einen Mietwagen kommen, und wenig später saßen sie in einer rollenden Kabine, die Hannes an das Wartezimmer einer Zahnarztpraxis erinnerte, bis hin zu dem Zeitungsständer voller abgegriffener Magazine. Er tippte den Bestimmungsort ein, und schon setzte sich das Fahrzeug in Bewegung. Es ging über Frankfurt und Mannheim ins Neckartal.

»Dürfte ich mal über Ihren PerC meinen Urgroßvater anrufen?«, fragte Lisa. »Ich mache mir Sorgen um ihn.«

Hannes reichte ihr das Gerät. Als sich der Holoscreen aufbaute, richtete sie ihn so aus, dass Wendt nicht nur sie, sondern auch Leo sehen konnte. Sie sagte, sie seien auf dem Weg zum Treffpunkt, und fragte, ob er Hannes' Vlog über die Mafiosi gesehen habe. Ob er wisse, dass sie es auf ihn abgesehen hätten. Ob er in Sicherheit sei.

»Ich habe keine Zeit, mir irgendwelche Vlogs anzusehen. Ihr solltet lieber nicht kommen. Es könnte gefährlich werden«, sagte Wendt. »Die Schutztruppe, die ich angeheuert habe, wurde abgezogen. Jetzt sind hier nur noch Klaus Schmitt und ich mit zwei Schrotflinten und ein Polizist mit Pistole und seinem AP. Es sollen gleich noch weitere Polizisten kommen, aber die lassen sich Zeit. Augenblick… Man hat mir gerade gesagt, ich soll den Anruf beenden. Wir könnten abgehört werden. Ich rufe dich gleich über eine sichere Verbindung zurück.«

Kurz bevor sich der Screen auflöste, sah Lisa eine sich leicht ruckartig bewegende Gestalt ins Bild rücken. Ihr Bruder meinte: »War das etwa ein Roboter?«

Wenig später meldete sich Wendt zurück. »Ich benutze jetzt einen Polizei-PerC. Der müsste sicher sein. Wer ist bei euch?«

Lisa vergrößerte den Holoscreen, so dass Hannes, Dieter und der Pastor mit ins Bild kamen. »Kannst du dich nicht in Sicherheit bringen? In einer Polizeistation oder sonst wo?«

»Ich weiß nicht, wem ich trauen kann«, antwortete Wendt. »Die Regierung setzt mich unter Druck. Ich soll das Unternehmen aufgeben, euer Erbe der Konkurrenz in den

Rachen werfen. Wenn ich zur Polizei gehe, hat mich der Staat in der Hand. Hier kann ich wenigstens noch kommunizieren.«

»Das Erbe interessiert uns nicht«, sagte Leo. »Wir sind frei und wollen in den Freien Gebieten bleiben.«

Wendt schüttelte den Kopf. »Das ist eure Sache. Ich werde mein Unternehmen jedenfalls nicht der Konkurrenz überlassen. Ihr wisst gar nicht, wozu diese Leute fähig sind.«

»Entschuldigen Sie, dass ich unterbreche«, sagte der Pastor. »Wir wissen über Tangelo Bescheid, und ich stimme Ihnen zu. Das wird auch Leo tun, wenn er darüber nachdenkt.«

Dieter beugte sich vor und fragte: »Ist Klaus in der Nähe?«

»Ja, gleich hier.« Wendt vergrößerte seinen Schirm, der nun auch Klaus einfing. Er nickte grüßend.

»Wir sind in ungefähr zwei Stunden bei Ihnen«, erklärte der Pastor. »Wenn Sie Unterstützung brauchen, wie wär's mit der Siegfried-Option? Sie könnten im Handumdrehen zwanzig, dreißig Jäger zusammentrommeln. Die jüngeren Männer können Sie als Späher einsetzen, damit Sie nicht überrascht werden.«

Klaus schüttelte den Kopf. »Sie werden nicht auf mich hören. Ich gehöre nicht zu den Freiländern.«

»Aber alle kennen den Dark Rider. Sagen Sie ihnen, dass ich Sie geschickt habe und später dazustoßen werde«, erwiderte der Pastor. »Das Passwort lautet Nothung, wie Siegfrieds Schwert. Glauben Sie mir, sie werden kommen.«

Unter den Blicken von Bernd und Roberto sattelte Klaus sein Pferd und ritt an den Weinstöcken vorbei talwärts, über den Buckel hinweg, auf dem ein einzelner Baum stand und hinter dem sie ihn aus den Augen verloren. Bernd versuchte zum wiederholten Mal, seine Chefin zu erreichen, doch sie schien seine Anrufe absichtlich nicht entgegenzunehmen. Als er das letzte Mal mit ihr verbunden gewesen war, hatte Innenministerin von Thoma ihm ausrichten lassen, dass Wendt die Gefahr maßlos übertreibe. »Er hat den Kontakt zur Wirklichkeit verloren und leidet unter Verfolgungswahn«, waren die Worte der Ministerin gewesen. Die Polizei hatte versprochen, einen Streifenwagen und eine Drohne zu schicken, aber mit dem bewaffneten Einsatz einer taktischen Truppe rechnete Bernd nicht.

»Es scheint, wir sind auf uns allein gestellt«, sagte er zu Roberto. Er ging zum Geländewagen, öffnete die Heckklappe, und Roberto wuchtete seine Spezialausstattung von der Ladefläche.

»Geht das für dich in Ordnung?«, fragte er Roberto. »Ich will nicht, dass du einen dieser Nervenzusammenbrüche erleidest.«

»Keine Sorge.« Der AP hob den schweren Rucksack mit einer Hand vom Boden auf, als wäre er federleicht, und trug ihn ins Gasthaus, wo er sich gleich daranmachte, seinen Overall auszuziehen. Bernd öffnete den Rucksack und packte die Extraarme aus, während sich Roberto in die Seite griff und über beiden Hüften die Haut anhob, unter der zwei Anschlussbuchsen zum Vorschein kamen.

Der erste Extraarm war ein rund dreißig Zentimeter langes, dickes Rohr, das sich konisch zu einer Düse verjüngte.

Roberto schlang einen Rucksack über die Schultern und zog einen blauen Schlauch daraus hervor, den er mit dem Rohr verband. Zum Test richtete er die Düse auf einen Zaunpfosten auf der anderen Straßenseite. Ein Strahl, der wie ein blauer Faden aussah, spritzte auf den Zaun zu und wickelte sich um den Pfosten.

»Einsatzbereit«, sagte Roberto. »Und jetzt den anderen Extraarm.« Er war kürzer, ein wenig dicker und hatte drei unterschiedliche Aufsätze. Einer sah aus wie ein Fischaugenobjektiv, der zweite wie eine Gewehrmündung, und der dritte bestand aus zwei wulstigen Elektroden. Diesmal holte Roberto einen roten Schlauch aus dem Rucksack, den er an seinem Extraarm befestigte.

»Achtung, Test«, sagte er. »Dreh dich weg und halt dir die Hand vor die Augen.«

Bernd gehorchte, aber trotz geschlossener und bedeckter Augen nahm er ein kurzes, grelles Aufleuchten wahr.

»Ebenfalls einsatzbereit«, bemerkte Roberto.

Bernd zog seine schusssichere Weste an und kramte einen ultraleichten Schutzumhang mit hohem Kragen und einer Art Lendenschurz aus dem Sack. Er hatte eingenähte Patronentaschen, die er mit Munition vollstopfte. Anschließend nahm er seine Mossberg 590 zur Hand, eine nach wie vor unübertroffene Repetierflinte, deren besondere Konstruktion schon vor hundert Jahren entwickelt worden war. Bernd lud das Magazin und überprüfte die Sicherung.

»Wo ist die Drohne?«, fragte er.

»Auf Patrouille. Sie hat aber bislang nichts entdeckt, abgesehen von einer Fahrradfahrerin, die auf dem Weg hierher ist«, antwortete Roberto. »Sobald irgendetwas Verdächtiges bemerkt wird, bekommst du eine Meldung auf deinen PerC. Ich sehe mich jetzt mal in der Gegend um. Vielleicht solltest du dich um die Radfahrerin kümmern, der Anblick meiner Extraarme könnte sie erschrecken.«

Bernd stellte sich neben den als Polizeifahrzeug gekennzeichneten Geländewagen und wartete auf die Fahrradfahrerin. Als sie in die Einfahrt einbog, hielt sie an und starrte auf die blaue Masse, die sich um den Pfosten gewickelt hatte und inzwischen ausgehärtet war. Sekunden später setzte sie sich wieder in Bewegung und radelte auf Bernd zu. Sie machte einen nervösen, unsicheren Eindruck, was er ihr nicht verdenken konnte, obwohl der Lauf seines Gewehrs auf den Boden gerichtet war.

Als sie näher kam, sah er, wie jung und hübsch sie war. Das lange dunkle Haar war zu einem dicken Pferdeschwanz zusammengefasst. Ihre dunklen, von langen Wimpern umrahmten Augen wirkten riesig.

»Hi«, sagte sie und setzte einen Fuß auf den Boden. »Sind Sie von der Polizei?«

»Ja. Normalerweise würde ich jetzt fragen, ob ich Ihnen irgendwie helfen kann, muss Sie aber bitten, gleich wieder umzukehren, denn hier könnte es gefährlich werden. Der Hof und das Restaurant sind geschlossen.«

»Ich bin kein Gast, ich arbeite hier gelegentlich und wollte Klaus Schmitt sprechen. Wo finde ich ihn? Oder seine Frau Sybill?«

»Sie sind beide nicht hier. Sie sollten jetzt wirklich besser umkehren.«

»Und Herr Wendt? In einem der Vids heißt es, er sei hier.«

»Zum letzten Mal, fahren Sie jetzt bitte.«

»Mein Name ist Hati Boran«, entgegnete sie. »Ich bin eben erst aus dem Krankenhaus entlassen worden und habe mich sofort auf den Weg hierher gemacht, weil ich Herrn Wendt und Leo sehen möchte. Er hat meine Gitarre, die ich wiederhaben möchte.«

29

»Atomare, biologische und chemische (ABC-) Technologien, aus denen im 20. Jahrhundert Massenvernichtungswaffen hervorgingen, wurden und werden zum großen Teil in regierungseigenen Einrichtungen für militärische Zwecke entwickelt. Im Unterschied dazu haben die GNR-Technologien des 21. Jahrhunderts (Gen-, Nanotechnologie und Robotik), fast ausschließlich in privaten Unternehmen entwickelt, eindeutig wirtschaftliche Zwecke. Im Zeitalter der triumphalen Kommerzialisierung liefert die Technologie – und die Wissenschaft als ihre Handlangerin – eine erstaunliche Innovation nach der anderen, die allesamt enorm lukrativ sind. Geradezu aggressiv folgen wir den Versprechungen dieser neuen Technologien im nunmehr unangefochtenen System des globalen Kapitalismus mit seinen vielfältigen finanziellen Anreizen und dem enormen Wettbewerbsdruck.«

In: »Why the Future Doesn't Need Us« von Bill Joy, Mitbegründer und Chefentwickler von Sun Microsystems sowie Mitglied der IT-Kommission des US-Präsidialamtes. Der Aufsatz erschien im April 2000 im *Wired Magazine*.

Christina wunderte sich, als sie den Mietwagen bestieg und einen gut gekleideten, stark parfümierten Herrn Anfang sechzig darin antraf. Sein Gesicht kam ihr irgendwie bekannt vor.

»Guten Tag, Professor Dendias«, begrüßte er sie. »Herr Wendt hat mich gebeten, Sie abzuholen und zu begleiten. Wir sind uns schon einmal kurz im Forschungszentrum begegnet. Mein Name ist Schulmann. Ich bin Wendts Sicherheitschef und persönlich gekommen, weil das Unternehmen ernstlich bedroht wird.« Er zeigte ihr einen Ausweis der Wendt-Gruppe mit seinem Foto und seinem Namen darauf und schlug dann sein Jackett auf, unter dem ein Holster mit einer Pistole zum Vorschein kam. »Ich garantiere für Ihre Sicherheit.«

»Herr Wendt wollte sich mit mir auf dem Hof treffen«, sagte Christina.

»So war es geplant, ja, aber die Umstände zwingen uns leider, von diesem Plan abzuweichen. Wir treffen ihn in einem unserer Heidelberger Apartments, in denen wir Gäste des Unternehmens unterbringen. Tut mir leid, dass wir Ihnen Unannehmlichkeiten machen.«

»Wodurch oder von wem wird Wendt denn bedroht?«, fragte sie. »Als ich mit ihm telefoniert habe, waren bewaffnete Sicherheitskräfte im Hintergrund zu sehen.«

»Ganz sicher sind wir selbst noch nicht, aber es scheint, dass die russische Mafia involviert ist.«

Das Fahrzeug hielt vor einem unansehnlichen Wohnblock. Christina hatte mit einer vornehmen Adresse für Wendts Gäste gerechnet. Sie stiegen aus. Schulmann öffnete die Eingangstür mit einer Chipkarte. Damit bediente er auch den Fahrstuhl, der sie in den achten Stock beförderte.

Es beruhigte Christina ein wenig, als sie vor der Tür des Penthouses zwei Wachposten in dunkelblauen Uniformen stehen sah. Auf ihren Baseballkappen standen die Buchstaben H und S. Sie waren mit Handfeuerwaffen und Schlagstöcken bewaffnet. Einer von ihnen öffnete die Tür. Als Christina, von Schulmann vorgelassen, den Raum betrat, spürte sie plötzlich eine Hand im Nacken, während ihr ein feuchter, säuerlich riechender Lappen auf Mund und Nase gedrückt wurde. Sie warf sich mit aller Gewalt nach hinten und versuchte, dem Mann, der sie gepackt hielt, ihren Ellbogen in den Bauch zu rammen. Doch es half nichts, sie wurde auf den Boden gezwungen, und etwas Schweres legte sich ihr auf Brust und Beine. Schließlich tat das, womit der Lappen getränkt war, seine Wirkung, und sie verlor das Bewusstsein.

In seiner Lederkluft jagte Klaus Schmitt die Crossmaschine über den Waldweg und überholte Männer und Frauen, die mit Jagdflinten und Armbrüsten bewaffnet waren. Auf dem Sozius saß ein Junge von zwölf Jahren, der einen ihm viel zu weiten, im Fahrtwind flatternden Tarnoverall trug. Er war der jüngste Sohn des Landwirts, den Klaus als Letzten besucht hatte. Zusammen mit seinen drei anderen Söhnen folgte der Mann zu Pferd.

Es hatte Klaus sehr beeindruckt, wie wirkungsvoll die Worte gewesen waren, die Dieter ihm mit auf den Weg gegeben hatte. Fast schien es, als hätten die Freiländer nur auf Klaus gewartet, es sei denn, sein laut knatterndes Motorrad hatte die ganze Gegend alarmiert und auf sein Kommen vorbereitet. Kaum hatte er jedenfalls davon gesprochen, dass der Pastor zur Operation Siegfried aufrufe, und das Losungswort Nothung genannt, waren die Männer zu ihren Waffen geeilt und kurze Zeit später wieder zur Stelle gewesen, um entsprechende Weisungen entgegenzunehmen. Unter den Freiländern herrschte Aufbruchstimmung, und sie waren mehr als willens, sich in Marsch zu setzen. Sie wussten, dass das, worauf sie sich da einließen, nicht leicht sein würde, aber sie waren entschlossen zu kämpfen. Einige Frauen hatten Klaus zwar schüchtern gefragt, ob er denn tatsächlich der Dark Rider sei. Alle aber hatten gespürt, dass etwas in der Luft lag, im wahrsten Sinne des Wortes, denn nach seinen Besuchen auf den umliegenden Höfen schwirrten die Brieftauben am Himmel hin und her.

Klaus erreichte den Hügel, hinter dem der letzte Bauernhof vor der Grenze lag, derselbe, auf dem sich die Hebamme um Hati gekümmert hatte, und hielt an. Er streifte Helm und Handschuhe ab. Seine Hände zitterten von der anstrengenden Fahrt über die holprigen Pisten. Wie viel lieber waren ihm die glatt asphaltierten Straßen und der Tanz mit einem Konvoi, elegante Bewegungen statt einer so heftigen Schüttelei. Aber er wusste, es war der Ritt seines Lebens gewesen, der schnell auch im Graben oder an einem Baum hätte enden können.

Der Junge rutschte vom Sozius und blickte zur Hügelkuppe hinauf, wo ein weiterer Junge stand und ihnen ein Zeichen gab. »Auf unserer Seite ist niemand in Sicht«, sagte er und rannte den Hang hinauf, der nach Westen hin steiler wurde.

Klaus versteckte das Motorrad im Gebüsch, löste den Ledergurt, mit dem er sich seine beste Jagdflinte auf den Rücken geschnallt hatte, und lehnte sie an einen Baumstamm. Als er die Lederkluft auszog, spürte er einen kühlen Windhauch durch die durchgeschwitzten Kleider, die er darunter trug, und befand, dass es letztlich doch nicht so romantisch war, der Dark Rider zu sein. Er prüfte seine Flinte, während er darauf wartete, dass die nachfolgenden Männer zu ihm aufschlossen.

Plötzlich hörte er einen Kuckuck rufen, was überhaupt nicht in die Jahreszeit passte. Er blickte auf und sah den Jungen am Westrand des Hügels. Er winkte heftig, zeigte hinter sich und richtete die ausgestreckten Arme zu einem V auf. Fünf. Dreimal noch wiederholte er das Zeichen und gab Klaus damit zu verstehen, dass er mindestens zwanzig Männer ausgemacht hatte. Dann tat er so, als legte er ein Gewehr an die Schulter – die Männer waren bewaffnet –, und verschränkte schließlich die Arme vor der Brust: Es waren die Feinde.

Geplant gewesen war, dass Klaus die Männer, die ihm im Laufschritt folgten, zu sich aufschließen ließ, um dann mit ihnen auf den Hügel zu steigen, von wo aus der Hof zu sehen sein würde, wie auch Dieters Signal, eines, mit dem sie sich schon als kleine Jungen verständigt hatten: ein rotes Handtuch, wie zum Trocknen aus dem Fenster gehängt.

Doch Klaus hatte jetzt keine Zeit, um an Dieter oder den Hof zu denken, er musste den Jungen beschützen. Allerdings standen ihm nur sein Gewehr und fünf Magazine zur Verfügung. Sein einziger Vorteil waren seine Schnelligkeit und Mobilität. Er hängte sich die Flinte wieder über die Schulter, zog das Motorrad aus dem Gebüsch und fuhr auf den Westgrat zu. Der ungewohnte Motorenlärm würde die Männer jenseits des Hügels verunsichern, und sicher rechneten sie kaum damit, aus dem Hinterhalt unter Feuer genommen zu werden.

Kurz unterhalb der Kuppe stieg Klaus vom Sattel, legte das Motorrad mit laufendem Motor auf die Seite und nahm das Gewehr von der Schulter. Auf allen vieren kroch er weiter, ging hinter einem Strauch in Deckung und erspähte die Männer. Sie trugen Zivil und waren mit Sturmgewehren und Granatwerfern bewaffnet. Langsam stiegen sie bergan. Zwei Männer in der hintersten Reihe trieben die anderen mit Tritten und lauten Flüchen an, sodass sogar Klaus sie hören konnte. Sie schienen die Anführer zu sein. Wenn er sie ausschaltete, hätte er mit dem Rest der Gruppe leichtes Spiel. Er holte tief Luft, atmete langsam aus, während er einen der beiden Männer ins Visier nahm, und drückte ab, als er spürte, dass sein Körper völlig zur Ruhe gekommen war.

Der Mann ging zu Boden und umklammerte seinen Oberschenkel mit beiden Händen. Klaus lud nach, legte auf den zweiten Mann an und zielte etwas höher. Der Schuss traf ihn in den Unterleib und riss ihn von den Beinen.

Die Gruppe erwiderte das Feuer, doch keine der Kugeln erreichte Klaus. Er gab noch einen letzten gezielten Schuss auf sie ab, robbte zurück und schulterte das Gewehr. Schnell fuhr er auf dem Motorrad hundert Meter weiter, um die Gruppe von einer anderen Stelle aus zu attackieren. Als er auf den Hügelgrat zukroch, hörte er Gewehrfeuer von links und sah, dass seine Mitstreiter eingetroffen und in Position gegangen waren, entschlossen, den Russen zuvorzukommen und sie zurückzuschlagen.

Fred Wendt fühlte sich hilflos wie noch nie und war der Verzweiflung nahe. Er war einer der reichsten Männer Europas und hatte zahlreiche vermögende Freunde und langjährige Geschäftspartner quer durch den Mittelstand. Trotzdem schien es ihm unmöglich zu sein, Geld aufzutreiben. Er versuchte, seinen Caspar David Friedrich für einen Spottpreis zu verkaufen, seinen Weinkeller samt Weinberg, ja, sogar seine geliebte Oldtimer-Mercedeslimousine. Aber niemand konnte die gewünschte Summe, so gering sie auch war, in bar auftreiben, und Schecks, Banküberweisungen oder jegliche Art von Kredit auf seinen Namen würden sich im Netz der einstweiligen Verfügung verfangen.

Wendt machte sich nichts vor. Hinter Tangelo standen das Weiße Haus und das Außenministerium, das Pentagon und der Bankenausschuss des Senats, die US-Notenbank und das Finanzministerium. Er war auf sich allein gestellt. Berlin war höflich, aber ausweichend und verwies auf die Unabhängigkeit der Gerichte. Brüssel hatte ihn abblitzen lassen mit den Worten, zuständig sei Berlin. Und diese dämliche Innenministerin in Stuttgart empfahl ihm doch tatsächlich, sich auf Kompromisse und eine mögliche Partnerschaft mit Tangelo einzulassen; eine Mehrheit seines Vorstands sei ja schließlich dazu bereit, und Sturheit helfe nicht weiter. Er solle einfach nur ihren Zaubertrank trinken, und alle seine Bedenken würden verschwinden.

War er tatsächlich so alt, dass er den Bezug zur Wirklichkeit verloren hatte? Er hatte gewusst, dass Schwierigkeiten auf ihn zukamen, nicht nur seitens seines Vorstands und seiner leitenden Mitarbeiter. Alte Freunde sprachen ihn immer häufiger auf seine Nachfolge an. Es könne doch so nicht weitergehen, sagten sie, es werde Zeit, dass er kürzertrete und sich zur Ruhe setze. »Deine Tochter ist eine beeindruckende Frau und hat es weit gebracht, interessiert sich aber nicht für deine Geschäfte. Dein Sohn in London, das wissen wir alle, ist nicht zu gebrauchen, und die anderen Erben leben unter den Freiländern. Das Wendt-Imperium wird wie ein Schiff ohne Kapitän untergehen...«

Es klopfte an der Tür. Der Polizist führte eine attraktive junge Frau herein. Wendt rückte vom Schreibtisch ab und starrte die beiden an.

»Entschuldigen Sie, Herr Wendt, aber ich glaube, hier ist jemand, den Sie sehen möchten«, sagte der Polizist und zog sich zurück.

»Mein Name ist Hati Boran«, stellte sich die junge Frau vor. »Ich muss Sie sprechen. Und Leo auch. Er wollte herkommen. Ist er schon da?«

»Hati Boran«, murmelte Wendt und stand auf. Der Name kam ihm bekannt vor, und dann erinnerte er sich: »Sie sind doch die Sängerin, deren Konzert wir hören wollten. Ich war hier, in der Nacht, in der Sie verschwunden sind. Was ist passiert?«

»Ich bin nicht verschwunden. Ich habe mich nur kurz zurückziehen wollen, um mich mit Leo zu treffen. Ist er hier? Sie erwarten ihn doch, oder?«

»Warum wollten Sie sich ausgerechnet mit meinem Urenkel treffen? Hat er etwas mit der ganzen Sache zu tun?«

»Leo und ich sind ein Paar. Wir lieben uns. Und ich bekomme ein Kind von ihm. Ihren Ururenkel.«

Wendt war fassungslos. Sein Urenkel wurde Vater. Und ausgerechnet Hati Boran, deren Verschwinden diese ganze Misere erst in Gang gesetzt hatte, würde die Mutter seines Ururenkels sein. Er sah sie an. Was für ein wunderschönes Mädchen sich Leo ausgesucht hatte.

Er lächelte. »Was für eine wunderbare Überraschung! Ich wünschte nur, wir hätten uns unter erfreulicheren Umständen kennengelernt. Leo ist auf dem Weg hierher, aber hier könnte es gefährlich werden, für Sie, für ihn und das Baby… Wann kommt es denn?«

»Im Mai. – Ich kann nirgendwo sonst hingehen. Und ich will es auch nicht. Wenn mein Bruder erfährt, dass ich schwanger bin – ich weiß nicht, was er dann tun wird.«

»Sie haben immer ein Zuhause bei uns«, erwiderte Wendt. »Aber was ist in dieser Nacht eigentlich passiert?«

»Das weiß ich nicht. Ich erinnere mich nur, dass Leo und ich uns geliebt haben. Und dann waren plötzlich Schritte zu hören, jemand brüllte etwas. An mehr erinnere ich mich nicht. Ich hoffe, dass Leo mehr weiß. Er oder Lisa. Sie war an dem Abend auch auf dem Hof.«

»Wir müssen Sie schnellstens in Sicherheit bringen.« Wendt dachte nach. Es musste doch Freunde geben, die bereit sein würden, dieser jungen Frau zu helfen. Er eilte zur Tür, riss sie auf und rief den Polizisten bei dem Namen, an den er sich erinnerte: Aguilar. Bernd hatte sich aus Diskretion ans Ende des Korridors zurückgezogen.

»Ich könnte Sie und Hati zur nächsten Polizeidienststelle bringen, aber das wollten Sie ja nicht«, sagte Bernd.

Sein PerC klingelte, und auf dem Holoscreen, den Roberto mit der Drohne verbunden hatte, zeigte sich ein Fahrzeug, ein einfacher Mietwagen, der von Neckarsteinach herbeifuhr.

Ihm folgte ein zweiter Wagen, dann ein dritter, auf dessen Dach ein Blaulicht blinkte.

Roberto hatte ganze Arbeit geleistet. Jede Zufahrt zum Hof war mit gefällten oder entwurzelten Bäumen versperrt. Auf der Hauptstraße stand eine dreifache Barrikade, die nur im Schritttempo zu passieren war. Die rückwärtigen Fenster des Wohnhauses waren mit ausgehärtetem Schaum kugelsicher gemacht worden, und den Eingang schützte eine doppelte Reihe Sandsäcke.

Innerhalb weniger Sekunden hatte Roberto Filmszenen von Belagerungen aus seinem Speicher abgerufen. Um die unterste Reihe Rebstöcke hatte er Stacheldraht gewickelt, auf den er in einem Lagerraum gestoßen war, um einen unverhofften Angriff vom Weinberg aus abzuhalten. Er durchsuchte auch die Kelterei und den Keller darunter, fand aber dort nur riesige Holzfässer und Stapel von Weinflaschen. Nichts, was er gebrauchen konnte.

Die Fahrzeuge, die sich auf der Hauptstraße näherten, waren noch weit entfernt, und so ging Roberto hinaus auf den Hof. Schon seit einer Weile versuchte er, eine Unstimmigkeit zu klären, die ihm hier aufgefallen war. Schnell spulte er seine Aufzeichnungen von dem Abend ab, an dem Hati Boran verschwunden war, und von der interessanten Begegnung mit Sybill und mit Klaus, seinem eigentlichen Schöpfer. Roberto war versucht, bei diesen Eindrücken zu verweilen, doch die Zeit drängte, und so machte er weiter mit dem zweiten Besuch auf dem Hof, als die Polizeichefin ihn und Bernd begleitet hatte. Seine Aufzeichnungen unmittelbar wahrgenommener Vorgänge gaben nichts her. Darum rief er in seinem Speicher auf, was andere Zeugen ausgesagt hatten, die Ministerin und der EU-Parlamentarier, Wendt und Christina…

Plötzlich spürte Roberto das winzige Beben in sich, das ihn auf einen Widerspruch hinwies.

Christina hatte gesagt, dass sie Wendts Chauffeur im Wagen habe sitzen sehen, als sie den Hof verlassen wollten. Von Schulmann, dem Sicherheitschef, aber hatten sie erfahren, dass Stirling mit Etiketteprogrammen und Videos eines menschlichen Chauffeurs bespielt worden sei. Hätte er demnach nicht neben dem Wagen warten müssen, um den Passagieren die Türen zu öffnen?

Warum also hatte Stirling *im* Wagen *gesessen*?

Roberto suchte nach einer logischen Erklärung. An Stirlings Stelle hätte er neben dem Mercedes gestanden und auf die Fahrgäste gewartet, um ihnen beim Einsteigen behilflich zu sein – es sei denn, ihm wäre etwas anderes aufgetragen worden. Aber was, wenn es gar nicht Stirling gewesen war, der zuerst Christina, dann Wendt nach Hause gefahren und den Wagen in der Garage abgestellt hatte, wie es im Protokoll stand? Vielleicht hatte ein anderer Roboter, der ihm ähnlich sah, seine Stelle eingenommen, einer, der weniger leistungsfähig und zum Beispiel nicht in der Lage war, Autotüren zu öffnen oder sich ohne Probleme auf den Fahrersitz zu setzen, weshalb er nicht neben, sondern im Wagen gewartet hatte.

Roberto war hochzufrieden mit sich. Das war genau die Art von Hypothese, die Bernd auch immer aufstellte. Sie schloss allerdings nicht aus, dass Stirling die ganze Zeit über auf dem Hof gewesen und für Hati Borans Verschwinden verantwortlich war. Aber wie konnte so etwas nur ohne Wendts Wissen und Einverständnis passieren?

»Der erste Wagen hat soeben angehalten«, meldete sich Bernd. »Er scheint etwas auszuliefern.«

Mietfahrzeuge wurden häufig für Kurierdienste eingesetzt, wenn es kleinere Gegenstände oder Dokumente zu transportieren galt. Sie kamen in eine Kassette, die nur vom Empfänger geöffnet werden konnte. Roberto ging auf den Wagen zu, und als die Klappe des Lieferfachs aufsprang, stellte er fest, dass die Lieferung ganz allgemein an den Hof adressiert war.

Da er nichts Verdächtiges bemerkte, entnahm er der Kassette den großen Briefumschlag. Die Klappe schloss sich wieder, und der Wagen rollte davon.

Obwohl der Umschlag an Wendt adressiert war, riss Bernd ihn auf, kaum dass er ihn in den Händen hielt. Er zog drei Fotos daraus hervor. Das erste zeigte Christina, mit ihrem PerC beschäftigt, auf den Eingangsstufen des Instituts. Auf dem zweiten befand sie sich, in derselben Kleidung, in einem Fahrstuhl. Auf dem dritten lag sie auf einem Bett, an Händen und Füßen mit Klebestreifen gefesselt. Ihr Kopf war zur Seite gedreht, und sie schien ohnmächtig zu sein.

Auf einem einfachen Blatt Papier stand in Großbuchstaben zu lesen: »Ich habe sie. Sie haben Stirling. Ich bin zu einem Tausch bereit. Rufe Sie um 15:55 Uhr auf Ihrem PerC an.«

Ohne einen Moment zu zögern, meldete Bernd die Entführung seiner Dienststelle und fügte Scans der Fotos und der Nachricht hinzu, das Kennzeichen des Lieferwagens und eine Aufzeichnung des Anrufs, den er von Christina erhalten hatte. Noch während er mit dieser Meldung beschäftigt war, kam von der Drohne der Hinweis auf ein zweites Fahrzeug, das sich langsam der Straßensperre näherte, und auf eine einzelne Person zu Fuß, die die Brücke von den Freien Gebieten her kommend überquerte und auf den Hof zuging.

Roberto zoomte sie heran und erkannte Klaus. Dann richtete er den Blick auf den Wagen, der inzwischen zum Stehen gekommen war. Die Tür öffnete sich, und zwei Personen stiegen aus. Sie streckten die Arme zur Seite, die Handflächen nach oben gekehrt, und hoben ihre Köpfe, um sich identifizieren zu lassen.

»Hannes Molders, EU-Parlamentarier, und Lisa Wendt«, sagte Roberto, als hinter dem Fahrzeug ein Streifenwagen mit Blaulicht und heulender Sirene scharf abbremste.

Hannes hatte sich während der Anfahrt über die Straßensperren und die Schutzvorrichtungen rings um den Hof gewundert. Aus irgendeinem Grund war ihm ein alter Filmklassiker in den Sinn gekommen, der von der Belagerung eines winzigen Außenpostens in Afrika erzählte, bemannt mit britischen Rotröcken, die den Posten zu einer Festung ausgebaut hatten und ihre Musketen auf halbnackte Zulukrieger abfeuerten.

»Wir müssen uns zu erkennen geben«, sagte er, als der Wagen anhielt. Er öffnete die Tür, stieg aus und gab sich so lässig und selbstsicher wie jemand, der die Polizeikräfte auf seiner Seite wusste. Im Augenwinkel nahm er wahr, dass auch die junge Frau den Wagen verließ, obwohl der Pastor sie zurückzuhalten versuchte. Die Polizeisirene hinter ihnen wurde lauter und lauter, als er den Kopf hob, um sein Gesicht der Drohne zu zeigen, die über ihnen durch die Luft schwirrte.

»Passt auf!«, schrie der Pastor aus dem Wageninnern. »Achtung, Blendgranaten! Schließt schnell die Augen und haltet euch die Ohren zu!« Damit zog er sich die Kapuze seines Gewands über den Kopf.

Dann schaute Hannes sich um und sah, dass dem Streifenwagen weitere Fahrzeuge folgten, von denen zwei plötzlich nach links und rechts auf die Felder ausscherten und abrupt abbremsten. Bewaffnete Männer sprangen heraus. Hannes konnte sich nicht erklären, was passierte.

Plötzlich wurde aus dem Streifenwagen direkt hinter ihnen geschossen. Worauf, war für Hannes nicht zu erkennen, doch er hörte Kugeln vorbeizischen und Glas zerspringen. Auf einen grellen Blitz folgte eine gewaltige Explosion. Er tauchte ab, riss Lisa mit sich zu Boden. Von dem alten Gasthaus, das von Hochgeschwindigkeitsmunition durchsiebt wurde, spritzten Holzstücke und Mörtelplacken in alle Richtungen.

Er warf einen Blick nach hinten und sah Männer mit gezogenen Waffen aus dem Streifenwagen springen. Sie trugen keine Uniformen, sondern dunkle Cargohosen und Baseballkappen auf dem Kopf. Einer blieb neben der Wagentür stehen und schoss aus einer automatischen Waffe wild um sich. Sein Mund war weit geöffnet, als ob er lachte.

Ein anderer Mann kniete am Boden und stemmte eine Art dickes Rohr an seine Schulter. Er nahm sein Ziel ins Visier und feuerte eine Granate ab, die Wendts kostbaren Mercedes in einem Feuerball verschwinden ließ.

Was dann passierte, kannte Hannes bislang nur von Silvesterpartys, wenn sich bunte Luftschlangen über Tische und Gäste kräuselten. Dünne blaue Bänder schwirrten durch die Luft, wickelten sich um den Streifenwagen und die um sich schießenden Männer daneben. Die Schüsse verstummten, doch plötzlich wurde es gleißend hell, und er hörte Geschrei hinter sich, und dann spürte er mehr, als dass er ihn hörte, einen sehr tiefen Laut. Der bohrte sich durch Hannes' Schädel bis tief in sein Rückenmark. Hilflos schnappte er nach Luft, geblendet und betäubt.

Die Zeit schien stillzustehen. Nichts passierte. Seine Sinne waren wie ausgeschaltet. Er konnte weder sehen noch hören, weder schmecken noch tasten. Nicht einmal rühren konnte er sich. Eingesperrt in seiner eigenen Hilflosigkeit, wurde ihm erst allmählich bewusst, dass er noch atmete.

Er hörte nicht, sondern fühlte vielmehr, dass sich Schritte näherten. Eine kräftige Hand wälzte ihn auf den Rücken. Ein feuchtes Tuch fuhr ihm über das Gesicht, und ihm wurde Wasser eingeflößt. Seine Augen konnten nun wieder hell und dunkel unterscheiden, Bewegung und Stillstand. Wie von fern hörte er eine Stimme, die er nicht zuordnen konnte. Sein Geruchssinn stellte sich wieder ein, und er nahm Verbranntes wahr. Dann drangen Schüsse an sein Ohr, wenig später eine Polizeisirene und von irgendwoher ein schreckliches Würgen. Er roch Erbrochenes und brauchte eine Weile, bis er bemerkte, dass es von ihm stammte.

30

Bei ihren Versuchen, menschliche Hautzellen in funktionierende Nervenzellen umzuwandeln, haben Forscher womöglich eine regenerative, auf Zelltransplantation basierende Therapie für Erkrankungen des Nervensystems gefunden. Dies ist der jüngste Erfolg auf dem Gebiet der sogenannten Transdifferenzierung, die Zellen dazu zwingt, neue Identitäten anzunehmen.

Im vergangenen Jahr ist es Forschern gelungen, Zellen aus dem Bindegewebe der Haut in Zellen umzuwandeln, die im Herzen, im Blut und in der Leber vorkommen. Marius Wernig, Stammzellforscher an der Stanford University in Kalifornien, konnte 2010 mit seinem Team Zellen aus der Schwanzspitze einer Maus in funktionierende Nervenzellen umwandeln. Für dieses Kunststück brauchten sie lediglich drei fremde Gene – mit einem Virus auf die Schwanzzellen übertragen – und nicht mehr als zwei Wochen.

Mithilfe dieser drei Gene ließen sich auch Zellen herstellen, die wie menschliche Nervenzellen aussahen, aber nicht in der Lage waren, die für Neuronen charakteristischen elektrischen Signale zu erzeugen. Das Hinzufügen eines vierten, zufällig entdeckten und ebenfalls per Virus eingeschleusten Gens ließ aus Fibroblasten – Zellen des Bindegewebes, die im ganzen Körper anzutreffen und an Wund-

heilungsprozessen maßgeblich beteiligt sind – jedoch echte Nervenzellen entstehen. Nach wenigen Wochen in einer Nährflüssigkeit reagierten viele dieser Neuronen auf elektrische Impulse, indem sie Ionen durch ihre Membranen pumpten. Wiederum einige Wochen später bildeten sie Verbindungen oder Synapsen zu den Mäuseneuronen aus, mit denen sie herangezüchtet wurden.

Nach: Vierbuchen et. al., »Direct conversion of fibroblasts to functional neurons by defined factors«, in: *Nature.com*, 27. Januar 2010

Voller Trauer starrte Klaus auf sein stark beschädigtes fünfhundert Jahre altes Bauernhaus, das einmal ihr Restaurant gewesen war. Er redete sich ein, den Verlust verschmerzen zu können, weil Sybill und die Kinder in Sicherheit waren. Die Kelterei und das Wohnhaus waren dank des blauen Schaums, den Roberto überall versprüht hatte, verschont geblieben. Wendt legte Klaus eine tröstende Hand auf die Schulter und versprach, das Haus wiederaufbauen zu lassen, egal, was es kosten werde.

Seine Stimme war kaum zu hören, denn trotz des elektrischen Antriebs fauchten die Rotorblätter der Rettungshubschrauber bei jeder Umdrehung. Nicht ganz so laut waren die elektrischen Sägen, mit denen die festgesetzten Russen von den ausgehärteten blauen Bändern befreit wurden, um gleich darauf Handschellen angelegt zu bekommen.

»Ty-Flex hat sich heute wirklich bewährt«, erklärte die Polizeichefin den hastig herbeigeeilten Medienvertretern, die sich vor dem Tor versammelt hatten. »Überhaupt spricht die ganze Aktion für die Qualität unserer nicht tödlichen Waffen. Meinen Beamten ist es gelungen, den Angriff ohne Blutvergießen abzuwehren, allein mit der Hilfe von Ty-Flex, Blendgranaten und Infraschall. Die Angreifer waren kurzzeitig geblendet, taub, desorientiert und immobilisiert, ohne dass sie bleibende Schäden davontragen würden – darum können sie bald vor Gericht gebracht werden. Was Sie hier sehen, meine Damen und Herren, ist beispielhaft für Polizeieinsätze der Zukunft, die in Baden-Württemberg bereits begonnen haben.«

Es war ein kläglicher Versuch der Polizeichefin, Ruth von Thoma den Rang abzulaufen. Denn dagegen, was die Innenministerin der Öffentlichkeit zu verkünden hatte, war nicht anzukommen: die Verhaftung von Talya Horn und die sensationelle Entdeckung, dass hinter der Verschwörung gegen die Wendt-Gruppe nachweislich der amerikanische Rivale Tangelo steckte.

»Wendt wurde der Industriespionage beschuldigt«, sagte die Ministerin. »Jetzt stellt sich heraus, dass Tangelo Wendts Sicherheitschef bestochen und die russische Mafia angeheuert hat. Um sich die Wendt-Gruppe unter den Nagel zu reißen, haben Handlanger von Tangelo gekidnappt, getötet und einen weiteren Mord geplant. Uns liegt ein umfassendes Geständnis von Gerd Schulmann vor, dem Sicherheitschef, der Wendt verraten hat. Frau Jenny Cheng, die für Tangelo in Wendts Forschungszentrum spionierte, wurde zur Fahndung ausgeschrieben.«

Fred Wendt stand neben der Ministerin, als sie fortfuhr: »Ich habe den Erlass einer einstweiligen Verfügung bewirken können und sichergestellt, dass alle in Deutschland verfügbaren Vermögenswerte Tangelos von heute an gesperrt sind, und zwar solange die Staatsanwaltschaft wegen Betrugs, Meineids und wegen Verabredung zum Mord ermittelt. Ich bin zuversichtlich, dass sich unsere europäischen Partner dieser einstweiligen Verfügung anschließen. An dieser Stelle sei ausdrücklich darauf hingewiesen, dass alle US-Banken, die mit europäischen Kreditinstituten zusammenarbeiten, bei Zuwiderhandlung mit schwerwiegenden Sanktionen zu rechnen haben.

Zu guter Letzt möchte ich den Bewohnern der Freien Gebiete meinen tief empfundenen Dank aussprechen für ihren tapferen Einsatz im Kampf gegen diesen abscheulichen Akt des industriellen Terrorismus«, fuhr Ruth von Thoma fort. »Sie haben heute gezeigt, dass Sie sehr wohl in der Lage sind, in Ihren eigenen Reihen Ordnung zu schaffen und auch uns zu helfen – entgegen aller engstirnigen Kritik. Wir alle sind freie Bürger in diesem Land und haben heute erlebt, dass Freiheit und Sicherheit von den Freiländern mitgetragen und gefestigt werden. Sie mögen ihr Leben anders gestalten und anderen Vorstellungen folgen als die meisten von uns, teilen aber unser aller Werte, was ich von Herzen begrüße.«

Hati Boran hockte am Boden und kümmerte sich um Leo und Lisa, die allmählich wieder zu sich kamen. Leo war in besserer Verfassung als seine Schwester, weil er noch im Wagen gesessen hatte, als Roberto per Blendgranate und Infraschall eingegriffen hatte. Er blickte liebevoll zu Hati auf und legte seine Hand auf ihren Bauch, als Fred Wendt kam und sich zu seinen Urenkeln gesellte.

Der Pastor schien von Robertos Einsatz nicht tödlicher Waffen am wenigsten in Mitleidenschaft gezogen worden zu sein. Er kniete neben Wendt, der eine Hand auf Hatis Schulter gelegt hatte und mit der anderen Lisas Arm streichelte. »Ich mache das«, sagte Wendt. Er ließ sich von Hati die Wasserflasche geben und betupfte Lisas Gesicht.

»Das kommt wieder in Ordnung«, sagte der Pastor, als er sie abgetastet und ihr die Augenlider angehoben hatte. »Gebrochen scheint nichts zu sein, und die Pupillen reagieren schon wieder auf Licht. Sie wird ihr Erbe also antreten können.« Der Pastor schwieg einen Moment und fuhr dann fort: »Ich habe mit den Professoren in Marburg gesprochen. Leo will Schriftsteller werden, und sein Talent spricht dafür. Lisa sei, so sagte man mir, eine der besten Betriebswirtschaftlerinnen, die je am Institut studiert haben. Intelligent, diszipliniert und die geborene Organisatorin. Mit diesen Eigenschaften wird sie an der Spitze Ihres Konzerns genau die Richtige sein.«

»Warum machen Sie sich darüber Gedanken?«, fragte Wendt.

»Weil ich Sie und Ihren Moralkodex respektiere und weil Ihr Unternehmen viel zu bedeutend ist, als dass man es Leuten wie denen von Tangelo überlassen dürfte. Wir sollten inzwischen begriffen haben, dass gute Unternehmer mindestens ebenso wichtig sind wie gute Politiker.«

Hannes fand sich in einem seltsamen Zustand wieder. Er war völlig klar im Kopf und machte sich bereits Gedanken zu einer Reportage über diese Geschichte, in der er selbst eine zentrale Rolle gespielt hatte. Sein Körper aber ließ ihn im Stich. Er konnte sich kaum rühren, geschweige denn protestieren, als er auf einer Trage in einen der Rettungshubschrauber gehoben wurde. Sein Blick war verschleiert, und er konnte den Piloten kaum verstehen, der ihm zu erklären versuchte, dass er nun auf Befehl von ganz oben als Erster ins Krankenhaus gebracht und dass Ministerin von Thoma ihn dort besuchen werde. Hannes war sich nicht sicher, ob ihm das überhaupt recht war.

Roberto hatte Bernd im Fond des falschen Streifenwagens entdeckt, in dem auch Schulmann und Christina saßen, die noch von den blauen, ausgehärteten Schaumstoffbändern gefesselt waren, von denen Bernd Christina vergeblich zu befreien versuchte. Roberto schob seinen Partner sanft zur Seite und schnitt Christina mit der an einem seiner Arme befestigten Klinge los. Bernd löste inzwischen vorsichtig den Klebestreifen von Christinas Mund.

Schulmann ließen sie, bewegungsunfähig wie er war, auf der Rückbank sitzen. Bernd trug Christina ins Haus und legte sie auf eine Couch im Wohnzimmer. Roberto kam mit einem Glas und einem Krug frischen Wassers aus der Küche und stellte beides neben ihn auf den Boden, doch Bernd wandte den Blick nicht von Christina. Der AP legte eine Hand auf Bernds Schulter, drückte sie und sagte: »Sie wird schon wieder auf die Beine kommen. Ihre Vitalfunktionen lassen nichts zu wünschen übrig.«

Nachdem Leo und Lisa ebenfalls von einem Rettungshubschrauber in die Klinik geflogen worden waren, Hati noch immer an ihrer Seite, machte sich Roberto auf die Suche nach Wendt. Er fand ihn in Klaus' Arbeitszimmer, wo er aufgeregt mit jemandem telefonierte, den er Joachim nannte und damit beauftragte, Tangelo vor jedes nur mögliche Gericht zu bringen. Als der Anruf beendet war und Wendt eine neue Nummer im Speicher seines PerCs aufrufen wollte, legte Roberto eine Hand auf das Display und fragte: »Wo steckt Stirling? Ich bin sicher, er ist hier irgendwo. Wenn Sie mir sagen würden, wo, könnten wir beide viel Zeit sparen.«

Wendt betrachtete Roberto, das höchstentwickelte Produkt seines Unternehmens, mit einer seltsamen Mischung aus Stolz, Respekt und Unbehagen. Schließlich stand er seufzend auf und führte ihn in den Weinkeller, vorbei an langen Reihen von Holzfässern hin zu einer Falltür, die mit einem Vorhängeschloss und einem Riegel versperrt war. Roberto hatte das Schloss im Nu geöffnet, schob den Riegel beiseite und hob die Klappe an.

»Nach Ihnen«, sagte er und ließ aus einer seiner Fingerkuppen ein kaltes, helles Licht erstrahlen. Sie stiegen über steinerne Stufen in einen aus roten, etwas verwitterten Ziegelsteinen gemauerten Gewölbekeller hinab. Mit seinem empfindlichen Gehör nahm Roberto sofort einen anhaltenden Summton wahr. Und noch etwas anderes.

»Wir müssen durch diese Tür da«, sagte Wendt. Roberto knackte ein weiteres Vorhängeschloss und stieß eine Holztür mit massiven Eisenarmierungen auf. Mitten im Raum befand sich eine Art Metallkäfig, darin hockte in sich zusammengesunken eine Gestalt auf einem Stuhl. Offenbar war eine Art Faraday'scher Käfig improvisiert worden, um Stirlings Steuersystem mattzusetzen. Die Energie dafür lieferte eine Brennstoffzelle. Roberto suchte nach der Quelle.

»Es wird Wasserstoff zugeführt«, erklärte Wendt. »Den gewinnt Klaus aus dem Methan seiner Gülle.«

Roberto spritzte blauen Schaum auf die Brennstoffzelle, um sie zu isolieren, und riss die Verbindung heraus. Der Summton verstummte. Er eilte in die Kammer und half Stirling auf die Beine.

»Ich hatte gehofft, Klaus würde ihn wieder in Ordnung bringen...«, stammelte Wendt.

Roberto ignorierte ihn. Er lud sich Stirling auf die Schulter, stieg die Treppe hinauf und eilte vorbei an den Weinfässern ins Wohnhaus zurück. Vorsichtig manövrierte er Stirlings schlaffen Körper durch enge Türen bis ins Wohnzimmer, wo Bernd und Christina immer noch beieinandersaßen. Er streichelte ihren Kopf, der an seiner Brust ruhte. Christina öffnete die Augen und richtete sich auf, als sie Roberto bemerkte. Sie hatte sich offenbar rasch von ihrem Schock erholt.

»Seht euch das an!«, sagte Roberto und drückte auf eine Stelle unter Stirlings Brust, um dessen Holoscreen einzuschalten. »Ich werde jetzt seinen Speicher aufrufen, dann wissen wir endlich, was in jener Nacht passiert ist.

Wendt wusste, dass seine Urenkelin Lisa in dieser Nacht zum Hof kommen würde«, erklärte Roberto, während sich der Holoscreen aufbaute. »Stirling war bereits darauf programmiert, Lisa vor allen anderen zu schützen, noch vor Leo und selbst Wendt. Dieser muss die Gefahr geahnt haben. Vielleicht hatte er schon von Tangelos Übernahmeplänen erfahren.«

Roberto wandte sich an Christina. »Erinnern Sie sich an Ihre Aussage, dass Stirling im Mercedes saß, als Sie und Wendt nach Hause gebracht werden wollten? Für ihn als Chauffeur hätte es sich jedoch gehört, neben dem Wagen zu stehen und Ihnen die Türen zu öffnen. Deshalb kam ich darauf, dass nicht Stirling im Wagen saß, sondern irgendein Ersatzroboter. Vielleicht wollte Wendt, dass Stirling auf dem Hof zurückblieb, um Lisa zu beschützen. Gleich wissen wir Genaueres.«

Auf Stirlings Holoscreen war zu sehen, wie Hati und Leo Hand in Hand den Hof verließen, gefolgt von Lisa, die sich immer wieder umdrehte, offenbar besorgt, dass ihnen jemand nachspionieren könnte. Der Restlichtverstärker der Optik wirkte verfremdend, doch die drei waren gut zu erkennen. Sie schlenderten an den Weinstöcken entlang und über die kleine Steinbrücke bis zu jener einzelnen Eiche. Lisa blieb diesseits der Brücke zurück, um die beiden nicht zu stören.

Plötzlich schien Stirling auf etwas aufmerksam geworden zu sein, denn der Bildausschnitt änderte sich abrupt, und er schaltete seine Infrarotoptik ein. Die Wärmesignaturen mehrerer menschlicher Gestalten wurden zwischen den Bäumen auf dem Hang westlich der Anhöhe sichtbar. Sie rückten vor und näherten sich langsam der Brücke, drei in der Mitte und jeweils zwei, leicht nach vorn versetzt, auf beiden Seiten.

Stirling wechselte ständig Perspektive und Brennweite, so dass Bernd und Christina schwindlig wurde. Stirling hatte Lisa zwischen den Weinstöcken im Blick, ebenso die Gestalten, die sich auf die Anhöhe zubewegten, und die Anhöhe selbst. Eine kurz eingeblendete Großaufnahme zeigte Leo und Hati, die eng umschlungen im Gras lagen. Die deutliche Wärmesignatur ließ erkennen, dass sie nackt waren.

»Wir dürfen nicht vergessen, dass Stirling sexuell erfahren war und genau wusste, was sich auf der Anhöhe zwischen Leo und Hati abspielte«, fuhr Roberto fort. »Er wusste, dass damit keine Gefahr für Leo verbunden war.

Dass er den Fokus so oft wechselte, lässt darauf schließen, dass Stirling verwirrt war«, sagte Roberto. »Er sollte Lisa und Leo beschützen und wusste die Gefahr durch die aufgetauchten Gestalten nicht einzuschätzen, die sich wie Jäger heranpirschten. Im Nachhinein können wir davon ausgehen, dass es Schulmanns Handlanger waren, die den Auftrag hatten, Lisa oder Leo, vielleicht sogar beide, zu entführen, um Wendt unter Druck zu setzen. Aber um Gewissheit zu haben, müssten wir sie verhören. Für mich steht aber jetzt schon eindeutig fest, dass Stirling nicht wusste, wie er reagieren sollte. Er scheint in einen Loyalitätskonflikt geraten zu sein.«

Roberto wandte sich wieder an Christina. »Sie selbst haben das Trolley-Dilemma angesprochen. Genau vor einem solchen Dilemma stand Stirling in diesem Augenblick.«

Auf dem Schirm war zu erkennen, wie sich die Gestalten schneller auf die Anhöhe zubewegten. Das Bild verwackelte bis zur Unkenntlichkeit, als Stirling losrannte. Er schien mit einem der Männer zusammenzustoßen, der daraufhin zu Boden ging, und bei dem Versuch, Leo auf die Beine zu helfen, prallte Stirlings Fuß gegen Hatis Kopf, die hektisch nach ihren Kleidern gegriffen hatte und nun bewusstlos nach hinten wegsackte.

Mit Leo auf den Armen rannte Stirling davon. Als klar war, dass ihm niemand folgte, machte er kehrt, sprang über den Bach und eilte auf Lisa zu, bevor sie sich ihrerseits in

Bewegung setzen konnte, um auf der Anhöhe nach dem Rechten zu sehen.

Dann verzerrte das Bild, wie von Interferenzen gestört, und löste sich schließlich völlig auf.

»Das ist der Moment des Zusammenbruchs. Die unmittelbare Gefahr ist vorüber. Stirling hat seine Schutzbefohlenen in Sicherheit gebracht. Die Angreifer sind geflohen, aber er weiß, dass er einen von ihnen, einen Menschen, verletzt hat und dass eine junge Frau von seinem Fuß hart am Kopf getroffen worden ist. Er hat Menschen geschadet, um seinen Loyalitätspflichten nachzukommen. Ihn plagt Schuld. Der Konflikt droht einen Kurzschluss seines Systems nach sich zu ziehen, doch sein Pflichtgefühl ist nach wie vor intakt. Ich weiß nicht, was danach passiert ist. Irgendwie wird er Leo und Lisa zum Hof gebracht haben. Wahrscheinlich hat sich dort Wendt um die beiden gekümmert und Stirling, vielleicht sogar mit Klaus' Hilfe, in den Faraday'schen Käfig gesperrt.

Sie mussten ihn verstecken und sicherstellen, dass er nicht auffindbar sein würde, denn wenn sein Zusammenbruch bekannt geworden wäre, hätte das das ganze Roboter-Projekt gefährden können, und der Polizei wäre keine andere Wahl geblieben, als mich zu suspendieren«, fuhr Roberto fort. »Ich vermute, Wendt hat gehofft, gemeinsam mit Klaus Stirling reparieren zu können. Oder er hat daran gedacht, dass Sie, Christina, als Expertin für Robotik und Psychologie eine Therapie für ihn finden. Vielleicht sind Sie ja Stirlings einzige Hoffnung.«

Bernd blickte von Roberto zu Christina und fasste plötzlich drei Gedanken, die ihn tief bewegten. Der eine war, dass er Roberto, obgleich er ein Roboter war, als Freund und Vertrauten schätzte; der zweite, dass die Roboter der Zukunft Menschen so sehr gleichen würden, dass ihnen emotionales, ja psychologisches Verständnis entgegengebracht werden musste, also jene Art von Beziehung entstehen würde, die Christina in ihrer Pionierarbeit behandelt hatte. Ja, wenn jemand Stirling helfen konnte, dann war sie es.

Der dritte Gedanke machte ihn froh. Es war das Eingeständnis, dass er diese Frau liebte, die geborgen und glücklich in seinen Armen lag, froh darüber, bei ihm zu sein. Er beugte sich über sie und gab ihr einen Kuss.

Christina drückte Bernd eng an sich, als wollte sie ihn nicht mehr loslassen. Sie sah erst Roberto und dann Stirling ernst an und sagte: »Ihr verkörpert einen außergewöhnlichen Fortschritt, der weit über den Standard anderer Robotersysteme hinausgeht. Und obwohl jeder von euch einzigartig ist, kommt ihr mir vor, als wärt ihr Brüder, fast wie eineiige Zwillinge.«

»Ja«, erwiderte Roberto. »Wir sind baugleich und auf dieselbe Weise programmiert.«

»Was euch ausmacht, ist mehr als Programm und Hardware«, entgegnete Christina, deren Stimme anzuhören war, dass sie eine auch für sie selbst überraschende Erkenntnis aussprach. »Es ist die Software im wahrsten Sinne des Wortes. Teile eures Gehirns sind feucht.«

Bernd versuchte, ihr gedanklich zu folgen. Natürlich wusste er von der Unterscheidung zwischen den sogenannten trockenen Gehirnen, die aus Schaltkreisen bestanden, und den feuchten der Menschen. Behauptete Christina etwa, dass Roberto und Stirling Gehirne hatten, die zum Teil menschlich waren?

»Ja«, sagte Roberto. »Maßgeschneiderte Stammzellen, in Neuronen umgewandelte Fibroblasten.«

»Woher kommen die Stammzellen?«, fragte sie. »Hat Wendt sie gespendet?«

»Nein, Klaus Schmitt. Es war sein Projekt.« Roberto wandte sich an Bernd. »Erinnerst du dich an die Rilke-Zeilen, die Klaus und ich ausgetauscht haben, als wir uns zum ersten Mal wiederbegegnet sind? *Er ist kein Fremder, denn er wohnt im Blut, das unser Leben ist und rauscht und ruht...*«

»Er ist kein Fremder, denn er wohnt im Blut«, wiederholte Christina. »Darauf war Tangelo also aus, auf das von Klaus gehütete Geheimnis, wie sich menschliche Gehirnzellen und Computerprozessoren miteinander vernetzen lassen.«

»Stirling ist wie ich«, sagte Roberto. »Deshalb glaubte Wendt, dass Klaus Stirling helfen kann. Doch mein Bruder braucht eine andere Art von Hilfe – Ihre Hilfe, Professor Dendias.«

Bernd betrachtete Roberto und hatte nun nachträglich die Erklärung dafür erhalten, warum er mittlerweile ein so tiefes Gefühl von Freundschaft für ihn empfand, das er früher nicht für möglich gehalten hätte. Er erkannte, dass Roberto mehr als eine Maschine war. Er war nicht nur entwickelt und gebaut worden, sondern gewissermaßen eine Schöpfung eigener Art, ein Roboter mit menschlichen Anteilen. Von dieser klaren Einsicht bewegt und erfüllt von dem überströmenden Glücksgefühl eines Mannes, der entdeckt hat, dass er sich soeben sterblich verliebt hat, fielen Bernd die anderen beiden Zeilen des Gedichts ein, aus dem Klaus und Roberto zitiert hatten, und er wusste, dass diese Zeilen für ihn immer Christina meinen würden: *»Und du wartest, erwartest das Eine, das dein Leben unendlich vermehrt.«*

Bernd gab ihr noch einen Kuss und fragte: »Was glaubst du? Wirst du meinem Freund helfen können?«

Christina erwiderte seinen Kuss und antwortete: »Ich weiß nicht, ob ich es kann, aber wir sollten es versuchen.« Sie umarmte Bernd fest, fast stürmisch, lehnte sich dann wieder an seine Schulter und sah abwechselnd zu ihm hoch und zu Roberto hinüber. »Das gebietet allein schon die Menschlichkeit.«

Danksagungen

Der vorliegende Roman war von Anfang an als Beitrag zu einem Projekt unter der Überschrift »Deutschland 2064 – Die Welt unserer Kinder« gedacht. Dieses wurde von meinen deutschen Kollegen der Top Management Beratung A.T. Kearney initiiert und brachte führende Politiker, Unternehmer und Wissenschaftler Deutschlands zusammen, um Zukunftsentwürfe zu entwickeln und darüber zu diskutieren. Um so weit in die Zukunft zu blicken, stellten sie sich fünf Fragen: Wer werden wir sein? In welcher Welt werden wir leben? Wie werden wir unser Geld verdienen? Was wird aus unseren Unternehmen? Und schließlich: Wie bewegen wir Personen, Güter und Daten?

Mit fast allen diesen Fragen haben sich bereits viele kompetente Experten beschäftigt. Was bisher fehlte, war jedoch ein konsistentes Bild davon, wie die unterschiedlichen Themen miteinander in Wechselwirkung treten, und was man heute tun kann oder tun muss, um unseren Kindern eine lebenswerte Zukunft zu ermöglichen.

Zu diesem Zweck galt es, wissenschaftlich fundierte Prognosen über demographische, technologische und finanzpolitische Entwicklungen zu treffen und dabei ein erweitertes Europa sowie seinen globalen Kontext in den nächsten fünfzig Jahren zu berücksichtigen.

Seit vielen Jahren schätze ich mich glücklich, in der »Denkfabrik« von A.T. Kearney mitwirken zu dürfen, dem Global Business Policy Council, das sein Augenmerk auf langfristige soziale, ökonomische, finanzielle, technologische, demographische Trends richtet. Wir versuchen nicht nur, individuelle Trends einzuschätzen, sondern machen uns auch Gedanken darüber, inwieweit sie sich in ihren Auswirkungen wechselseitig potenzieren können. Gleichzeitig gehen wir der Frage nach, was solche Trends für die Weltwirtschaft bedeuten, für Unternehmen und den Arbeitsmarkt und vor allem für die Hoffnungen und Träume von Milliarden Zeitgenossen, um die es letztlich hauptsächlich geht.

Die Zusammenarbeit mit Paul Laudicina, Erik Peterson und anderen Kollegen im GBPC sowie mit Hunderten von Partnern und Beratern der weltweit aktiven Beratung A.T. Kearney empfinde ich als Privileg, und sie zählt zu den spannendsten und aufschlussreichsten Tätigkeiten meines Lebens. Dank des Einsatzes und der Inspiration meiner Kollegen Martin Sonnenschein, Johan Aurik, Otto Schulz und Stephan Krubasik stellt das Projekt »Deutschland 2064« einen Höhepunkt meiner Jahre in der A.T.-Kearney-Familie dar.

Ein jeder von uns beschäftigt sich mit unterschiedlichen Aspekten im Hinblick auf das, was in fünfzig Jahren Wirklichkeit sein könnte, seien es Fragen der Energiewirtschaft oder Bildung, der Innovation betrieblicher Strukturen, des Banken- oder Steuerwesens, der Automatisierung der Gesundheitspflege, der Infrastruktur oder industriellen Fertigung, der Politik und Transparenz, Raumforschung und

Logistik, Familie oder Ressourcenmangel, der steigenden Lebenserwartung oder Alterserkrankungen. Wir haben uns gefragt, ob sich die wundersamen Entwicklungen der vergangenen dreißig Jahre fortsetzen können, jener lange Prozess der Globalisierung, der mehr Menschen von schrecklicher Armut befreit hat – mehrere hundert Millionen –, als dies zu irgendeinem anderen Zeitpunkt der Menschheitsgeschichte der Fall war.

Meine Kollegen hatten die schöne Idee, dass meine Fähigkeiten als Romanautor helfen könnten, manche der von uns erörterten Zukunftsthemen fiktional umzusetzen und so besser vorstellbar zu machen, als es die übliche Expertenkommunikation ermöglicht. Das Ergebnis ist dieser Roman, der als Kunstwerk, aber auch für sich allein steht und Themen wie zum Beispiel menschliche Beziehungen beinhaltet, die in einer Zukunftsstudie keinen Platz finden.

Bei meinen Überlegungen wandte ich mich schon bald anderen erwartbaren Aspekten menschlicher Erfahrung zu. Unser Wissen um unsere Gattung legt die Vermutung nahe, dass es auch in Zukunft Kriege und politische Instanzen geben wird, Betrug und Steuern, aber auch Musik und bildende Künste, Forschung und Wissenschaft, Literatur und Liebe. Ich bin seit langem davon überzeugt, dass einer der Schlüssel für die nächste Phase in der Entwicklung von Robotern darin bestehen wird, dass wir mit ihnen Einsichten in die menschliche Natur teilen, wie sie uns in Romanen, Gedichten, Theaterstücken und Kinofilmen exemplarisch entgegentritt.

Mein Freund Dr. Otto Schulz, ein ausgebildeter Physiker und interdisziplinärer Wissenschaftler aus Neigung, hat mich in meinem Vorhaben so engagiert unterstützt, dass ich geneigt bin, ihn als meinen Koautor zu bezeichnen. Er hat meine Skizzen und die Synopsis studiert, bevor ich mit dem eigentlichen Schreiben begann, jeden Entwurf im Entstehen begleitet und in ausführlichen Ferngesprächen eigene Ideen, Kommentare und Visionen beigetragen. Irgendeine Version dieses Romans wäre vielleicht auch ohne seinen intellektuellen Input zustande gekommen, mit Sicherheit aber um einiges ärmer. Auf ewig dankbar bin ich ihm insbesondere dafür, dass er mir das Gedicht von Rainer Maria Rilke ans Herz gelegt hat.

Viele andere Personen haben ebenfalls eine entscheidende Rolle gespielt. Philipp Keel, mein Verleger im Diogenes Verlag, Zürich, der meine Werke im deutschsprachigen Raum herausbringt, hat die Idee für diesen Roman von Anfang an begeistert unterstützt. Meine begnadete und engagierte Lektorin bei Diogenes, Anna von Planta, stellte mit ihrem Fahrplan sicher, dass alles pünktlich fertig wurde, und brachte mit ihrer wunderbaren Kollegin Kati Hertzsch die frühen Entwürfe in Form. Michael Windgassen, der auch meine *Bruno*-Romane ins Deutsche überträgt und dabei hilft, Bestseller aus ihnen zu machen, hat um nur wenige Tage zeitversetzt die gerade erst geschriebenen Kapitel übersetzt und musste anschließend meine Korrekturen, Neuformulierungen und Hinzufügungen in die Übersetzung einarbeiten, und das innerhalb einer Frist, die einzuhalten viele für unmöglich erachtet hätten. Mein Freund Tilman Solleder machte mich mit der Musik der Toten Hosen bekannt.

Mir ist kein anderer Verlag bekannt, der all das hätte auf

einmal bewerkstelligen können. Ich bin allen Mitarbeitern außerordentlich dankbar. Wenn diesem Buch Verdienste zukommen, sind sie meinen Freunden bei A.T. Kearney und Diogenes sowie den zahlreichen Politikern, Experten und Unternehmern, die an dem Projekt Deutschland 2064 beteiligt waren, zuzuschreiben.

Die Zukunft aber gehört Ihnen, liebe Leserin, lieber Leser, und darum liegt es auch an Ihnen, sie zu gestalten, ihre Herausforderungen anzunehmen und sich daran zu erfreuen.

Martin Walker, Périgord, im September 2014

*Wenn Sie mehr über die
A.T. Kearney-Studie erfahren wollen,
nutzen Sie bitte diesen Link.*

Martin Walkers
Bruno-Romane
im Diogenes Verlag

»Martin Walker hat eine der schönsten Regionen Frankreichs, das Périgord, zum Krimiland erhoben und damit erst für die Literatur erschlossen.«
Die Welt, Berlin

Bruno, Chef de police
Roman

Grand Cru
Der zweite Fall für Bruno,
Chef de police
Roman

Schwarze Diamanten
Der dritte Fall für Bruno,
Chef de police
Roman

Delikatessen
Der vierte Fall für Bruno,
Chef de police
Roman

Femme fatale
Der fünfte Fall für Bruno,
Chef de police
Roman

Reiner Wein
Der sechste Fall für Bruno,
Chef de police
Roman

Weitere Fälle in Vorbereitung

Alle Romane aus dem Englischen von Michael Windgassen
Alle Romane auch als Diogenes Hörbuch, gelesen von Johannes Steck